태백산맥

조정래 대하소설

태백산맥

2

제1부 한의 모닥불

태백산맥 제1부 한의 모닥불

2권

11

체포

최익승은 연거푸 두 대째의 담배에 불을 붙였다. 그는 숨을 씩씩거리며 담배연기를 푸푸 소리나게 뿜어댔다. 그러나 화는 좀체 가라앉지 않았다.

버르장머리 없는 놈, 국회의원 최익승을 감히 뭘로 보고. 새파란 놈이 어느 안전이라고 턱주가리 치켜들고 주둥아릴 놀려대. 이놈을 당장 그냥……. 최익승은 생각할수록 분이 치솟아 견딜 수가 없었다.

최익승은 반나마 탄 담배를 잉끄려 끄며, 이렇게 화만 내고 있을 일이 아니라고 생각했다. 그놈이 더 나대지 못하도록 근본적인 방안을 강구할 필요를 느꼈다. 일단 생각의 방향을 정하자 그의 두뇌는 그쪽으로 신속하게 움직이기 시작했다.

"됐어, 그 방법이 최고야!"

그는 앉은뱅이책상을 칠 만큼 자신의 생각에 만족했다. 그는 지체하지 않고 책상 위의 전화기를 끌어당겼다. 그리고 거칠게 발신 손잡이를 돌려댔다.

"교환, 나 국회의원 최익승인데 빨리 경찰서장 바꿔."

"네, 네, 잠시만 기다려주세요. 곧 바꾸겠습니다, 의원 각하."

수화기 속에서는 꾸벅꾸벅 절이라도 하는 것 같은 느낌의 음성이 황급하게 울렸다. 수동식전화기가 40대에 불과한 읍내에서 교환이 대하는 제일 높은 사람이라는 것은 고작 읍장이나 경찰서장이었다. 그런데 난데없이 국회의원 최익승의 목소리를 듣고 보니 당황할 만도 했다.

"의원 각하, 서장님 나오셨습니다."

교환의 말을 듣고 최익승은 크음크음 소리를 가다듬었다. 그 소리를 듣고 저쪽에서 먼저 말을 해왔다.

"의원 각하십니까, 저 남인탭니다."

"아, 서장이오? 나 최익승이오."

"예, 편히 주무셨습니까. 아침 일찍 어쩐 일이십니까?"

서장은 부동자세라도 취하고 있는 것 같은 목소리였다.

"의논할 일이 있소."

"예, 곧 가 뵙겠습니다. 그럼 전화 끊겠습니다."

전화를 끊은 최익승은 담배를 뽑아들었다. 연기를 느리게 뿜어내며, 내친김에 그 일들을 다 처리해 버려야 되겠다고 생각했다. 서울을 오래 비워둘 수 없는 처지에 시간이 촉박했다.

경찰서장 남인태는 금방 들이닥쳤다.

"의원 각하, 무슨 일이십니까?"

남인태는 두 손을 앞으로 모아잡고 머리를 조아렸다. 그 말하는 숨결이 가빴다.

"앉기부터 하시오."

최익승은 퉁명스럽게 말했다.

"아니, 괜찮습니다. 말씀하십시오."

"어허, 서서 들을 이야기가 아니라니까."

최익승이 짜증스러운 표정을 지었다. 남인태는 그때서야 자신의 예절이 빗나가고 있음을 알아차리고는 재빨리 주저앉았다.

최익승은 어떤 건(件)부터 말을 꺼낼까 잠시 생각했다. 아까 전화를 걸 때만 같았어도 그놈에 관한 문제를 제일 먼저 꺼냈을 것이다. 그러나 그동안 다소 감정의 고삐를 잡게 된 그는 빠르게 손익계산을 해나가고 있었다. 이익이 작은 것을 앞으로 내세우고 이익이 큰 것을 뒤로 미뤄 역순으로 이야기를 꺼내기로 결정했다. 그래야 상대방에게 자신의 의도를 어느 만큼 은폐시킬 수 있으리라 계산했다.

"남 서장, 현재 청년단장직은 어찌 되었소?"

마침내 최익승의 목소리가 무겁게 흘러나왔다.

"예에, 아시다시피 공석 중에 있습니다."

남인태는 상대방의 의중이 무엇인지를 파악하기 위해 온 신경을 집중시켰다.

"쯧쯧쯧, 그거야 누가 모르오. 이 비상시국에 처해서 언제까지 그 자리를 공석으로 비워둘 거냐를 묻는 것이오."

남인태는 가슴이 찔끔해졌다. 벌써 한 수를 놓치고 말았던 것이다. 그러나 문제는 그 다음이었다. 상대방은 적임자가 누구인지를 알고 싶어하는데, 며칠을 정신없이 돌아치다 보니 거기까지는 미처 신경을 쓰지 못했던 것이다. 그렇다고 솔직하게 그 말을 해서 가뜩이나 간당간당해진 목을 더욱 위태롭게 만들 수는 없는 노릇이었다. 경찰서장 자리가 사랑방의 하룻밤 화투놀이로 따낸 자리는 아니었던 것이다.

"예에, 계속 물색 중입니다만, 시국이 시국이니만큼 선뜻 나서는 사람도 없고 해서, 곧 조처하도록 하겠습니다."

"아니, 시국이 시국이라니, 위험시국이라 또 빨갱이 손에 죽을까 봐 무서워 그 자리에 앉으려는 사람이 없단 말이오?"

최익승은 말꼬리를 낚아채며 회심의 미소를 짓고 있었다. 일이 너무 쉽게 풀리고 있었던 것이다. 반면에 남인태는 가슴이 찔끔이 아니라 철렁 내려앉았다. 거짓말이 꼬투리를 잡혔으니 빨리 또다른 거짓말을 꾸며대야 할 판이었다.

"예에, 할 만한 사람은 그런 눈치인 데다가 감찰부장 염상구가 워낙 일을 야무지게 해내고 있어서 별다른 불편이 없어 그만, 곧 조처하도록 하겠습니다."

손 안 대고 코 푼다는 말은 꼭 이런 경우를 이르는 것이라고·최익승은 내밀하게 웃고 있었다.

"감찰부장이 일을 잘하오?"

"예, 아주 기막히게 잘합니다. 전에도 단장이야 명예직 같은 것이었고 실질적인 일은 바로 감찰부장이 다 해낸 것이었습니다."

"그럼 잘됐소. 감찰부장을 단장 자리에 앉히면 되겠구만. 이 비상시국에 제 목숨 위태로울까 봐 그 자리에 앉기 싫어하는 비애국자들을 억지로 앉히려고 애쓸 필요 없이 그렇게 솔선수범하는 애국자를 그 자리에 앉히면 얼마나 더 일을 잘하겠소."

"예에, 예에……."

남인태는 꿍꿍 힘만 쓸 뿐 더 할 말이 없었다. 자신이 판 거짓말의 함정에 꼼짝없이 빠지고 만 꼴이었다. 그렇다고 이제 와서 염상구를 단장 자리에 앉혀서는 안 된다고 할 수도 없었다. 남인태는 정신이 아뜩해졌다. 염상구가 청년단장이 되다니……. 상상만 해도 정나미가 떨어지고 속이 뒤집히려 했다. 그 무식하고 앞뒤가 없는 불한당 같은 놈, 지금까지 감찰부장 자리를 차고앉아 부린 횡포도 얼만데 단장 자리에 앉으면 얼마나 더 기고만장일 것인가. 남인태는 그것만은 용납할 수가 없었다.

"서장이 천거를 한 것이나 다름없는데, 왜 그리 표정이 시원칠 않소?"

최익승은 마무리 수를 놓고 있었다.

"아닙니다, 아닙니다. 염상구는 단장 자격이 충분히 있습니다. 현명한 결정을 내려주셔서 감사합니다."

남인태는 생각과는 정반대의 말을 해대고 있었다.

최익승은 담배에 불을 댕겨물었다. 첫 번째 일은 아주 자연스럽고도 순조롭게 풀렸다. 두 번째 일은 오히려 서장의 눈치를 볼 필요가 없는 건이었다.

"서장은 혹시 김범우라는 사람을 아오?"

"예에, 봉림 사는 김사용 어른 둘째아들입니다. 순천중학 선생이구요."

남인태는 이번에는 또 무슨 일인가 싶어 신경을 곤두세웠다.

"제대로 알고는 있구만. 헌데, 그 사람 사상이 어떤지 파악하고 있소?"

사상? 남인태 서장은 머리끝이 쭈뼛해졌다. 사상이라는 말만 들으면 빨갱이로 직결되는 직업적 노이로제거나 조건반사 같은 현상이었다. 김범우도 빨갱이란 말인가? 그럴 리가 없는데. 그런데 국회의원 나리님이 묻고 있는 말투는 꼭 그런 것처럼 들렸다. 이번에는 거짓말을 하지 말아야지, 남인태는 마음을 다잡았다.

"그 사람 사상은 건전하게 파악하고 있습니다."

"그 사람 사상이 건전하다? 서장이 자신할 수 있소?"

남인태는 금방 자신감이 흔들리며 궁지에 몰렸다. 국회의원의 추궁이어서만은 아니었다. 사상이라는 것, 그것처럼 파악하기 어렵고 자신감을 갖기 어려운 것도 없었다. 열 길 물속은 알아도 한 길 사람 속은 모른다고, 그놈의 사상이라는 것은 형체도 모양도 없는 것이 꼭 바람 같은 것이었다. 그것을 행동으로 내보이지 않고 마음속 깊이 감추고 있는 한 제아무리 수사능력이 뛰어난 형사라도 적발해 낼 재간이 없는 일이었다.

"아, 서장이 자신할 수 있느냐니까!"

노련한 백정이 소의 급소를 가격하듯 최익승은 서장의 약점을 겨냥하고 있었다.

"확실하게 자신할 수 없습니다만, 저희들이 파악하는 바로는……."

"파악하는 바로는 애국자다 그런 말이오?"

"아닙니다, 애국자는 아닙니다."

"그럼 뭐요. 빨갱이도 아니고 애국자도 아니면, 회색분자란 말이오?"

회색분자? 남인태는 정신이 아리송해졌다. 이것도 저것도 아닌 것이 회색분자인 것은 분명한데, 그것은 이쪽이 아니라 저쪽에 더 가깝다는 부정적인 의미가 강한 말이었다. 김범우를 자신 있게 회색분자라고 점찍을 수 있을 것인가. 남인태는 전혀 그럴 자신이 없었다. 저 사람이 김범우에게 무슨 짓을 하고 싶어하는가……, 남인태는 또 함정으로 빠져드는 기분이었다.

"왜 아무 말이 없소."

"뭐라고 단정을 내릴 수가 없어서……."

"어허, 경찰서장이란 사람의 태도가 어찌 그리 모호하오. 그놈을 당장 잡아들이시오!"

"네에?"

남인태는 이미 나타내버린 놀라움을 수습하느라고 급급했다.

"그놈은 아주 새빨갛지는 않지만 불그죽죽하게 물이 든 놈이오.

그놈이 새벽같이 날 찾아왔는데, 빨갱이 편을 드는 언동을 계속했 단 말이오. 그놈을 그대로 내버려뒀다간 골치 아픈 일이 생기게 돼 있소. 당분간 유치장에 처박아두는 수밖에 없소."

"그 사람이 무슨 소릴 했습니까?"

"그야 취조를 하면 다 알 수 있는 일이니 내가 되씹을 건 없고. 우선 잡아넣는 일부터 하시오."

"하지만 무슨 명목으로……."

남인태는 상대가 만만찮은 김범우라서 선뜻 내키는 일이 아니 었다.

"남 서장! 당신은 서장 자격이 있는 사람이오, 없는 사람이오? 뭐가 무서워 우물거리는 게야. 국회의원이 잡아넣으라는데 잡아넣 는 거지. 그만한 근거가 있으니까 잡아넣으라는 거 아닌가."

최익승은 아까 김범우 그놈이 다녀간 직후처럼 화가 치밀어올라 냅다 소리를 질러댔다.

"아, 알겠습니다. 분부대로 시행하겠습니다."

남인태는 연신 허리를 굽신거렸다.

"남 서장, 정신 똑바로 차려야 하오. 김범우 같은 놈이 남 서장 수명 감수시킬 수 있는 일이니까. 그놈이 나한테 뭐랬는지 한마디 만 해주겠소. 아무리 공산주의 활동을 한 자라도 재판을 거치지 않은 처형은 있을 수 없고, 피해자 가족의 감정이 개입된 보복행위 를 용납해서는 안 된다고 떠들었소. 용공주의자가 아니고서야 어 찌 함부로 그런 말을 할 수 있겠소. 남 서장 생각은 어떻소?"

"그 사람 그렇게 안 봤는데 확실히 위험한 데가 있습니다."

남인태는 어디선가 힘이 솟구치는 것을 느꼈다. 일단 잡아들일 명분은 충분했다. 그러나 국회의원 앞에서 그런 말을 할 수 있는 김범우는 역시 만만찮은 상대라는 생각이 들었다.

"잡아들여서 세세히 조사를 하시오. 그러다 보면 시일은 흐르고 그놈 발이 묶인 상태에서 검거는 일단락될 테니까. 서장은 시간만 끌면 되오."

"알겠습니다."

남인태는 비로소 최익승의 심중을 알게 되어 자신 있게 고개를 꺾었다.

"그러고 말이지……."

최익승이 담배를 깊이 빨아들이며 뜸을 들였다.

"거 김씨 문중 사람들이 보고만 있지 않을 거요. 서장은 나를 믿고 버티라고. 그러고 말이야, 서장이 눈치껏 김사용 영감에게 귀뜸을 하시오. 일을 순조롭게 해결하려면 서울에 가서 최 의원님을 만나라고. 무사히 풀려나는 길은 최 의원님이 신원보증을 서는 방법밖에 없다고. 무슨 말인지 알겠소?"

"네에, 알겠습니다."

최익승은 자신의 명민한 머리에 크게 만족하고 있었다. 전혀 생각하지도 못했던 그 계략이 순간적으로 떠올랐던 것이다. 지난 선거 때 김씨 문중의 지지는 거의 얻어내지 못했던 것이다. 김사용은 김씨 문중을 이끄는 몇 안 되는 사람 중의 하나였다.

"이 일만 잘해내면 남 서장은……."

최익승은 일부러 말꼬리를 흐렸다. 그리고 담뱃갑을 남인태 앞에 내밀었다.

"아닙니다, 아닙니다."

남인태는 황송한 몸짓으로 사양했다.

"아직 이야기가 더 남았으니 한 대 뽑으시오. 허고, 편히 앉아요."

남인태는 두 손을 받쳐 담배 한 개비를 뽑았다. "이 일만 잘해내면 남 서장은……." 그는 새로운 서광이 비치려 하는 것을 느꼈다. 전화위복의 기회로 삼아야 된다고 생각했다. 실낱처럼 가늘어져 있는 목을 동아줄처럼 굵게 만들 수 있는 더없이 좋은 기회였다.

최익승은 기분이 썩 좋았다. 이제 마지막인 세 번째 문제가 남아 있었다. 제일 신중을 기해야 할 문제였다.

"그런데 말이오, 술도가 정 사장 얘긴데, 어찌 처리할 작정이오?"

남인태는 바짝 긴장했다. 태연하려고 했지만 가슴이 벌떡거렸다. 이틀 전에 정 사장 부인이 가져왔던 돈뭉치가 눈앞에서 어릿거렸다.

"예, 마땅히 처리할 방도가 없어서 의원 각하께 여쭈려고 하던 참이었습니다."

최익승이 무슨 속셈을 갖고 있는 눈치여서 남인태는 재빨리 말을 지어냈다. 받아놓고 있는 돈은 돌려주면 그만이라 싶었다.

"나한테 물으려고 했었다아……."

최익승은 상아 물부리로 왼쪽 손바닥을 느린 간격으로 쳐대며 생각에 잠겼다.

"정 사장 아들이 자금조달을 하려 나타나면 장본인을 체포하는 동시에 정 사장을 자금조달책으로 얽으려고 매일 잠복을 시켰는데, 아들 정하섭은 나타나지 않았습니다."

"거 지금 무슨 소리 하는 거요? 정 사장을 얽을 죄목이 없어 조처를 못하고 있다는 말을 하는 거요?"

최익승은 안색이 달라졌다.

"예, 지금으로서는……."

"정신 차리시오, 남 서장. 읍내에서 방귀깨나 뀐다는 사람들은 다 죽어간 판에 정 사장만 살아난 건 뭐요. 그것 이상 확실하고 분명한 죄목이 또 어디 있소. 남 서장은 지금 잠꼬대를 하는 게요 뭐요?"

남인태는 그만 말문이 막혔다. 빨갱이 아들 덕을 보고 살아난 것이 무슨 죄가 되랴. 며칠 경찰서에 가둬두었다가 뒤로 돈이나 챙기고 풀어주면 되겠지 생각했던 것이다. 그런 자신의 속을 빤히 들여다보고 있는 것 같아 남인태는 등골에 찬바람이 일었다.

"어떻게 처리하면 좋을는지요?"

남인태는 자신의 결백을 내보이기 위해 시키는 대로 하겠다는 태도를 취했다.

"남 서장!"

"예에……."

"그자를 오늘 밤 당장 총살시키시오."

"아니, 의원 각하……."

남인태는 뻣뻣이 굳어졌다.

"왜, 못 죽일 이유라도 있소?"

"아닙니다, 그런 건 아닙니다. 그러나……."

"그러나, 어쨌단 말이오?"

"정 사장은 유지입니다. 읍내 발전에도 공이 적잖습니다. 아들이 빨갱이질 하는 걸 막으려고 애쓴 것을 아는 사람은 다 아는 사실입니다. 총살 말고 다른 방법을 강구해 주시기 바랍니다. 의원 각하께서 이번에 덕을 베풀어주시면 다음번에……."

남인태는 삐질삐질 진땀을 흘렸다. 정 사장을 총살시키고 나면 서장 자리도 끝장이 날 것 같은 예감에 몰리고 있었다. 최익승은 그런 남인태를 옆눈길로 보며, 저것이 판단은 제대로 하는군, 생각하고 있었다.

"덕을 베풀라니, 어찌하라는 거요?"

최익승은 한발 물러서는 척하며 남인태의 입으로 방법을 제시하게 했다.

"예, 제가 강력조치를 취하는 것으로 하고, 의원 각하께서 특별선처하시는 것으로 하면 정 사장이 그 은혜를 어찌 잊겠습니까."

최익승은, 녀석이 제법이라고 생각했다.

"글쎄, 세상을 살면서 덕을 베푸는 건 나쁠 것 없는 일이지만 말야……. 그자가 선처를 하는 걸 알아야 할 텐데, 내가 죄인을 찾아 경찰서로 갈 수는 없는 일 아닌가."

최익승은 마지막 그물을 던지고 있었다.

"당연한 말씀입니다. 어찌 그러실 수가 있겠습니까. 제가 바로 돌아가서 하루 종일 호되게 취조를 하고 나서 날이 어두워지면 각하 앞에 데리고 오겠습니다. 그러면 선처를 내려주십시오."

"꼭 그럴 필요가 있을까?"

최익승은 슬쩍 딴전을 피우며 고개를 저었다.

"의원 각하, 그렇게 해주시면 각하의 덕망이 온 읍내에 퍼질 것입니다. 그건 틀림없는 일입니다."

"글쎄에, 서장이 그리 바라는 바라면 내 뜻을 못 바꿀 것도 아니지만……."

"고맙습니다, 의원 각하."

남인태는 고개를 깊숙이 숙였다. 최익승은 그런 남인태를 내려다보며 입가에 엷은 웃음을 피우고 있었다. 네놈 같은 새대가리는 열 번 죽었다 깨나도 내 깊은 생각을 땅띔이나 하겠느냐……. 그는 통쾌함을 어금니 사이에 지그시 물고 있었다. 그는 다시 한 번 자신의 신출귀몰한 두뇌회전으로 얻게 된 이익을 만족스럽게 음미하는 참이었다. 그러나 지금 느끼는 만족감이라는 것은 해방 직후부터 국회의원이 될 때까지의 성취에 비하자면 그야말로 조족지혈, 논바닥에서 이삭 줍는 것 정도밖에 안 되는 하찮고 하품나는 것이었다.

그에게 해방이라는 것은 참으로 느닷없이 떨어진 벼락이었고, 상상도 하지 못했던 불길이었다. 대일본제국이 망하다니……. 그건 도저히 믿을 수가 없는 일이었다. 세상 판세 돌아가는 것을 빈틈없이 읽어낸다는 소위 지식인이란 사람들은 일본이 적어도 200년 동안은 조선땅을 지배하게 될 거라고 했고, 그 사실을 의심 없이 믿지 않았던가. 200년, 그 까마득한 세월 다음에 조선은 어찌 되느냐를 묻는 것은 천치가 아니면 정신병자일 뿐이었다. 200년은 곧 영원이었고, 조선이란 나라는 없어지게 되어 있는 운명에서 고작 육십 평생을 살다 가는 인생설계를 어떻게 해야 하는가는 너무나 자명한 결론이었다. 내선일체에 앞장서며 살아온 인생에 예고 없는 일본의 무조건 항복은 죽음과 맞닥뜨리는 절망이었다. 그러나 그 암담한 절망은 결코 오래가지 않았다. 해방이 몰아온 그 거센 바람을 요령껏 피하고, 그 성난 물결을 눈치껏 타넘을 수 있는 기회가 뒤따라왔던 것이다. 그 결과 어둠으로 앞을 가로막았던 해방이라는 흉물은 정반대의 광명을 가져다준 보물로 둔갑했다. 일정시대의 사업보다 더 많은 돈을 벌어들이게 해주었을 뿐만 아니라 국회의원이란 권력까지 손에 쥐게 해주었던 것이다. 그것은 모두 자신의 빠른 판단력과 기민한 행동력의 결과라고 그는 스스로의 능력을 확신하고 또 확신했다. 그러나 그 확신 뒤에는 또 하나의 확신이 있었다. 그 확신의 대상은 다름 아닌 미국이었다. 자신이 그렇게 되기까지는 미군정이 있었기 때문이라는 확신은 자신의 능력에 대한 확신보다 몇 갑절 컸다.

군정이 베풀어준 두 가지 은혜에 대해서 그는 그저 감읍하고 감읍할 따름이었다. 미군은 군정을 실시하자마자 민심을 선동해 대고 있던 공산당을 외면하고 한민당의 손을 잡아주었다. 그리고 일본식의 통제방법을 전면 폐지하고 미국식의 '자유시장'체제를 실시했던 것이다. 그는 재빨리 기부금을 내고 한민당원이 됨으로써 정치적 신분보장을 확보했고, 자유시장체제의 허점을 신속히 파악함으로써 경제적 이익의 확대를 꾀할 수 있었다. 그는 그 두 가지 일을 동시에 해나갔다. 보성군 일대를 정치발판으로 삼아 한민당 조직을 지주 중심으로 짜나가는 한편, 그 조직을 이용해서 무작정 쌀을 사들였다.

해방이 되고 서너 달이 지나는 동안 역 건너편에 늘어선 동척의 쌀창고는 텅텅 비게 되었다. 그 쌀창고들이 그가 사들인 쌀가마니들로 다시 채워지기 시작했다. 그는 그 쌀들을 기차에 실어 서울로 뽑아올렸다. 쌀가마니들이 용산역에 도착할 즈음이면 그만큼의 양이 벌교의 쌀창고를 다시 채우고 있었다. 용산역에서 내려진 쌀가마니들은 그 주변의 창고 속에서 느긋하게 잠을 잤다. 이런 식의 행위는 물론 그 혼자서만 하는 것이 아니었다. 일정시대부터 사업을 해온 손 큰 사람들은 뒤늦게 자유시장체제가 무엇인지를 알아내고 서로 다투어 매점매석에 뛰어들게 되었다. 다만 그는 남들보다 서너 달이 빨랐을 뿐이다.

시장마다 쌀이 동났고, 쌀값은 날이면 날마다 치솟기 시작했다. 한 달 사이에 세 배로 오르다가, 두 달 사이에 여덟 배로 뛰어올랐다. 쌀을 창고에서 잠을 재울수록 돈은 불어나고 있었다.

그는 보성군 일대의 쌀로 만족할 수 없어 나주와 고창까지 직접 나섰다. 벌교에서도 몇몇 눈치 빠른 사람들이 나서서 쌀을 여수로 빼돌리고 있었던 것이다. 그 대표적인 훼방꾼이 윤삼걸이었다. 그리고 그동안 고분고분 말을 잘 들어왔던 집안의 동생 익달이도 그 금 캐는 것과 마찬가지인 내막을 알아내고는 슬그머니 등을 돌려 제 배를 채우겠다고 나서고 말았던 것이다. 장사는 어차피 돈 놓고 돈 먹는 것, 그 훼방꾼들을 어찌할 도리는 없었다. 많은 쌀을 구하기 위해서는 더 넓은 곡창으로 뛰어드는 것은 너무나 당연한 이치였다. 윤삼걸이나 동생 익달이가 여수로 쌀을 빼돌리는 것은 일본 상인들과 뒷거래를 하기 위해서였다. 그러나 자신은 그 방법을 미련 없이 외면했다. 허술한 단속으로 일본배들이 일정시대나 별다를 것 없이 항구마다 드나들고 있다고는 해도 지방당직이나마 당직을 가진 몸으로 밀수행위를 하기가 어딘지 꺼림칙했고, 더구나 이익이 더 남는 것도 아니었다.

고창·김제를 중심으로 한 호남평야로 손을 뻗친 그는 바짝 긴장하지 않을 수 없었다. 그곳에는 서울의 돈줄만이 아니라 부산이나 마산 등지에서 돈보따리를 짊어지고 온 사람들까지 설쳐대고 있었던 것이다. 그들도 일본을 상대로 한 장사라는 것을 쉽게 알 수 있었다. 거기에는 전문적인 사업가들만 몰려든 것이 아니었다. 돈푼깨나 가진 관리들이 거간꾼을 앞세워 돈을 풀어대고 있었고, 장사 물리를 어느 만큼 아는 지주나 부자들도 돈질을 해대고 있었다. 그런 상황에 자극받아 그의 열기는 더욱 가열되었다.

하루에도 몇 번씩 출렁거리는 쌀값은 상상보다도 훨씬 무서운 기세로 치솟아오르고 있었다. 네댓 달 만에 100배를 넘어섰고, 반

년이 지나면서 150배가 되었다. 쌀값 오르기를 부채질하고 있는 입장에서도 겁이 날 지경이었다. 그런데도 쌀은 품귀현상을 일으키고 있었다. 품귀현상은 값을 오르게 했고, 멈춤이 없는 오름새는 새로운 품귀현상을 빚어내고 있었다.

군정은 6개월 만인 1946년 2월에 쌀의 자유거래를 중단시키게 되었다. 걷잡을 수 없는 쌀값의 폭등과 품귀현상을 막기 위해 내려진 조처였다. 그 대안으로 군정은 배급제를 내놓았다. 그건 일정말기 방법으로 되돌아간 것이었다. 그는 군정의 그런 조처에 놀라거나 서운해하지 않았다. 한민당의 조직을 통해서 그런 조처가 내려지리라는 것은 미리 알고 있었던 것이고, 그동안 재산을 막대하게 불려놓았던 것이다. 그리고 더 중요한 것은, 그런 조처가 내려졌다고 해서 쌀값이 올랐으면 올랐지 떨어질 리가 없었던 것이다. 배급제를 실시하자면 일정 때처럼 쌀을 공출시켜야 하는데 2월 농촌에 쌀이 있을 리가 없었다. 그렇게 되면 배급제는 쌀이 나오는 10월까지 공염불이 될 수밖에 없었고, 쌀값은 그때까지 계속 오르게 되어 있었다.

그런데 배급제를 실시하기 위해 군정은 미국에서 곡식을 들여온다고 했다. 그는 예상이 깨져나가는 충격을 받았다. 그러나 그 충격도 별게 아닌 것이 되었다. 쌀이며 옥수수 같은 곡식을 들여왔다고는 하지만 시루에 물 붓기로 쌀 부족사태가 계속되는 속에 서울을 위시한 대도시에서는 쌀을 달라는 군중시위가 매일이다 싶게 벌어지고 있었다. 그는 그 외침을 기분 좋게 들으며 느긋한 마음이었다.

그 외침은 바로 자신의 재산이 불어나고 있는 감미롭기 그지없는 노랫소리였던 것이다. 쌀값은 9월까지 줄기차게 올라 자유거래를 실시할 당시보다 300배가 넘어 있었다. 그건 다른 말이 아니고 자신의 재산이 1년 사이에 300배로 불어났다는 것을 의미했다.

그 1년 동안이야말로 그에게는 말로 표현이 안 되는 황홀하고도 꿈만 같은 시기였다. 해방 직후 한 달 가까운 동안 풍전등화 같던 신세가 가장 위력 있는 정당인 한민당의 지구당위원장으로 발판이 확고해졌고, 거기다가 재산까지 어마어마하게 늘어나 있었던 것이다. 그것은 오로지 미군정이 아니었으면 이룰 수가 없는 은혜로움이었고, 보살핌이었다. 미국이야말로 생광의 나라요, 은혜의 나라요, 부모의 나라가 아닐 수 없었다. 죽을 때까지 하늘처럼 우러러받들어도 그 은혜갚음이 모자랄 것만 같은 황공하고 또 황공한 대국이라고 그는 마음속 깊이 절절히 느끼고 있었다. 그런데 국회의원까지 되고 나자 그의 그런 감읍하는 마음은 더욱 진하고 깊어질 수밖에 없었다.

최익승의 집을 나온 김범우는 그 시간에 장터거리로 이어진 길을 느린 걸음으로 걷고 있었다. 발부리께를 내려다보며 걷고 있는 그의 의식 속에는 최익승의 흥분된 고함소리만 가득했다.

"자네가 바로 빨갱이구만, 시뻘건 빨갱이야. 빨갱이가 아니고서야 어떻게 그따위 소릴 지껄일 수가 있단 말야. 나가, 당장 나가. 감히 어느 안전이라고……."

최익승은 반주라도 넣듯이 책상을 연거푸 내리쳤다. 김범우는 뚫릴 가망이 전혀 보이지 않는 벽을 느끼며 일어설 수밖에 없었다.

김범우는 최익승을 찾아갔던 것을 후회하지 않았다. 실망도 하지 않았다. 애초에 어떤 큰 기대 같은 것을 하지 않았던 것이고, 예상이 적중했기 때문이었다. 그러면서도 굳이 최익승을 만나고자 했던 것은 감정으로 치우칠지 모르는 행동에 다소나마 제동을 걸 수 있기를 바랐고, 사후처리를 주시하고 있는 존재가 분명히 있다는 사실을 알리고자 해서였던 것이다. 최익승은 '빨갱이'란 말을 무수히 되풀이했다. 그 말은 지칭(指稱)으로 사용되기도 했고 호칭(呼稱)으로 사용되기도 했다. 그건 말이 아니었다. 공격의 무기였다. 지칭이든 호칭이든 상관없이 그 말은 되풀이될수록 기묘한 마력으로 육박해 왔다. 김범우는 그 말이 되풀이될 때마다 자신의 의식이 뒤로 주춤주춤 물러나고 있는 위축감을 느껴야 했다. '빨갱이'라는 말은 '공산주의자'나 '사회주의자'라는 말과는 그 색깔이나 냄새나 느낌이 판이하게 달랐다. 그건 극악한 범죄자의 대명사였고 극형의 죄목이었다. 그 말은 해방 이후 수삼 년에 걸쳐 그 어떤 말보다 사람들의 입에 많이 오르내렸다. 그러나 그 느낌이 그렇게 살벌하거나 증오스럽지는 않았다. 그런데 최익승의 입에 오른 그 말은 처형의 살기를 뿜고 있었다. 그 말이 정치적 사회적으로 선택의 자유권을 상실한 지는 이미 오래되었지만 생존권까지 좌우하게 된 상황임을 새삼스럽게 확인해야 했다.

고개를 숙인 채 걸음을 옮겨놓고 있는 김범우는 자애병원 앞을 지나치고 있다는 것도 의식하지 못했다. 그는 무엇을 체계적으로 생각하고 있는 것이 아니었다. 의식의 공백상태로 그저 걸음만 옮겨놓고 있었다.

"말도 마소, 그 젊은것들이 밤마동 좌익헌 사람덜 집 찾아댕김서 원수갚음을 허는디, 순사덜보담도 더 무섭다드랑께."

"워찌 안 그러겄소. 순사덜 손에서 보돕시 살아나와갖고 그 젊은것덜헌테 또 매타작얼 당허잔께 을매나 징허겄소."

김범우의 청각은 문득 곤두섰다. 빠르게 눈길을 돌렸다. 물감상점 앞에서 오십줄에 가까운 두 여자가 이야기를 나누고 있었다.

"그나저나 안 선상님 어무니가 큰일이시. 나이가 많은디다가 병구완헐 사람도 옆에 읎응께."

"참말로 저 일얼 워째야 쓸게라? 그 음전허신 양반 팔자가 워찌 그리 사내끼 꾀디끼 비비 틀리는지 몰르겄소. 남정네 복 못 타고났으먼 자석 복이라도 타고났어야 허는디, 안 선상도 선상질이나 얌전허니 허셨으면 엄니 말년 편코 자기 신세 늘어졌을 것인디, 머 묵자고 빨갱이질언 혀갖고 자기 신세 망치고 늙은 엄니꺼정 매타작 당허게 허는 불효럴 저질르는지 몰르겄소이."

"금메 말이시, 알다가도 모를 것이 사람 속잉께."

김범우는 어느덧 걸음을 멈춰서 있었다. 그러나 눈길만은 의식적으로 여자들 쪽으로 돌리지 않았다.

"워쨌거나 고만허기 다행이요. 칠동리 영감맹키로 맞어죽어뿌렀으먼 워쩔 뻔혔을 것이요."

"그리 말허먼 그렇네. 그 영감도 참 복쪼가리 읎는 영감이시."

"아는 사람이요?"

"알기는 무신. 소문으로 들어봉게 찢어지게 가난허니 살다가 아들 땜시 그리 죽은 신세가 짠혀서 허는 소리시."

"참말로, 해방이 되면 살기 존 시상이 올랑갑다 혔는디 갈수록 시국은 어지럽고 인심은 팍팍허게 변해가니 워찌 살아야 쓸랑가 몰르겄소웨."

"문딍이 겉은 시상이시."

두 여자의 이야기는 일단 여기서 멈추었다. 김범우는 여자들 쪽으로 돌아설까 생각했다. 그러나 곧 생각을 고쳐먹었다. 머릿속에는 이미 여자들의 이야기가 하나의 사건으로 엮어져 정리되어 있었다. 두 여자에게 물어보면 좀더 자세한 내용을 알아낼 수 있을 것이었다. 그러나 마음은 이미 염상구에게로 치닫고 있었다. 어차피 염상구를 만날 바에는 여자들과 이야기를 나누는 것은 시간 낭비일 뿐이었다. 김범우는 왔던 길을 되돌아섰다. 청년단을 향해서 빠른 걸음을 옮겨놓기 시작했다. 김범우는 자신의 어리석음을 깨닫고 있었다. 벌써 사적인 보복행위가 자행되고 있었는데 자신은 그런 사실도 모른 채 어정거리며 최익승이나 찾아나섰던 것이다. 그리고 염상구에게 배신감을 느꼈다. 그런 사실을 일언반구도 비치지 않아서가 아니었다. 그 '젊은것들'의 행위가 염상구와 연결되어 있으리라는 확실한 심증 탓이었다. 계엄령하의 통행금지가 발효되는 밤 시간에 그들이 어찌 폭력을 휘두를 수 있는가. 염상구가 그들을 직접 조종하고 있는지도 모른다. 그것이 속단이라면, 최소한 염상구의 비호는 받고 있을 것이 틀림없었다. 그렇지 않고서는 암호가 필요한 경계의 시간대를 그들이 확보할 수가 없는 일이고, 더구나 폭력행위를 저지를 수 없는 일이었다.

김범우는 청년단 문을 거칠게 밀었다. 두 다리를 책상 위에 포개 뻗친 자세로 담배를 빨아대고 있던 염상구는 느닷없이 들어서는 김범우를 보고 재빨리 상체를 일으켰다. 그의 동작에 따르기라도 하듯 네 명의 부하들이 경계의 눈초리를 세우며 일제히 의자에서 일어섰다.

"아니 성님, 아침 일찍허니 위쩐 일이시요?"

염상구가 반가운 목소리로 김범우를 맞았다. 그러나 그의 눈초리는 김범우의 표정을 잽싸게 훑고 있었다.

"마침 있었군. 나하고 얘기 좀 하세."

김범우는 말을 해놓고 네 명의 사내들을 한눈길로 휘둘러보았다. 그 눈길이 맵고 차가웠다.

"느그덜 나가 있어."

염상구가 눈치 빠르게 부하들에게 명령했다. 사내들은 지체없이 사무실을 나갔다.

"일로 앉으씨요. 아칙언 묵었는게라?"

염상구가 자리를 권하며 김범우의 눈치를 살폈다. 잔뜩 성깔이 돋은 것처럼 싸늘하게 굳어진 김범우의 얼굴이 마음에 걸렸던 것이다.

"자네 나한테 솔직하게 말할 게 있네." 의자에 앉은 김범우는 느리게 담배를 꺼내며, "솔직하게 말하겠다고 약속하게." 염상구의 눈을 응시했다.

"참 성님도, 무신 말인지 혀보기나 허씨요. 성님헌테 죄진 일 읎응게 거짓말이사 허겄소?"

염상구는 웃으며 말하고 있었지만 싸악 비위가 뒤틀리는 것이었다. 덕을 본 것 없고 기죽을 것 없는 처지에 사람을 대하는 김범우의 태도가 마땅찮았던 것이다.

"밤마다 테러를 하는 젊은 놈들하고 자네하곤 어떤 사인가?"

김범우는 모든 걸 다 알고 있는 것처럼 말했다. 염상구는 가슴이 뜨끔해지는 걸 느꼈다. 그러나 태연하게 빙긋 웃었다.

"섭섭헌 소리 마씨요. 고런 대강이에 피도 안 몰른 어린것덜허고 나허고 무슨 사이겄소."

염상구도 담배를 빼들었다.

"자네하고 아무 관계가 없다면, 그럼 경찰하고 관계를 맺고 있단 말인가?"

"고건 또 무신 새 날아가는 소리다요?"

"이 사람아, 새 날아가는 소리는 자네가 하고 있어. 자네 청년단하고도 관계가 없고, 경찰하고도 관계가 없다면 그놈들이 어떻게 암호가 필요한 통행금지 시간에 맘대로 쏘다니며 테러를 할 수 있느냔 말야. 자네 입으로 나한테 말했었지. 통금시간에 암호를 못 대면 무조건 발포한다고. 그놈들이 매일 밤 맘놓고 테러를 하러 다닌다는 건 매일 밤 바뀌는 암호를 알고 있다는 증거 아닌가. 그 암호를 그놈들한테 알려주는 게 누구냔 말야. 자네야, 아니면 경찰서야? 암호를 취급하는 덴 두 군데밖에 더 있어?"

막다른 골목에 몰린 셈이었다. 꼼짝없이 실토를 해야 할 형편이었다. 그러나 염상구는 심하게 배알이 뒤틀려오는 걸 느끼고 있었다. 저게 도대체 뭔데 내 앞에서 저따위로 큰소리를 치는가. 내가 왜 저것한테 취조받듯이 해야 하는가. 니기미, 사람 대접 해줬더니 상투 뽑겠다고 덤비네.

"고런 건 성님이 알 일이 아니요."

염상구는 냉정하게 대답을 거부했다. 웃음기가 가신 얼굴에도 거부의 뜻이 역연하게 드러났다.

"자네 지금 무슨 말을 하는 거야!"

김범우가 갑자기 소리를 질렀다.

"어허, 흥분하지 마씨요. 성님은 선상님이싱께 선상님 노릇이나 잘허시고, 고런 일에는 간섭허지 마시라 고런 말인디, 위째 내 말이 틀렸는게라?"

염상구는 완연하게 야유조였다. 염상구의 돌변한 태도 앞에서 김범우는 약간 당황스런 기분이 되었다. 염상구는 교활하게도 선생의 위치 정도로는 그런 문제에 개입할 자격이 없다는 것을 은근히 내비치고 있었다. 김범우는 속이 빤히 들여다보이는 그 교활에 가증스러움을 느끼면서도, 염상구의 머리 돌아가는 것이 단순한 주먹패만은 아니라는 사실을 깨달아야 했다. 김범우는 잠시 생각했다. 목적은 테러를 막는 데 있었다. 그러자면 역시 염상구의 손을 빌려야 직효가 날 것이었다. 정면추궁을 피해 우회적인 방법으로 구슬리는 수밖에 없었다. 다소 비위가 상하는 일이었지만 어쩌는 도리가 없었다.

"상구 자네 말이 맞네. 나는 선생 노릇이나 착실히 하고, 자네 같은 사람은 치안을 야무지게 해야지. 그래야 세상이 편안하게 되는 법이네. 요즘처럼 불안한 시기일수록 자네 같은 사람의 역할이 중한 것이네. 그런데 이게 어찌 된 일인가. 그 젊은 놈들이 밤마다 테러를 일삼고 있으니. 자네, 지금 읍내 소문이나 인심이 어떤지 아나? 그 젊은 놈들을 욕하는 건 말할 것도 없고, 경찰이나 청년단은 있으나 마나라는 것이네. 이런 시국에 경찰이나 청년단이 사람들한테 원망을 듣고 인심을 잃어 되겠나. 그런 소문이 얼마나 퍼졌으면 내 귀에까지 들어왔겠나. 자네도 이런 때 인심을 얻어둬야 앞길이 열리지 인심을 잃어 좋을 게 뭐 있겠나. 자넨 내 뜻을 빨리 알아야 하네. 물론 나 혼자 힘으로도 젊은 놈 네댓쯤 혼쭐을 낼 수 있는 일이지만, 그건 엄연히 자네 소관이라 이리 찾아온 게 아닌가."

염상구의 얼굴에는 동요의 빛이 확실하게 떠올랐다.

"헌디 말이요, 갸들도 헐 소리가 있당께요. 빨갱이 손에 각단지게 아부지럴 잃어뿔고 그 분풀이럴 허겄다는 것인디, 고것꺼정 워쩌크롬 못허게 헐 것이요."

염상구는 자기와의 관계를 실토하는 것인 줄도 모르고 말을 털어놓았다.

"지금까지 한 분풀이로도 충분하네. 사람까지 하나 죽였으면 됐지, 더 계속하다간 큰 문제가 일어날 것이네."

"그 일꺼정 소문이 났습디여?"

염상구는 놀라움을 감추지 않았다.

"발 없는 말이 몇 리를 간다고 하던가?"

"고건 헛소문이구만요. 우리도 조사를 혔는디, 그 영감은 갸들헌테 맞어서 죽은 것이 아니라 지가 고꾸라짐스로 토방 댓돌에 머리를 찧어 지물에 죽은 것이요. 영감 며느리도 그렇다고 조서에 지장을 찍었응게요."

김범우는 눈을 꼭 감았다가 떴다.

"그 영감이 댓돌에 머리를 부딪쳐 죽게 된 건 몰매를 못 견뎌 쓰러졌기 때문이 아니겠나. 그건 엄연히 살인이야. 조서를 어찌 꾸며놓았건 간에 소문은 때려죽인 것으로 나 있고, 사건화가 돼서 법정에 가더라도 살인죄를 면할 수가 없어. 어쨌거나 이 단계에서 그놈들 짓을 막게. 또 사람이 죽는 꼴 생기기 전에."

"알겄구만이라. 오늘 밤서부텀은 꼼지락 못허게 닦달을 혀야 쓰겄구만이라."

염상구는 고개를 주억거리고 앉아 있었다. 김범우의 말이 백번 옳다 싶었던 것이다. 그놈들 분풀이를 시켜주려고 괜히 인심을 잃을 필요가 없었고, 또 사람이라도 하나 더 죽이게 된다면 얼마나 골치가 아플 것인가.

"자네 말 믿고 그만 가보겠네."

김범우는 그만 자리에서 일어났다.

"성님, 고맙구만이라. 존 말 혀주셔서."

염상구는 뒷머리를 긁적거리며 따라 일어섰다. 단순해서 다루기 편하고, 단순하기 때문에 위험하기 그지없는 존재라고 생각하며 김범우는 염상구를 물끄러미 바라보았다. 그 얼굴 위에 형 염상진의 얼굴이 겹쳐졌다. 형이 좌익이니까, 그것도 대장이어서 염상구의 단순성은 더욱 열성적인 우익이 될 수밖에 없을 거라 싶었다.

청년단 사무실을 나온 김범우는 길가에서 한동안 서성거렸다. 안창민의 집으로 먼저 가야 할지, 병원에 먼저 들러 전 원장의 왕진을 청해야 할지 결정을 내리지 못했던 것이다. 안창민의 집부터 먼저 찾아가보기로 마음을 정했다. 환자의 상태도 모르고 왕진부터 청한다는 것이 의사에 대한 예의가 아니었고 경솔한 행동이 될 염려가 있었다.

김범우는 담배를 꺼내 물며 남국민학교 쪽으로 걸음을 옮겨놓기 시작했다. 두 여자의 이야기에 오른 '안 선상님'이 안창민인 것을 짐작하기는 어려운 일이 아니었다. 선생으로 가담한 것은 안창민뿐이었던 것이다.

안창민이 어항 속에서 잠든 금붕어처럼 국민학교 울타리 안에서 미동도 하지 않은 채 아이들 사이에 묻혀 있었지만 김범우는 그의 존재를 이미 알고 있었다. 그는 손승호와는 달랐다. 가냘픈 체구와는 달리 의지적인 의식의 소유자였다. 그는 자신이 양반의 피를 타고났다는 사실 자체를 싫어했고, 자기 아버지의 난봉으로 몰락한 지주 집안이 된 사실을 더없이 부끄러워했다. 그의 부끄러움은 자기 아버지의 방탕한 삶에 대한 비판이었고, 자기 집안에 매달려 있던 가난한 소작인들에 대한 죄의식이었다. 그의 뛰어난 머릿속에는 봉건계급사회를 질타하는 견고하고도 정연한 논리들이 끝없이 준비되어 있었다. 그는 어느 누구도 어찌할 수 없는 이론적 사회주의자였다. 김범우는 어쩌다 그와 술자리를 같이하는 경우에도 사상적인 화제 같은 것은 서로가 의식적으로 피하고는 했었다. 그러나 그가 어딘가로 쫓겨다니고 있는 염상진과 보이지 않는 끈으로 연결되어 있다는 것을 눈치채기는 어렵지 않았다.

안창민의 집 대문은 반쯤 열려 있었다. 김범우는 낮은 기침으로 인기척을 내며 대문을 들어섰다. 농가가 아닌 조그만 규모의 초가는 말끔한 느낌을 주었다. 전에 서너 차례 들렀을 때도 집안은 언제나 정결했었다. 집안의 그런 분위기는 안창민의 어머니 모습 그대로였다. 그의 어머니는 항시 풀기가 선 옷차림을 하고 있었다. 쪽머리도 언제나 단정했다. 그분의 작은 체구에서는 변함없는 기품이 풍겨나왔다. 그런 그분의 모습에서 아들이 돈벌이를 하기 전까지 직접 농사일을 살피고 거들었다는 사실을 믿기가 어려웠다. 그분은 양반 가문의 기풍을 뼛속까지 익힌 전형적인 여인이었다. 안창민의 작은 체구는 어머니의 내림 같았다.

"실례합니다."

토방 가까이 다가선 김범우는 인기척을 대신해서 말했다. 그런데 곧 문이 열렸다. 문이 열리지 않으리라 생각하고 토방으로 올라서던 김범우는 주춤했다.

"누구신지요?"

안면이 없는 젊은 여자가 쪽마루로 나오며 목례를 했다. 흰 저고리에 검정 치마를 입은 여자는 배움을 갖추고 있는 것처럼 보였다.

"아, 죄송합니다. 저는 안 선생 친구인 김범우라고 합니다. 어머님께서 변을 당하셨단 말을 듣고 이렇게……."

"네에, 김 선생님이시군요." 젊은 여자는 불안스럽던 얼굴을 금방 반가움으로 바꾸고는, "저는 남국민학교에 근무하는 이지숙이라고 합니다." 주저 없이 인사를 했다.

"아아, 네에……."

김범우는 약간 고개를 숙여 맞인사를 하며, 그 여자와 안창민과의 관계가 일직선으로 연결되는 예감에 부딪혔다.

"김 선생님께서는 저를 아실 리가 없지만, 저는 김 선생님을 알고 있습니다."

이지숙은 직장생활을 하고 있는 여자답게 스스럼없이 말했다.

"네에, 그런데 어머님께선 좀 어떠신지……."

"지금 주무십니다. 들어가보시죠."

"아닙니다. 잠을 깨워선…… 상태는 어떠신지요?"

"타박상을 입으셨구요, 열이 심한 편입니다."

"의사는 다녀갔습니까?"

"……원치를 않으십니다."

이지숙이 머뭇거리다가 말했다. 그녀의 머뭇거림이 안창민의 어머니에 대한 호칭이 마땅찮아서 그럴 거라고 김범우는 어림했다.

"이 선생님 생각으로는 어떠십니까?"

"아무래도 의사한테 보여야 될 것 같습니다. 연세도 연세고……."

"알겠습니다. 제가 다녀오겠습니다."

김범우는 이지숙에게 목례를 하고 돌아섰다.

별로 예쁘다고는 할 수 없는 인물이었다. 그러나 영리하고 강단 있게 생긴 얼굴이었다. 윤기 있게 빛나는 큰 눈이 인상적이었다. 안창민을 깊게 사랑하고 있는 듯싶었다. 그렇지 않고서야 간호를 하러 나섰을 리가 없었다. 안창민의 처지가 처지고, 그의 어머니가 아픈 것도 자연스런 발병이 아니라 안창민 때문인 것이다. 그런데도 그녀는 병간호를 나선 것이다. 경찰의 주목이나 주변의 소문 같은 것은 무릅쓰겠다는 각오가 아니고서는 취할 수 없는 행동이었다. 혹시 안창민과 그녀는 사상적 동지로서 맺어진 연인관계는 아닐까. 글쎄, 만약 그렇다면 자신의 존재를 드러내지 않기 위해서라도 그런 표나는 행동은 삼갈 것이 아닌가. 그럼 순수한 사랑의 감정만으로 하는 행위일까. 그렇다면 그녀는 안창민의 장래를 어떻게 생각하고 있을까.

김범우는 병원에 도착할 때까지 이지숙에 대해서만 생각했다. 그러나 의문만 자꾸 가지를 뻗을 뿐 이해의 결론은 얻어지지 않았다. 다만 영리하고 야무지다는 인상은 확실하게 남았다.

김범우의 이야기를 전명환 원장은 침통한 표정으로 들었다.

"참으로 큰일이오. 이런 혼란이 언제까지 계속될 것인지. 염상진 네가 그 사실을 알면 또 가만히 있겠소. 아마 지금쯤 알고 있을지

도 모를 일이오. 또 보복을 가해오고, 죽고, 죽이고…… 무슨 짓들
인지 모르겠소."

전 원장은 헐어빠진 왕진가방에 진찰도구를 챙겨넣으며 시름겨
운 목소리로 말하고 있었다. 허기로 쓰린 속을 의식하면서도 김범
우는 담배만 빨아댔다. 그때까지 아침을 못 먹었던 것이다.

김범우는 전 원장이 염려하는 바를 벌써 두 여자의 이야기를 들
으며 직감적으로 떠올렸던 것이다. 그러나 염상구를 만난 자리에서
는 꺼내지 않았다. 그 말은 염상구를 자극만 할 뿐 폭력행위를 중단
시키는 데는 아무런 효과가 없다는 것을 판단했기 때문이었다.

"가보실까요."

전 원장이 문 쪽으로 걸음을 옮기며 말했다. 김범우는 담배를 비
벼 끄고 따라 일어섰다. 총상 입은 순경은 좀 어떠냐고 물으려다가
그만두었다.

"벌써 겨울이 시작이구만요."

전 원장이 큰길로 나서며 하늘을 올려다보았다. 그 중얼거리듯
하는 말에 무슨 의미가 담긴 것도 같았고, 그냥 지나가는 소리로
하는 것도 같았다. 김범우의 눈길은 큰길에서부터 병원 현관에 이
르는 길 양쪽으로 피어 있는 꽃들에 머물렀다. 가을꽃 국화와 코
스모스가 한 무더기씩 자리바꿈을 해가며 줄지어 꽃을 피우고 있
었다. 가꾼 정성이 그대로 드러나면서도 자연스럽게 느껴지는 가
을꽃의 행렬이었다. 하늘의 탓인가, 어찌 가을꽃은 꽃마저 저리도
투명하고 애상적일까. 문득 스친 자신의 생각이 엉뚱하고 어색스럽

게 느껴져 김범우는 피식 웃었다.

"곧 군부대가 주둔하게 될 모양입니다."

전 원장이 강조하는 기색 없이 예사롭게 말했다.

"군인들이요?"

김범우로서는 다소 의외의 소식이었다. 군인들이 주둔하게 되면
또다른 국면의 일들이 벌어지지 않을까 하는 불안한 예감이 스쳐
갔다.

"별로 많지는 않은 모양입니다."

김범우의 그런 기분을 알아차리기라도 했다는 듯이 전 원장은
김범우의 얼굴을 쳐다보며 말했다.

"글쎄요, 벌교까지 군대가 주둔할 필요가 있을까요?"

"작전상 그런 모양이라 하더군요. 벌교 자체의 문제보다도 전체
적 소탕계획에 따라 이뤄지는 일이라고 해요."

전 원장은 간접화법을 쓰고 있었다. 그렇다면 전 원장도 그 소식
을 들으며 읍내의 군대 주둔 필요성에 대해 의문을 표시했다는 반
증이었다. 김범우는 누구에게서 나온 정보인지를 물으려다가 그만
두었다. 군대 주둔이 기정사실이 된 이상 알 필요가 없는 문제였다.

"별로 많지 않다면, 대충 얼마나 된다고 하던가요?"

"그건 물어보지 않았어요. 관심 쓰기가 싫은 문제여서."

전 원장이 어색하게 웃었다. 김범우도 따라서 웃음을 흘렸다. 그
리고 걷기에 열중했다.

그들의 뒤를 두 청년이 20여 미터 간격을 두고 따르고 있었다.

"니, 김범우가 틀림읎제?"

한 청년이 목소리를 낮추어 다짐했다.

"아, 그렇당께로 몇 분썩이나 묻는겨?"

다른 청년도 역시 목소리를 낮춘 채 짜증스럽게 대꾸했다.

"실수허면 큰일난께 안 그러냐. 싸게 경찰서로 전화 걸자."

"그려, 사거리에서는 잡어야 헐 것잉께."

두 청년은 두리번거리다가 가까운 상점으로 뛰어갔다.

경찰서장의 명령에 따라 경찰 두 명이 김범우를 체포하기 위해 집으로 갔었다. 경찰들은 헛걸음을 했고, 보고를 받은 서장은 청년단에 긴급명령을 내렸다. 그 명령에 따라 청년단원들은 김범우를 찾아내기 위해 읍내를 들쑤시고 다니는 참이었다.

김범우는 사거리에서 남국민학교로 이어지는 길목으로 접어들다가 두 경찰이 겨눈 총부리 앞에 걸음을 멈추어야 했다.

"당신이 김범우요?"

"그렇소!"

김범우는 두 경찰을 노려보며 버티고 서 있었다.

"당신을 체포하겠소."

"이유가 뭐요!"

김범우의 목소리가 노기에 차 있었다.

"경찰서로 갑시다. 이유는 거기 가면 훤히 나와 있을 테니까."

"아니, 왜들 이러시오. 우리 김 선생이 도대체 뭘 잘못했길래."

전 원장이 경찰들 앞으로 나섰다.

"원장님은 가만 계세요. 다 그럴 만한 잘못이 있어서 이러는 겁니다."

한 경찰이 전 원장을 팔로 제지하며 김범우를 향해 눈을 치떴다. 김범우는 그때까지도 왜 이런 사태가 벌어지게 되었는지 맥을 잡지 못하고 있었다. 대낮 노상에서 총구의 겨냥을 받을 만큼 잘못을 저지른 일이 없었다. 그러나 잡아가겠다고 겨눈 총 앞에서 김범우는 어쩌는 수가 없었다.

"좋소, 갑시다."

김범우는 피식 웃음을 흘렸다.

"원장님, 천상 혼자 집을 찾아가셔야 되겠습니다. 잘 부탁드립니다. 이따가 병원으로 가겠습니다."

김범우는 전 원장에게 전혀 달라진 기색 없이 말했다.

"갑시다."

경찰이 총부리로 김범우의 등을 밀었다. 입가에 쓴웃음을 문 김범우가 걸음을 옮기기 시작했다. 서너 명의 행인들이 힐끔힐끔 쳐다보며 지나갔다.

"김 선생……."

전 원장은 신음처럼 소리를 흘리며 느리게 걸어가고 있는 김범우의 뒷모습을 멍하니 바라보고 있었다.

김범우는 울화가 치밀어오르는 걸 꾹 참아내며 걸음을 옮기고 있었다. 안창민의 어머니를 의사한테 보인 다음 칠동리를 찾아가려 했던 것이다. 죽임을 당했다는 영감이 누구인지나 알아야 할 것 같았던 것이다.

염상구는 부하에게 김범우가 잡혀가고 있다는 보고를 받았다. 기분이 아주 묘했다. 시원한 것도 아니고 불쾌한 것도 아니고, 뭔가 석연찮은 느낌으로 찜찜한 기분이었다.

"워디서 잽혔드냐?"

"사거리 쬐깐 지나서구만요."

"워처케 잽히드냐?"

"긍께, 머시냐, 멀어서 무신 소리 허는지는 못 들었고라, 점잖허니 걸어가등마요."

염상구는 고개를 끄덕였다. 김범우의 태연한 모습이 보이는 것만 같았다.

"고상혔다. 나가서 다른 대원들한테 연락혀라. 생고상 안 허게."

염상구는 두 부하를 사무실에서 내몰았다. 그리고 경찰서로 전화를 걸었다.

"서장님, 청년단 염상군디요. 김범우 도착혔는게라?"

염상구는 김범우를 체포한 것이 청년단의 노고임을 확인시켜 둘 심산이었다.

"아직 안 왔소."

"쪼깨 있으면 도착헐 것이구만요."

"알았소."

금방 전화를 끊을 것 같은 느낌이었다.

"서장님, 서장님……."

"뭐요."

"아까도 말했지만 기술 좋게 다루씨요. 김범우도 김범우제만 그 뒤에는 김씨 문중이 있응께요."

"그런 걱정까진 마시오. 다 내가 알아 할 일이니까."

전화가 끊겼다. 염상구는 수화기를 고리에 거칠게 걸며, "씨부랄 놈으새끼, 지랄허고 자빠졌네. 대갱이를 팍 쪼사뿌렀으면 속이 씨 언허겄네. 경찰 못 된 것이 한이시웨." 욕지거리를 쏟아놓았다. 사실 염상구는 경찰이 아닌 것에 항시 열등감을 느끼고 있었다. 그래서 그동안 정식경찰이 되어보려고 노력도 했었다. 그러나 그건 쉬운 일이 아니었다. 낮은 학벌에 체계적으로 아는 것 없음이 장애였고, 설령 된다고 해도 말단 순경질부터 시작해야 한다는 것이 한심스럽기 짝이 없었다. 말단 순경질보다야 청년단 감찰부장에 주먹패 '오야붕' 노릇이 몇 갑절 세도도 크고 실속도 좋은 자리였다. 경찰서장이 의도적으로 미루고 있는 까닭에 염상구는 아직 자신이 청년단 단장이 된 줄을 모르고 있었다.

염상구는 다시 고개를 갸우뚱거렸다. 경찰서장한테서 전화가 걸려왔던 것은 김범우가 다녀가고 얼마가 지나지 않아서였다. 서장은 밑도 끝도 없이 김범우를 체포해야 한다고 서둘러댔고, 왜 그러냐는 물음에 거침없이 '빨갱이'라고 했던 것이다. 김범우가 잡혀가고 있는 지금까지도 염상구는 그 사실을 믿을 수가 없었다. 김범우가 하고 다니는 행동을 보면 어딘가 석연찮고 미심쩍은 데가 없지는 않았지만 그것만으로 '빨갱이'라고 점찍을 수는 없었다. 그러나

서장의 행동도 무시할 수 없었다. 서장이 확실한 근거 없이 김범우라는 사람을 체포할 리가 없었다. 김씨 문중은 일본 서장도 함부로 하지 못했던 걸쩍한 집안이었다. 염상구는 머릿속에 뿌연 안개가 낀 것 같아 답답해 견딜 수가 없었다. 시간이 가면 알게 되겠지. 염상구는 김범우의 일을 일단 접어두기로 했다. 그리고 전화기 핸들을 돌렸다. 오늘 밤부터 보복행위를 중단시킬 작정이었다.

"싸게 솥공장집 바꿔도라."

"공장얼 바꿀께라, 집얼 바꿀께라."

"귀에 말뚝 박았냐? 솥공장집이란 말 워디로 들었냐!"

염상구는 마구잡이로 소리를 질렀다.

"알았구만요, 알았어라."

교환의 목소리가 금방 기가 죽었다.

"썩을 년, 못생긴 낯짝 갖고 쌕이나 쓸지 알았지 말귀 하나 지대로 못 알아묵고 지랄이여, 지랄이."

염상구는 송화기에다 대고 거침없이 욕질을 해댔다. 그러나 수화기에서는 아무 소리도 들려오지 않았다. 염상구는 일부러 그렇게 정나미 떨어지는 욕질을 해대는 것이었다. 교환수 영자년의 접근을 막기 위해서였다. 고운 목소리와는 달리 그 인물이 말이 아니었던 것이다. 그 목소리는 카랑하면서도 나긋거리고, 어떤 때 콧소리 섞은 목소리는 간을 녹일 만도 한데 그 인물이라는 것이 앉은뱅이 코에다가 이마가 툭 불거지고 이빨까지 뻐드렁니여서 가관이었다. 염상구는 목소리만 듣고 흑심을 품었다가 정작 대면을 하고는 입맛이 싹 가시고 말았던 것이다. 그런데 영자년은 눈치도 없이 추파를 던지며 전화를 걸 때마다 흰소리를 하려 들었다.

"여보시오, 누구시요?"

여자의 목소리가 들려왔다.

"거그 솥공장집이요?"

"그런디라."

"윤태주 바꾸씨요."

"워찌 그러요? 태주 자는디요?"

"얼렁 깨워 바꾸씨요."

"곤허게 자는디 나헌테 말허씨요."

짜석, 밤에는 염병 지랄치고 싸댕기고 낮에는 똥구녕에 햇빛 드는지도 몰르고 자빠져 자는구만. 염상구는 쓴웃음을 물었다.

"여그 청년단인디, 싸게 깨우랑께요."

"워메 그려라? 글먼 진작 청년단이라고 헐 일이제. 쪼깐만 기둘리씨요."

염상구는 담배를 댕겨물었다.

"여보세요, 윤태줍니다. 부장님이십니까?"

"나 염상구시."

"아, 안녕하십니까. 어쩐 일이세요?"

"헐 말이 있응께 얼렁 사무실로 나오소."

"전화로는 안 되겠습니까. 너무 피곤해서요. 요새 밤잠을 통 못 자는 것 부장님도 아시잖습니까."

"어허, 윤태주, 워찌 그리 말이 많혀? 나올 끼여, 안 나올 끼여?"

"알았습니다. 곧 가겠습니다."

"알겠어. 당장 나와."

염상구는 일그러진 표정으로 전화를 끊었다. 시건방지다는 생각이 그의 비위를 긁었다. 이것들을 놔먹였더니 제까짓 것들이 뭐나 되는 줄 알고 간댕이가 부어올랐군. 염상구는 그들의 행동을 중단시켜야 할 또다른 이유를 찾아내고 있었다.

12
구만리장천을 떠도는 구름

외서댁은 물동이를 엎듯이 솥에다 물을 쏟아부었다. 그러나 물은 반도 차지 않았다. 그 정도로는 목욕은커녕 뒷물도 하기 어려운 양이었다. 천생 우물을 한 행보 하지 않을 수 없는 형편이었다. 사립 밖으로 나가야 된다고 생각하자 외서댁은 불현듯 두려움을 느꼈다. 간밤의 흔적을 사람들에게 금방 들킬 것만 같았던 것이다. "남녀관계란 것이 한강에 배 지내가기란 말도 못 들어서 이러는겨?" 그 남자의 위압적인 말이 떠올랐고, 외서댁은 두 손으로 귀를 막았다. 죄진 마음 때문에 그러는 것이지 옷을 입었는데 무슨 표가 나겠느냐고 외서댁은 스스로를 일깨웠다. 기왕 우물을 다녀오려면 날이 더 밝아지기 전에 다녀와야 할 것이었다. 외서댁은 물동이를 들고 부엌 문지방을 넘어섰다. 샅의 뻐근하고 묵지근한 통증이 느껴졌다. 그녀는 부르르 몸서리를 쳤다. 그 부분에 송충이나 배추벌레가 기고 있는 것처럼 징그럽고 더러웠다.

동녘이 희붐하게 열리고 있었고, 어둠은 희부옇게 땅으로 가라앉고 있었다. 외서댁은 또아리를 받쳐 물동이를 이고 장독대 위에 엎어둔 두레박을 서둘러 집어들었다. 사립을 나서는 그녀의 가슴은 쿵쿵 울리고 있었다. 지발 아무도 본 사람이 없어야 헐 것인디. 신령님, 존 일 헌다고 이년얼 한 분만 살펴주십소사. 내년이 맘 동헌 것이 아니고 완력에 못 이겨 헌 짓잉께요. 외서댁은 고샅을 부리나케 걸어가며 간곡하게 빌고 있었다.

어디선가 인기척이 들려왔다. 외서댁의 가슴은 더욱 심하게 벌떡거렸다. 남들의 눈에 띄지 않게 하려고 그 사람을 일찍 깨워 보낸다고는 했지만 행여 누가 보았을 것만 같아 먼 사람소리에도 가슴은 방망이질이었다.

외서댁은 방문 옆에 쪼그리고 앉아 밤을 새웠다. 첫닭이 우는 소리를 듣고 그녀는 정신을 가다듬었다. 남자는 코를 드렁드렁 골며 잠에 빠져 있었다. 그녀는 손으로 귀를 막으며 진저리를 쳤다. 코 고는 소리가 온 동네에 퍼질 것만 같았던 것이다. 입을 헤벌리고 코를 골아대는 남자의 얼굴을 보는 순간, 저놈을 죽이고 나도 죽을까, 하는 생각이 또 스쳐갔다. 쪼그리고 앉아 질정 없이 되풀이했던 생각이었다. 남편 생각을 하면 당장 그래야 했지만, 세상 모르고 잠이 든 두 살짜리 어린것이 눈에 들어오면 그 생각은 흔들리고 말았다. 그녀는 어린것을 벽 쪽으로 조심스럽게 밀며 다독거렸다. 그러면서 그녀는 자신이 당장 해야 할 일은 남자를 한시라도 빨리 집에서 내쫓는 것이라고 생각했다. 그녀는 남자에게 손을 뻗으려다가 주춤했다. 자신의 손으로 남자의 몸 그 어느 부분도 만지기가 싫었다. 그녀는 다리를 뻗었다.

"봇씨요, 요봇씨요."

그녀는 발끝으로 남자의 허벅지께를 툭툭 건드렸다. 남자는 미간을 찡그려붙이며 돌아누웠다.

"봇씨요, 싸게 일어나씨요. 날이 다 샜는디 싸게 일어나랑께요."

외서댁은 말의 빠르기에 맞춰 남자의 허벅지께를 그만큼 잦게 찔벅였다.

"워째 이 지랄이여!"

남자가 이쪽으로 돌아누우며 버럭 소리를 질렀다. 외서댁은 주춤 물러나앉았다. 남자의 가늘게 째진 눈이 어렴풋한 어둠 속에서도 사납게 보였다.

"방문이 컴컴헌디 워째 날이 다 샜다고 염병이여, 염병이."

남자가 이불을 끌어올리며 거칠게 내쏘았다. 외서댁은 자신도 모르게 남자를 붙들었다.

"폴세 첫닭이 울었구만요. 존 일 헌다고 더 날 새기 전에 가주시씨요. 고것이 서로 존 일 아니겠소?"

외서댁은 남자의 어깨를 흔들며 사정했다. 외서댁이 남자의 어깨를 흔드는 데 따라 그녀의 커다란 유방이 저고리섶 아래서 흔들렸다. 그 묵직한 흔들림을 누워서 올려다보고 있는 남자는 살에 불길이 당기는 것을 느꼈다. 남자는 그녀의 허리를 끌어안았다.

"워째 이러시요!"

외서댁은 반사적으로 남자를 밀어냈다.

"워째 이러기는 멀 워째 이래. 물꼬 첨 틀 때 수인사허는 법이제, 틀 때마동 수인사혀야 쓰것어?"

남자는 어느새 일어나 앉았고, 외서댁은 눕혀져 있었다. 외서댁은 고개를 돌린 채 눈을 감았다. 이미 터진 물꼬였고, 한시라도 빨리 떠나게 하려면 순순히 말을 들을 수밖에 없다고 생각했다.

저고리가 벗겨지고, 치마가 벗겨지고, 속곳이 벗겨졌다. 외서댁은 어금니를 맞물었다. 남편을 수없이 불렀다. 이놈의 등짝을 낫으로든 도끼로든 찍어달라고 남편을 불렀다. 그러다가 고개를 저었다. 남편이 알아서는 안 된다고 고개를 저었다.

"휴우……."

깊은 한숨과 함께 남자의 몸이 부려져오는 무게를 느꼈다. 그 무게감이 진저리 쳐지게 싫어 외서댁은 어깨를 떠밀어냈다. 남자는 무너지듯 방바닥에 벌렁 누웠다. 외서댁은 일어나서 옷들을 거머잡았다. 남자를 외면하고 빠르게 옷을 꿰입었다.

"흐흐흐, 내 눈이 보배는 보배여. 보기 존 떡이 묵기도 좋드라고, 외서댁을 딱 보자말자 가심이 찌르르허드란 말이여. 고 생각이 영 축없이 들어맞어뿌렀는디, 쫀득쫀득허고 옴죽옴죽허는 것이 꼭 겨울꼬막맛이란 말이시. 잉, 맛나고 맛나당께로."

맥 풀려 흐늘거리는 남자의 말이었다. 그 끈적거리는 것 같은 목소리가 몸을 친친 감아오는 것 같아 외서댁은 또 진저리를 쳤다.

"존 일 헌다고 인자 싸게 가씨요."

외서댁의 목소리에는 울음이 섞여 있었다.

"찬물이나 한 그럭 떠오소."

남자의 태평스러운 목소리였다.

"워쩌실라고 이러요, 금메."

외서댁은 애가 달아 남자 쪽으로 황급히 돌아앉았다. 그러나 그녀는 질겁을 하며 되돌아앉아야 했다. 남자는 그때까지 옷을 걸치지 않은 알몸으로 번듯이 누워 있었다.

"더 있으라고 붙들어도 가야 헐 몸잉께 얼렁 찬물이나 떠오소."

외서댁은 귀가 번쩍 뜨여 자리를 차고 일어섰다. 방문을 열고 쪽마루로 나서자 찬 새벽 기운이 섬뜩하게 몸을 감아왔다. 그것이 남편의 화가 난 손길처럼 무섭게 느껴졌다. 그리고 어둠 여기저기에 남편의 눈길이 숨겨져 있는 것만 같았다.

남자는 물 한 사발을 단숨에 들이켜고는 담배를 빼물었다.

"한숨 늘어지게 자야 헐 것인디, 외서댁이 그리 애타해싼께 담배나 한 대 꼬실리고 떠야 쓰겄구마."

남자는 담배연기를 푸우 내뿜으며, 고개를 숙이고 옆으로 돌아앉아 있는 여자를 아슴한 눈길로 건너다보고 있었다. 저것이 얼굴만 이쁜 것이 아니라 몸도 오목조목허니 이쁘고, 니노지는 쫀득기리고 옴죽기리는 것이 질로 이쁘단 말이여. 저것 조갑지가 그 말로만 듣던 '긴자꾸'가 아닐랑가 몰라? 다방 화자년 것이나 남원장 경월이년 것허고는 댈 것이 아니랑께로. 특제 중에 특제란 말이여.

"짜아, 자네 소원대로 이만 가야 쓰겄네. 또 보세."

남자는 담배를 입에 문 채 방문을 열었다. 외서댁은 바삐 뒤따라 나가 선반에 올려놓았던 남자의 구두를 내렸다.

"어허 참, 구두에 서리 앉을까 무서 선반에 올려뒀드랑가. 외서댁은 맘씨할라 이쁘시웨."

외서댁은 가슴이 덜컹 내려앉아 겁먹은 눈길로 사방을 빠르게 살폈다. 새벽의 정적 속에 남자의 거리낌 없는 목소리는 너무나 크게 울렸던 것이다.

"시상에, 누가 듣겄소."

외서댁은 주먹으로 허공을 치며 안타깝게 말했다. 요런 문딩이 겉은 인종아, 니눔이 머가 이뻐서 구두럴 선반에 올렸끄나. 니눔 구두에 서리가 앉으면 워쳤고, 똥이 묻으면 워쳤냐. 넘 눈에 들킬까 무서 선반에 올렸제 니눔 위해서 헌 일인지 아냐. 구렝이보담도 징허고 징헌 놈아.

"또 보세."

남자는 이 말을 남겨놓고 주의하는 기색이라고는 전혀 없이 저벅저벅 구둣발소리를 내며 사립을 나섰고, 고샅길을 걸어가는 소리가 한참이나 들렸다. 저벅거리는 구둣발소리가 울릴 때마다 외서댁의 가슴은 한 치, 한 치 졸아들고 있었다. 가다가 칵 뒤져뿌러라. 가다가 허방 디뎌 다리몽뎅이 뿐질러져 뒤지든지, 천벌 받아 급살얼 맞어 뒤지든지, 팍 뒤져뿌러라. 신령님, 도와주십소사. 저놈이 또 보자고 헌 것 본께 또 올 모냥인디, 워째야 쓸게라. 신령님, 저놈헌테 벌얼 내려주십소사. 저 인종이 더는 못 오게 벌얼 내려주십소사. 외서댁은 어느덧 가슴 앞에 두 손을 모으고 서 있었다.

방으로 들어온 외서댁은 어린것을 품고 엎드렸다. 그제야 눈물이 쏟아졌다. 남편에 대한 죄스러움과 원망이 함께 어우러지며 솟구치는 눈물이었다. 애아부지, 워디서 멀 허고 있간디 나가 요런 꼴을 당허게 맹그요. 머 헐라고 공산당은 혔습디여. 이리 몸 더럽혀 뿌렀는디 당신이 원허는 시상 오먼 무신 소양이 있겄소. 나는 인자 워쩨야 쓸께라. 죽어야 헐지 살아야 헐지 대답 잠 해봇씨요. 외서댁은 머리가 아프도록 울었다. 그러다가 문득 그 부분에 벌레가 기는 것 같은 스멀거림을 느꼈다. 그 스멀거림은 일시에 전신으로 퍼져나갔다. 그 느낌은 뱀에게 감겨 있는 것처럼 징그러웠고, 똥을 맥질하고 있는 것처럼 더러웠다. 물을 펄펄 끓여 살갗에서 뽀독뽀독 소리가 나도록 전신을 씻어내야만 한다고 생각했다. 외서댁은 방문을 박차고 나와 부엌으로 내달았다.

우물이 가까워지고 있었다. 외서댁은 무의식적으로 자신의 몰골을 내려다보고는 저고리섶을 여몄다. 손끝에 팅팅 분 새벽젖의 감촉이 닿아왔다. 그녀는 섬뜩 놀랐다. 그 남자의 체온이 느껴졌던 것이다. 다른 때 같았으면 애에게 빨릴 생각을 하며 손바닥으로 젖을 감싸 받쳐올리며 느긋한 기분에 젖었을 것이다. 그러나 지금은 젖을 만지기가 두려웠다. 그 남자는 거기만 더럽힌 것이 아니라 젖까지 더럽혔다. 젖을 만지기만 한 것이 아니라 마구 빨고 핥아댔던 것이다. "워메, 젖이 워째 요리 크고 이쁘당가. 사람 환장허겄네잉."

남자는 거친 숨을 몰아쉬며 연상 이렇게 씨부려댔다. 외서댁은 애를 낳아서 젖이 커진 것이 아니었다. 처녀 적부터 젖이 남달리 커서 간수하는 데 애를 먹은 처지였다. 언제나 치맛말기로 힘주어 동여매야 했고, 여름에도 냇가의 밤 목욕을 맘 놓고 나갈 수가 없었다. 이런저런 입질을 피할 수 없었기 때문이다. 그건 어머니의 내림이었다. "젖 큰 것이 큰 자랑 될 것은 없지만서도 숭잽힐 일은 하나또 아닝께 염려 말어라. 남편헌테 사랑받고 아그덜 잘 키워낼 밑천인디, 쪼깐허니 작은 것에사 비허겄냐." 어머니가 위로 삼아 하고는 했던 말이었다. 시집을 가서 그녀는 비로소 어머니의 말을 실감했다. "위메, 참말로 굉장허시. 사발얼 엎어논 것이 아니라 밥그럭얼 엎어논 것만 허시. 얼굴도 이쁜디다가 젖도 요리 커분께, 필시 나넌 마누래복은 천복얼 타고난 것인갑구만." 남편은 젖무덤을 애무하며 너무나 행복해했다.

다행히 우물터에는 아무도 없었다. 안갯빛 어둠살이 흐르고 있는 새벽 우물터에는 언제나처럼 물빛으로 투명한 고요가 머물러 있었다. 그녀는 몸짓을 서둘러 물동이를 내려놓고 두레박줄을 풀었다. 추르르 줄이 풀려 내려가고 두레박이 수면에 부딪히는 소리가 저 아래서 맑게 울려 올라왔다. 그녀는 있는껏 두 팔을 벌려가며 물을 길어 올렸다. 두레박의 물을 물동이에 쏟아부었다. 그녀의 입에서는 습관적으로 '스으스' 소리가 흘러나왔다. 빨래를 할 때나 채소 같은 것을 씻을 때, 여자들이 물일을 하며 신명을 돋우기라도 하듯 으레 반복적으로 내는 소리였다. 물동이를 반나마 채웠을 때였다.

"음마, 요것이 뉘기여?"

두레박을 끌어올리는 데 정신을 팔고 있던 외서댁은 갑작스러운 소리에 질겁을 하고 놀랐다.

"외서댁 아니라고?"

눈앞에는 두 여자가 희멀건하게 웃고 서 있었다. 왕주댁과 샘골댁이었다.

"워메 엄니, 간 떨어지겠소!"

외서댁은 왼손으로 가슴을 누르며 긴 숨을 내쉬었다.

"샘가서 사람 만내기야 예사제, 사람소리 듣고 워째 그리 놀래뿐가? 자네, 무슨 죄진 일이라도 있능가?"

왕주댁이 눈 가장자리에 주름을 잡으며 능글맞게 웃었다. 죄진 일……, 외서댁은 가슴이 푸득 떨리는 걸 느끼며, 태연해야 한다고 자신을 타일렀다.

"죄는 무신 죄라. 쓰잘디읎는 생각에 넋 빼다 봉께로 놀랜 것이제라."

"쓰잘디읎는 생각은 무슨 쓰잘디읎는 생각. 그리 넋얼 뺄 생각이먼 쓰잘디가 있는 생각이겄제. 무신 생각을 그리 혔등가? 히히, 물으나마나겄제. 날언 썬들썬들해지고 잠자리는 썰렁헌께 젊디나젊은 육신에 간절헌 것이 임 생각 아니겄어?"

왕주댁은 평소의 걸쭉한 입담대로 거침없이 쏟아놓았다. 그리고 제풀에 신이 나는지 어깨를 들먹이며 키들거렸다.

"근디 워쩐 일로 요리 일찍 샘에는 나왔으까? 혹시 임허고 잠자리 항군에 허고 새벽밥 해믹여 보낼라는 거 아닌감?"

샘골댁이 두레박을 우물 속으로 떨어뜨리며 말했다. 싸늘한 그 목소리에는 옹이가 박혀 있었다. 또 시작이구나 싶어 외서댁은 아무 대꾸도 하지 않았다.

"샘골댁, 태평시런 소리 허덜 말소. 인자 물 이고 가서 밥허자면 새벽밥 되기는 다 글러묵었네. 강 서방이 저 색이 뚝뚝 떨어지는 임 품이 그리워 하룻밤 잤다고 혀도 이적지 아랫묵에 뻗대고 있을 사람인가? 폴세 제석산 넘어갔을 사람이제."

왕주댁이 물을 길어 올리며 연상 입을 놀려댔다.

"지리산 호랭이가 칵 씹어갈 눔에 팔자, 어떤 년언 쫄때기 마누래 신셈스롱도 죽어라 매타작당허고, 어떤 년언 복이 넝쿨로 늘어져 대가리 마누랜디도 매타작은 안 당허고 저리 씽씽헐까잉. 참말로 알다가도 몰를 일이랑께."

샘골댁이 노골적으로 외서댁을 공박해 왔다. 외서댁은 다른 때와는 달리 가슴이 쿵쿵거리고 있었다.

"워따메, 워따메, 그놈에 심뽀 한분 고약허시. 샘골댁언 외서댁이 매타작얼 안 당혀서 배창시가 비비 꾀는 모냥인디, 사람이 심뽀 그리 쓰먼 못쓰는 벱이시. 매도 먼첨 맞는 매가 낫드라고, 이제나저제나 매타작얼 기둘리고 있는 외서댁 맴이 워쩌겠능가. 아무리 속이 상혀도 샘골댁언 말얼 골라서 허소."

왕주댁은 나잇값을 하느라고 정색을 하고 샘골댁을 나무랐다.

"우리 칠상이 아부지헌테 공산당물 살살 믹인 것이 누군지나 아시요, 왕주댁언?"

샘골댁이 파르르 기를 세웠다.

"워따, 그 말 중 염불 든대끼 자네헌테 폴세 골백번도 더 들었네. 근디, 여그 외서댁도 있는 자린게로 탁 터놓고 허는 말인디, 자네 서방이 세 살 난 아그덜도 아닌 것이고, 지 맘에 공산당물 묵을 맘이 하나또 읎었는디도 강 서방이 믹인다고 그냥 묵었을 것잉가? 니나 나나 다 아는 일로 해방이 되고 지끔꺼정 워디 요것이 사람 사는 시상이여? 우리가 눈 똑바라지게 뜨고 본 일로, 지대로 된 해방이란 것은 양코배긴가 양귀신덜인가가 들어오기 전꺼정 두 달 남짓이 아니었드라고? 그 양귀신덜이 들이닥침스로 시상 판세가 워찌 돌아가등가? 코가 석 자나 늘어졌든 지주덜이 새 기운 얻어 되살아나고, 순사질 해묵은 죄 지가 먼첨 알고 뽕빠지게 도망질혔든 놈덜이 도로 그 자리 차고앉고, 그 공평허게 일 잘허든 인민위원회럴 공산당 못자리판이라고 몰아때레 사람덜 잡아딜이고, 자네덜도 다 아는 이약 새 날아가는 소리로 일일이 되짚을 것도 읎이, 지대로 잘돼가는 밥솥얼 엎어뿐 것이 누구냐 그것이여. 보나마나 그 양코배기덜 아니었드라고? 근디, 그 담에 시상이 또 워찌 돌아가등가? 쌀값이 하늘 밑구녕 쑤심서 치올르고, 시상인심이 쌀 한 홉에 살인허게 변허등마 덜컥 생긴 법이 멋이제? 일정 때허고 똑겉은 공출제 아니드라고? 쌀얼 택도 읎이 싼값에 폴아넴겨야 허고, 그 담에 배급 타묵는 배곯는 시상으로 안 돌아갔냐 그것이여. 그 임시에 나돈 말이 머시등가? 양귀신덜이 일본놈덜보담 더 숭악허고,

해방이 아니라 일정 때보담 더 못헌 시상이 되았다는 것 아니었는 감? 양코배기덜이 우리 가난허고 불쌍헌 사람덜 편이 아니란 것은 초장에 폴세 알아뿌렀고, 고것덜이 허는 짓거리가 날이 날마동 못사는 사람덜 지름 짜기로 변해가는 판인디, 해방이 되았응께 한판 사람맹키로 살어보자 허고 맘 단단허니 묵었든 정신 지대로 백힌 남정네덜이 워쩌야 혔겄어. 고런 잘못된 시상얼 막자먼 대거리럴 허고 나서는 질밖에 읎는디, 그리 나서는 사람덜얼 경찰에서는 워쩌등가? 시상이 다 알대끼 좌익으로 몰아때리지 않더라고? 누가 좌익이 되고 잡아 좌익이 되간디? 옳은 소리 혀도 좌익, 바른 소리 혀도 좌익, 다 좌익으로 몰아쳐서 꼼지락달싹 못허게 맹그는 판잉께, 좌익질도 한분 똑바라지게 못혀보고 경찰이 맹근 대로 좌익 죄 받느니 진짜배기 좌익질이나 한판 해뿔고 보자 허고 남정네덜 맘이 서로 통헌 것 아니겄능가. 고런 속사정 다 암스롱도 자네가 외서댁 볼 때마동 그리 에맨소리 해싸먼 서로 졸 것이 머시가 있능가.”

왕주댁은 샘골댁을 달래는 듯한 눈길로 쳐다보았다. 외서댁은 왕주댁에게 더없는 고마움을 느꼈다. 왕주댁이 한 말은 자신도 다 알고 있는 일이었다. 그런데 왜 말로는 왕주댁처럼 아구가 맞게 해낼 수 없는 것인지 외서댁은 안타까웠다. 왕주댁의 말 그대로, 남편은 좌익이 되고 싶어 된 것이 아니었다. 비비 틀리고 비비 꼬이는 세상이 남편을 좌익으로 만들었다. “요런 드런 눔에 시상얼 더 보고 앉었을 수는 없는 일이시. 팍 엎어뿔고 새 시상얼 맹들어야 허네." 남편이 어금니를 맞물며 되풀이한 말이었다.

"아무리 순사덜이 그런 드런 행투를 혔드라도 저 집 남정네가 속닥속닥허지 안 했음사 우리 집 남정네가 그리 홀까닥 변허지넌 안 혔을 것이요."

샘골댁은 파르르 성질을 돋우었다.

"금메에, 그리 야박허게 말허덜 말어. 자네가 그리 말허먼 자네 서방만 속창아리 읎는 사람 맹그는 것잉께. 자네 서방도 무신 짚은 속이 있었응께 강 서방 말이 맘에 잽혔을 것 아니겄능가? 자네덜 못헐 일 당해쌓서 그렇제, 우리찌리 허는 말로 좌익이 나뿔 것이 워디가 있는가. 니나읎이 공평허게 사는 시상 맹글겄다는 것인디, 가난헌 농새꾼덜치고 고런 시상 안 바래는 사람이 워딨겄어. 다 장헌 일 헐라는 것잉께 서로서로 다둑기림서 살어야 쓰는 것이네. 자네 서방 맘이 흔들리기 시작헌 재작년 그 임시, 시상 돌아가는 판 굿이 워디 사람 사는 시상이등가? 억지 공출얼 시킴서 관공서놈덜이고 순사놈덜이고 못된 짓이야 다 즈그덜이 힘스로 바른 소리 한마디만 허먼 제까닥 잡아다가 개 패디끼 혀서 좌익 맹그는 시상 아니었등가. 순사만 순사가 아니고 칭칭이 순사질얼 해댐서 사람얼 꼼지락얼 못허게 닦달해대는 판에 생각 지대로 백힌 남정네덜이 고런 시상 엎어뿔라고 안 나스고 워쩔 것잉가? 다 그리 된 연곤께 자네도 지발 적선헌다고 맘 넓게 묵소."

"나가 고런 사정 몰라서 그러는 것이 아니요, 성님. 인자 나넌 순사놈덜이고, 소방소놈덜이고, 청년단놈덜이고 싹 다 이가 갈리는디다, 공산당도 징혀요. 이놈헌테 머리끄댕이 끄들치고, 저놈헌테 매 타작당허고 힘스로 개돼지맹키로 사느니 팍 그냥 죽어뿔고 잡소. 아새끼덜만 읎었드람사 나가 폴세 죽어뿌렀을 것이요.”

샘골댁은 안개 속에다가 진한 한숨을 토해냈다. 외서댁은 물동 이만 잡고 서 있었다. 그런 샘골댁의 심정을 충분히 헤아릴 수 있 었다. 그건 곧 자신의 심정이기도 했던 것이다.

미곡수매라는 억지법이 생기면서 입 달린 사람이면 누구나 불 만을 털어놓기 시작했다. 사람들은 미군정을 욕했고, 한민당을 욕 했고, 경찰들을 욕했다. 그런데 경찰에서는 그런 욕을 하는 사람들 을 무더기로 잡아들여 몽둥이찜질을 해대며 좌익으로 몰아붙였 다. 그래도 욕하는 사람들은 늘어만 가고, 손이 모자라게 된 경찰 에서는 소방관들과 청년단까지 동원했다. 그렇게 되니 사람들은 소 방서나 청년단에 끌려가서 매타작을 당했다. 갑자기 경찰서가 셋 으로 불어난 셈이었다. 사람들의 원성이 더 커지는 가운데 좌익으 로 생각을 돌리는 사람들이 늘어갔다. 그즈음에 남편이 숨죽여가 며 마을사람들에게 열성으로 손을 뻗친 것을 외서댁은 잘 알고 있 었다.

“아서, 아서. 고런 막가는 생각 허덜 말어. 자네 앞질 안직도 구만 리여. 맘 독허니 묵고 기둘리면 다 때가 오는 것이여.”

왕주댁이 두레박을 우물 속으로 던졌다.

“금메, 맘얼 독허니 묵고 서로 씨린 속 짚어감서 살라고 혀도 매 타작할라 나 겉은 년만 당헌게 그도 저도 다 소양읎이 오기만 치뻗어올르요.”

“하먼 워쩔 것잉가. 각단지게 매타작당해 몸 상허는 것보담은 한 사람이라도 매타작 피해 몸 성허먼 존 일 아니겠는가?”

“오살헐 눔에 공산당, 치가 떨리요.”

샘골댁은 빠드득 이빨을 갈아붙였다.

“나 가볼라요.”

외서댁은 줄을 다 감은 두레박을 든 채 기죽은 목소리로 말했다.

“어이, 얼렁 가보소. 성이 나서 헌 소린께 샘골댁 말얼 섭허게 생각 말고.”

왕주댁이 외서댁의 어깨를 다독거렸다.

“하먼이라. 다 우리 애아부지가 잘못헌 일인디요.”

외서댁은 샘골댁에게 사과라도 하듯 말했다. 지난밤의 그 일을 치르는 것으로 매타작을 피했다고 생각하니 정말 죄를 진 것도 같았고, 한편으로 기가 막히기도 해 가슴이 미어질 것만 같았다.

“암 말도 말소. 남정네덜이 서로 맘 통해 헌 일인디 두부모 짤르대끼 잘허고 잘못헌 것을 개릴 방도가 읎는 일잉께.”

왕주댁의 말은 샘골댁이나 외서댁에게 두루 하는 것이었다. 입담이 좋으면서도 경우가 반듯하기로 소문난 왕주댁다운 태도였다. 외서댁은 물동이를 머리에 이었다.

“피이, 성님언 말 한분 요상시럽게 허요이.”

샘골댁이 두레박에 줄을 감으며 입을 삐죽거렸다.

“금메, 존 일 헌다고 맘 좁게 묵지 말랑께로. 남정네덜언 좋으나

굿으나 뜻 합쳐 항꾼에 고상허고 있는디 집구석서 여펜네덜이 서로 미워허고 쥐어뜯고 혀서 좋을 일이 머시가 있겄능가. 서러운 신세 서로 다독기려도 추울 것인디.”

걸음을 옮겨놓고 있는 외서댁은 뒤에서 들려오는 왕주댁의 말에 가슴이 저리도록 고마움을 느꼈다.

외서댁은 물동이 아래 맺히는 물방울을 왼손으로 훔쳐 뿌리며 잰걸음을 쳤다. 한 걸음이라도 더 그들에게서 멀어지고 싶었다. 매사에 눈치 빠른 왕주댁의 눈길이 두려웠고, 얼굴을 대하기만 하면 적대감을 드러내는 샘골댁을 상대하기가 겁이 났다. 외서댁은 샘골댁을 미워해선 안 된다고 생각했다. 샘골댁의 말에는 마디마디 가시가 돋치고 옹이가 박이고는 했지만 입장을 바꿔놓고 생각하면 결코 무리하다고 할 수도 없었다. 남편은 분명 회정리와 장양리의 공산당 우두머리였고, 두 동네에서 좌익을 하게 된 사람들은 모두 남편을 통해서 물이 든 모양이었다. 며칠 사이에 두 동네에서 일곱이나 죽어갔다. 그리고 세 집이 밤중에 몰매질을 당했다. 샘골댁도 그중의 하나였다. 줄초상에 몰매질이 이어지는 동네의 분위기는 삭막했다. 그 모든 잘못을 자신이 저지른 것만 같아 외서댁은 사립 밖을 나갈 수가 없었다. 여자의 몸이니까 간신히 죽음을 면하고 살아난 것이라고 하더라도 몰매질은 첫 번째로 당했어야 했을 것이다. 그런데 이상스럽게도 외서댁네만 빼놓고 몰매질이 가해졌던 것이다. 밤이면 밤대로 낮이면 낮대로 외서댁은 피가 말라드는 고통을 겪어야 했다. 밤이면 몰매질을 기다리며 잠을 설쳐야 했고, 낮이면 몰매질을 당하지 않은 죄스러움으로 얼굴을 들 수가 없었다.

"참말로 요상스럽소이. 워째서 고 개잡녀러새끼덜이 외서댁만 쏙 빼놓는지 몰르겄네? 고 이쁜 얼굴로 호랭이가 씹어갈 그놈덜얼 각단지게 홀려뿌러서 그랬으까? 참말이제 귀신이 곡얼 헐 노릇이시."

샘골댁은 멍든 얼굴을 하고 와 오기 받친 소리로 비양거리고 가고는 했다. 기운으로 한다면 당장 머리채를 낚아채 마당에 패대기를 칠 수도 있었지만 외서댁은 죄책감으로 그 곤욕을 다 받아냈다. 그런데 마침내 지난밤에 그 남자가 들이닥친 것이었다.

그 남자가 청년단 감찰부장이라는 것을 알아본 순간, 그리고 그 남자가 혼자라는 사실을 확인한 순간 외서댁은 모든 것을 알아차렸다. 그리고 한가닥 기억이 선명하게 살아 올라왔다. 북국민학교에 잡혀가 조사를 받을 때의 일이었다. 그 남자는 자신을 보자마자 가늘게 째진 고약한 눈을 이상하게 빛내며 얇은 입술에 묘한 웃음을 물었던 것이다. 외서댁은 직감적으로 그가 음심을 품는 것임을 느꼈다. 그녀는 반사적으로 책상 아래 놓인 두 다리를 꼭 붙였다. 그 남자는 천천히 담배를 빼들며 "솔찬허시" 하고 흘린 듯 말했다. 그 말에 외서댁은 오소소 소름이 끼치는 것을 느꼈다.

외서댁은 뒤란에서 몸을 씻기 시작했다. 나무가 아까웠지만 일부러 물을 뜨겁게 데웠다. 물이 미지근해서는 온몸에 찍혀 있을 그 남자의 손자국이 씻겨나갈 것 같지가 않았다. 입이 벌어질 만큼 물이 뜨거웠지만 외서댁은 그대로 끼얹어댔다. 그리고 삼베수건을 몰아쥐고 박박 문질러댔다. 젖가슴은 더욱 세차게 문질렀다. 아이가 빨 젖에 더럽게도 그 남자의 침이나 입김이 묻어 있어서는 안 될 일이었다. 그녀는 그곳에 물을 끼얹었다. 저절로 '엄니이' 소리가 신음처럼 흘러나왔다. 살이 연해서 그런지, 세 차례나 마음에 없는 일을 당해서 그런지 물의 뜨거움이 유독 심했던 것이다. 그녀는 신음을 씹어가며 몇 번이고 물을 끼얹고는 문질러댔다. 쓰리고 아린 통증이 견디기 어려웠지만 남편에 대한 죄의식을 생각하면 아무것도 아니었다. 뜨거운 물로 이리 씻어낸다고 남편에 대한 죄가 씻겨지는 것일까. 옷을 벗기면 남편은 담박 알아차리는 것이 아닐까. 한강에 배 지나가기란 말은 참말일까. 내 맘이 동헌 것이 아니라 억지로 당헌 일인디도 죄가 될까. 그리 당헌 일인디도 남편이 알면 소박을 당하게 될까. 그녀의 생각은 질정 없이 엇갈리고 있었다. "쫀득쫀득헌 것이 꼭 겨울꼬막맛이시." 그 남자의 말이 불현듯 스쳐갔다. "문딩이자석!" 그녀는 욕을 내뱉으며 머리를 짤짤 흔들었다. "자네 물건언 필시 예사 물건이 아닐 것이네. 옴죽옴죽허는 것이 붕알이고 배창새기고 다 뽈아댕겨뿔라고 허니 말이시. 나가 장개 하나 지대로 들었단마시." 일을 치르고 난 남편이 드문드문 서너 차례 했던 말이다. 남편은 일을 치르고 날 때마다 전신을 땀으로 맥질하고는 정말 그것이고 배창자고 다 빨려나간 사람처럼 흐물거리며 잠에 곯아떨어지고는 했다. 그러나 그녀는 그것이 무슨 말인지를 알 수가 없었다. 왜 자신의 그것이 옴죽거린다는 것인지, 어째서 배창자까지 빨아당긴다는 것인지 알 도리가 없었다. 더구나, 그리도 기운 빠져하면서도 장가 하나는 제대로 들었다고 희게 웃는 남편의 말은 이해가 되지 않았다. "남편허고 잠스로 니넌 남편이 허는 대로 죽은 디끼 있어야제 따로 니 기운 쓰덜 말어. 여자가 따로 기운 쓰는 것 아닌 법잉게로. 에미 말 명심혀." 시집오기 전날 밤 친정어머니가 나직나직 한 말이었다. 눈치로 짐작으로 알아들었을 뿐 여자가 따로 기운 쓰는 것이 무엇인지, 어떻게 해야 기운을 쓰게 되는 것인지 알 수가 없는 채로 신방을 차렸다. 그녀는 친정어머니의 말을 명심하며 전신을 축 늘어뜨린 상태로 남편을 받아들였다. 그런데 그 일이란 것이 묘하고도 요상스러웠다. 자신의 알몸에 남편의 알몸이 감겨오고, 남편의 그것이 자신의 속살을 헤집고 들면 전신의 마디마디, 머리카락에서부터 손끝이나 발끝까지 간지러운 것도 가려운 것도 아니게 저릿거리고 비꼬이기 시작하는 것이었다. 그러다 보면 자신도 모르게 엉덩이나 팔다리에 힘이 뻗질러올랐다. 그럴 때마다 그녀는 후닥닥 놀라며 힘을 빼고는 했다. 그래서 그녀는 그 일을 치르고 나면 언제나 허전함에 묻히고는 했다. 그 허전함은 이상한 것이었다. 배고픔 같기도 했고, 속이 텅 빈 것 같기도 했고, 전신에 바람만 가득 찬 것 같기도 했다. 그 견디기 어려운 허전함 속에 팔다리는 작은 벌레가 수없이 기고 있는 것처럼 스멀거렸다. 그 팔다리로 이미 잠에 곯아떨어진 남편이 아닌 아름드리 당산나무를 끌어안고 기운을 쓰고 싶은 충동에 떨었다. 자신은 그리도 허전한데도 남편은 그것이고 배창자고 다 빨려든 것 같다고 했다. 그녀로서는 남편의 말을 도무지 납득할 수가 없었다.

들몰댁은 무당 월녀를 찾아가기로 마음을 정했다. 월녀는 그 신통력이 널리 알려진 만큼 굿판을 차리는 비용도 비싸다고 했다. 더욱이나 딸이 대물림을 받고부터는 신통력이 더 커져 어지간한 사람이 아니고서는 굿을 청할 수가 없다는 소문이었다. 처녀의 기운 좋은 몸에 내리는 신령은 그만큼 기운 좋은 신통력을 보이는가 보았다.

들몰댁은 마음을 정하기까지 많이 망설이고 주저했다. 굿판을 벌이기에는 너무나 궁색한 살림살이였다. 겨울은 닥쳐오고, 두 새끼들을 데리고 혼자 힘으로 겨울을 살아낼 일이 걱정인 형편이었다. 그러나 그리 궂은 죽임을 당한 시아버지를 생각하면 마음이 조바심쳤다. 시아버지의 원혼이 고이 저세상으로 가지 못하고 구천을 떠도는 것만 같았던 것이다. 장례도 거적쌈을 하다시피 했다. 격식 맞춰 장례를 치를 형편도 못 되었지만 경찰에서 어찌나 닦쳐대는지 꾸물거릴 수조차 없었다. 경찰에서는 조사를 하겠다고 끌고 갔다. 경찰이 묻는 말에 따라 들몰댁은 있는 그대로 대답했다. 그리고 경찰이 시키는 대로 여러 번 손도장을 눌러댔다. 경찰은 말끝마다 '빨갱이 집구석'이라는 말을 붙였고, 들몰댁은 그저 주눅이 들어 있었다. 손도장을 눌러댄 종이에 적힌 내용이 무엇인지 알 수가 없었고, 그것이 무슨 내용이냐고 물을 엄두도 내지 못했다. 조사를 끝낸 경찰에서는 장례를 빨리 치르라고 몰아댔다. 어쩌는 도리가 없었다. 겨우 하룻밤을 새우고 나서 초라하기 그지없는 장례를 치렀다. 시아버지께 큰 죄를 진 것만 같았고, 생전의 모습이 눈앞에

밟혀 일이 손에 잡히지 않았다. 굶을 때 굶더라도 시아버지의 원혼을 고이 저세상으로 가게 해드리는 것이 도리라 싶었다. 그리고 월녀를 찾아가 자세한 이야기를 하고 형편에 맞는 굿을 해달라고 사정을 할 참이었다.

들몰댁은 흰 무명 치마저고리로 갈아입었다. 옷고름을 매는데 울컥 울음이 솟구쳤다. 상복을 입고 있는 자신을 의식하자 시아버지가 영영 곁을 떠났다는 서러움과 허망감이 사무쳤던 것이다. 들몰댁은 속입술을 맞물어 울음을 삼켰다. 혼자라는 외로움이 포구에 밀물이 져오듯 가슴을 적셔왔다. 그 외로움은 앞으로 두 자식을 데리고 살아가야 한다는 막막함보다 더 강하게 그녀를 압박해 왔다. 남편이 정처를 알 수 없게 떠돌고 있는 그녀에게는 시아버지가 마음의 기둥이었다. 거의 말로 표현된 적이 없는 시아버지의 정은 언제나 두텁고 따스했다. 그녀는 억울하고 허망한 시아버지의 주검을 앞에 놓고 결혼 후 처음으로 남편을 원망했다. 아무리 달리 생각하려 했지만 시아버지를 명대로 살지 못하게 한 것은 결국 남편이었다. 따라서, 그런 막심한 불효를 저질러가며 남편이 벌이고 있는 좌익운동이라는 것이 과연 옳은 것인가 하는 의문도 처음으로 일어났다.

그녀는 손으로 더듬어 머리에 상장(喪章)이 꽂혀 있는 것을 확인하고 방을 나섰다.

"엄니, 워디 갈란가?"

작은아들 종남이가 햇살이 따스한 토방에서 흙장난을 하고 놀

다가 발딱 일어나며 물었다. 그 얼굴에 겁이 실려 있었다. 며칠 사
이에 너무 놀라운 일들을 연속적으로 당해서 그런지 어린것은 자
다가도 느닷없이 소리를 지르고는 했다.

"성은 워디 갔냐?"

들몰댁은 어린것을 감싸안았다.

"칙간에."

"워째, 배 아프다냐?"

"잉, 성 지 혼자 부치기 배 터지게 돌라묵었응께 배 아프제."

어린것이 품 안으로 파고들며 일러바치듯, 고소하다는 듯 말했
다. 들몰댁은 소리 없이 혀를 찼다. 오랜만에 생선부침개 몇 쪽 얻
어먹은 것을 제대로 삭이지 못하고 배탈이 난 모양이었다. 작은아
들의 말처럼 훔쳐먹고 말고 할 것도 없는 양이었다. 아무리 서두르
는 초상이라지만 그러는 법은 없는 것이라며, 이웃들이 손을 모아
영전에 올릴 제물을 몇 가지 장만했던 것이다.

큰아들이 바지를 치켜올리며 헛간에서 나왔다.

"길남아, 배 많이 아프냐?"

들몰댁은 작은아들을 밀어내며 마루에서 상체를 들었다.

"아니요. 쪼깐 아플라고 혀서 칙간에 갔어라우."

"니 참말이여?"

"야아, 암시랑토 안 혀요."

들몰댁은 자신도 모르게 "아부님 고맙구만이라" 하고 중얼거렸
다. 시아버지의 손자들 사랑이 그리도 지극했는데, 그 영전에 올린

음식을 먹고 애들이 탈이 날 리가 없다는 믿음이 그녀의 가슴을 채웠다. 그리고 시아버지는 저세상에서도 집안을 지켜줄 것이라는 생각이 확고하게 자리 잡고 있었다.

"성, 니 배가 무작허니 아파서 똥 막 싸야 허는디."

작은아들이 형을 놀렸고, 큰아들이 눈을 부라리고 소리치며 동생에게 대들었다.

"니 죽어, 요리 나와!"

작은아들이 들몰댁의 치마를 거머잡고 등 뒤로 쫓겼다.

"아서, 아서, 길남아. 성이 참아야 허는겨."

들몰댁은 큰아들 앞에 양팔을 벌렸다. 두 아들의 모습이 대견하고 묵직하게 가슴에 차왔다. 그러나 그런 느낌도 잠시뿐, 그 위에 시름이 덮였다.

"엄니, 워디 가실라요?"

길남이는 어머니의 차림새를 훑어보며 물었다.

"그려, 도래등 무당집에 펑허니 댕겨올랑께 니 동상허고 잘 놀아야 써."

"무당집언 머 헐라고라?"

"금메……." 들몰댁은 대꾸를 하지 않으려다가, 저것이 장남인데 싶은 생각이 들어, "할아부지 편히 저시상 좋은 디로 가시라고 굿얼 혀도라고." 큰아들을 지그시 바라보며 말했다.

"엄니, 고런 것은 다 쓰잘디읎는 미신이어라."

큰아들은 눈을 똑바로 뜨며 카랑하게 목소리를 높였다. 어린애

답지 않게 다부진 반대였다. 들몰댁은 잠시 무슨 말을 해야 좋을 지 몰랐다.

"쓰잘디기읎는, 고런 소리 막 허는 것 아니여."

"학교서 배웠는디, 굿허고 점치고 허는 것은 다 쓰잘디읎는 짓거리라고 혔당께요."

들몰댁은 더 말이 막혔다. 학교에서 구구법만 가르치는 것이 아니라 별것을 다 가르친다 싶었고, 큰아들의 말이 시아버지의 망령 앞에 불경스러움을 저지르는 것만 같았다. 그렇다고 학교에서 배운 대로 말을 하는 큰아들을 나무랄 수도 없는 일이었다.

"알굿어, 핵교서 배운 것은 배운 것이고, 엄니 핑 댕겨올 것잉께 동상허고 싸우지 말고 잘 델고 놀아야 써."

큰아들은 입술을 쑥 내민 마땅찮은 얼굴로 고개를 돌렸다. 그런 큰아들을 보며 들몰댁은 희미하게 웃었다. 아버지가 없다시피 자라서 그런가 큰아들은 나이에 비해 일찍 철이 드는 것 같았다. 공부도 반에서 손꼽을 정도로 잘했다.

들몰댁은 경찰서 앞을 지나기가 무서워 샛길을 걸어 소화다리를 건넜다. 다리를 건너는데도 걸음이 자꾸 휘뚱거리는 것만 같았다. 소화다리에서 총 맞고 대창에 찔리고 하여 죽어간 사람들의 원혼이 발목을 잡아당기는 것 같았다. 소화다리 아래 펼쳐진 갈숲에서는 깊은 밤마다 귀신들이 운다고 했다. 들몰댁은 그 소문을 의심 없이 믿었다. 제명을 다 못 살고 그리 험악한 꼴로 죽어간 사람들의 원혼이 떠돌지 않을 리가 없으리라 싶었다.

들몰댁은 남편을 하늘보다 높게 알고 섬겨야 한다는 생각을 간직하고 있었으므로 남편이 하는 일에 대해서도 옳은 것으로만 여겨왔다. 그래서 남편이 없어 겪어야 하는 고생도 참아내고 괴로움도 견뎌냈다. 불평이나 원망스러움이 없는 것도 아니었지만 전혀 내색을 하지 않았다. 시아버지가 남편에게 입이 닳도록 하는 말처럼, 남편이 뜬구름 잡는 짓 그만하고 마음을 고쳐먹어 부지런히 땅 뒤지며 새끼들하고 한 지붕 밑에 이마 맞대고 사는 것이 그녀의 소원이었다. 그러나 그녀는 이 말조차도 입 밖에 낸 일이 없었다. 남편은 자기가 하고 있는 일에 대해서 한 번도 그녀에게 말한 적이 없었다. 그러나 그녀는 좌익이 무엇을 하고자 하는 일인지 일찍부터 알아왔다. 누구한테 세세히 들은 것이 아니고, 남편이 하는 일이라 신경이 쏠리다 보니 자연스럽게 알게 된 것이었다. 남편이 이루고자 하는 세상이 오면 얼마나 좋으랴 싶으면서도, 그런 세상이 된다는 것은 꿈만 같다는 쪽으로 그녀의 생각은 기울고는 했다. 들몰에서 커난 그녀는 그 누구 못지않게 소작농의 배고픔과 슬픔을 잘 알았다. 어렸을 때부터 자기네를 가난하고 배고프게 살게 만드는 것이 지주라는 것을 알았고, 어느 때는 그들을 한없이 부러워하기도 했고 어느 때는 그들을 끝없이 미워하기도 했다. 좀더 철이 들어 소작농이 왜 소작농의 신세를 면할 수 없는지를 알게 되면서 아버지를 못난이로 보지 않고 장하게 여기게 되었다. 그런 소작법 아래서 그만큼 사는 것도 아버지가 뼈 빠지게 일한 결과라는 것을 깨닫게 된 것이다. 그녀는 시집오기 전에는 지주들을 쳐 없애고 작인들이 그 땅을 고루 나눠 가져 다 같이 잘살게 된다는 말은 들어보지도 못했고, 그런 생각은 상상으로도 해보지 않았다. 시집갈 날을 앞두고 그녀가 아무도 모르게 가슴에 옹골지게 심은 생각은 한 가지 있었다. 남편과 힘을 합쳐 죽도록 일을 해서 자작농이 되겠다는 것이었다. 그러자면 일을 열심히 하는 것 말고도 먹는 입이 적어야 했다. 그래서 무슨 수를 써서라도 자식을 적게 낳을 작정을 했다. 그 생각이 스스로 부끄러워 얼굴을 붉혔다. 그러나 시집을 오고 나서 이내 그 꿈이 깨어지는 허망감을 그녀는 겪어야 했다. 이번에 남편네 사람들이 읍내의 주인이 되었을 때 그녀는 전혀 반가움이나 기쁨을 느낄 수가 없었다. 마침내 고대하고 고대하던 세상이 왔다고 남편은 있는 대로 활갯짓을 쳤지만 그녀는 좀처럼 믿음이 가지 않았다. 그건 시아버지 때문인지도 몰랐다. 시아버지는 남편이나 그 사람들이 하는 일을 마땅찮아했다. 지주들이 아무리 못된 짓을 했고 부자들이 아무리 미운 짓을 했어도 그렇게 사람을 죽여서는 안 된다는 것이었다. 지주한테서 땅을 뺏고 부자한테서 재물을 뺏어버리면 그것으로 죽은 목숨이나 마찬가지라는 것이었다. 그러나 남편은 시아버지의 말을 귓등으로 들어넘겼고, 그런 남편을 바라보는 그녀의 마음은 조마조마하기만 했다. 결국 시아버지는 남편 대신 이 세상을 떠난 것이다. 남편이 저지른 일을 생각하면 시아버지의 죽음을 억울하다고도 분하다고도 할 수가 없었다. 더구나 도움을 청할 곳은 그 어디에도 없었다. 원혼이나마 위로하자고 생각해 낸 것이 굿이었다.

도래등을 한달음에 치달아오른 들몰댁은 고갯마루에서 숨길을 돌렸다. 생각보다 빨리 숨이 가쁘고 몸이 무겁게 처졌다. 학교로 잡혀가고, 매타작을 당하고, 장례를 치르고 하느라고 며칠 사이에 심신이 지칠 대로 지친 탓일 것이었다. 현기증과 함께 귀가 앵 우는 것을 느끼며 들몰댁은 이마를 짚었다. 손끝에 식은땀이 느껴졌다. 문득 산다는 것이 시름겨웠다. 바람 한줄기가 가슴을 훑고 지나갔다. 애써 떼쳐내려던 생각이었다. 어질어질한 눈앞에 두 자식의 얼굴이 겹쳐 보였다. 들몰댁은 어금니를 꼬옥 맞물었다. 어린것들을 위해서라도 마음 독하게 먹어야 된다고 생각을 다잡았다.

들몰댁은 기운을 차리려고 선수머리 쪽 포구에 먼 눈길을 던진 채 서 있었다. 길고 긴 중도방죽을 경계로 논과 바다가 나누어지고 있었다. 드넓은 벌판은 거의 추수가 끝난 상태였다. 들몰댁도 이번 일이 벌어지기 전에 가을걷이를 했었다. 그것이 시아버지와의 마지막 농사가 될 줄은 몰랐었다. 시아버지는 평생 땅에 맺힌 한을 풀지 못하고 눈을 감았다. "니 봐라, 저것이 을매나 존 귀경거리냐. 그냥 보기만 혀도 배가 안 불르냐." 시아버지는 벼가 누렇게 익어 느린 물결을 이루는 중도들판을 바라보고 걸으며 그녀에게 말하고는 했다. 벼 익은 들판을 바라보는 것만큼 푸짐하고 넉넉한 마음일 때가 있을까. 그러나 그 느낌을 갖는 다음 순간, 마음이 더없이 허전하고 쓸쓸해지고 마는 것이었다. 그 넓고 넓은 들판에 자신의 땅은 한 뙤기도 없다는 자각 탓이었다. 그러나 시아버지는 어느 때 한번 그런 내색을 하지 않았다. 시아버지의 구부정하게 늙은 어깨를 바라보며 그녀는 자신의 가슴으로 전해져오는 시아버지의 한을 느끼고는 했다. 중도들판은 바로 시아버지가 손수 방죽을 쌓아 만들어낸 것임을 생각하면 그 한은 더욱 절절하게 가슴에 맺혀왔다.

중도들판은 작년 해동이 되자마자 개인 앞으로 소유권이 바뀌기 시작했다. 읍 전체가 술렁거리는 사건이었다. 그러나 그건 결국 돈 있는 사람들의 잔치로 끝나고 말았다. 소작인들은 제석산 쪽의 상답은 그만두고라도 방죽 쪽에 가까운 논이나마 한 마지기씩 갖기를 소원했다. 그러나 그건 애만 타는 부질없음이었다. 소작인들은 신세한탄을 할 새도 없이 바뀐 주인을 찾아가 소작을 부칠 수 있기를 사정해야 했다. 들몰댁네도 소작을 계속 얻어부친 것만으로 허기진 위안을 삼아야 했다. 소작을 잃은 사람들도 꽤나 있었다. 왜냐하면 서너 마지기 정도 가진 자작농들이 사들인 논은 소작을 내놓지 않은 데다가, 새 주인이 옛 작인을 맘에 들어하지 않거나 자기 연줄로 소작인을 멋대로 바꾸었던 것이다.

말이 좋아 농지분배였지 진작에 부자나 지주들과 한패거리가 되어버린 군정이 한 일은 배부른 놈 더 배불려주는 것일 뿐이었다. 소작인들은 벌써부터 군정을 믿지도 않았고, 신용하지도 않았지만 그 일로 더욱 그들이 꼴사나운 '양코배기'고 '양귀신들'이라는 것을 가슴에 새기게 되었다. 군정은 그보다 몇 달 앞서서는 소작료를 삼칠제로 내린다고 했었다. 반타작 오오제에서 삼칠제가 된다는 것은 눈이 번쩍 띄는 일이 아닐 수 없었다. 이제야 숨을 좀 돌리며 살게 되었다고 소작인들은 가슴 설레이며 입들을 모았다. 그러나 그건 뜬구름 잡는 허망한 꿈이었을 뿐이다. 추수를 하게 되자 지주들은 눈에 불을 달고 호령을 해댔던 것이다.

"누구 맘대로 삼칠제여, 삼칠제가! 삼칠제 주장허는 놈덜언 당장 나서봐. 영영 소작 띠고 말 것잉게. 땅임자는 나고, 억울허면 군정에 가서 남치기 물어도라고 혀!"

그 서슬 앞에서 고개 들고 입 놀릴 작인은 없었다. 지주들은 반타작을 밀고 나갔고, 군정에서는 지주들이 하는 일을 모른 척하고 말았다. 군정의 그 허망한 말대포에 소작인들은 등을 돌리게 되었다. 거기다가 쌀을 강제로 사들이는 법이 만들어져 사람들의 마음은 더 굳어지지 않을 수가 없었다.

그 미곡수매라는 법은 억지춘향이도 그런 억지춘향이가 없었다. 값을 군정에서 미리 정한 것도 억지였고, 집집의 형편이 어떤지 생각하지도 않고 자기들 멋대로 할당을 한 것도 억지였다. 할당받은 쌀이 없다고 해도 그 말이 통하지 않았다. 읍사무소 직원들이 집뒤짐을 했고, 경찰이나 청년단원들이 사람을 끌어갔다. 일정말기의 공출바람이나 하나도 다를 것이 없었다.

"요것이 무신 해방된 시상이여. 해방됐다고 공연시 맘에 바람이 들다 봉게 살기만 더 팍팍허제." "참말로 환장얼 헐 일이시. 있는 쌀이나 고이 내노라고 혀도 눈에 불이 키일 참인디, 읎는 쌀얼 내노라니 요런 복통해 죽을 일이 워딨겄어." "양코배기덜이 그 징상허게 생긴 모냥 그대로 우리럴 아조 비비 틀어 죽일 작정인 것잉만. 안 그렇고서야 요런 드런 놈에 법얼 맹글었겄어?" "양코배기도 양코배기제만 그 앞장서서 설레발치는 관공서놈덜이고 순사놈덜이 더 문제시." "금메 말이여, 고 잡녀러새끼덜언 일정 때넌 왜놈덜 앞 잽이로 그리 날치등마 인자 양코배기덜 앞잽이로 또 그리 날쳐대 니 요것이 무신 염병헐 놈에 일이당가." "긍께 다 쳐죽일 놈덜이제." 사람들은 모여앉기만 하면 분을 끓였다.

"요것이 잘못 돌아가고 있는 시상인 것이 틀림읎다. 허나, 우리 앞에 떨어진 몫아치 채워냈응께 한숨 돌리고, 집안에 별 우환이 안 생겨 잽혀들어가지 않은 것얼 다행으로 삼아야제 워쩌겠냐."

얼마 되지도 않는 쌀을 다 져내고 나서 시아버지가 맥이 풀려서 한 말이었다. 자신은 그저 죄진 기분으로 고개를 들 수가 없었다.

시아버지의 말대로 집안에 아무런 우환이 없는 것이 큰 다행이 었다. 누가 병원신세를 져야 할 만큼 아프다거나 갑자기 초상이라 도 치르게 되면 꼼짝없이 쌀을 내다 팔 수밖에 없었다. 그렇게 되 면 할당받은 쌀이 모자라 경찰서로 끌려갈 도리밖에 없었다. 강진 댁네가 그런 경우였다. 큰아들이 배가 팅팅 부어오르는 병을 앓아 병원에 입원해 수술을 받게 되었다. 그 병원비를 대느라고 뒤로 쌀 을 내다 팔아야 했다. 결국 쌀이 모자라게 되어 그 사정을 이야기 했다. 그러나 그것이 통하지 않았다. 이웃들이 나서서 거짓말이 아 니라고 거들었다. 그래도 소용이 없었다. 경찰에서는 강진댁의 남 편을 끌어갔다. 강진댁은 밥때마다 밥을 가지고 갔지만 면회도 시 켜주지 않았고, 밥도 받아주지 않았다. 강진댁은 이틀 만에 마룻 장을 치며 대성통곡을 했다.

"금메, 금메, 요런 숭악헌 일이 워떤 시상에 또 있겄소. 귀 달린 동네사람덜 모다모다 들어봇씨요오! 금메, 밥때마동 밥얼 가지갈 때넌 즈그가 다 믹인다고 안 받아주등마는, 오늘사 헌다는 소리가 그간에 밥얼 한 끼니도 안 믹이고 탈탈 굶겼응께 냄편 살려낼라먼 싸게 쌀 장만해 내라고 허덜 안컸소오. 요런 악독허고 징헌 눔에 일이 시상에 워디 또 있겄소. 요 분얼 워찌 풀어야 쓰겄소. 말덜 잠 혀봇씨요오!"

그러나 둘러선 사람들은 아무도 말을 하지 못했다. 그저 혀를 차고, 강진댁을 달랬을 뿐이다.

강진댁은 분을 풀지 못하고 결국 장리변을 내서 남편을 풀려나게 했다. 강진댁 같은 일을 당하는 사람이 한둘이 아니었다. 경찰서로 끌려가지 않으려면 돼지나 닭을 내다 팔아 쌀값에 충당하는 일은 예사가 되었다.

그러나 할당량을 무사하게 내는 것으로 일은 끝나지 않았다. 배급표가 나오기 시작하면서 자신의 집에는 찬바람이 몰아닥쳤다. 다른 집들에 비해 배급표가 적게 나왔던 것이다.

"배급표를 딴 집하고 똑같이 받고 싶으면 당신 남편이 빨갱이질 못하게 막어!"

읍사무소 직원의 매몰찬 말이었다.

"원망헐 것도 섭해헐 것도 읎는 일이다. 좌익 허는 사람덜얼 옛적에 역적질허는 것이나 똑겉이 생각허는 판잉께 우리 심으로 워쩔 것이냐. 쪼깐 적게 묵는다고 당장 죽는 것 아닝께 속이나 상허덜 말어라. 잘 묵지 못허는 것보담 속 끓이는 것이 더 사람잡는 일잉께로. 그라고, 요것이 우리 혼자서만 당허는 일이 아닝께 맘 강단지게 묵어야 쓴다."

시아버지가 먼 산을 바라본 채 가만가만 한 말이었다. 자신은 배급표를 적게 받은 억울함보다는 당장 시아버지 대하기가 민망해서 아무 말도 할 수가 없었다. 그렇게 말을 해야 하는 시아버지의 심정이 얼마나 기막힐 것인지는 더 말할 것이 없었다. 시아버지는 손수 농사를 지은 입장이었다. 그리고 당신은 애비가 없다시피 커가고 있는 두 손자를 더없이 끔찍하게 여기면서 언제나 안쓰러워했다. 배급표가 적게 나온 것은 그 손자들의 배를 더 곯려야 한다는 뜻이기도 했다.

들몰댁은 내년 일이 걱정이었다. 시아버지가 돌아가셨으니 소작을 거둘지도 모를 일이었다. 만약 그렇게 되면 살길이 암담하게 되는 것이다. 그 생각을 하자 가슴에 큰 멍울이 잡히는 것처럼 답답해졌다. 소작을 뺏기면 저 갯바닥에서 꼬막을 파내서라도 세 입이 굶어죽기야 하랴. 들몰댁은 당찬 마음을 먹었다.

들몰댁은 왼쪽으로 접어들었다. 비탈길에 낙엽이 지고 있었다. 그녀는 굳이 낙엽을 피해 걸었다. 무당 월녀네 집의 길목에 떨어지는 낙엽마저 함부로 밟으면 안 될 것 같았다.

제각의 모습이 정면으로 보이는 지점에 이르렀을 때 한 여자가 부산스런 걸음걸이로 이쪽으로 오고 있었다. 들몰댁은 약간 긴장했다. 혹시 무당 월녀가 아닐까 해서였다. 가까이 온 여자는 모르는 얼굴이었다. 그녀는 월녀의 얼굴을 알고 있었다. 동네 부잣집에서 굿판을 벌였을 때 서너 번 본 일이 있었다. 월녀의 굿은 소문대로 보는 재미가 오달졌다. 잘생긴 얼굴에 춤이 신명났고 주술이 유창해서 굿판이 기운차게 출렁거렸다. 다른 무당들하고는 비교가 안 되게 굿판을 푸지게 진하게 열 받게 만들어냈다. 월녀의 굿을 보고 나면 속이 다 뚫리는 것 같다고 사람들은 입을 모았다.

제각의 넓은 정원으로 조심스럽게 들어서던 들몰댁은 한곳에 눈길을 박으며 멈춰섰다. 제각 옆으로 따로 떨어져 있는 조그만 집이 말로만 들어온 월녀네집이 분명한데, 그곳에 사람들이 웅성거리고 있었다. 무슨 큰 굿을 차리는 모양인가……. 그녀의 마음은 흐려졌다. 적은 돈으로 사정을 해야 할 형편이라 그러잖아도 마음이 움츠러들어 있는데 큰 굿을 차린다고 생각하자 발길을 옮길 자신감이 싹 가시고 말았다. 누가 저리 훼방을 놓는 것인가, 그녀는 야속한 생각으로 폭 한숨을 쉬었다. 그러나 내친걸음이었다. 더구나 시아버지를 위하는 일이었다. 안 될 때 안 되더라도 우선 만나야 했다. 그녀는 용기를 내서 걸음을 옮겨놓았다.

집 가까이 다가간 들몰댁은 잠시 머뭇거리고만 있었다. 전 부치는 기름냄새가 자욱했고, 향내음도 스치는 속에 사람들은 부산하게 일손을 놀리고 있었다. 누구에게 말을 붙여야 할지 알 수가 없었다. 마음은 자꾸만 오그라들었다. 그때 허드렛물을 버리려고 한 여자가 이쪽으로 가까이 왔다.

"저어, 말 좀 묻겄는디요."

들몰댁은 다급하게 입을 열었다.

"말? 물으씨요."

여자는 들몰댁을 힐끗 쳐다보고는 허드렛물을 수채에 쏟아부었다.

"굿 땀세 왔는디요."

"워째라?"

여자가 상체를 발딱 세우며 소리쳤다. 여자는 사나운 눈으로 들몰댁을 노려보고 있었다.

"워째 이러시오? 나가 먼 잘못을 혔간디."

이렇게 말은 하면서도 들몰댁은 자신이 무슨 실수를 저지른 모양이라고 생각했다.

"두 눈 뜨고 뻔히 봄스롱도 몰라서 고런 소리 허요, 시방?"

"몰르긴 멀 몰라라?"

들몰댁은 말을 하며 빠르게 집 쪽을 살폈다. 그러나 여자의 말뜻을 알아챌 만한 것은 눈에 잡히지 않았다.

"참말로 답답허요이. 아무리 신령님 뫼셔 밥 묵고사는 집이라고 혀도 초상이 난 판에 굿해도라고 허니, 고것도 말이라고 허겠소?"

들몰댁은 그때서야 실수를 깨달았다. 여자가 그렇게 화를 낼 만도 하다 싶었다.

"암것도 몰르고 오다 봉께 실수혔구만이라. 참말로 미안시럽소."

"알았웅께 되얐소. 한참 지내고 새로 찾아오씨요."

"근디, 누가 시상얼 버렸는게라?"

"엄니요."

"워쩌다가……"

"중풍얼 오래 앓았다요."

"시상에, 그……"

그 굿 잘하던 월녀가, 하는 말을 들몰댁은 삼켜버렸다. 여자는 물통을 집어들고 돌아섰다.

들몰댁은 그대로 돌아설 수가 없었다. 시아버지의 죽음과 무당 월녀의 죽음과, 그것이 무슨 연관이 있을 리가 없었다. 그런데도 이 상스럽게 마음이 쓰이면서 그대로 돌아서는 것이 잘못을 저지르는 일만 같았다. 하긴 행인도 상가(喪家) 앞을 지날 때는 옆걸음질을 쳐야 하는 법이었다. 하물며 시아버지의 저승길 닦음을 빌어달라고 할 정도로 평소부터 마음에 두어온 사람의 마지막 길을 목전에서 피한다는 것은 도리가 아니었다. 들몰댁은 쭈뼛쭈뼛 부엌 쪽으로 다가갔다.

"담에 새로 오랑께 머 헐라고 또 오요."

아까 그 여자가 부엌에서 나오며 말했다. 성가신 표정이었다.

"기왕 온 질인디 영전에 향값이라도 쪼깨 올리고 갈라고라."

"워메 그려라? 고마우신 맴씨요."

여자는 금방 표정을 바꾸며 물 묻은 손을 앞치마에 닦았다.

"일로 오씨요. 상제럴 만나게."

들몰댁은 여자를 따라 토방에 올라섰다.

"여그서 기둘리씨요. 금세 나올 팅께."

여자가 서둘러 마루로 올라갔다. 들몰댁은 손에 말아쥐고 있던 손수건을 풀었다. 굿 장만을 위한 선금으로 준비한 돈이 거기에 들어 있었다.

"요 사람이구만이라."

말소리에 들몰댁은 고개를 들었다. 마루에 서 있는 젊은 여자가 월녀의 딸 소화라는 것은 한눈에 알아볼 수 있었다. 소복에 머리를 풀어헤친 여자는 너무나 고와 보였다. 들몰댁은 합장인사를 했다.

"뉘신지……"

소화의 들릴락 말락 한 목소리였다.

"칠동에 사는 들몰댁이라고 하는디요. 온 질에 향값이라도 올리고 갈라고……"

들몰댁은 말이 더듬거려지려 했다.

"고맙구만이라. 헌디, 아짐씨도 상제시구만요."

"야아, 시아부님이 시상얼 버리셨구만요."

소화는 깊은 눈길로 들몰댁을 바라보고 있었다.

"요거 을매 안 되는디……"

들몰댁은 소화 옆에 서 있는 여자에게 돈을 내밀었다. 여자는 얼른 돈을 받았다.

"말 들었는디, 지끔 형편이 이런께 담에……"

소화는 표정 없는 얼굴로 말끝을 흐렸다.

"알겄구만요. 상심되실 것인디……"

들몰댁은 다시 합장인사를 했다. 소화는 목례를 하고 돌아섰다.

들몰댁은 제각을 뒤로하고 걸으며 조의금을 낸 것은 백번 잘한 일이라 싶었다. 그렇지 않았더라면 소화를 만나 얼굴을 익히지도 못했을 것이고 그런 확답이나 다름없는 말을 듣지도 못했을 것이다.

소화는 어머니의 갑작스러운 죽음에 대해 죄의식과 아울러 의문을 품고 있었다. 주위의 가까운 사람들에게는 어머니의 죽음은 당연한 결과로 받아들여질지도 몰랐다. 그러나 자신에게는 분명 '갑작스러운' 죽음이었다. 어머니의 병증은 심한 편이었다. 앓은 기간도 짧지는 않았다. 그렇다고 그리 빨리 돌아가실 것 같지는 않았다. 계속 병구완을 해오면서 소화는 그 점을 어느 만큼 확실하게 느끼고 있었다. 어머니의 상태는 호전될 가망은 보이지 않았지만 그렇다고 더 악화될 기미도 없었던 것이다.

소화는 정하섭을 떠나보내고 나서야 전처럼 어머니 옆을 지킬 수 있는 마음의 가닥을 잡았다. 그러나 그녀의 마음은 전과 같을 수가 없었다. 마음 가운데는 정하섭이 파놓고 간 커다란 샘이 자리 잡고 있었다.

"엄니, 그동안 고상혔제. 인자 일 다 끝났응께 아무 걱정 말소."

소화는 어머니의 얼굴을 들여다보며 더없이 미안한 마음으로 말했다. 어머니의 얼굴은 부기가 좀더 심해져 있었다. 어머니의 불안한 눈에 물기가 번졌다. 그리고 입술이 둔한 경련을 일으키며 혀끝이 조금 보였다. 무슨 말을 하고 싶어하는 강한 표현이었다. 어머니는 그동안 같은 의사표시를 몇 번이고 했었다. 무슨 일이 벌어지고 있는지를 알고자 함이었다. 그녀는 그때마다 대답을 피해왔다.

그것이 얼마나 어머니를 괴롭히는 짓이며, 병세를 악화시키는지를 알면서도 입을 열 수가 없었다. 입을 열고 나면 그분의 일이 그르쳐지고 말 것만 같은 강박감 때문이었다.

"엄니, 낼 아칙에 다 말헐 것잉께 맘 푹 놓고 자소. 낼 아칙이면 엄니가 말허라고 안 혀도 헐 것잉께."

소화는 아직 입을 열고 싶지 않았다. 그분은 지금 사람의 눈을 피해 밤길을 가고 있는 것이다. 그 어딘가에 무사히 당도할 때까지 입을 놀리고 싶지 않았다. 그런데 어머니는 계속 눈을 껌벅였다. 말하기를 독촉하는 것이었다.

"엄니, 다 신령님 뜻인디 쪼매만 참소. 낼 아칙이면 다 말헌당께."

소화는 안타깝게 말했다. 어머니는 놀라는 눈으로 그녀를 올려다보았다. 그녀는 고개를 끄덕여 보였다. 어머니는 눈을 내리감았다. 눈꼬리에 눈물이 번져갔다. 그녀는 손가락으로 그 눈물을 닦아내며 자신이 불쑥 한 말을 되씹었다. 그 말도 입 밖에 내고 싶지 않은 것이었지만 어머니의 요구를 피하는 데는 다른 방법이 없었다. 어머니와의 사이에서 '신령님의 뜻'을 앞세우는 경우는 지극히 드물었다. 그건 범할 수 없는 절대성이었던 것이다.

소화는 어머니의 이마를 짚었다.

"엄니, 푹 자소. 나도 엄니 옆에서 잘 것잉께."

그녀의 목소리가 잠겨들었다. 어머니는 눈을 뜨지 않았다. 그녀는 어머니 옆에 엎드렸다. 눈을 감았다. 그분의 모습이 다가들었다. 목소리가 들리고, 손길이 느껴지고, 체취가 풍기고…… 그녀는 얼굴을 묻었다. 얼굴을 묻자 그런 것들은 더욱 선명한 채색으로 다가들었다.

깊은 잠이 든 어머니를 지키며 소화는 밤을 지새우고 있었다. 정하섭에게 끈이 매달린 온갖 생각들이 거품처럼 일어났다간 사라지고 다시 일어나고는 했다. 가을벌레들의 시린 울음소리에 빠져들다가 깨어나면 정적만이 깊었다. 가슴 시린 울음을 한정도 없이 울어대는 가을벌레가 꼭 자기만 같아 그녀는 정신을 팔고는 했다.

신령님, 신령님, 애를 배게 해주십시요. 신령님의 영험으로 애를 배게 해주십시요. 애를 배게 해주십시요……

그녀는 자신의 목소리를 들으며 전율했다. 어쩌자는 것이었을까. 정말 신령님의 영험이 내려 애를 배게 된다면 어찌할 것인가. 그분의 지체와 자신의 신분과…… 그녀는 고개를 저었다. 서로는 구만리장천을 떠도는 구름이었다. 구름이다가 인연의 바람에 실려 하나가 된 것뿐이었다. 그리하여 빗방울을 떨구게 된다면 그건 인연의 씨일 뿐이었다. 서로는 바람이었고, 철새였고, 시작을 달리하여 흐르다가 섞인 물줄기였다. 거기에 불변인 것은 인연뿐이었다. 먼먼 전생으로부터 준비된 인연의 끈은 현생에서 한 매듭을 짓고 다시 길고 긴 후생으로 이어져나가는 것이다. 결코 현생의 짐을 바란 것은 아니었다. 그것을 바랐더라면 애초에 합일을 이루지 않았을 것이다. 그것은 탐욕이고, 탐욕은 죄업이기 때문이다. 그저 인연의 매듭을 짓고 싶었을 따름이다. 순조로이 인연의 실을 꿰고 싶었을 따름이다. 그리하여 육신과 더불어 현생에 머물다가 영혼이 육신의 옷을 벗게 되면 인연의 수레를 타고 끝 모르는 후생을 살리라 했던 것이다. 그녀는 하염없이 흐르는 눈물을 훔쳤다.

바람소리와 나뭇잎 구르는 소리가 정적 속에 선연했다. 지금쯤 어디를 가고 있을까. 그녀의 마음은 줄곧 정하섭을 따라가고 있었다.

소화는 어머니를 내려다보았다. 잠에 빠진 얼굴은 한층 병색이 짙어 보였다. 불을 켜지 않았는데도 오래도록 어둠에 눈이 익어 어머니의 얼굴은 어렴풋하게 드러났다. 내일 아침 이야기를 하게 되더라도 정하섭과 관계를 맺은 사실은 덮어두려 했다. 그것을 굳이 밝히지 않아도 어머니는 이미 알고 있기가 십상이었다. 어머니가 충분히 알아차릴 수 있도록 자신은 행동하고 말았던 것이다. 어머니는 눈치를 챘다고 하더라도 물을 수 없는 형편이었다. 그러므로 말을 하지 않아도 그만이었다. 그러나 그 사실이 슬펐다. 어머니는 육신을 거의 다 잃고 입까지 잃은 채 이승의 변두리로 밀려나 있는 처지였다. 어머니가 이승을 떠날 날도 그리 멀지 않은 것 같았다. 혼자가 된다는 사실이 두려웠다. 그건 언제나 두려운 생각이었다.

무당의 몸을 타고난 나는 전생에 무엇이었을까.

소화의 머리를 스치고 지나간 생각이었다.

그리고, 나는 누구의 자식이었을까.

꼬리를 물고 이어진 생각에 소화는 소스라치게 놀랐다. 아버지의 얼굴을 본 일도 없었고, 아버지가 누구인지도 몰랐다. 자신은 어느 때 한번 그 사실을 물은 적도 없었고, 어머니는 그 사실을 말한 적도 없었다. 그렇다고 그런 약속을 한 기억도 없었다. 어떻게 된 일이었을까. 그녀는 심한 당혹감에 빠졌다. 어머니는 이제 말을 할 수 없게 되었다. 그녀는 두 무릎 사이의 치마폭에 얼굴을 묻었다. 그때 멀리서 깜박이는 불빛처럼 아슴한 기억이 떠올랐다. 아주 어렸을 때였다. 어머니한테 무지하게 매를 맞았다. 왜 그랬는지는 기억이 없었다. 그런데 이상하게도, 그때 매를 맞은 것이 아버지에 대해 물어서일 거라는 생각이 들었다. 그때의 기억 말고는 그녀는 매를 맞은 일이 없었다.

소화는 어머니를 물끄러미 내려다보았다. 그 사실을 감춘 어머니가 밉지 않았다. 원망스럽지도 않았다. 그런 비밀을 간직하며 살아야 했던 어머니가 오히려 안쓰럽게 여겨졌다.

닭 우는 소리가 멀게 들렸다. 소화는 허리를 곧추세웠다. 그분이 찾아들었던 그때와 엇비슷한 시간이었다. 이제 그분은 어딘가에 몸을 숨겼을 것이다. '머잖아 다시 오게 될 것이오. 그때까지 잘 있어요.' 굵은 음성이 들려오고 있었다.

소화는 이부자리 위에 그대로 몸을 부렸다. 몸이 아래로 가라앉아갔다. 다 신령님 뜻인디, 다 신령님 뜻인디……. 그녀는 몇 번이고 이 생각을 되풀이하며 잠 속으로 빠져들어갔다.

"엄니, 밥 꼭꼭 씹어묵어. 밥 다 묵으면 속 시언허게 다 말을 헐 것잉께."

소화는 이것저것 반찬을 놓아 어머니 입에 밥을 떠넣었다. 어머니의 눈에는 아직 핏기가 남아 있었지만 눈 가장자리에는 웃음기가 감돌았다. 얼굴도 편안해져 있었다.

소화는 설거지를 대충 마치고 방으로 들어갔다. 그 이야기를 차근차근 해나가며 자신이 정신없이 해냈던 일을 돌이켜보는 것도 흥미로울 것 같았다. 그건 그분과의 기억을 되새기는 일이기도 한 것이었다.

"엄니, 지끔부터 이야기헐라네."

소화는 어머니 옆에 바짝 다가앉았다. 어머니가 눈을 껌벅였다.

"긍께, 우리 집얼 첫닭이 울기 전인 새복에 뜸금없이 찾아든 것이 누구냐 허먼 말이시, 거 좌익 헌다는, 소문 짜허든 술도가집 아들 알제?"

무심코 어머니의 얼굴로 시선을 돌리던 소화는 하마터면 소리를 지를 뻔했다. 어머니는 눈을 부릅뜨고 있었고, 푸들거리는 입술 사이로는 백태 낀 혀가 여느 때 없이 많이 나와 있었다.

"엄니, 위째 그려. 무신 일로 그리 놀래는겨?"

소화는 당황해서 두 손으로 어머니의 양쪽 볼을 감쌌다. 아픈 뒤로 처음 대하는 어머니의 모습이었다. 어머니는 무슨 말을 하려고 애쓰고 있었다. 아니, 말이 되어 나오지 않을 뿐 어머니는 무슨 말인가를 애써 하고 있음이 분명했다.

"엄니, 엄니, 이러다가 큰탈나겠네. 무신 말을 허니라고 이러는가. 술도가집 아들이 위쨌다고 이러는겨."

소화는 어머니의 볼을 비비며 안타깝게 외쳤다. 그러나 어머니의 표정은 누그러지지 않았다. 부릅뜬 눈에 이상한 빛이 서렸다. 그녀는 몸이 달고 답답해서 미칠 지경이었다.

안 뒤여, 안 뒤여, 술도가집 아들허고는 하늘이 두 쪽이 나도 그 짓 허서는 안 뒤여.

월녀는 목이 찢어지라고 소리치고 있었다.

이년아, 머시가 신령님 뜻이냐. 신령님이 천벌 내릴 죄럴 니년이 저질러뿌린겨. 이년아, 넋 나간 년아. 이 일얼 위째야 쓸 것이다냐.

월녀는 정신이 아찔아찔해지기 시작했다. 딸의 얼굴이 대중없이 흔들렸다. 숨길이 막혀왔다. 이대로 죽나 보다 하는 생각이 밀어닥쳤다. 월녀는 그 생각을 죽을힘을 다해 떼밀어냈다.

"엄니, 엄니, 위째 이런가. 눈 뜨소, 눈 떠!"

소화는 어머니의 볼을 때리며 소리쳤다. 그러나 어머니는 눈을 뜨지 않았다. 그녀는 다급하게 귀를 코에 갖다댔다. 가쁜 숨소리가 들렸다. 그녀는 방을 뛰쳐나갔다. 맨발로 부엌으로 내달아 세숫대야에 찬물을 퍼담았다. 수건을 물에 적셔 어머니의 이마에 올렸다.

월녀의 가물거리는 의식 속에 떠오르는 얼굴이 있었다. 정 참봉 어른이었다. 온갖 과실이 영글대로 영글어가는 9월 중순이었다. 날로 맑고 높아만 가던 하늘에 갑자기 구름이 몰려들기 시작했다. 새들이 푸득거리며 날고, 바람결이 감기는 것으로 보아 큰비가 내릴 듯싶었다. 월녀는 며칠 뒤에 있을 굿에 쓰려고 지화(紙花)를 만들던 일손을 멈추었다. 비가 쏟아지기 전에 사람들을 돌려보내야 할 것 같아서였다. 일손을 돕던 세 사람이 떠나고 얼마 지나지 않아 비가 쏟아지기 시작했다. 하늘이 금방 시커멓게 내려앉으며 사위가 어둑어둑해졌다. 초가을이면 찾아들고는 하는 농사시샘비였다.

농사에는 아무 쓸모가 없는 비는 억수로 쏟아져내렸다. 빗줄기를 하염없이 바라보고 있는 월녀의 마음에도 근심의 비가 내리고 있었다. 다 지어놓은 농사를 망치면 어쩌나 하는 걱정 탓이었다. 농사가 풍년이 들어야 인심이 훈훈해지고 자신의 생활도 윤기가 도는 탓이었다. 흉년이 들면 그만큼 굿판이 줄어들고, 판을 벌인다고 해야 신명이 오르지 않았다. 대부분 굿을 구경하는 사람들은 쫄쫄 배를 곯고 있는데 떡 벌어진 상을 차려놓고 춤을 춘다고 해서 신명이 날 리 없었다. 굿이라는 것은 구경꾼과 함께하는 잔치인데, 구경꾼들이 잿밥에 정신을 팔고 있으면 그 굿이 제대로 될 리가 없었다.

월녀가 흉년을 싫어하는 이유가 또 하나 있었다. 제아무리 심한 흉년이 든다고 해도 신령님 뫼시고 사는 처지에서는 세끼 밥은 거르지 않고 먹게 마련이었다. 월녀로서는 그것이 괴롭고 면목 없는 일이었다. 정작 농사를 뼈 빠지게 지은 사람들은 죽도 제대로 못 먹어 부황기가 나는데 손에 흙 한번 묻히지 않은 처지에 끼니때마다 밥을 찾아먹는다는 것이 심히 마음에 걸렸다.

빗발은 점점 거세어지고 바람까지 몰아쳤다. 바람을 탄 빗줄기가 뿌연 물보라를 뿌리며 쏟아졌다.

"뼈 빠지게 지어논 농새 다 망치겄다. 농사꾼덜 속 다 숯 되겄네."

월녀는 거친 빗줄기를 바라보며 마땅찮게 중얼거렸다. 쥐새끼들이 찍찍거리며 마루 밑을 지나갔다. 쥐들도 비를 피해 달아나는 모양이었다. 큰비가 내릴 징조였다. 어서 저녁이나 한술 끓여먹고 일찌감치 구들을 지고 누워야겠다고 생각하며 월녀는 자리에서 일어섰다. 부엌으로 들어가려는데 사립 쪽에서 인기척이 들렸다. 월녀는 섬뜩한 생각과 함께 고개를 돌렸다.

"실례합니다. 비를 좀 피했으면 허는디……."

쏟아지는 빗줄기 속에서 한 남자가 말하고 있었다.

월녀는 순간적인 동작으로 저고리섶을 여몄다. 빗줄기 속에 서 있는 남자의 옷은 이미 젖을 대로 다 젖어 있었지만 그 입성이 행세깨나 하는 사람임을 한눈에 알아보게 했다. 걸인의 구걸도 함부로 내치는 법이 아닌데 하물며 갑자기 쏟아진 비를 피하자는 길손을 물리칠 까닭이 없었다. 의당 처마 밑으로 들게 해야 했다. 그런데 그녀는 머뭇거렸다. 이상스럽게도 '그러씨요' 하는 그 쉬운 한마디 말이 선뜻 나오지를 않은 것이다. 남자도 특이했다. 비를 피하려는 다급함 때문에 대개 처마 밑으로 뛰어들며 양해를 구하게 마련인데 그 남자는 쏟아져내리는 빗줄기 속에 꼿꼿하게 서 있었다. 허락을 받지 않고는 사립 안으로 들어서지 않겠다는 예절의 표시였다. 빗발 속에서 유난히 검은 윤곽을 드러내고 있는 갓과 그 태도가 일체감을 이루고 있었다.

"어서 안으로 드시씨요."

월녀는 자신도 모르게 허리까지 굽히며 존댓말을 썼다.

"고맙소."

남자는 서두르는 기색 없이 마당으로 들어서서는 토방을 밟고 올라섰다.

"때 아닌 비가 이리 오시니……."

남자는 혼잣말을 하며 무게감이 담긴 동작으로 팔을 들어올려 손바닥으로 얼굴의 물을 훔쳤다. 월녀는 그때서야 그 남자가 중년이 넘었음을 헤아렸다. 점잖음이 서린 얼굴이었다. 완전히 물에 젖어버린 남자의 옷은 보기에 민망할 정도로 몸에 찰싹 달라붙은 채 후줄근하게 처져내렸고, 두루마기 끝에서는 물방울들이 뚝뚝 떨어져 토방을 적시고 있었다. 월녀의 마음은 순간적으로 어지러워졌다. 그대로 내버려두고 저녁밥 지으려던 일을 하자니 남자의 몰골이 마음에 걸렸고, 그렇다고 무슨 도움을 주자니 비 맞은 정도가 너무 심해 마땅한 방법이 없었던 것이다. 난데없는 비가 괜한 사람 욕보인다 싶어 월녀는 하늘로 눈길을 돌렸다. 팔을 뻗치면 헤집어질 만큼 먹구름은 낮게 내려앉아 있었고, 빗줄기는 더욱 거세어진 듯싶었다. 쉬 그칠 비가 아니었다. 월녀는 남자를 곁눈질했다. 남자는 뒷짐을 진 채 꼿꼿하게 서 있었다. 물에 흠뻑 젖어버린 옷 같은 것은 전혀 개의치 않는 듯한 태도였다. 그 의연한 태도가 남자답게 당당해 보이기도 했고, 반대로 체통을 앞세우는 양반의 가당찮은 허풍으로 보이기도 했다. 지체가 낮은 사람들은 으레 그러게 마련이지만, 월녀도 뼈대 자랑을 일삼는 양반이란 사람들의 거드름을 속 편하게 보아넘기지 못하는 성미였다. 갓끈에서까지 물방울이 떨어지도록, 영락없이 물에 빠진 생쥐꼴을 해가지고 양반의 위세를 부리고자 한다면 그것처럼 꼴불견도 없을 거였다. 그런데 이상하게도 그 남자의 태도가 허풍 같아 보이지를 않는 것이었다. 월녀는 그 남자의 물에 젖은 옷에서 자신에게로 끼쳐오는 한기를 느꼈다. 그녀는 마음이 시키는 대로 방으로 들어갔다. 횃대에 걸린 새 수건을 내렸다.

"우선 얼굴이라도 닦으시씨요."

월녀는 수건을 내밀었다.

"아, 예에, 고맙구만요."

남자와 눈길이 마주쳤다. 월녀는 눈길을 피하지 않았다. 남자의 눈 가장자리에는 엷은 웃음이 감돌고 있었다. 말만이 아닌 고마움의 표현 같았다. 월녀의 눈길은 그 웃음에 머물러 있었다.

"나는 낙안골에 사는 정 참봉이라 허는 사람이오."

남자는 수건을 얼굴로 가져가며 수인사를 했다. 목소리가 굵으면서 느릿했다.

"지는 보시는 대로 천헌 무당……."

"알고 있소, 월녀라는 이름."

월녀는 소스라치며 눈을 치떴다. 그녀의 놀란 시야 속에서 정 참봉이라는 남자의 눈 가장자리에는 아까보다 약간 진한 웃음이 떠올라 있었다. 그 웃음이 가슴 한복판을 예리하게 관통하는 충격을 그녀는 느꼈다.

"워찌 지 겉은 천헌 것 이름을 다……."

월녀는 더 말을 이을 수가 없었다. 이상한 빛살로 가슴을 뚫고 지나간 그 남자의 웃음은 몸 저 깊은 곳에서부터 야릇한 흔들림의 열꽃을 피워올리는 것만 같았던 것이다.

"나도 읍내에 사는 몸인디 월녀라는 이름을 모를 리가 있겠소.

멀찍이서 춤도 더러 본 일이 있소."

번갯불이 번쩍 빛났다. 뒤따라 하늘이 무너져내릴 것처럼 요란하게 천둥이 울었다.

"어허, 예삿일이 아니시."

남자가 하늘을 올려다보며 혀를 찼다. 남자의 불만스러움에 응답이라도 하듯 천둥의 기세에 업힌 빗줄기는 더욱 거세게 쏟아졌다.

월녀는 남자의 젖은 옷에서 느껴져오는 한기를 한결 심하게 감지하고 있었다. 그러나 당장 속수무책이었다. 집에는 남자옷이라곤 한 벌도 없었다.

"영 추우실 것인디 워째야 쓸란지……."

"써늘허긴 허지만 참을 만허니 걱정 마시오. 그나저나 어서 비가 그쳐야 헐 것인디……."

남자는 두루마기 자락을 털며 말끝을 흐렸다.

"방으로 드시면 덜 추우실 것인디요."

"요런 꼴로 어찌…… 혹시 화롯불이 있었으면……."

월녀는 그때서야 불 피우는 일을 생각해 냈다.

"쪼매만 기둘리시씨요."

월녀는 서둘러 부엌으로 들어갔다. 그러면서, 그 당연하고도 간단한 생각을 해내지 못한 자신을 타박하고 있었다.

솥에 물을 두 바가지 붓고 불을 지폈다. 화롯불을 만들자면 장작을 때야 했지만 그녀는 물부터 끓일 작정으로 마른 솔가지만을 아궁이 가득 몰아넣었다. 추위를 쫓자면 뜨거운 물부터 마셔야 될 것 같았다. 솔가지에 제대로 불길이 번지는데도 그녀는 부채질을 멈추지 않았다. 파란 연기를 앞세운 불길은 금방 아궁이 속을 가득 맴돌았다. 멀찍이서 내 굿춤을 보며 무슨 생각을 했을까. 천하게 여겼을까. 잡스럽게 여겼을까. 양반 지체에 무당춤을 귀하게 보았을 리는 만무했다. 그런데 눈 가장자리의 웃음은 자신을 천하게도 잡스럽게도 여기는 것 같지가 않았다. 그 안온한 웃음은 억지로 만들어낸 것이 아니었다. 낙안과 여기 진트재 아래와는 정반대방향이었다. 그 사람은 진트재 너머 구룡쯤에라도 나들이를 했다가 돌아가는 길에 갑자기 비를 만난 모양이었다. 자신의 이름을 알고 있는 것을 보면 그 남자는 이미 무당집인 것을 알면서도 찾아들었다는 말이 된다. 꼭 다급해서 그런 것만은 아니라 싶었다. 무당이 정 싫었다면 비를 더 맞는 한이 있어도 철길 아래 장양리의 민가를 찾아갈 수 있는 일이었다. 월녀는 솔가지를 아궁이에 자꾸 밀어넣고 부채질을 해대고 하면서 정 참봉을 생각하고 있었다. 솥전에 물방울이 굴러내려 피직거리는 소리를 듣고 그녀는 생각에서 깨어났다. 뜨거운 물을 한 사발 떠가지고 부엌을 나왔다.

"추우신디 뜨건 물이라도 먼첨 드시씨요."

"고맙소. 이거 무담씨 폐를 끼쳐서……."

마루 끝에 옹색스럽게 걸터앉았던 정 참봉은 엉거주춤 일어섰다. 사발을 건넨 월녀는 마당으로 눈길을 돌렸다. 비는 여전히 거세게 쏟아져내렸고, 집 주위로는 비안개만이 아닌 회색빛 어둠살이 번지고 있었다. 평소보다 빨리 내리는 어둠이었다. 그녀는 다시 부엌으로 들어갔다.

아궁이의 장작에는 불길이 옮겨붙고 있었다. 월녀는 쌀독 뚜껑을 열었다. 조롱박으로 소복하게 쌀을 퍼서 바가지에 부었다. 눈어림을 하다가 조롱박에 반나마 차게 쌀을 다시 퍼서 바가지에 쏟았다. 혼자일 때는 조롱박의 반이면 족한 양이었다.

월녀는 여느 때 없이 쌀을 오래 문질러 씻었다. 쌀뜨물이 너무 씻겨나가도 밥맛이 없다는 걸 생각하면서도 몇 번이고 물을 갈아부었다. 그러면서 똑같은 생각을 되풀이하고 있었다. 무슨 생각을 하며 내 굿춤을 구경했을까. 구경거리로만 생각했을까. 쓸 만한 무당이라고 생각했을까. 글줄을 제대로 읽은 양반치고 무당을 쓸 만하다고 생각하는 사람은 없었다. 그 사람은 글줄만 읽은 것이 아니라 '참봉' 벼슬까지 지닌 사람이 아닌가.

월녀는 쌀을 안치기 전에 질화로에 불을 옮겨 담았다. 장작은 아직 더 타야 했지만 솔가지가 타고 남은 밑불만으로도 손을 쬘 만한 화기는 되었다.

"아순 대로 쓰시씨요. 지끔 장작을 때고 있응께요."

"허, 이리 폐를 끼치니 이거⋯⋯."

정 참봉은 또 엉거주춤 일어섰다. 온몸을 적시고 있는 젖은 옷 탓이었다. 몸을 움직이면 그때마다 새로운 부위에 섬뜩거리는 차가움이 감겨왔다. 뜨거운 물을 마셔 속은 다소 나아지긴 했지만 이미 온몸은 한기에 감겨 벌벌 떨리고 있었다. 고뿔을 앓아도 심하게 앓을 것 같았다. 생각 같아서는 불을 지피고 있는 아궁이 앞에 쪼그리고 앉는 것이 더없는 상책일 것이었다. 옷도 말리고 추위도 쫓는 방책으로서는 그것밖에 없었다. 그러나 양반 체통에 생각만 간절할 뿐 차마 실행에 옮길 수는 없는 노릇이었다.

"올라앉으시씨요."

"예에, 고맙소."

월녀가 돌아서자 정 참봉은 화로를 끌어안듯 했다. 얼굴에 느껴져오는 화기가 그리도 반가울 수가 없었다. 정 참봉은 어이없는 표정으로 기세가 꺾일 줄 모르는 빗줄기를 바라보고 있었다. 날은 어두워지기 시작하고, 잘못하다간 꼼짝없이 발이 묶일 판이었다. 정 참봉은 후회스러웠다. 잠시 쏟아지다 그칠 비겠거니 생각했던 것이 잘못이었다. 아무래도 태풍의 조짐이었다. 그럴 줄 알았더라면 비를 무릅쓰고라도 회정리 3구까지 갔어야 했다. 삼대줄기처럼 쏟아지는 빗속을 헤치고 거기까지 가기는 쉬운 일이 아니었다. 그러나 삼십줄의 무당이 혼자 사는 외딴집에서 밤을 새우느니 그 편이 한결 나은 일이었다. 지금이라도 당장 떠나야 하지 않을까. 정 참봉은 마음을 다잡아보았다. 그러나 그 마음을 헤집고 드는 또다른 마음이 있었다. 저 빗속을 뚫고 언제 거기까지 가나. 잠시 맞은 비로도 이리 춥고 떨리는데 거기까지 가다가는 큰 병 얻게 될지도 모르지. 아무도 본 사람이 없는데 무당집에서 하룻밤 비 피했대서 죄 될 것 있는가. 정 참봉은 부르르 몸을 떨며 질화로를 바짝 끌어당겼다.

"여그 불뎅이 더 가져왔구만요."

월녀가 들고 있는 부삽에는 장작이 타서 만들어진 불뎅이가 밝은 빛을 발하며 이글거리고 있었다.

"이거 참, 비가 얼렁 그쳐야 헐 것인디……."

정 참봉은 면구스러운 표정으로 화로를 앞으로 밀었다.

"비가 끄치고 안 끄치고는 하늘이 알아서 헐 일이고라, 싸게 참봉어런 옷이나 벗어 말려야 쓰겄구만이라. 참봉어런 안색이 시퍼런 게 큰탈나게 생겼구만요."

월녀는 그동안에 너무 표나게 변한 정 참봉의 안색에 놀라 나오는 대로 말을 쏟아놓고 말았다. 사실 정 참봉은 차츰 심해지는 오한을 견뎌내느라고 고통스러웠다. 팔다리가 오슬오슬 떨리고 속 깊은 데서 찬 바람이 휘돌며 일어나는 오한은 머리까지 아프게 만들었다.

"불이 이리 좋으니께 오한도 곧 가라앉을 것이오."

정 참봉은 애써 태연하게 말하려고 했다. 그러나 체신머리없이 턱이 말을 듣지 않고 떨렸다.

"사람이 중허제 체면이 중헌 것이 아닌디, 불 때서 뜨끈뜨끈헌 방 놔두고 체면 채리다가 큰탈나불면 무신 소양 있겄소. 싸게 방으로 드십써다."

내친걸음이었다. 월녀는 거침없이 말하며 마루로 올라서서 화로를 들었다. 그리고 안방 문을 열고 들어갔다. 안방은 완연히 어둠침침했다. 촛대에 불부터 붙였다. 손바닥으로 아랫목을 짚어보았다. 생각대로 따끈따끈했다. 반닫이 위에 놓인 이불을 내려다가 폈다. 그때까지 정 참봉은 들어오지 않고 있었다. 양반 고집 똥고집이라는 말을 생각하며 월녀는 쓰게 웃었다. 얼어죽고 굶어죽게 된 판에도 그 고집 세울 수 있는지 보자고 월녀의 마음은 오기스럽게 비꼬였다. 양반의 고집을 꺾어놓고 싶은 묘한 심사가 고개를 들었다.

"참봉어런, 큰 병 얻기 전에 싸게 방으로 드시씨요. 아랫목이 뜨끈뜨끈헌디다가 화롯불꺼정 있응게 한기가 확 풀릴 것이구만요."

말을 맘 놓고 하기 시작하자 월녀는 비로소 마음이 편안해짐을 느낄 수가 있었다.

"이리 폐를 끼칠라고 헌 것이 아닌디……"

정 참봉은 한속이 든 얼굴을 민망하게 구기며 두 손을 모아잡고 엉거주춤 서 있었다.

"폐 끼친 것은 담에 갚아주시기로 허고 당장 몸부터 돌보셔야 헌당께요."

"당최 면목이 없어서……"

정 참봉은 원망이라도 하듯 낭자하게 소리를 뿌리며 쏟아지고 있는 빗줄기를 눈흘김 하고는 안방으로 걸음을 옮겨놓았다. 느린 발옮김이 더없이 무거워 보였고, 버선발이 옮겨질 때마다 마루에는 물 묻은 발자국이 찍혔다.

월녀는 정 참봉이 앉았던 자리와 발자국이 남긴 물기를 닦으며 웃음을 참아내고 있었다. 마음 같아서는 옷을 다 벗고 이불을 뒤집어쓰고 앉아 화롯불에 옷을 말리라고 하고 싶었다. 그리 되면 양반의 체면이고 콧대고 더 따질 것이 없었다. 그러나 차마 그 말은 할 수 없었고, 물에 흠뻑 젖은 옷으로 이불이 깔린 아랫목에 어떤 모양새로 앉아 있을 것인가를 생각하면 자꾸만 웃음이 솟으려고 했다.

월녀는 개다리소반에 밥상을 차렸다. 마침 굿 채비를 하느라고 일꾼들을 부리는 중이라 입 댈 만한 반찬이 서너 가지는 되었다.

"진지상 가져왔는디요."

월녀는 닫힌 방문 앞에서 목청을 돋우어 말했다. 자신이 닫지 않은 방문이 닫혀 있어서 인기척을 대신한 말이었다. 월녀는 천천히 방문을 열었다. 정 참봉은 윗목에 쪼그리고 앉아 두루마기를 벗어 말리고 있었다. 갓은 벽에 걸려 있었다.

"시장허실 것인디 진지 드시씨요."

월녀는 발로 이불을 밀치고 밥상을 아랫목에다 놓았다. 엉덩이도 붙이지 못하고 윗목에 쪼그리고 앉은 모습만으로도 그 이유는 알 수 있었다. 그런 모습이 양반의 체신으로는 어울리지 않았지만 친근감을 느끼게 했다.

"요런 폐꺼정 끼치니 이거 원……."

정 참봉이 할 줄 아는 말은 그것뿐인 것 같았다. 월녀는 벌써 열 번은 들은 성싶었다.

"폐라 생각지 마시고 찬찬히 드시씨요. 찬이 입에 맞으실란지."

쪼그려앉지 말고 편히 앉으라는 말을 월녀는 하지 못하고 일어섰다. 다소 추위가 가셨다 하더라도 몸이 얼마나 축축하랴 싶어 마음이 언짢았다. 생각 같아서는 젖은 옷을 다 벗기고 자신의 치마저고리라도 걸치게 해서 개운한 몸으로 편히 앉아 식사를 하게 했으면 싶었다. 그러나 양반인 데다가 참봉님한테 여자옷을, 더군다나 천한 무당옷을 감히 입으라고 할 수는 없는 노릇이었다. 그런 말을 꺼냈다가는 보나마나 불호령이 떨어질 것이었다. 월녀는 마루를 내려서며 입을 삐죽였다. 무당집에서 비를 피하는 것이나, 무당질해서 벌어들인 쌀로 지은 밥을 얻어먹는 것이나, 무당옷 걸치는 것이나 그게 그거지 뭐냐는 생각이었다.

월녀는 신당(神堂)에다가 군불을 지폈다. 안방을 내줄 수밖에 없게 되었으니 자신의 잠자리는 신당에 펼 수밖에 없었다. 빗줄기는 어느 정도 약해지다가는 다시 강해지고 하는 변화를 보이면서 줄기차게 내리고 있었다. 그사이를 중의 장삼 색깔 같은 암회색 어둠이 빠른 속도로 겹을 이루며 내려와 앉았다.

월녀는 살강 앞에 선 채로 저녁을 대충 먹어치웠다. 숭늉을 떠가지고 안방으로 들어갔다. 시장했었던 것인가. 소복하게 담았던 밥그릇은 거의 다 비워져 있었다. 월녀는 기쁨과 고마움을 동시에 느꼈다. 객을 치르는 여자의 마음이었다.

"찬이 입에 맞으셨는가 몰르겄구만요."

"잘 묵었지만도, 너무 폐를 끼쳐서⋯⋯."

정 참봉은 쪼그려앉아서 담배쌈지의 담배를 방바닥에 널고 있었다. 물에 젖어버린 담배를 말리려는 것이었다. 월녀는 피식 웃음이 나오려는 것을 참아냈다. 그 앉음새나 손가락 끝으로 젖은 담배를 고루 펴고 있는 모습이 어디 하나 양반 같은 데가 없이 딱하기도 하고 근천스럽기도 했던 것이다. 월녀는 잠시 망설이다가 선반에서 담배통을 내렸다.

"담배 여깃구만요. 일꾼덜헌테 주니라고 장만해 둔 것인디요."

월녀는 정 참봉 앞으로 담배통을 밀어놓으며 거짓말까지 미리 덧붙였다. 담배를 피운다는 사실을 굳이 알리고 싶지 않았던 것이다. 담배를 시작한 것은 수삼 년 전부터였다. 서른 살 고개를 넘으면서부터 이상스럽게도 가슴에 허전한 구멍이 뚫리기 시작했다. 한바탕 굿을 하고 나면 그 구멍은 더 커지는 것 같기도 했다. 하늘같이 신령님을 믿으면서도 그 구멍으로는 허망의 바람이 흘렀고, 고적의 한숨이 지나갔다. 그 구멍을 담배연기로 채우기 시작했다.

정 참봉은 나들이할 때 가지고 다니는 곰방대에다 담배를 꽁꽁 눌러 담았다. 오랫동안 담배를 피우지 못해 입 안에는 벌써 군침이 괴고 있었다.

"지는 건넌방 신당에서 잘 것잉께 참봉어런언 요 방에서 푹 지무시씨요."

숭늉그릇을 벽 쪽으로 밀어놓고 월녀는 밥상을 들고 일어섰다.

"너무 폐를 끼쳐서……."

곰방대에다 불을 붙이려던 정 참봉은 월녀를 올려다보며 중얼거렸다. 그 얼굴에 어색한 웃음이 서렸다.

월녀는 신당에 이부자리를 폈다. 지게문을 반쯤 열어놓고 담뱃대에 불을 붙였다. 연기를 깊이 빨아들였다. 가슴 가득 연기가 차며 정신이 아련해지는 황홀감과 충족감이 전신으로 퍼져나갔다. 담배맛에 취하며 월녀는 짙어진 어둠을 내다보고 있었다. 어둠 속에서는 빗소리만 낭자하게 울려오고 있었다. 싸늘한 냉기에 실려오는 빗소리는 가슴을 축축하게 적셨다. 월녀는 자꾸만 담배연기를 깊이 들이마셨다. 그러나 여느 때처럼 가슴의 구멍은 채워지지 않았다. 오히려 구멍은 커지는 것만 같았다.

월녀는 촛불을 끄고 자리에 누웠다. 어둠 속에 참봉의 얼굴이 떠올랐다. 안온한 웃음이 어린 점잖은 얼굴이었다. 미친년이다, 감히 누구라고 음심을 품어. 어둠 속의 얼굴을 지우려고 눈을 꼭 감았다. 그러나 그 모습은 더 선명하게 떠올랐다. 월녀는 몸을 바짝 오그리고 모로 누웠다. 썩을 놈에 비 때문이여, 비 때문이여. 손바닥으로 귀를 막았다. 그러나 의식에 음각되어 버린 빗소리는 계속 들리고 있었다.

월녀의 의식 속에서는 서너 명의 남자들 얼굴이 겹쳐졌다. 잠시나마 마음을 주었고 마음을 담았던 사람들이었다. 긴 해로는 하지 못하더라도 씨만은 받고 싶었던 사람들이었다. 그런데 바른 인연이 아니었던지 그 사람들은 공허만 남겨놓고 떠나가고는 했었다. 어쩌면 밭이 부실했는지도 모른다. 한 번도 임신을 하지 못했던 것은 아니었다. 처녀를 찢긴 것은 열여섯 살 때였고, 임신을 한 것은 열아홉 살 때였다. 4개월이 가까워 한 바가지가 넘는 피로 쏟고 말았다. 석 달 이상을 질금거리는 하혈로 피걸레를 빨아야 했고, 1년 이상을 아랫배의 통증으로 시름시름 앓아야 했다. 어멈무당은 한약 달이기에 지쳤고, 그녀는 한약마시기에 지쳐 있었다. 그때의 탈 때문이었을까. 마음 머무는 남자의 씨를 받지 못하고 서른 고개를 넘겄다. 가슴에 허전한 구멍이 뚫린 것도 마흔으로 치달아가는 나이 탓만이 아니라 그 나이 되도록 피붙이 하나 갖지 못한 까닭인지도 몰랐다. 피붙이를 원하는 것만큼 남자는 달지가 않았다. 살 오래 붙이고 살기를 바라는 남자도 없지는 않았다. 그런데 남자와의 살 섞음이 별로 달지 않았으므로 그녀는 그럴 필요를 느끼지 않았다.

월녀는 잠결에 어렴풋이 무슨 소리를 들었다. 몸을 뒤척여 돌아 누웠다. 또 무슨 소리가 들려오고 있었다. 그녀는 그때서야 정 참봉을 생각하며 후닥닥 일어나 앉았다.

"봇씨요, 봇씨요."

작고 낮은 목소리였지만 정 참봉이 틀림없었다.

"워째 그러시오?"

그녀는 머리칼을 다독거려 넘기며 물었다.

"저녁 묵은 것이 얹힌 모냥인디……."

그녀는 그만 웃음이 나오려고 했다. 추운 데다가 방바닥이 젖을까 봐 쪼그리고 앉아서 저녁을 먹었으니 온전히 소화를 시켰을 리가 없었던 것이다.

"알겠구만이라."

월녀는 방문을 밀치고 마루로 나섰다. 그동안 얼마나 오래 잔 것인지 짐작할 수가 없었다. 짙은 어둠 속에서 들리는 빗소리는 한결 약해져 있었다. 정 참봉의 표정은 보이지 않고 허리를 구부리고 있는 형체만 보였다.

"소금허고 된장국물뿐인디요, 워떤 것이 더 졸란지 몰르겄네요이."

월녀는 다급하게 말을 하면서도 창피스러움을 느꼈다. 상것의 집 구석은 어쩔 수 없다는 정 참봉의 말이 금방 들리는 것만 같았다. 양반님네들이야 신효한 환약을 미리 준비해 두었다가 먹지 그런 상것들의 약 아닌 약을 먹을 리가 없었던 것이다.

"이 밤중에 된장국물은 맹글기 심들 것이고 소금이나 한 주먹 주시씨요."

"아니어라. 있는 된장 찬물에 푸는 것인디 머가 심들어라. 된장 국물이 좋으시면 그걸로 허시씨요."

"그래 주겠소?"

"야아. 얼렁 맹글 팅께 방에 들어가 기시씨요. 추우면 속이 더 꾀 인디."

월녀는 더듬거려 부엌으로 갔다. 등잔에 불을 붙이고 손길을 서둘 렀다. 미안하기도 하고 걱정이 되기도 했다. 작은 항아리에 퍼다 놓고 먹는 된장을 헤집어 속에서 한 숟가락을 떠냈다. 그것을 물에다 고 루 풀며, 이것 한 사발을 마시고 제발 속이 푹 뚫리기를 빌었다. 증세 가 심해서 토사곽란이라도 일으키면 이 밤중에 어쩔 것인가.

정 참봉은 등을 벽에 기댄 채 눈을 감고 앉아 있었다.

"요거 싸게 마시씨요."

월녀는 사발을 내밀었다.

"참말로 폐가 너무 많소."

정 참봉은 사발을 받아들며 인사치레를 잊지 않았다. 참말로 양 반은 양반이시, 월녀는 어이가 없었다.

"허리 꼿꼿허니 피고 찬찬히 드시씨요."

월녀는 어깨를 추스르며 주의를 시켰다. 너무 급하게 마시다가는 된장국물까지 얹히게 될 것이었다. 그녀의 눈에 정 참봉은 이미 환자일 뿐이었다. 굿판에서 수많은 사람들을 마음대로 다루고 얼러온 과감성과 신기가 발동하고 있었다. 정 참봉은 월녀의 말을 따르기라도 하듯 된장국물을 한 모금씩 천천히 넘겼다.

월녀는 정 참봉을 지켜보면서 어찌할 것인가를 생각하고 있었다. 된장국물을 마시고 나면 등을 싹싹 쓸어내려야 직효가 나는 것이다. 등을 쓸어내려 트림이 솟아야만 속이 뚫리는 것이지 그냥 내버려두면 시간만 끌고 그만큼 고생을 하게 되었다.

사발을 비운 정 참봉은 목을 길게 빼고는 나오지 않는 헛트림을 끅끅 해댔다. 무척이나 갑갑하고 힘겹게 보였다.

"지가 등얼 쓸어드릴께라?"

월녀는 더 참지 못하고 불쑥 말을 해버렸다.

"미안스럽게 워찌 고런 일얼……."

정 참봉의 말은 의외였다. 감히 어디다 대고 그런 소릴 하느냐고 호통을 치거나, 좋은 말로 한다고 해도 필요 없다는 거절을 할 줄 알았던 것이다. 정 참봉은 그만큼 견디기가 힘들다는 증거였다.

"워디 봅씨다. 지 손도 쓸 만은 헌께."

월녀는 정 참봉의 뒤로 자리를 옮겼다. 정 참봉도 미적미적 자세를 고쳐 앉았다.

"허리를 꼿꼿허니 피고 앉으씨요."

월녀는 왼손으로 정 참봉의 어깨를 잡으며 말했다. 정 참봉의 허리가 곧추섰다. 그녀는 척추를 중심으로 압박을 가하며 등을 쓸어내리기 시작했다. 일곱 번을 쓸어내렸을 때 정 참봉은 상체가 꿈틀하도록 트림을 토해냈다.

"인자 되얐소. 나오는 대로 더 해뿌씨요."

월녀는 자신의 속이 다 시원해지는 기분으로 숨 가쁘게 말했다. 그녀는 계속 등을 쓸어내렸다.

정 참봉은 연거푸 두 번이나 더 트림을 해댔다.

"인자 살겄소. 심드는디 그만 허씨요."

정 참봉이 어깨를 부리며 생기 도는 음성으로 말했다.

"기왕 헌 거 깨끔허니 내래뿌러야제라."

월녀는 등을 쓸어내리기를 멈추지 않았다. 몸에는 땀이 꼰꼰하게 배났지만 그녀는 힘드는 줄을 몰랐다. 그저 이만하기 다행이라는 생각뿐으로 누구에게인지도 모르게 고맙기만 했다.

"이만허면 되얐을 것잉게 쪼깐 더 앉었다가 지무시씨요."

월녀는 등 쓸어내리기를 멈추고 일어서다가 몸이 기우뚱 기울어졌다. 왼쪽 손이 정 참봉에게 잡혀 있었던 것이다. 서로 눈길이 마주쳤다. 월녀는 눈길을 떨구었다. 남자냄새가 정신이 아뜩해지도록 가슴속을 휘돌았다. 솔잎냄새 같기도 했고 치자꽃냄새 같기도 했다. 월녀는 남자의 힘에 이끌려 주저앉았다. 촛불이 꺼졌다. 남자의 거친 숨소리에 빗소리가 섞여 들렸다. 남자의 손이 저고리섶을 헤치고 들었다. 월녀는 꿈을 꾸는 것만 같았다. 모든 것이 아슴하고 아련

할 뿐이었다. 남자가 진하게 필요한 것도 아니었고 그렇다고 거부하고 싶지도 않았다. 남자가 노를 젓는 대로 흘러가는 배이고 싶었다. 남자의 손이 젖가슴을 움켜쥐었다. 뜨겁고 보드랍다고 느꼈다.

"종종 찾아오겠소."

먼동이 틀 무렵 정 참봉은 집을 나서며 말했다. 월녀는 말없이 배웅했다. 그가 왜 해가 뜨기도 전에 떠나야 하는지를 알고 있었으므로 월녀는 종종 찾아오겠다는 말도 믿지 않았다. 자신이 치렀던 남자들 중에는 그런 남자도 더러 있었던 것이다. 비가 갠 하늘에는 구름이 듬성듬성 떠 있었다. 저 구름 같은 것이려니, 월녀는 생각했다. 그러나 여자를 곱게 다루고 예뻐할 줄 아는 간밤의 여운이 그 남자의 뒷모습에서 부드럽게 상기되었다.

다시 찾아오지 않으리라 여겼던 정 참봉은 한 달에 한두 번씩 다녀갔다. 남들의 이목을 경계하는 걸음이라서 머무는 시간도 길 수가 없었다. 월녀는 그것만으로도 만족을 삼았다. 자신을 대하는 참봉어른의 진심을 헤아릴 수 있어서였다.

"내 고운 사람, 자네헌테 짓는 내 죄를 어찌하나."

자신을 품고 참봉어른이 입버릇처럼 하는 이 말로 월녀는 족했다. 그녀는 몸도 마음도 새순처럼 젊어지는 것을 느낄 수 있었다. 임신인 것을 깨달은 것은 그렇게 6개월쯤 보낸 뒤였다. 기쁨보다는 놀라움이 더 컸고, 놀라움보다는 두려움이 더욱 컸다. 소문을 어떻게 할 것인가 하는 두려움이었고, 참봉어른이 애아버지로 밝혀지면 어쩌나 하는 두려움이었다. 월녀는 몇 번을 망설이다가 결국 정 참봉에게는 한마디도 하지 않고 벌교를 등졌다. 임신을 했다는 것도, 타지에 가서 애를 낳겠다는 말도 정 참봉을 괴롭히는 것일 뿐 즐거움일 수가 없었다. 그리고 아들을 낳든 딸을 낳든 간에 그애는 자신의 자식이지 정 참봉의 자식이 될 수 없다는 결론이 아무 말도 하지 않게 만들었다. 월녀는 나주를 거치고, 영광에 머무를까 하다가 그래도 마음이 놓이지 않아 남원으로 옮겨 몸을 풀었다. 1년 반 만에 옛집으로 돌아왔다. 갑자기 종적을 감추었다가 1년 반 만에 계집아이를 업고 돌아온 그녀에 대한 소문은 삽시간에 읍내를 뒤덮었다. 그녀는 소문에 전혀 관심을 쓰지 않았고, 비위 좋은 사람들이 애아버지가 누구냐고 직접 물어도 입을 떼지 않았다. 어느 놈팽이한테 홀려 봇짐을 쌌다가 돈 뺏기고 몸 뺏기고 거기다가 혹덩이만 붙여서 버림을 받았다는 것이 소문의 골자였다. 소문이 어쨌든 간에 월녀로서는 참봉어른이 감쪽같이 감춰진 것만이 보람이고 다행이었다.

"이 사람아, 내 죄럴 이리 키워놓을 수가 있는가. 자네의 깊은 속 어찌 모르리. 내 무슨 말을 더 할까."

정 참봉은 월녀를 끌어안고 목이 메었다. 월녀는 그 품에서 비로소 쏟아지기 시작하는 눈물을 흘렸다. 정 참봉이 조끼주머니에서 꺼낸 한지에 두 글자가 적혀 있었다. '素花'였다.

"고맙구만이라, 고맙구만이라."

월녀는 방바닥에 엎드리며 흐느꼈다. 그동안 겪어낸 심신의 고달픔과 고생이 보람과 기쁨으로 바뀌는 순간이었다.

정 참봉은 소화가 열 살 나던 해 세상을 버렸다. 정 참봉은 숨을 거두기 전에 식구들에게 굿을 해달라고 했다. 그래서 월녀는 불려갔다. 가시는 임의 저승길을 위해 월녀는 혼신의 힘을 다 짜내 춤을 추었고, 정 참봉은 마지막 가는 길에 월녀를 만나보고 눈을 감았다. 숨겨야 했기에 더 그립고 감추어야 했기에 더 안타까웠던 사람의 마지막을 바로 눈앞에 두고도 손 한번 잡아볼 수 없고, 눈물마저 씹고 씹어 삼켜야 하는 기구함을 견딜 수 없어 월녀는 미친 듯이 춤을 출 수밖에 없었다. 그것만이 모든 것을 견뎌내는 유일한 방법이었다.

그 굿은 장례가 끝날 때까지 계속되었다. 어찌나 힘을 빼버렸던지 결국 며칠을 앓아눕고 말았다. 소화는 조막손으로 물수건을 짜올리며, "엄니, 그렇게 미친 거맹키로 굿허고 요리 아파불면 무신 소양이 있당가. 돈도 더 많이 받지도 못험스로." 야무지게 말했다. "워디 그것이 내 맘대로 된다냐. 다 신령님이 시켜서 허는 일이제." 월녀는 탄식 섞어 말하고는 고개를 돌려버렸다. 이년아, 그 사람이 느그 아부지여, 니가 한 분도 불러보덜 못헌 아부지란 말이여. 월녀의 눈에서는 눈물이 흘러내리고 있었다.

13

냉철한 비판을 생리로 가진
역사의 정체는 무엇인가

산은 석양의 여린 빛살이 나뭇가지와 잎새들 사이에서 사위어지면 잠이 들었고, 먼동이 트기 전 새들의 부산스런 지저귐을 따라 잠에서 깨어났다. 산이 깨어날 즈음이면 언제나 안개는 산자락을 덮고 있었다. 산을 포근하게 잠재운 이불처럼.

염상진은 다른 날과는 달리 새소리보다 먼저 울리는 선암사의 쇠북소리를 듣고 눈을 떴다. 눈을 뜨자마자 지난밤의 일이 시차 (時差) 없이 머리를 가득 채워왔다. 무슨 더러운 찌꺼기들이 가득 찬 것 같아 기분이 불쾌했다. 그건 서로의 주장이 엇갈린 말의 찌꺼기들이 분명했다. 그는 담배를 피울까 하다가 그만두었다. 밤늦게까지 피워댄 담배로 목이 죄는 것처럼 압박감이 오고 입 안은 껄껄했던 것이다.

염상진은 일어서다 말고 아래를 물끄러미 내려다보았다. 안창민이 달팽이처럼 몸을 말아붙이고 잠들어 있었다. 그러잖아도 작은 체구가 더욱 왜소해 보였다. 잠결에 추운 모양이었다. 그러나 덮어 줄 것이 없었다. 측은하고 그리고 미안한 생각이 들었다. 불현듯 떠오른 생각을 털어내듯 그는 눈길을 돌렸다. 사실 안창민만이 추운 잠을 자는 것이 아니었다.

숯막을 나선 염상진은 물이 흐르는 골짜기 쪽으로 방향을 잡았다. 밤은 회색빛으로 탈색되어 가고 있었다. 유난히 맑게 빛나고 있는 윤곽 또렷한 몇 개의 별이 아직 밤인 것을 증거하고 있었다. 20여 미터 걸어내린 염상진 앞에 보초가 나타났다. 그런데 보초는 바위에 등을 기댄 채 입을 헤벌리고 잠이 들어 있었다. 총은 감싸 안듯이 하고 있었다. 염상진은 목구멍까지 치밀어오른 고함을 눌러 참았다. 전장(戰場)에서 졸고 있는 보초병의 총을 들고, 그 보초병이 깰 때까지 대신 보초를 섰다는 나폴레옹의 일화를 흉내내려고 해서가 아니었다. 제대로 대장 노릇을 하고 있지 못하다는 자책이 앞섰기 때문이었다. 그건 지난밤의 일이 연장된 감정상태였다. 그는 보초의 발을 툭툭 건드렸다.

"누, 누구여!"

보초가 소스라치며 벌떡 일어서서는 잠시 허둥거렸다.

"보초가 잠을 자면 되겠나."

염상진은 낮은 목소리로 그러나 엄하게 말했다.

"워메, 대장님!"

보초는 총을 받쳐올리며 뻣뻣하게 굳어졌다. 군당을 야산대로 편성하면서 염상진의 호칭은 '위원장'에서 '대장'으로 바뀌었다. 그는 위급상황 앞에서 뒤로 물러나앉기를 원하지 않았다.

"정신 차리고 근무하게."

염상진은 겁먹은 보초의 눈을 쏘아보고 나서 걸음을 옮겼다.

염상진은 안개를 헤치며 걸었다. 아래로 내려갈수록 안개는 짙었다. 안개, 이것은 무엇인가. 수증기가 찬 기운을 만나 미세한 물방울이 되어 대기 속을 떠도는 것이다. 구름이 무엇인가. 안개와 마찬가지 현상으로 다만 높은 공중에 형성된다는 차이뿐이다. 쇠북소리는 무엇인가. 청동을 녹여서 울림이 좋도록 만든 금속기구를 칠 때 나는 소리인 것이다. 부하들이 그렇게만 받아들여주기를 바랐다. 그런데 그들은 안개에서 우수를, 구름에서 허무를, 쇠북소리에서 죄업을 보려는 식이었다. 그들은 혁명의식과 혈육의 정을 구분짓는 냉철성을 결여하고 있었다. 하대치나 강동식이 그러한 것은 앞으로 더 혁명의식을 주입시키면 된다는 것을 전제로 하여 유보를 해두고 있었다. 그러나 안창민마저 두 사람의 뜻에 동조하는 것은 용납이 되지 않았다. 안창민은 사상의 암기화에 그쳤을 뿐 사상의 무장화는 달성하지 못한 것이 아닌가 하는 근본적 회의가 일어나게 했다.

어젯밤에 야기된 문제의 발단은 읍내를 다녀온 강동식의 발언에서 시작되었다.

"우리 식구덜이 젊은 놈덜헌테 각단지게 테러를 당허고 있는디 워찌 보고만 있겠소. 당장 쳐들어가 그놈덜얼 때레잡읍시다."

강동식은 사건보고를 한 것이 아니었다. 제멋대로 행동방향까지 정해서 선동을 하고 있었다. 즉흥적이고 감정적이었다. 하대치는 즉각적으로 찬동을 하고 나섰고, 안창민은 논리적으로 반격의 필요성을 제시하고 들었던 것이다. 비생산적인 토론이 지루하고 피곤하게 엎치락뒤치락거린 어젯밤이었다. 시간을 벌어 그들의 감정이 어느 만큼 진정되기를 기다릴 요량으로 내일 다시 토론에 붙이기로 했던 것이다. 그 내일이 쇠북소리를 따라 오늘로 바뀌어 있었다.

염상진은 개울가에 앉았다. 안개 자욱한 산중의 새벽 정적 속을 물이 흐르고 있었다. 물 흐르는 소리가 맑디맑았다. 물이 괸 수면 위로는 안개가 진하게 내리지 못하고, 사라지고 있는 연기 같은 흐린 꼬리를 흔들고 있었다. 염상진은 물에 손을 담갔다. 냉기가 일순간에 전신 구석구석으로 퍼져나갔다. 11월 초입인데도 산중의 새벽 기온이나 물은 겨울을 실감시켰다. 그는 천천히 손을 씻었다. 그리고 입에 물을 머금어 이빨을 닦았다. 두 번, 세 번 그렇게 했다. 소금을 쓰지 않아서인지 입 안의 껄껄함은 가시지 않았다. 물의 냉기가 다소 청결감을 남겨주었다. 손바가지를 만들어 물을 서너 번 얼굴에 끼얹었다. 입 안의 껄껄함과는 달리 머릿속의 찌꺼기들이 말끔히 씻겨진 것처럼 기분이 상쾌했다. 수면에 입을 대고 물을 마셨다. 숨이 가쁘도록 여러 모금을 삼켰다. 식도를 타내리는 시원함이 줄을 긋듯이 여실하게 느껴졌다. 그제야 담배가 피우고 싶어졌다. 양쪽 소매에다 얼굴의 물기를 썩썩 문질렀다. 손의 물기는 바지에다 닦았다. 넓적한 바위에 걸터앉아 담배를 피워물었다. 연기를 깊이 빨아들였다가 느리게 내뿜었다. 푸른 기운이 가신 변색된 연기가 안개에 섞여들었다. 문득 아내 생각이 떠올랐다. 담배가 촉발시킨 별로 달갑잖은 효과였다. 담배는 생각을 차분하게 가라앉히는 임무를 수행하는가 하면 어느 때는 엉뚱하게도 잠재된 생각을 불쑥 떠올리게도 했다. 어젯밤부터 아내나 자식에 대한 생각을 덮으려고 애써왔다.

그때 염상진의 머리를 스치는 생각이 있었다. 혹시 그들은, 동생 상구의 덕을 보아 우리 집 식구들만은 무사할지 모른다는 오해를 한 것이 아니었을까. 그러나 염상진은 느릿느릿 고개를 저었다. 그들의 주장이 아무리 완강했다 해도 그건 자신의 지나친 생각 같았다. 그리고 동생 상구가 그런 마음까지 썼을 것 같지가 않았다. 상구는 제 입장을 당당하게 내세우기 위해서 오히려 테러를 이용했을지도 모를 일이었다. 상구만 생각하면 염상진의 의식은 깊은 수렁으로 빠져들었다. 상구가 돌아오자마자 손을 썼어야 했는데 그 기회를 놓쳐버린 것이 두고두고 후회스러웠다. 하나는 조직강화를 꾀하지 못한 것이었고, 다른 하나는 혈육으로서 정면대치를 피할 수 없게 된 괴로움이었다. 상구는 세뇌만 제대로 되었더라면 한몫을 단단히 해냈을 재목감이었다. 정신적 단순성과 행동적 기민성은 혁명전사로서 안성맞춤이었다.

염상진은 꽁초를 손가락으로 튕겼다. 담뱃불은 안개 속에 바알간 포물선을 작게 그리며 물로 떨어졌다. 불이 꺼지는 피지지직 소리가 마치 작은 생명의 마지막 비명처럼 들렸다. 그는 물에 뜬 꽁초를 바라보았다. 물살을 따라 움직이고 있었다. 깊이로 보나 크기로 보나 웅덩이도 못 될 그 물이 넓고 넓은 바다로 변해 보이고 있었다. 그리고 담배꽁초는 배로 변해 있었다. 인생이란 무엇이냐, 망망대해에 뜬 일엽편주라. 한문을 가르치던 선생의 말이 떠올랐다. 모든 인간은 역사의 중심에 있고자 한다. 그것은 곧 지배의 욕구다. 그러나 그 누구도 역사의 중심에 있을 수 없다. 역사가 그것을 용납하지 않는다. 왜냐하면 역사의 생리는 수은주 이하의 냉철한 비판이기 때문이다. 역사선생의 말이었다. 사회주의 건설을 위한 무산자혁명, 그것이야말로 역사의 그늘이나 역사의 변두리로 내몰린 사람들을 역사의 중심에 서게 하고, 새로운 역사를 만들고자 함이 아닌가. 봉건주의의 지배층과 제국주의의 부유층을 몰아내고, 그래서 계급 없는 사회를 건설했는데도 역사는 중심에 서는 것을 용납하지 않을 것인가. 수은주 이하의 냉철한 비판을 생리로 가진 역사의 정체는 무엇인가. 역사는 사회주의의 어떤 점을 비판하게 될 것이며, 사회주의자들은 어떤 잘못으로 비판을 받아 역사의 중심에서 밀려나게 될 것인가. 역사선생의 말은 궤변이 아니었을까. 망망대해의 일엽편주라는 그 감상적 허무주의는 일고의 가치도 없다. 그러나 역사선생의 말은 결코 소홀하게 넘길 수가 없다. 분명 사회는 혁명되어야 하고, 무산자는 그 주인이 되어야 하며, 역사는 새로 박음질되어야 한다. 그 역사가 비판의 제물이 되지 않기 위해서는 역사가 가진 수은주 이하의 냉철성보다 더 차가운 온도의 냉철성을 유지하면 될 것이다. 역사의 비판 생리마저 얼어붙게 해버리게. 그게 바로 사회주의의 완벽성이 아닌가. 그렇다. 역사선생의 정의는 사회주의 건설 이전의 역사만을 대상으로 내려진 것이었다. 절대다수의 인간을 노예화한 봉건 왕조와 절대다수의 인간을 수단화한 제국주의의 역사는 바야흐로 사회주의 새 역사의 비판 앞에 종말을 고할 수밖에 없는 것이다. 그건 이미 역사적 현실로 실현되고 있지 아니하냐. 그 넓은 땅 러시아가 인민혁명을 창조했고, 그 넓은 대륙 중국이 성공적으로 인민의 깃발을 세워가고 있으며, 한반도의 반 북조선도 인민의 나라를 세우지 않았는가. 나머지 반마저 인민의 나라로 통일시키는 날도 멀지 않았다. 새 역사는 인민의 편에서 진군하기 시작했다. 그날이 올 때까지, 인민의 깃발을 세울 그날까지 혁명적 투쟁이 있을 뿐이다.

염상진은 새로운 충족감으로 전신이 팽팽하게 긴장하는 힘의 용솟음을 느꼈다. 새 담배에 불을 붙였다. 그러면서 그들 세 사람의 감상적 주장을 단호히 제지하리라고 마음 정했다.

숯막으로 돌아오다가 하대치와 마주쳤다.

"대장님, 여그 오시능마요. 워디 가셨습디여?"

하대치가 반가운 표정으로 말했다. 그 태도로 보아 찾고 있었던 듯싶었다.

"아, 하 동무, 잘 잤소?"

"야아. 보초가 그러는디, 대장님이 일찍 일어나셔갖고 쩌 알로 내려가셨다고 혀서 찾아나서는 길이었구만이라."

"낯을 씻고 앉았다가 오는 길이오."

"엊저녁에도 늦게 주무셨는디⋯⋯."

하대치는 슬그머니 고개를 돌리며 말을 얼버무렸다. 어젯밤의 일로 대장의 심기가 편치 않다는 것을 눈치 챘기 때문이었다.

"아침밥이 끝나는 대로 강 동무와 같이 내 방으로 오도록 하시오."

염상진은 하대치의 감정변화를 읽으며 명령조로 말했다.

"알겄구만이라, 대장님."

하대치는 가슴이 섬뜩해지는 걸 느끼며 대답했다. 대장의 태도는 지난밤보다 강해져 있음이 분명했다. 알다가도 모를 일이었다. 아무 죄도 없는 식구들이 테러를 당하고 있다는데도 대장은 보복을 반대하는 것이었다. 그것도 경찰이 아니라 새파란 애송이들한테 당하는 일이 아닌가. 그것들을 잡아다가 결딴을 내버려야 할 것인데도 대장은 고개만 저었다.

아침식사를 마치자마자 네 사람은 둘러앉았다.

"토론은 어젯밤에 충분히 했소. 더 이상 토론을 계속하는 건 비생산적인 시간낭비요. 그러니 지금부터 최종적으로 각자의 의견만을 듣기로 하겠소."

염상진은 세 사람을 한눈길로 훑었다. 숯막 안에는 긴장된 분위기가 감돌았고, 세 사람은 다 헐어빠진 왕골돗자리가 깔린 방바닥에 제각기의 시선을 던진 채 말이 없었다.

"왜 말들이 없소. 안 동무부터 말해 보시오."

염상진은 안창민을 지목했다. 사리판단이 빠른 안창민은 이 상황에서 자신이 취할 태도가 어떤 것인지 알 것이고, 안창민의 발언에 따라 나머지 두 사람의 생각도 달라지리라는 것을 계산하고 있었다. 물론 안창민도 대장이 왜 자신에게 첫 번째 발언을 하게 하는지 익히 알고 있었다. 안창민의 눈앞에는 늙은 어머니의 모습이 어른거렸다. 강동식의 말로는 중태라고 했다. 정신까지 잃고 쓰러진 그분을 돌볼 사람이 아무도 없다. 안창민은 그 소식을 듣고 나서부터 밥도 거의 먹지를 못했다. 젊은 그들에게 보복을 하러 가려는 것이 아니었다. 테러를 감행할 수밖에 없는 젊은 사람들의 감정을 충분히 이해할 수 있었다. 안창민은 다만 어머니를 만나보고 싶었다. 어느 정도 다쳤는지 확인하고 싶을 뿐이었다.

"안 동무, 뭘 하고 있소!"

염상진의 목소리가 그의 정수리를 쳤다. 안창민은 천천히 고개를 들었다.

"대장님 말씀대로 보복은 시기상조라고 생각합니다."

안창민은 이렇게 대답했다. 그러나 속으로는, 어머님 용서하십시오, 하고 말했다.

"좋소. 다음은 하 동무!"

하대치는 뒷머리를 긁적이며 고개를 들었다. 아까 대했던 대장의 태도가 영 께끄름하게 걸려 있었던 데다가 안 동무의 발언을 듣자 그만 맥이 풀리고 말았다.

"지도 안 동무허고 같은 생각이구만요."

하대치는 강동식 쪽의 왼쪽 볼에 벌레가 기는 것처럼 스물거리는 것을 느꼈다. 강동식은 어젯밤 잠자리에 들기 전에도 그랬고, 조금 전에 숯막으로 들어서기 전에도 보복하자는 주장을 끝까지 내세우자고 했던 것이다.

"좋소, 마지막으로 강 동무!"

강동식은 어금니를 물었다. 지금 우리가 수행할 일은 그런 사소한 개인 감정에 좌우되는 보복이 아니라 더욱 과감한 혁명투쟁을 위한 준비기간이라는 대장의 말을 못 알아듣는 것이 아니었다. 그러나 가족이 상하고 있는 것이 어찌 사소한 일일 수 있는가. 우선 내 가족, 내 피붙이부터 잘살아보자고 혁명도 하는 것이고 고생도 하는 것이지 처자식 맞아죽어 없어지거나 골병들어 병신이 되어버리면 누구 좋자고 혁명이고 투쟁이고 할 것인가. 강동식은 그 말을 다 쏟아놓고 싶었지만, 그것이 혁명의식의 결여나 박약을 입증하는 개인적 감정주의로 비판될 것이 분명해 어금니를 맞물며 참아내고 있었다.

"다 그런 의견이람사 지도 따라야제라."

강동식은 시선을 떨군 채 퉁명스럽게 내뱉었다. 그의 흔들리는 시야에는 아내의 예쁜 얼굴과 두 살배기 어린것의 모습이 어릿거리고 있었다.

염상진은 강동식의 마지못한 대답이 거슬렸다. 분명한 자기 의견을 말하라고 달구치려다가 그만두었다. 고양이도 쥐를 막다른 골목으로 몰지 않는 슬기를 가지고 있는 것이다. 그리고 이런 상황이야말로 인간으로서 겪어내야 하는 가장 근본적인 고통이고 본질적인 갈등이라는 생각이 들었다. 그건 곧 감정과 이성의 싸움이었고, 소아와 대아의 싸움이었고, 개인주의와 혁명의지의 싸움이었다. 다소 무리를 해서라도 이 싸움에서 이기게 하는 것이 자기 성숙을 기하고 앞으로의 투쟁의지를 키우는 데 최선의 방법이라고 그는 판단했다.

"좋소, 의견일치를 보았으니 그 문제는 이것으로 일단락 짓기로 합시다. 동지들이 위험을 무릅쓰고 보복을 감행하고자 했던 것은 바로 혁명의지가 그만큼 강력하고 투철하다는 산 증거요. 또 그 생각을 이렇게 유보시킬 줄 아는 것도 혁명전사가 갖춰야 할 냉철성의 발로인 것이오. 동지들의 현명한 결정에 박수를 보내는 바이오."

염상진은 박수를 치기 시작했다. 하대치, 안창민, 강동식의 순서로 박수를 따라 치기 시작했다. 조직의 힘은 이렇게 만들어지는 것이다. 혁명의 불씨는 이렇게 만들어지는 것이다. 역사의 탄생은 이렇게 만들어지는 것이다. 염상진은 점점 열도를 더해가는 박수소리를 들으며 스스로의 가슴에 각인하고 있었다.

"대치 자네, 당최 못 믿을 사람 아니라고?"

숯막을 나서자마자 강동식이 우뚝 멈춰서며 내질렀다. 하대치는 잠시 멀뚱하니 강동식을 쳐다보았다. 강동식의 말뜻을 못 알아들어서가 아니었다. 호칭 때문이었다. '하 동무'가 아니라 '대치 자네'라는 호칭이 그렇게 귀 설게 들렸던 것이다. 그 사실을 깨닫자 눈앞의 강동식이 조금 전의 '강 동무'가 아니라 새삼스러운 느낌으로 보였다.

"거 무신 섭헌 소리여?"

하대치는 의당 앞에 붙였어야 할 '강 동무'를 빼고 이렇게만 말했다.

이상하게도 '강 동무'라 부를 수가 없었고, 그렇다고 마땅한 다른 호칭도 없었던 것이다.

"섭허다니, 섭헌 사람은 정작 누군디. 나허고 헌 약조는 워쩌고, 붕알이 한 쪽밖에 없는 거맨치로 남자가 워째 그려."

강동식은 얼굴이 벌겋게 달아올라 있었다. 좀체로 화를 내는 일이 없는 강동식이었으므로 하대치는 긴장하지 않을 수가 없었다.

"대장 듣겄는디 쩌짝으로 가서 속말허드라고."

하대치는 강동식의 팔을 잡아끌었다. 강동식은 더디게 발을 옮겨놓았다.

두 사람은 숯가마를 등지고 자리를 잡았다.

"담배나 한 대썩 꼬실리고 보세."

하대치는 담배쌈지부터 내놓았다.

"자네, 자네 아부지가 그놈덜헌테 맞어죽었다고 생각해 보소."

"머시여?"

하대치가 상체를 벌떡 일으켰다. 그 바람에 말고 있던 담배를 놓쳐 종이는 종이대로 담뱃가루는 담뱃가루대로 흩어졌다.

"요 사람이 워째 이리 놀래고 이려. 돌아가셨다는 것이 아니라 그럴 수도 있는 일이 아니겄냐 그런 말이시."

"나넌 돌아가셔뿌렀다는 말인지 알었구만."

하대치는 막힌 숨을 토하며 상체를 부렸다.

"안 동무 어무님은 돌아가실란지도 몰르네. 늙은 몸에 그리 무작시럽게 맞었으니. 자네 아부님도 늙으신 몸에 그리 맞었으면 안심

헐 수 읎는 잌읎고. 자네알 안 밀웅께 귞렇걌제만, 나는 찞아낎니
띌고 애뭅었넀. 아니여, 자네 성질 같았윌멎 귞 마당에서 음 저지륎
고 말았을 것읎넀. 대장님도 현장엌 직접 안 볎고 허는 소런께.”

하대치는 마음의 흔듀멚을 느ꌈ닀. 서둘러 만 ë‹Žë°°ì— 불을 붙였닀.

“두고 볎소. 나 혌자서띌도 Ʞ연시 볎복엌 하고 말 것잉께.”

강동식은 읎륌 앙닀묌었닀. 하대치는 묵묵히 ë‹Žë°°ë§Œ 빪아댔닀.

엄상진곌 안찜민은 서로 닀륞 생각에 잠겚 있었닀. 엄상진은 앞
윌로의 횚곌적읞 투쟁방법을 생각하고 있었고, 안찜민은 자신에게
맡겚진 사상학습에 대핎 생각하고 있었닀.

“얎떻게, 학습묌 쀀비는 계획대로 되고 있소?”

엄상진읎 묎겁게 입을 엎었닀.

“예, 별 찚질은 없습니닀. 귞런데 한Ꞁ교볞 만듀 종읎륌 좀 좋은
것윌로 장만했윌멎 합니닀. 1회용읞 삐띌가 아니고 였래 간수하며
서로 돌렀뎐알 할 거띌서 지질읎 너묎 나쁘멎 곀란할 것 같습니닀.”

“당연히 귞래알지요. 순천은 위험하고, 광죌로 사람을 볎낎 구핎
옵시닀. 닀륞 걎 뭐, 철필읎나 등사잉크 같은 걎 부족하지 않소?”

“등사잉크나 몇 통 구하멎 되걌습니닀. 귞런데 저얎…… 닀륞
ì–µÂ·ë©´ë‹¹ì˜ 학습은 얎떚 방법윌로 핎알 합니까?”

“귞걎 상황을 뎐가멎서 정하는 게 좋걌소. 상황읎 얎느 정도 안
정되멎 안 동묎가 순회학습을 싀시하는 게 제음 횚곌적읎고 능률
적읞 방법읞데, 형펾읎 귞렇지 못한 겜우에는 우선 학습묌부터 배
포하고 각 ì–µÂ·ë©´ë‹¹ì— 맡Ꞟ 수밖에 없걌소.”

"알겠습니다. 전 그럼 제 일을 하겠습니다."

안창민은 창문 쪽 벽으로 돌아앉았다. 거기에는 등사기구들이 가지런히 놓여 있었다. 책상도 없는 채로 안창민이 안경 쓴 눈을 껌벅거려가며 학습교본을 만들고 있는 도구들이었다. 사범학생들은 그 누구를 막론하고 각종 운동은 물론 그림그리기, 풍금치기까지 그야말로 만능이 되어야 했다. 그중에 글씨쓰기인 습자도 빼놓을 수 없는 것이었다. 안창민은 몸생김대로 운동은 그저 보통수준이었지만 그림그리기나 글씨쓰기는 남다른 데가 있었다. 손승호가 글재주가 있다면 안창민은 손재주가 있었다. 그들 둘에 비해 염상진이나 김범우는 말재주가 월등했다.

고개를 박고 엎드리는 안창민을 염상진은 물끄러미 바라보다가 눈길을 맞은편 벽으로 옮겼다. 그는 무의식 중에 숨을 길게 내쉬었다. 그건 버릇처럼 몸에 붙어버린 것이었다. 오랜 지하투쟁을 해오면서 가슴 답답할 때마다 깊은 숨을 쉬다 보니 그렇게 되고 말았다. 남들이 잘못 들으면 한숨을 쉬는 것으로 오해할 수가 있어서 특히 부하들 앞에서는 그 숨쉬기를 하지 않으려고 주의해 오고 있었다. 염상진은 안창민을 곁눈질하며 앉음새를 고쳤다. 안창민 쪽에서는 철필이 철판을 긁는 소리만 빠른 단음으로 가늘게 들려오고 있었다. 원지를 사이에 두고 쇠와 쇠가 맞갈리는 소리는 염상진의 귀에 언제나 청결하게 들렸다. 그 느낌에는 몇 가지 안 되는 간단한 기구로 많은 사람들에게 읽힐 수 있는 전단을 짧은 시간에 만들어낼 수 있다는 신기함이 바탕에 깔려 있었다.

염상진은 눈을 내리감았다. 지나온 날들의 기억이 엉켜들었다. 즐거움보다는 괴로움으로 되새기지 않을 수 없는 기억들이었다. 그러나 굳이 피하고 싶지는 않았다. 그 기억들은 비록 괴로움에 싸여 있을지라도 결코 후회가 있을 수 없는 자신의 삶 자체였던 것이다.

해방의 소식과 더불어 지리산을 벗어나 고향으로 돌아가자 자신을 맞이한 것은 기쁨에 넘쳐 있는 읍민들이었다. 못 먹어 메마르고 억눌림에 찌들었던 얼굴들에 밝은 웃음꽃이 피어 있었다. 그 밝게 피어난 얼굴 얼굴에 어울리게 활갯짓도 시원스러웠다. 자신을 대하는 어떤 사람의 눈길에서나 신뢰와 반가움을 느낄 수 있었다. 그리고 그들은 무슨 일인가를 어서 해주기를 기대하면서, 그들 자신이 벌써 그 준비를 갖추고 있었다. 친일파나 일본에 붙어먹은 것들은 모두 몰아내고 새 사람들로 바꿔야 한다는 의견일치를 보이고 있는 것이 그 증거였다. 자신은 안창민과 손승호 등을 규합해서 민중들의 그런 욕구를 실현하기 위해 군단위 조직을 서둘렀다. 그 조직을 통해 동네마다 이장이 바뀌면서 동시에 건준지부가 결성되었고, 전국 형무소에서 2만여 명의 독립투쟁자들이 석방되었다는 소식을 뒤따라 김태규 선배를 맞이했고, 읍민들은 열렬한 환영을 보냄으로써 독립투쟁자가 겪은 고통을 영광으로 바꿔주었고, 그 아낌없는 박수가 과거의 노고에 보내는 것만이 아니라 미래에 대한 기대라는 것을 민중들은 일깨우고 있었고, 조선인민공화국 선포에 따라 건준지부는 인민위원회로 바뀌면서 새 나라 세우기는 거침없이 이루어져갔다. 일체의 친일반민족세력이 제거된 상태에서 민중들은 인민위원회에 적극적으로 호응했고, 인민위원회를 맡은 책임자들은 민중들을 위해 헌신했다. 지주나 유지가 인민위원회에 개입한 경우는 김사용 같은 양심적이고 신망 있는 사람에 한했다. 읍이나 면단위에서 그들의 죄상 유무를 가려내는 데는 새로운 심사나 기준이 하등 필요하지 않았다. 읍민이나 면민들이 먼저 다 알고 있었다.

그러나 그 거침없고 막힘 없던 새 나라 세우기는 미군의 점령과 함께 실시된 군정의 조선인민공화국 부정으로부터 균열을 일으키기 시작했다. 군정의 인공 부정은 혁명적 인민의 나라를 파괴하는 1단계 공작이었다. 그리고 미군정은 연속적으로 파괴공작을 펴나갔다. 각 지역으로 군정중대를 파견한 것이 2단계 공작이었고, 그 조직을 이용해 반민족세력인 경찰과 관리를 재등장시킨 것이 3단계 공작이었다. 그리고 경찰을 무장시킨 다음 모든 지역에서 인민위원회를 강압적으로 해체시켜 나간 것이 4단계 공작이었다. 따라서 인민위원회 해체를 가속화시키기 위해 공산당 활동 불법화와 동시에 체포를 감행하기 시작한 것이 5단계 공작이었다.

공산당의 합법활동은 지하활동으로 전환될 수밖에 없었고, 인민위원회 조직이 다 깨어진 상태에서 대부분의 간부들은 감옥에 갇히게 되었다. 자신도 예외일 수 없었고, 감옥에 가서 보니 해방이 되고 풀려난 독립투쟁자 3분의 2가 다시 잡혀 들어왔다는 사실을 알게 되었다. 일정치하에서 경찰질을 해먹었던 자들의 손에 다시 잡혀 들어온 그들의 죄목은, 일본이 미국으로 바뀌었을 뿐인 것처럼 '독립투쟁자'에서 '공산주의자'로 바뀌었을 뿐이었다.

자신들의 조직이 지하화되자 군정의 폭력적 파괴공작은 가속화되었고, 그에 맞서기 위해 자신들도 무장투쟁을 강화하지 않을 수 없었다. 군정은 남쪽에 미국식 정권을 세우기 위해 혁명세력의 말살을 추진하는 한편으로 강제적 경제정책인 미곡수매로 인민들을 괴롭히고 있었다. 강제로 시행된 미곡수매와, 관리들의 부정으로 균형을 상실한 배급제도 때문에 인민은 굶주림에 시달리며 군정에 대한 불만을 키워갔다. 그 불만이 최초로 폭발한 것이 화순에서였다. 첫 번째 맞이한 해방기념일에 광부들은 한 덩어리가 되어 시위를 벌였고, 그들은 자신들의 요구를 관철시키기 위해 광주를 향해 나아갔다. 광부들의 생활대책을 해결하라는 그 경제성 시위는 군정에 대한 인민들의 최초의 도전인 동시에 군정의 경제정책 실패를 입증하는 최초의 사건이었다. 그 중대성을 인식했던 것인지 군정은 그들의 관례를 깨고 미군들을 직접 내세워 시위진압에 나섰다. 미군들은 기관총으로 무장한 자동차들을 동원해 시위자들을 위협하는 한편 설득작전을 폈다. 곧 요구조건을 들어 해결해 주겠으니 기다리라는 것이었다. 시위대는 그 말을 믿고 화순으로 발길을 돌렸다. 그러나 그것이 시위를 막으려는 미봉책이고 기만이었다는 것은 얼마 가지 않아 드러났다. 군정은 한 달이 지나고, 다시 한 달이 지나도 아무런 해결책을 내놓지 않았다. 굶주림에 지친 광부들은 자신들이 속았다는 것을 알고 다시 들고일어났다. 그 시위는 전보다 사람 수도 많았고, 움직임도 더 격렬했다. 미군들의 대응도 전보다 훨씬 강해져 있었다. 그들은 탱크를 동원했던 것이다. 10월이 끝나는 날 시작된 미군의 폭력진압은 그들의 잔인성을 스스로 입증했다. 그들은 아무런 무장도 하지 않은 맨몸의 시위군중을 탱크로 밀어붙이며 총격을 가해 사람들을 죽였던 것이다.

1946년 10월 1일 대구에서 쌀배급이 중단되면서 터지기 시작한 민중항쟁은 경상남도 전역으로 불붙어내려와 마침내 섬진강을 건너 전남으로 그 불길을 옮기게 되었다. 동학농민봉기가 전북에서 일어나 그 불길이 삽시간에 전남을 뒤덮고 섬진강을 건너 경남으로 옮겨붙은 것과는 반대의 경로를 밟은 것이었다. 서로 이웃하고 있으면서도 산맥으로 막혀 있는 두 지역을 이어주는 유일한 통로가 섬진강이었다. 10·1항쟁의 불씨를 품은 바람이 섬진강을 건너와 전남에서 제일 먼저 불꽃을 피운 곳은 화순이었다. 화순은 삼팔 이남에서 세 번째로 큰 규모의 탄광지대였기 때문에 일제시대부터 주된 경제권은 다른 지방과는 달리 농토를 중심으로 이루어지지 않고 탄광을 중심으로 형성되어 왔다. 따라서 사회변혁세력도 3천여 명을 헤아리는 광부들이 주도하고 있었다. 그들이야말로 일제 때부터 철도청이 있었던 순천의 철도 노동자, 항구로서 일본과의 뱃길이 열려 있었던 여수의 부두 노동자와 함께 지방적 특성을 강하게 형성하고 있었다. 그런데 해방이 되면서 화순에는 예기치 못한 이변이 밀어닥쳤다. 일본이 물러가면서 사회변동이 생긴 데다가 삼팔선이 그어짐에 따라 석탄 소비량이 격감되어 생산이 반으로 줄어버리자 광부들은 날로 심해지는 생활난에 허덕이게 되었다. 더구나 쌀을 공출하고 배급을 타먹도록 통제된 군정의 미곡정책 아래서 쌀을 공출한 실적이 없는 그들은 쌀배급마저 제대로 받을 수 없는 형편이었다. 날로 심해만 가는 굶주림 속에서 그들이 살아날 가망은 어디에도 없었다. 그들은 마침내 지난 8월의 시위에서 속은 분노와 경상도에서 번져온 불길과 함께 일제히 들고일어나게 되었다. 그것이 10월 끝날이었다. 그들은 다시 도청소재지인 광주를 향해 나아갔다. 이번에도 그들의 앞을 가로막은 것은 미군들이었다. 언제나 경찰을 앞세우고 자신들은 뒤에서 조정만 하는 것을 원칙으로 삼고 있는 그들이 두 번째로 그 원칙을 깬 것이다.

"우리는 굶어죽을 수 없다. 채탄작업을 정상화하라!"

"석탄생산 복구시켜 우리 생계 해결하라!"

3천여 명의 광부들이 미군의 저지에 맞서며 구호를 부르짖었다. 그 대열 속에는 광부만이 아니라 때 묻은 머릿수건을 쓴 아낙네들과 굶주림으로 비쩍 마른 아이들도 끼여 있었다.

미군은 또 설득을 하고 나섰다. 그러나 시위대는 그 말을 듣지 않았다. 지난번에 한 번 속은 것으로 족했던 것이다. 설득작전이 먹혀들지 않자 미군 대령이 나섰다. 자기를 믿으라고, 틀림없다고, 요구사항을 금방 해결하겠다고 미군 대령은 자기의 계급을 내세우며 믿어달라고 했다. 전과 다른 높은 사람이라서 광부들은 믿기로 했다. 그래서 시위행진을 중지하고 대열을 다시 화순으로 돌렸다. 그런데 바로 다음날 경찰력이 투입되어 주모자 색출이 시작되었던 것이다. 자신들을 똑같은 거짓말로 속이고, 보복행위까지 가하게 되자 광부들의 분노는 마침내 폭발하고 말았다. 그들은 총을 가진 경찰들에게 맨주먹으로 맞붙었다. 광부들의 기세에 경찰들은 총을 쏘아댔다. 경찰의 총알에 광부들이 무기로 하여 맞선 것은 채탄 작업에서 캐낸 돌멩이들이었다. 아무리 총을 가졌다고 하지만 오랜 굶주림에다가 분노까지 겹친 수많은 사람들의 결사적 대항을 이겨내지 못하고 경찰들은 쫓겨갔다. 경찰의 총에 부상당한 동료들의 피를 보자 분노가 더욱 거세어진 광부들은 또다시 광주를 향해 성난 물결이 되어 밀려갔다. 그러나 그들은 광주에 다다르지 못하고 미군에게 앞을 가로막혔다. 그들은 멈추지 않고 앞으로 밀고 나갔다. 미군들은 그들을 향해 총을 갈겨댔다. 그들의 분노는 걷잡을 수 없는 불길로 변했다. 사방으로 흩어진 그들은 돌팔매질을 퍼부으며 미군들에게 맞섰다. 그리고 돌격대를 만들어 미군 지프차를 공격했다. 여러 사람이 통나무를 지프차 밑에 밀어넣었다. 그리고 지프차를 엎어버렸다. 그들은 매일같이 갱도를 뚫어나가는 생활 속에서 통나무다루기는 그 누구보다 익숙했던 것이다. 막장의 삶을 살아온 고통스러운 인내를 목숨을 내건 살기로 바꾼 광부들의 대항은 악착스럽고 처절했다. 그들의 공격을 당해내지 못하고 미군들은 도망쳤다. 그러나 미군들은 그것으로 끝나지 않았다. 그들 또한 그것으로 끝나지 않았다. 이글이글 불붙은 석탄덩어리가 된 그들이 광주로 치달아갈 때 그 앞을 차단한 것은 미군의 탱크였다. 탱크는 그들의 머리 위에다 불을 토하기 시작했다. 아무리 공포라고 하지만 소총에 비해 그 위력은 어마어마했다. 차량도 미군들도 몇 갑절 늘어나 있었다. 기동성이 빠른 미군들이 인접 지역에서 동원된 것이었다. 아무리 기를 쓰고 돌멩이를 던져도 쇳덩어리인 탱크는 끄떡도 하지 않고 불을 토하는 괴물로 그들을 밀어붙였다. 그들을 향해 날아오는 건 탱크포만이 아니었다. 탱크포와는 달리 소총은 그들의 가슴을 향해 날아왔다. 광부들은 허기진 피를 토하며 땅바닥에 죽어넘어졌고, 부상을 당해 쓰러졌다. 그들은 동료들을 떠메고 쫓길 수밖에 없었다. 쫓기는 그들을 향해 쇳덩어리 괴물은 계속 불을 토하며 육박해 오고 있었다. 누가 죽고, 누가 다쳤는지를 알 수도 없이 제자리로 쫓겨온 그들을 에워싼 것은 미군들과 경찰이었다. 경찰들은 미군 덕에 되살아나 미군을 위해 충성했던 것처럼 다시 미군들의 엄중한 보호를 받아가며 주모자 색출을 하기 시작했다. 세 명이 즉사했고, 수십 명이 부상을 당했다. 미군들은 사망자는 물론 부상자들마저 아랑곳하지 않은 채 50여 명을 주모자로 체포해 갔다. 그러나 광부들의 저항은 끝나지 않았다. 처음처럼 전체가 움직이지는 못했지만 산으로 숨어든 사람들이 여러 개의 조를 만들어 산발적이고 다각적인 공격으로 미군과 경찰을 집요하게 괴롭혔다. 그러는 동안에 병원치료를 받을 도리가 없는 부상자들은 호박속이나 찧어 붙이고, 쑥가루를 밀가루에 이겨 붙이면서 하나씩, 둘씩 죽어가고 있었다.

화순탄광사건의 소문은 삽시간에 번져나가는 들불이 되어 산지 사방으로 퍼져나갔다. 폭력을 불사하는 강압적인 미곡수집에 불만이 쌓일 대로 쌓여 있던 농민들에게 탄광사건은 행동을 충동질

하는 도화선이 아닐 수 없었다. 더구나 미군들이 탱크로 무자비하게 사람들을 밀어붙여 죽였다는 것은 민족감정을 예리하게 자극시켰고, 경찰들이 또 그 앞잡이놀이를 했다는 것은 그동안 누적되어온 적개심을 폭발시키게 하고 말았다. 그뿐만 아니라 농민들은 벌써부터 경상도에서 벌어지고 있는 사태에 대해서, 이북에서 무상몰수 무상분배의 토지개혁을 단행했다는 소식을 알고 있는 것처럼 환히 듣고 있는 터였다. 미군정의 파괴공작에도 불구하고 인민위원회 조직은 그들을 결속시키고 있었던 것이다.

"조선은 미국의 식민지가 아니다! 미군은 물러가라!"

"공출제도 처없애고 토지개혁 단행하라!"

이런 구호들이 터져나오며 곳곳에서 민중들이 들고일어났다. 10·1항쟁은 마침내 전라도땅에서 바람 탄 불길이 되기 시작한 것이다.

염상진은 주먹을 부르쥐며 숨을 들이켰다. 그리고 눈을 번쩍 뜨고 자리에서 일어섰다. 더 이상 그 쓰라린 좌절의 기억 속으로 빠져들 수가 없었다. 2·7구국투쟁, 단선저지투쟁, 4·3투쟁, 여순투쟁으로 이어지는 아픔과 괴로움은 견디기 어려운 분노고 회한이었다. 그는 그런 감정에 함몰되기보다 내일을 위한 투쟁준비를 계속해야 한다고 마음을 다잡았다. 그는 야산투쟁교육을 실시하려고 혁대를 조이며 밖으로 나섰다.

노천 플랫폼에는 읍장과 경찰서장을 위시해서 예닐곱 사람이 한

줄로 도열해 있었다. 국회의원 최익승을 전송하기 위해서였다. 최익승은 양쪽 입꼬리가 처져내리는 근엄한 얼굴로 한 사람씩 악수를 해나가고 있었다.

경찰서장 남인태의 차례가 되었다.

"남 서장, 이번에 수고가 많았어. 남은 일 하나만 잘 처리하라고. 그 수고 잊지 않을 것이니."

최익승은 손아귀에다 힘을 주어 남인태의 손을 잡는 것으로 낮고 은근한 말보다도 더 강한 의미를 전달하고 있었다.

"명심하겠습니다, 의원 각하."

남인태는 허리를 반으로 꺾었다. 양조장 정 사장은 이미 석방시켰고, 나머지 하나는 김범우 건이었다. 남인태는 허리를 꺾은 채로 미소 짓고 있었다.

서너 사람을 거쳐 염상구의 차례가 왔다.

"청년단장, 앞으로 더욱 열심히 해야지."

"예에, 백골…… 아니 긍께, 백골……."

아아, 이럴 수가 있는가, 염상구는 몸이 달아 미칠 것만 같았다.

"아니 왜 그러나. 백골, 백골이라니."

최익승의 얼굴이 찡그려졌다. 그걸 보자 염상구는 더 몸이 달아 머릿속이 캄캄하게 변해버렸다.

"백골, 백골…… 긍께 고것이 지독스럽게 고맙고 고맙다는 말인디라. 백골 머시냐……."

"백골난망 말인가?"

최익승이 고개를 갸웃하며 물었다.

"맞구만이라, 백골난망!"

염상구는 얼결에 언성을 높였다.

"으어허허허허……."

최익승은 허리를 젖히며 웃어제쳤다. 도열한 사람들이 일제히 최익승을 향해 시선을 모았다. 희멀건한 웃음으로 따라 웃으려는 얼굴, 불안에 찬 얼굴, 의아스러워하는 얼굴, 놀란 얼굴, 가지각색이었다.

"백골난망이라! 그래, 그래, 자네 심정 내가 알아."

최익승은 염상구의 어깨를 툭툭 치며 고개까지 끄덕여주었다. 염상구는 자신의 무식한 실수를 덮어버리고 어깨까지 쳐주는 최익승이 눈물겹도록 고마웠다. 염상구는 허리를 있는 대로 굽혔다. 백골난망이 아니라 바로 이렇게 절을 하며 쓰려고 준비한 말이 또 하나 있었다. 그러나 그 말은 첫대목 두 자마저도 생각나지 않았다.

최익승이 떠나고 모두는 역 대합실로 나왔다. 뒤처져 역전 공터로 나오던 염상구는 손바닥을 맞때렸다. 그때서야 머릿속에 환히 떠오르는 여덟 글자가 있었다. 백골난망(白骨難忘) 분골쇄신(粉骨碎身)이었다. 청년단장을 만들어준 최익승 의원 각하님의 전송의 자리에서 쓰려고 일부러 한문을 잘하고 유식하기로 소문난 한약방 영감님한테 계란 두 꾸러미를 들고 찾아갔던 것이다. 사정 이야기를 했더니 그런 경우에 꼭 들어맞는 인사말이라며 백골난망 분골쇄신을 한자로 써주었던 것이다. 그 여덟 자 가운데 아는 글자라곤 '白'자하고 '身'자뿐이었다. 창피스런 노릇이었지만 어쩔 수 없이 한문 옆에다 한글을 써달라고 했던 것이다. "언문으로 써도라고?" 영감은 이렇게 물으며 안경 너머로 빤히 쳐다보고 있었다. 그 눈이 "요런 무식헌 놈아" 하고 있었다. "청년단이 아무리 완력 써서 밥 묵는 디라고 혀도 명색이 단장인디 그리 무식혀서 쓰겄어? 똥장군도 장군이고 청년단장도 장인디, 앞으로 상대헐 사람덜도 장이 아니겄어? 근디 그리 무식혀서 워쩔 것인가. 공자 맹자야 평생 혀도 틀렸고 천자문이나 띠어야지 그런 장이라도 오래 해묵제. 살날이 창창헌 나이에 말이시. 워쩌, 나헌테 천자문이라도 배워볼쳐?" 한글을 쓰고 난 영감은 거칠 것 없이 말해 버렸다. 참으로 입바른 영감이었다. 염상구는 왈칵 화가 치밀었지만 영감의 말이 마음 한구석에 닿아오는 바도 없지 않아서 꾹 눌러 참았다. "생각혀 보겄소." 염상구는 대꾸했다. 사무실로 돌아와 영감이 가르쳐준 대로 '백골난망이옵고 분골쇄신하겠습니다'를 수십 번 연습했던 것이다. 그런데 최익승을 맞닥뜨리자 '백골' 다음은 새까맣게 생각이 나지 않은 것이다.

영감의 말이 구구절절이 옳은 말이라 싶었다. 염상구는 천자문을 배워야겠다고 결심했다. 영감의 말마따나 살날이 앞으로 창창하게 남은 나이였다. 주먹 쓰고 칼 쓰는 법을 배웠을 때처럼 정신을 가다듬으면 그까짓 천자문쯤 못 익히랴 싶었다. 오늘 같은 망신을 두고두고 당할 수는 없는 노릇이었다.

"다들 다방에 들어가 차나 한잔씩 하도록 합시다. 의논할 일도 있고 하니."

경찰서장 남인태와 어깨를 나란히 하고 앞서 걷던 읍장 이병주가 뒤돌아보며 말했다. 그 목소리가 활기차게 들렸고 두툼한 얼굴에는 웃음기가 어려 있었다. 그는 드디어 평소의 원기를 회복한 것이었다. 읍내를 염상진네에게 빼앗기고 피신했다가 되돌아온 그는 금계랍이라도 입에 넣고 있는 것처럼 오만상을 찡그리고 다녔다. 경찰서장을 대할 때는 그 얼굴이 더욱 구겨지고 일그러졌다. 경찰서장에 대한 무언의 책임추궁이었고 불신의 표현이었다. 경찰서까지 잃어먹고 읍사무소에서 곁방살이를 차린 서장의 입장으로서는 말 한마디 못하고 읍장의 그런 경멸과 수모를 감수할 도리밖에 없었다. 그런 상황에서 국회의원 최익승이가 나타나자 두 사람은 한꺼번에 죄인이 되고 말았다. 목숨이 그야말로 풍전등화였다. 그런데 용케도 목숨을 부지하게 된 것이다. 반란사건이 터진 후로 두 사람이 어깨를 나란히 하고 걷는 것은 처음 있는 일이었다.

모두는 다방으로 들어갔다. 네댓 명의 손님이 두 테이블에 나뉘어 앉아 있었고, 〈울고 넘는 박달재〉가 다방 안을 출렁출렁 넘쳐흐르고 있었다. '빨갱이'라는 말만큼이나 유행하고 있는 노래였다.

"소리 줙여."

염상구는 레지에게 사납게 눈꼬리를 세웠다. 그리고 그 눈길을 한쪽 테이블로 옮겼다. 그때 벌써 젊은이 넷은 부리나케 의자들 사이를 빠져나가고 있었다. 청년단원들이었다.

그들이 자리를 잡고 앉자 나머지 한 테이블의 두 남자마저 힐끗

힐끗 눈치를 보며 다방을 나갔다.

"우리 벌교가 그래도 살 만한 고장인데. 철도청이 있는 순천을 바로 옆에 끼고 고흥반도의 대문 격에다가 광주로 가는 길목이 아닌가. 일본놈들이 벌교를 중시한 걸 보면 역시 그놈들이 눈이 밝긴 밝은 거야."

커피 오기를 기다리며 읍장이 새삼스러운 말을 지껄였다. 그만큼 마음의 여유가 생겼다는 증거였고, 그런 읍내의 장(長) 자리를 지켜냈다는 사실을 음미하는 것 같았다.

"일정 때야 좋았지요. 돈 흔허고 이번 같은 난리 없고."

마치도 그때가 그립다는 듯 전매소장이 읊조렸다. 듣기가 거북한지 경찰서장이 허엄허엄 헛기침을 했다. 그때 마침 커피가 날라져 왔다.

"알고 보면 이 커피라는 물건이 좋고도 나쁜 거요. 쌉싸름하고 달치근한 것이 맛은 그럴싸해서 좋은데 기름기를 훑어내려 속을 깎는다고 하니 말이야. 인이 백혀 안 마실 수도 없고."

커피를 맛있게 한 모금 마신 읍장이 말했다. 그런 객쩍은 소리를 하지 않을 수 없을 정도로 그는 기분이 좋은 모양이었다.

"커피를 인이 백힐 정도로 마셨다 하니, 역시 읍장님은 문화인이십니다."

경찰서장이 아주 우호적인 표정으로 말했다.

"서울에서들은 그렇게 말하는 모양이지만 어디 문화인이라고 할 것까지야……."

읍장은 어깨를 출썩거리며 웃었다. 다른 사람들도 소리 내서 따라 웃었다.

"서장님, 그 사람들 오늘 몇 시에 도착한다고 했지요?"

읍장이 표정을 바꾸며 경찰서장에게 점잖게 물었다.

"오후 2시라고 했지요, 아마."

경찰서장도 정색을 하며 낮게 대꾸했다.

"준비는 다 되셨소?"

"글쎄요, 경찰이나 청년단이 상호 협조할 준비는 끝냈는데, 그 사람들을 어떻게 응대해야 할지 모르겠군요. 공적인 급식 지원 같은 건 있겠지만."

"천상 후원회 같은 걸 결성해야 되지 않겠소? 우리 읍을 위해 싸우러 오는 사람들인데. 갑시다, 사무실로 가서 구체적으로 의논합시다."

읍장이 일어섰다.

김범우는 유치장에 갇혀 이틀째의 아침을 맞았다. 다 헐어빠진 일본군 담요 한 장을 걸치고 지새운 밤은 몹시도 춥고 길었다. 이틀 밤을 거의 뜬눈으로 새우다시피 한 것은 추위 탓만이 아니었다. 갑작스럽게 유치장에 갇히는 신세가 되자 자연히 이런저런 생각이 깊어질 수밖에 없었다.

김범우는 견디기 어렵게 전신을 포박해 오는 오한을 어금니로 질겅이며 담배를 꺼냈다. 밤새껏 피워댔는데도 담배는 아직 충분히 남아 있었다. 어제 느지막이 사식(私食)과 함께 담배 세 갑이 들어왔던 것이다. 아버지의 처사였을 것이다.

"면회는 안 되고 요것만 포도시 통과혔구만이라."

사식을 유치장까지 가지고 온 만복이가 말했다. 그는 일본군 장총을 거추장스럽게 어깨에 메고 있었다. 청년단원인 그는 경찰서에서 합동근무를 하던 중에 심부름을 하는 모양이었다. 김범우는 누가 면회를 왔더냐고 묻지 않았다. 아버지일 것이 뻔했고, 그런 것에 신경 쓸 기분이 아니었던 것이다.

"무신 죄를 지셨간디 서방님얼 요리 험헌 디다가 가둬두는지…… 니기미 잡것!"

만복이는 조심스럽게 말을 해나가다가 끝부분에서 불쑥 감정을 돋우었다. 그의 표정도 어조를 따라 민감하게 변했다. 처음에는 못내 죄스러움을 나타냈다가 '니기미' 할 때는 상기된 볼이 씰룩였다. 김범우는 그런 만복이를 물끄러미 바라보고만 있었다. 자신의 편을 들어주고 싶어하는 만복이의 마음이 그대로 가슴에 닿아왔다. 소작인의 아들이 지주의 아들 편을 들고자 하는 것이다. 일반적인 세태와는 걸맞지 않은 현상이었다. 김범우는 아버지를 느꼈다. 그건 아버지의 삶의 결과였지 자신의 몫은 아니었다. 새삼스럽게 아버지의 삶이 확대되어 오는 것을 느꼈다.

"근무 중인 모양인데 그만 가보게."

김범우는 희미하게 웃었다.

"야아, 당최 죄송시러바서……."

만복이는 손등으로 코밑을 씩 문지르며 어물거렸다. 그리고 문 쪽을 살피더니, "서방님, 지가 오늘 저녁 내내 근무허는디요, 워쩌실라요. 서방님이 맘만 잡수시면 한밤중에 지가 쇠통을 따디릴 팅 께요. 급허면 째고 보는 것이 상수 아닌감요?" 다급하게 말을 해치웠다.

김범우는 가슴이 찡 울리는 것을 느끼며 그러나 더디게 고개를 저었다.

"자네 맘은 고맙네만, 그럴 만큼 큰 죄를 진 게 아니니 내 걱정 말고 어서 가보게."

"근디…… 눈치덜언 안 그렇든디요."

만복이는 의심쩍은 표정으로 고개를 갸웃했다.

"걱정 말게. 내 죄는 내가 아니까."

김범우는 담뱃갑을 뜯었다. 자신의 죄명이 안에 어떻게 퍼져 있을지는 짐작이 어렵지 않았다. 어제 취조라는 것을 한 형사부장은 막무가내 '빨갱이'로 몰아붙였던 것이다. 배운 것 별로 없고, 청년단에 소속되어 빨갱이와 맞서고 있는 만복이의 입장에서 보면 자신이 짓고 있는 죄가 그 어느 것에도 비교할 수 없을 만큼 큰 죄로 여겨질 거였다. 그렇게 생각하자 만복이의 마음씀이 한결 진하게 느껴져왔다.

"글먼 경찰이 헛소리허는감요?"

"글쎄, 그런 셈이지."

"워메, 경찰서장이 멀 믿고 쌩사람 잡아다가 빨갱이죄 뒤집어씌

움시로 요 고상 시킬께라? 아조 당당하고 기운 펄펄허든디요?"

김범우는 그저 고개만 끄덕였다. 경찰서장 남인태의 태도가 그럴 수 있는 것은 당연한 일일 것이다. 그의 뒤에는 국회의원이란 거창한 배경이 있지 아니한가. 그에 대한 취조를 통해서 이미 그 사실은 명백하게 드러났다.

"밤에 추울 틴디, 몸조심허시씨요."

"고맙네. 어서 가보게."

만복이는 꾸벅 절을 하고는 돌아섰던 것이다.

만복이의 말마따나 밤은 추웠다. 어쩌면 밤의 기온보다 마음이 더 추웠는지도 모른다. 김범우는 뽑아든 담배를 만지작거리기만 했다. 입 안이 깔깔하고 목줄이 아파 불을 붙일 엄두가 나지 않았다. 이틀째 이빨을 닦지도 못했고 낯을 씻지도 못했다. 경찰에서 그런 배려를 해주지 않았을 뿐만 아니라 김범우로서도 굳이 요구하지도 않았다. 한 달이고 두 달이고 이빨 닦는 일이나 낯 씻는 것을 잊고 정글 속을 헤맨 학병생활에 비하면 그까짓 이틀쯤의 구질스러움은 아무것도 아니었다. 그러나 꼭 그런 경험을 해서가 아니라 김범우는 그런 정도의 자질구레한 것에 신경을 쓰고 싶지 않았다. 그런 것이 아니더라도 머릿속에는 여러 생각들이 어수선하게 차 있었다.

형사부장 장길춘의 몇 마디 취조로 자신이 왜 잡혀왔는지는 금방 알 수 있었다. 취조방법의 미숙 탓인지 아니면 우회취조를 할 필요가 없어서인지 장길춘은 처음부터 노골적으로 나왔던 것이다.

그는 김범우가 최익승에게 했던 말을 들춰대며 그 저의를 추궁하고 들었다. 자신의 체포가 최익승의 명령에 의한 것임은 너무나 쉽게 드러났다. 대충 시차(時差)를 계산해 보면 최익승은 자신이 그의 집을 나오기 바쁘게 경찰에 연락한 것이었다. 신속하게 그 각본을 짠 최익승의 알량한 솜씨에 김범우는 비웃음이 나올 뿐이었다. 그 대신 스스로의 오판에 혐오를 느꼈다. 당초에 최익승을 찾아가지 말았어야 했다. 그한테서 이성적인 사태수습 방안이 강구되기를 기대했던 것은 어리석은 착각이었다. 그건 여우에게 교활을 버리기를 기대한 어리석음이었다. 그가 일본의 패망을 책상을 치며 통곡할 정도로 애석해했던 것처럼, 지주계급을 표적으로 삼는 공산주의를 얼마나 증오의 대상으로 삼고 있을지는 뻔한 노릇이었다.

일단 최익승의 짓임이 밝혀지자 김범우는 자신의 신상에는 신경 쓰지 않았다. 일을 꾸민 최익승의 저의를 어렴풋이나마 파악할 수 있었기 때문이다. 국회의원의 위세를 보여주고, 행동의 제약을 가하자는 이중목적이라 싶었다. 김범우는 떫게 웃으면서도 그 두 가지 목적 중에서 한 가지는 달성하고 있음을 시인할 수밖에 없었다. 조사를 빙자해서 시간을 끌면 며칠 동안은 유치장에 가둬둘 수 있는 일이었다.

김범우의 머리를 채우고 있는 잡다한 생각들 중에서 그래도 비중이 큰 것은 안창민 어머니의 안부와 전 원장이 말했던 군인주둔 문제, 그리고 아버지에 대해서였다.

안창민의 어머니가 죽게 될지도 모른다는 불길한 생각을 김범우는 떼칠 수가 없었다. 으레 불길한 생각이란 무슨 구체적인 근거가 있는 것이 아니라 막연한 예감일 뿐이지만 그 적중률은 의외로 높은 것이었다. 그 사건으로 칠동에서 한 노인네가 죽었다는 말을 들었기 때문에 그런 예감이 드는 것이라며, 그 생각을 머리에서 몰아내려고 했다. 그러나 그 노력은 아무런 효과도 나타내지 못했다. 어머니가 죽게 되면 안창민은 어떻게 될까. 더 극렬한 사회주의자가 될까, 아니면 회의주의자가 될까. 이런 생각이 불쑥불쑥 떠오르고는 했다. 염상진 같으면 더 뜨거운 사회주의의 불꽃이 되겠지만 안창민은 그럴 수 없을 것 같았다. 그러나 탈색된 회의주의자가 될 것이라는 어떤 자신 있는 심증이 있는 것도 아니었다. 그 두 사람은 기질적으로 분명히 차이가 있기는 했지만 그것이 곧 사회주의 의식무장의 경중이나 강약에 그대로 적용되는 것은 아니었다. 이번 사건에 안창민이 붉은 완장을 참으로써 느닷없이 자신의 정체를 드러낸 것이 바로 그런 안일한 유추를 거부하는 행위였다. 안창민은 염상진에 비해서 분명 행동성은 약하다. 그러나 그 약점을 보완하려는 방어본능의 결과로 이론무장은 더 철저하게 되어 있는지도 모른다. 어느 면에서 안창민은 염상진보다 더 차갑고 강인하게 변모할 수도 있는 일이었다. 판단이 정확하고 이론이 정연한 그의 머리는 일찍부터 소문이 난 터였다. 안창민을 연결 짓지 않더라도 그의 어머니가 무사하게 회복되기를 바랐다. 사람이란 어차피 죽음을 맞게 마련이지만 맞아죽는 흉악한 죽음을 한다는 것은 차마 못 당할 일 중의 하나였다.

안창민의 어머니를 생각하다 보면 김범우는 어느덧 아버지 생각에 빠져 있고는 했다. 자신이 경찰서에 갇힌 사건이 아버지한테 충격이 되었을까 봐 염려스러웠다. 해방, 삼팔선 통행금지, 남북의 이질화, 이런 고비들을 넘기면서 아버지는 표가 나게 늙고 탈진되어 갔다. 그건 큰아들을 차츰 단념해 가고 있는 고통스러운 인내의 모습이었다. 아버지는 노구를 이끌고 사식을 나르는 일방 자신을 한시라도 빨리 경찰서에서 끌어내리려고 애쓰고 있을 것이다. 아버지를 생각하면 김범우는 자신의 경솔이 더욱 혐오스러워졌다.

　"저어, 서방님……."

　김범우는 웅크려박고 있던 고개를 느리게 들었다.

　"영판 추우셨을 것인디 워쳐크롬 주무셨을께라?"

　만복이가 꾸벅 인사를 했다. 한쪽 손에는 무게감이 느껴지는 보자기 쌈이 들려 있었다.

　"아칙진지 드시씨요."

　"그거 집에서 가져온 건가?"

　"야아, 날이 쌔코롬허니 추운디 어르신네가 또 손수 걸음을 허셨드만요."

　김범우는 미적미적 일어섰다. 추위 탓에 오래도록 몸을 웅크리고 앉아 있어서 몸놀림을 빨리 할 수가 없었다. 아버지에게 면목없는 일이라 싶었다. 밥보자기를 들고 아침 갯바람이 찬 소화다리를 건너고 있는 아버지의 늙은 모습이 떠올랐다. 밥심부름쯤 의당 머슴에게 시킬 일이었다. 그러나 아버지는 그런 분이 아니었다. 어느 때라고 자식의 면전에서 진한 정을 표한 일이 없었다. 그러면서도 내심에는 언제나 불덩이가 이글거리는 자식 사랑의 화로를 품고 있었다. 형이 만주 벌판을 헤매게 되면서부터 가난한 밥상을 받기 시작한 것도 아버지의 그런 마음에서 비롯된 것이었고, 일본사람이라면 노골적으로 경원하면서도 자신의 담임선생에게만은 명절 때마다 예를 갖추었던 것도 자식을 지키는 아버지의 내심의 표현이었던 것이다.

김범우는 밥보자기를 받아들며, 아버지가 아직 계시냐고 물어볼까 하다가 그만두었다.

"금세 뜨건 물 갖고 올 팅께 찬찬히 드시씨요."

만복이의 말에 김범우는 눈으로 대답했다.

아침밥을 마치고 담배를 피우고 있는데 순경이 나타났다. 그는 아무런 말이 없이 유치장 자물쇠를 열었다. 그가 이끄는 대로 김범우도 따랐다. 어제 취조를 받느라고 형사부장과 마주 앉았던 방으로 갔다.

"밤새 워쩌셨소? 날이 쪼깨 추운디 고상 안 됩디여?"

김범우가 들어서자마자 형사부장 장길춘이 던져온 말이었다. 사각이 진 얼굴의 턱을 빼내고 말하는 모양새나 그 어조가 인사말이 아니라 비양거림이었다. 김범우는 가소로운 놈이라고 생각하며, 무표정하게 그를 쳐다보았다.

"욜로 앉으시씨요. 오늘은 어지께맹키로 뻗대지 말고 신사적으로 혀봅시다."

또 취조라는 것을 할 모양이었다. 김범우는 역정과 함께 심한 피로감이 몰려드는 것을 느꼈다.

"담배 태우씨요."

장길춘은 취조장을 넘기며 말했다. 거무튀튀한 색깔에 사각의 모양을 한 그의 얼굴에는 생래적인 것처럼 느껴지는 잔인기가 서려 있었다. 짧게 치켜깎은 스포츠형의 머리가 더욱 그의 인상을 사납게 만들고 있었다.

김범우는 장길춘의 과거를 잘 알고 있었다. 그는 해방이 되기 직전까지 자신의 집안을 감시해 온 인물이었다. 범준 형님 때문이었다. 그는 먼발치에서 감시를 하는 것만이 아니라 느닷없이 집 안으로 들어오기도 했다. 그는 뻔뻔하게도 "어르신네, 문안 여쭐라고 왔구만이라" 하는 말을 앞세우고는 했다. 그러나 그의 모든 감각기관이나 촉각은 집 안의 구석구석, 식구들의 일거일동에 예리한 그물을 치고 있었다. 그러던 그는 해방과 동시에 햇살을 쬔 안개처럼 어디론지 자취를 감추고 말았다. 그런데 그가 다시 나타난 것은 미군정 실시와 함께였다. 한반도의 해방군이 아니라 분명 점령군의 태도로 남쪽 땅을 장악한 미군은 군정을 실시하면서 치안유지를 한다는 구실 아래 일제치하의 경찰 근무자나 그 앞잡이들을 중추로 해서 경찰조직을 재구성했던 것이다. 미군정의 이러한 처사는 미 제24군단장이며 주한미군사령관인 하지 중장이 1945년 9월 2일 삐라로 뿌린 첫 포고문에서 "……일본인 및 미 상륙군에 대한 반란행위를 용납하지 않겠다"고 명백하게 밝힌 것과 맥이 통하는 것이었다. 그리고 포고문에는, 형식적이고 입바른 인사치레 잘하는 그들답지 않게 조선의 해방을 축하한다거나 조선인이 되찾은 자유를 경하한다는 식의 상투적인 인사말 한마디 없이 공포 분위기를 조장하는 경직된 경고만을 나열해 놓고 있었다. 어쨌거나 미군정의 은혜로운 조처에 의해서, 일제치하에서 저지른 죄상으로 마땅히 처단되거나 단죄를 받아야 될 고등계형사나 순사·순사보, 밀정 노릇을 했던 부류들이 다시 권력을 행사하게 된 것이다. 그것도 일제치하에서보다 한두 계급씩이 더 승진된 상태로서였다. 일본인들이 차고앉았던 높은 자리를 채우다 보니 자연스럽게 일어난 현상이었다. 형사부장 장길춘도 그런 과정을 거쳐 재생의 날개를 달고 퍼득이게 된 인물이었다.

"머시냐, 어지께밤에도 곰곰이 생각혀 봉께로 당신이 자백헌 말이 예삿소리는 아니드란 말이여. 아무리 공산당 활동을 헌 자라도 재판을 거치지 않은 처형은 있을 수 없다니. 요것이 워찌 정신 지대로 백인 사람이 헐 소리여. 정신이 삐딱허니 돌았거나 빨갱이 사상을 가졌거나 둘 중에 하날 것이다 그런 말인디, 선상질허는 양반이 정신이 삐딱헐 리는 없고, 남은 길은 뻔헌 것 아니것어?"

취조의 시작이었다. 직업적 습관의 발동인지 장길춘은 반말을 지껄였다. 김범우는 그런 것에는 무관심했다. 장길춘은 어느새 외골목으로 몰이를 해대고 있었던 것이다. 어제의 반복이었다. 김범우는 미동도 하지 않았다.

"아, 말을 물었으면 대답을 혀."

장길춘은 버럭 소리를 질렀다. 네놈이 같은 소리 되풀이하면 나도 어제와 똑같은 방법으로 대해주마. 김범우는 이미 마음을 정하고 있었다. 대꾸를 하지 않는 것이었다. 그건 유식한 법률용어인 묵비권 행사가 아니었다. 아예 대꾸할 필요를 느끼지 않았다.

"아니, 참말로 대답 못허겄어?"

장길춘의 어조가 변색했다. 잔인한 느낌이 끼쳐왔다. 그는 어제와는 달리 초장부터 거칠게 나왔다. 되풀이되는 일에 어제의 인내심을 잃은 것인지 아니면 작전을 변경했는지 알 수 없었다.

"그려, 정 입얼 안 열겄다먼 입이 짝짝 벌어지게 혀줄까?"

한층 잔인해진 목소리였다. 고문 솜씨야 이골이 났을 것이다. 그러나 김범우는 책상 위에 내리꽂은 시선을 추호도 움직이지 않았다. 네놈이 내 몸에 손을 댈 수는 없으리라는 확신이 있었다. 그리고 만일의 경우 고문을 하려 든다면 용납을 하지 않을 작정을 하고 있었다. 고문의 가해에 대한 분노를 억제할 수 없으리라는 것을 잘 알고 있었다. 고문을 힘으로 맞서 물리칠 수밖에 없다고 생각했다.

"요런 좆겉은 새끼야, 귀에 말뚝 박었어? 주둥이 열고 아무 말이나 혀보란 말이여."

장길춘이 책상을 내리치며 고함을 질렀다. 순간 김범우는 피가 머리로 치뻗어오르는 것을 느꼈다. 번쩍 고개를 들었다. 김범우의 부릅뜬 눈에서는 불길이 쏟아져나오고 있었다. 그리고 하얗게 경직된 얼굴에는 살기가 서려 있었다.

장길춘은 자신의 실수를 깨달았다. 욕을 하려고 했던 것이 아니었다. 어떤 말에도 대꾸가 없는 김범우의 태도가 확실히 자신을 무시하는 것 같았다. 어제부터 그런 느낌을 가졌었는데 오늘 다시 그쪽으로 생각이 굳어지자 감정이 끓었고, 그 감정을 삭이려고 소리도 질러보고 공갈도 쳐보았지만 김범우는 꿈쩍도 하지 않았다. 점점 더 무시당하는 것 같아 감정이 폭발하여 상소리를 내뱉고 만 것이다. 장길춘은 김범우의 불이 타는 눈길을 계속 견뎌낼 수가 없었다. 그렇다고 눈길을 피할 수도 없는 노릇이었다. 자신의 실수를 깨닫게 되자 자신감이 흔들렸고, 따라서 허리에서는 힘이 풀려나가면서 눈이 시어 자꾸만 깜박여지려 했다.

"당신, 그 말 다시 한 번 해보시오."

마침내 김범우가 입을 열었다.

"나가 실수혔소. 고 말언 취소허겄소."

장길춘은 자신도 모르게 이렇게 말하고 말았다. 그 말과 동시에 눈길을 돌렸다.

김범우는 더 할 말이 없었다. 주머니에서 담뱃갑을 꺼내 한 개비를 뽑아들었다. 그 손끝이 가늘게 떨렸다. 장길춘도 담배에 불을 붙였다. 이 지경이 되고 말았으니 취조고 뭐고 다 틀린 일이었다. 경찰 체면에 사과를 하다니, 장길춘은 분하기도 하고 창피하기도 하고, 기분이 말이 아니었다. 그러면서 마음 한구석에서는 오기가 뻗질러오르고 있었다. 니눔헌테 기엉코 육모초보담도 쓴맛얼 보이고 말 것이다. 그의 머릿속에서는 두 개의 덫이 만들어지고 있었다. 장길춘은 스스로의 생각에 만족을 느꼈다. 더 취조할 필요를 느끼지 않았다.

"서 순경, 서 순경!"

장길춘은 밖에다 대고 소리쳤다. 이내 순경이 나타났다. 그는 턱 끝으로 김범우를 가리켰다.

"저어, 어떻게 하라는 말씀인지……."

순경은 부동자세와는 어울리지 않게 어눌한 목소리로 어물거렸다. 장길춘의 위세 앞에 주눅이 든 모양이었다.

"유치장으로 딜고 가."

처박으란 말이 혀끝까지 밀려나왔지만, 장길춘은 애써서 '데리고 가'라는 말로 바꾸었다.

"아니, 벌써 끝나셨나요? 한참 걸릴 줄 알았는데."

"어허, 말이 많은 거 봉께로 자네도 빨갱이 아녀?"

장길춘이 거칠게 내쏘았다. 김범우는 의자에서 일어섰다.

장길춘은 멀어지는 김범우의 뒷모습을 노려보고 있었다. 뒷모습까지 당당하고 거만하게 보였다. 그는 위축감과 동시에 증오감을 느꼈다. 빳빳하게 세워진 목이 아직도 기가 꺾이지 않았음을 나타내고 있다. 그 위에 붙은 아무 표정도 없는 뒷머리에서 그는 김범우의 분노에 찬 얼굴을 보고 있었다. 장길춘은 김범우가 예사 종자가 아니라는 것을 비로소 실감하고 있었다. 제아무리 배짱이 세고 대가 강해도 순경에게 붙들릴 때 반 정신이 나가고, 경찰서로 들어서면 온 정신이 나가고, 유치장에서 하룻밤을 새우면 살아날 구멍을 찾아 급급하게 마련이었다. 그러나 김범우는 그렇지가 않았다.

이틀씩이나 유치장에 갇혀 있으면서도 늦가을 살모사 대가리처럼 독기를 세우고 있었다. 수사를 하거나 취조를 할 때는 상대방의 기가 꺾일 만큼 꺾여 삶은 시금치꼴이 되어 있어야 제격에 맞는 것이었다. 그것이 순경질하는 맛이기도 했다. 그 군림하고 짓밟는, 박하사탕 씹는 것 같은 통쾌감과 간지러움 같은 승리감이 없다면 순경질을 무슨 맛으로 한단 말인가. 그런데 김범우는 그런 맛 대신 은근히 경계심을 갖게 했다. 고등계의 밀정 노릇부터 시작해서 20여 년 동안 경찰물을 먹어온 장길춘으로서는 실로 처음 겪는 일이었다. 그의 내부에서는 손상된 체면에 대한 보상심리가 꿈틀거리고 있었다.

장길춘은 서장실로 들어갔다.

"취조는 잘되고 있소?"

경찰서장 남인태는 장길춘이 잠시 쉴 짬을 낸 것이라 생각하고 먼저 말을 걸었다.

"니미럴, 취조고 머고 다 재 뿌려부렀소."

"아니 왜, 무슨 일 났소?"

남인태는 상체를 세우며 민감한 반응을 보였다. 장길춘은 멈칫 긴장했다. 자신은 예사로 뱉은 말이었는데 남 서장의 태도는 그게 아니었기 때문이다. 그는 자신의 실수를 털어놓아서는 안 된다고 판단했다. 그러나 취조를 망치게 된, 그럴싸하게 둘러댈 다른 이유가 얼핏 떠오르지 않았다.

"일은 무신 일이겠소. 김범우 고 자석이 독허기가 똑 서리 뿌리기 전 독새 같응께 사람 미치겄어서 허는 소리제라."

장길춘은 일단 숨 돌릴 겨를을 찾으려고 김범우의 목에다가 말
고리를 걸었다.

"거야 다 아는 일 아니오. 그 자식이 질기면 이쪽은 더 질기게 나
가야 되는 것이야 미리 얘기했던 것 아니오."

남 서장은 시큰둥한 표정이 되어 몸을 의자에 부렸다. 장길춘은
긴장을 풀며 맞은편에 앉았다.

"근디, 워째야 쓸께라?"

장길춘은 담배를 빼들며 물었다.

"뭘요?"

"아, 김범우 말이제라. 당최 꼬리럴 잡을 수가 있나, 냄새럴 맡을
수가 있나, 사람 환장허겄당께요."

"첨에 내가 말하지 않았소. 김범우는 잡범이 아니니까 계속 취조
를 하는 수밖에 없소. 그놈이 파김치가 될 때까지."

"금메, 취조도 취조 같애야 혀묵든지 말든지 허제라. 서장님도
다 아시제만, 워디 취조라는 것이 조단조단 이약허는 것입디여? 죄
진 눔 잡다가 죄 캐내자고 족치는 것이 취존디, 아, 고 쎄럴 열댓
발 빼내도 분이 안 풀릴 그놈이 무신 말얼 물어도 입얼 딱 봉허고
앉았으니 사람이 복장 터져 워찌 살겄소. 서장님, 그리 주딩이 딱
봉허고 있는 연놈헌테 주딩이 짝짝 벌리게 허는 약이 머신지 잘 아
시제라? 헌디, 서장님도 야속허시요. 매질은 못허게 허시제, 그놈언
주딩이 딱 봉허고 앉었제, 취조는 혀야겄제, 지가 천불이 올라서

워찌 살겄소."

장길춘은 말을 쏟아놓고 나자 다소 속이 풀리는 것 같았다. 그리고 자신은 역시 언변이 좋다고 만족감을 느꼈다.

"그러니 부장한테 일을 맡긴 게 아니오. 속이 상하더라도 꾹 참고 취조를 하도록 하시오. 새로운 취조방법을 배우는 셈치고."

"화아, 두 번만 새로우먼 피 보타 죽겄소. 헌디, 김범우가 빨갱이는 빨갱일게라?"

은근한 목소리로 변한 끝마디 말에는 의문이 서려 있는 듯했다. 서장 남인태는 가슴이 뜨끔해졌다. 그러나 절대로 내색을 해서는 안 될 일이었다.

"왜 형사부장 생각으로는 무죄, 무혐의 같소? 보증이라도 서서 내보내주고 싶소?"

남인태는 계산이 확실한 공격을 가하고 있었다.

"무, 무신 말씀얼 그리 허씨요. 빨갱이가 마빡에 돈은 종기맹키로 표럴 내는 것도 아니겄고, 시상이 요리 시끌시끌헌디 나가 머 땀시 고런 놈 보증얼 서라."

장길춘의 반응은 예상했던 대로였다. 그는 더럽거나 징그러운 물건을 잘못 집기라도 한 것처럼 허공에 연신 손을 뿌리기까지 했다.

"군인들은 오늘 당도허는 것이 맞는게라?"

장길춘은 화제를 돌리는 척했다.

"오늘 도착하긴 할 것인데, 군인이 아니라 경찰이오."

"군인이 아니고 경찰이라고라?"

장길춘은 자못 놀라움이 컸다. 그의 감정변화 모습을 곁눈질로 보며, 그래도 명색이 경찰이라고 경찰이 파견 나오는 것은 싫은 모양이군, 남인태는 나타나지 않는 웃음을 입술로 웃었다.

"쪼깐 속이 꾀일라고 허네. 경찰보담이야 군인이 화력이 씰 것인디 워처케 경찰얼 보내까?"

장길춘은 고개를 갸웃거리며 혼잣말을 하고 있었다. 한동안 읍내 치안을 빼앗기고 경찰서까지 적의 손에 태워먹은 그들에게 그건 확실히 죄의식을 자극받는 수치였고 자존심을 밟히는 창피였다.

"우리는 그 사람들 작전 협조에 빈틈이 없어야 할 것이오."

서장 남인태가 말했다. 그 목소리에는 전혀 힘이 없었다.

"근디, 그 사람덜이 와서 헐 일이 머실께라?"

"거 무슨 소리요? 빨갱이를 잡지 뭘 하겠소."

남인태가 어처구니없다는 표정을 지었다.

"아 빨갱이야 폴세 삼십육계 혀부렀고, 잔당이야 우리가 다 뿌랑구럴 뽑아뿌렀지 않냐 그런 말 아니요. 빨갱이럴 잡자면 산으로 가야제 머 묵자고 평지인 읍내로 들어오냔 말이제라."

듣고 보니 그 말도 맞다 싶었다. 그러나 남인태는 대꾸하지 않았다. 입을 놀려보았자 토벌대는 이미 읍내에 들어오게 되어 있었다.

"니기미, 빨갱이 잡으러 와서 한 놈도 못 잡으면 헛김 빠질 것인디, 김범우럴 그 사람덜한테 탁 넘겨주면 워쩌겠소?"

"그건 안 돼!"

남인태는 느닷없이 소리 질렀다. 장길춘은 서장의 서슬에 그만 정신이 퍼뜩 들었다. 느슨하게 풀렸던 기분이 팽팽하게 긴장되었다. 그러나 속으로는 남인태를 비웃고 있었다. 니놈도 김씨 문중이 무섭기는 무선 모냥이구나. 김씨 문중에 밉보여 편히 서장 해묵기는 어려울 것잉께. 헌디, 김범우럴 빨갱이로 족치는 속셈은 머시까? 장길춘은 그때서야 의문의 꼬리를 붙들었다.

"장 부장은 딴생각 말고 취조를 계속해 주시오. 너무 다급하게 생각할 것 없소."

남인태는 노출되기 직전의 감정을 수습하며 결론을 내리듯 말했다. 장길춘은 고개만 끄덕였다. 김범우를 토벌대에게 넘기자고 했던 것은 김범우에게 보복을 가하려는 그의 첫 번째 덫이었다.

"취조는 더 허겠지만서도 지금꺼지 그놈이 취헌 태도로 보자면 앞으로도 아무 소양이 읎을 것이요. 긍께 그놈이 영축없이 빨갱이라는 심증만 있으면 적당허니 조서 맹글어 순천으로 넘게뿔면 워쩌겠소. 순천 가서 지놈이 좋아허는 재판이나 신물나게 받게."

이것은 그가 생각했던 보복의 두 번째 덫이었다. 순천으로 넘긴다? 남인태의 뇌리에 강하게 박혀온 말이었다. 그리고 김사용과 최익승의 얼굴이 떠올랐다. 그의 머리는 혼란해졌다. 당장 손익계산서가 나올 것 같지가 않았다.

"가서 일 보시오."

남인태는 장길춘에게 사무적인 어조로 말했다. 장길춘을 내보내고 손익계산을 차근차근 따져볼 심산이었다.

장길춘은 자신의 말이 여지없이 묵살당한 불쾌감만을 가지고 돌아설 수밖에 없었다. 김범우에 대한 보복계획이 수포로 돌아간 낭패감까지 겹쳐 기분은 엉망진창이었다.

장길춘의 말이 남인태의 뇌리에 박혀온 것은 그럴 만한 이유가 있었다. 김사용 영감 때문이었다. 김사용이 남인태를 찾아온 것은 김범우가 체포된 날 오후였다. 경찰에서는 아무런 연락도 없었는데 김사용이 찾아온 것에 대해서 남인태는 이상하게 생각하거나 개의하지 않았다. 대낮 노상의 체포였는 데다가, 현장에 자애병원 전원장이 함께 있었다는 보고를 받아서였다. 그리고 내심으로는 약간 켕기는 초조감으로 김사용이 나타나기를 기다리고 있었던 것이다.

"이유가 무어요?"

김사용은 전혀 감정의 동요를 보이지 않은 채 첫마디를 이렇게 시작했다. 남인태는 그 태도에 약간 위압감을 느낌과 동시에 마음이 더욱 켕기는 것을 의식했다. 그럴수록 겉으로는 태연을 가장했다.

"빨갱이 편을 드는 용공적 발언을 함부로 했기 때문에 조사할 필요가 있었습니다."

"용공적 발언이라…… 그게 어떤 말이오?"

"조사 중이니 그 말을 공개할 수가 없습니다."

남인태는 냉정하게 잘랐다. 경찰서장으로서의 권한 과시였다.

"공무수행상의 비밀이라면 어찌할 수 있겠소." 김사용은 보일 듯 말 듯 고개를 끄덕이다가, "내 자식 편을 들자는 것이 아니고, 범우는 공산당을 할 리가 없소." 조용한 그러나 범접하지 못할 위엄이 담긴 목소리로 말했다. 그리고 천천히 의자에서 일어났다.

"가부는 조사를 해봐야 알 일입니다."

남인태도 서장의 체면을 최대한으로 내세우며 말했다.

김사용은 더 이상 말이 없이 경찰서를 나갔다. 의당 요구하리라 생각했던 면회신청도 하지 않았다. 그리고 잘 부탁한다는 식의 말도 입에 올리지 않았다. 그런 김사용이 자신의 음모를 환히 꿰뚫어 보고 있는 것만 같아 남인태는 마음이 꺼림칙했다.

김사용은 끼니때마다 손수 사식을 날라왔다. 그때마다 묻는 말은 짧은 한마디였다. "결판이 났소?"

기회를 엿보던 남인태는 김사용에게 은밀하고도 넌지시 해결방안을 일깨워주었다.

"가당찮은 소리요. 조사를 해서 죄를 졌으면 벌을 받는 것이고, 죄가 없으면 풀려나는 것이 법일진대 어찌하여 이 일에 최익승이 이름이 들먹여지는지 모르겠소. 국회의원이면 국회의원으로 할 일이 따로 있을 것인데, 내 자식이 만에 하나 공산당을 했다 하더라도 최익승이를 찾아가지는 않으리다. 국회의원 세도가 을매나 큰지 모르겠지만."

말을 하는 동안 김사용의 얼굴에는 엷은 웃음이 어려 있었다. 음성도 웃음처럼 조용조용했다. 그런데 남인태는 찬바람이 가슴을 훑고 지나가는 섬뜩함을 느꼈다. 그건 곧 자신의 음모가 깨어져 나가는 낭패감이었다. 김사용의 냉소는 그 어떤 타협도 하지 않겠다는 거부감을 나타내고 있었고, 조용조용한 음성은 호령보다 더 강하게 느껴졌다. 남인태는 더 이상 무슨 말을 할 수가 없었다.

최익승의 목적은 김범우를 잡아넣어 어느 기간 동안 발을 묶어 두는 것보다 그것을 미끼로 김사용을 서울로 끌어올려 자기 앞에 무릎을 꿇게 하는 데 있는 것 같았다. 남인태는 그것쯤 쉬운 일이 라고 낙관하고 있었다. 자식을 위기에서 구하고자 하는 부모의 보호본능을 믿었던 것이다. 부모의 보호본능이란 자기 자신을 버릴 만큼 강한 힘이기 때문에 그것을 위협하는 상대적인 힘 앞에서는 명분이나 위신 같은 것은 감 껍질 버리듯 할 수 있다는 것을 남인 태는 오랜 경험을 통해서 체득한 바였다. 독립운동에 연루된 자들 중에서 가장 다루기 쉬운 것이 자식을 둔 자들이었다. 그들을 고문 하는 것이 아니라 자식을 잡아다가 고문하면 신효할 정도로 쉽게 자백을 받아낼 수 있었다. 그 다음으로 효과적인 방법이 부모를 고 문하는 것이었고, 세 번째가 마누라를 고문하는 방법이었다.

그런데 김사용은 일언지하에 국회의원 최익승을 만나러 가기를 거부해 버렸다. 그건 그만큼 위기감을 느끼지 않는다는 것이었고, 경찰의 힘으로는 자기 자식을 어쩌지 못하고 풀어놓게 되리라는 자신감의 표현이기도 했다. 남인태는 계획이 빗나간 낭패감과 함께 직위를 무시당한 모욕감을 떼칠 수가 없었다. 최익승을 대할 면목 이 없어진 데다가 김범우를 계속 유치장에 가둬둘 명분도 흔들리 고 있었다. 김사용을 서울로 올려보내지 못하면 최익승을 대할 면 목이 없는 것으로 끝나는 일이 아니었다. 최익승은 출세를 위해 이 용할 수 있는 튼튼한 동아줄이었다. 무슨 일이 있어도 그 줄을 놓칠 수는 없는 일이었다. 김사용을 최익승 앞에 무릎 꿇게 만들면 그 동아줄은 사다리로 변할 것이고, 그렇지 못하게 되면 읍내를 빼앗겼던 죄까지 들춰져 올가미로 변할 거였다. 남인태는 난감한 기분에 빠져 있던 차에 장길춘으로부터 김범우를 순천으로 넘기자는 엉뚱하고도 희한한 말을 듣게 되었던 것이다.

순천경찰서로 이첩해 재판을 받게 한다? 남인태는 이 방법을 몇수십 번 곱씹으며 손익계산을 따지고 있었다. 순천으로 넘기는 건하나도 어려울 게 없고, 일단 순천으로 넘어가면 사건의 국면이 달라진다. 김사용은 몇 갑절 위기감을 느껴 마음이 다급해질 것이고, 재판까지 가자면 시일을 오래 끌게 마련이었다. 그러면 김사용은 최익승을 찾아가지 않을 수가 없을 것이고, 김범우의 발을 힘안 들이고 묶어놓을 수 있게 되는 것이 아닌가. 남인태의 계산은 어느 틈에 이익 쪽으로만 주판알을 튕기고 있었다. 물론 손해도 따져보려고 노력했다. 그러나 일단 이익 쪽으로 기울어진 계산법 앞에서 손해는 별로 떠오르지 않았다.

그렇다, 김범우를 순천으로 넘기자! 남인태는 마침내 결정을 내렸다. 자신도 모르게 주먹으로 책상을 쾅 내리쳤다.

양조장 정현동 사장은 정오가 가까워 읍장으로부터 전화를 받았다.

"정 사장님, 몸은 좀 어떠시오?"

읍장은 예전과 다름없이 느껴지는 친근감을 가지고 말했다.

"아 예, 별 탈 없구만요."

정 사장도 예전처럼 격의 없이 대해야 한다고 생각했다. 그러나 마음 한구석에 드리워진 그늘을 금방 걷어낼 수는 없었다. 그래서 어쩔 수 없이 뜨악한 어조가 흘러나왔다. 그건 읍장에 대한 섭섭한 마음의 표현이기도 했다. 정 사장은 자신이 아들의 덕을 보아 피해를 입지 않고 살았다는 것이 꼭 경찰서에 갇혀야 할 만큼 죄가 되는 것인지를 알 수가 없었고, 그래서 자신의 일에 방관한 읍장에게 심히 섭섭함을 금치 못하고 있었다. 설령 죄가 된다고 해도 평소의 친분을 생각해서 경찰서에 갇히는 것만은 막아줬어야 한다는 것이 정 사장의 생각이었다. 그런 기대나 신뢰가 산산조각이 나버린 지금 읍장에 대한 감정은 떫고 쓴맛일밖에 없었다. 더구나 자신을 유치장에 가둔 남인태에 대해서는 유감이 이만저만이 아니었다. 떫고 쓴맛 정도가 아니라 완전히 정나미가 떨어져버렸고, 언젠가 당한 만큼 보복을 하고 말리라고 앙심을 먹고 있었다.

"별 탈 없으시다니 다행입니다."

읍장은 허허거리며 웃었다. 정 사장은 마땅히 대꾸할 말이 없어 따라서 웃는 시늉을 했다.

"정 사장님, 바쁘시지 않으시면 남원장에서 점심을 함께하시는 게 어떨까 해서 전화했습니다."

의외의 말이었다. 아니, 의외일 것은 하나도 없었다. 경찰서에 잡혀들어갔다 나오기 전에는 툭하면 만나 점심을 나누고는 했었다. 장소도 전과 다름없는 남원장이었고 흔한 점심 약속인데 그것을 의외로 받아들이는 건 자신의 감정 탓이었다. 읍장의 제의를 들으며 이상하게도 좋지 않은 예감이 스쳐갔던 것이다.

"실은 뭐 있던 참이었는디, 무슨 특별한 일이 있으신지……."

정 사장은 조심스럽게 사양의 뜻을 비쳤다. 사실 심신이 괴로워 아침도 깨죽 반 사발로 때우고 다시 누웠던 것이다. 몸도 묵지근했지만 마음은 감당하기가 어렵게 얽히고설켜 있었다. 전혀 누구를 만날 기분이 못 되었다.

"별 탈 없으시다고 하셨는데, 기분도 바꿀 겸 나오시도록 하시지요. 뭐 그냥 점심 한끼 나누자는 것이 아니니까요. 이 어려운 시국에 그럴 시간 여유도 없구요."

어느새 읍장의 어조는 달라져 있었다. 정 사장은 좋지 않은 예감을 더욱 확실하게 느꼈고, 점심의 자리가 선택권 밖에 있다는 것도 동시에 깨달았다.

"무슨 일 있습니까?"

그러나 정 사장은 금방 그렇게 하겠다는 말을 하기가 싫은 오기로 이렇게 물었다.

"나와보시면 압니다. 그럼, 나오시는 것으로 알고 이만 전화 끊겠습니다."

정 사장은 수화기를 내동댕이치고 싶을 만큼 울화가 치솟았다. 읍장의 말은 다소 예의를 갖추었을 뿐 결국은 명령이었다. 지놈이 감히……. 정 사장은 부르르 떨며 어금니를 맞물었다. 흥분으로 흐려진 그의 시야에 큰아들 하섭의 모습이 어른거렸다. 모든 것이 공산당에 미친 그놈 탓이었다. 하섭이를 생각하자 사지에 맥이 빠지고 흥분도 이내 싸늘하게 식어들었다.

"다 잊어뿌리씨요. 요리 무사허게 나오신 것만도 을매나 다행헌 일이요. 읍장이나 경찰서장도 따지고 보면 다 옛날 의리 지킨 사람덜이랑께요. 딴 사람덜맹키로 북국민핵교로 끌어가지 않은 것만도 을매나 마음 쓴 일이요, 금메. 거그서 조사받고 죽어간 사람이 실 수도 없이 많은디, 요리 무사허게 나오셨으니 멀 더 바라겄는가요. 지낸 일 다 잊어뿌리시씨요. 험헌 일은 잊어뿌리는 것이 약잉께요."

아내가 눈물겨워 한 말이었다. 아내의 말은 옳을 수도 있었다. 그러나 어디까지나 자신이 무사하게 풀려난 내막을 모르는 경우에 한해서 옳은 말이었다. 아내는 자기 손으로 경찰서장에게 전해준 돈뭉치의 효력으로 남편이 풀려난 줄로만 알고 있는 것이다. 만약 그랬다면 그보다 더 은혜로운 일이 어디 있을 것인가. 그러나 형편은 전혀 그렇지가 못했다.

"지금 형편에 정 사장을 살려낼 수 있는 사람은 딱 한 사람밖에 없소. 그게 누구냐, 바로 국회의원 최익승 각하시오. 하늘이 정 사장을 돕느라고 그분이 바로 벌교에 내려와 계시오."

남인태가 서장실로 불러 은밀하게 말했을 때 정 사장의 암울하던 마음에는 갑자기 전등이 켜지는 느낌이었다.

"허나, 최익승 의원님을 모르는 사이는 아니나 누가 중간다리를 놓는단 말이오."

정 사장은 기쁜 내색을 감춘 채 말했다. 남인태가 먼저 이렇게 나오는 것은 이미 건네준 돈을 탈 없이 먹어치우려는 계산임이 분명했고, 중간다리 노릇을 자청하고 있는 판에 저자세로 나갈 필요는 전혀 없었던 것이다.

"그야 내가 나서면 될 일 아니겠소. 서로 절친한 사이에 정 사장을 이런 꼴로 만들어야 하는 내 입장이 너무 괴로운데, 정 사장을 돕는 일이라면 어찌 가만히 있을 수 있겠소. 최 의원 각하께서 정 사장의 신원보증만 선다면 당장 석방이오. 그러나 그것이 아니라면 정 사장은 천상 순천으로 넘겨져 재판을 받아야 돼요. 그것이 내가 정 사장을 도울 수 있는 최선이고 최후의 방법이오. 딴 사람들 같았으면 어디 재판이고 뭐고 있나요."

남인태는 담배를 빼물었다. 정 사장은 등줄기가 서늘해지는 걸 느꼈다. 그냥 다 총살을 시키고 말았지요. 남인태가 생략한 말이 머리를 쳤던 것이다.

"재판을 받는다는 문제도 그래요. 물론 무죄판결을 받기도 어렵겠지만, 무죄판결을 받는다손 치더라도 그동안의 고생이 얼마요. 어떻소, 유치장 생활 할 만하던가요?"

남인태는 정 사장의 얼굴을 빤히 들여다보았다. 정 사장은 그 눈길을 피하지 않은 채 고개를 가로저었다. 다 아는 사람 앞에서 위선을 보이고 싶지 않았던 것이다. 정 사장은 유치장에 갇혀 지낸 며칠 동안에 해방 후에 유행되었던 그 자유라는 것이 무엇인지 뼈저리게 깨달았던 것이다. 정 사장은 한시라도 빨리 유치장을 빠져나가 자유의 몸이 되고 싶었다. 순천으로 넘겨져 재판을 받는다? 상상만으로도 치가 떨리는 일이었다. 재판을 받는 일이 죽는 것보다야 낫겠지만, 다 아는 얼굴이 있는 유치장에 갇혀 있기도 그리 고통스러웠는데 또 어디로 간단 말인가. 최익승을 상대하자면 돈이 수월찮게 들 것이지만 순천으로 넘겨지는 것에 비하랴. 정 사장은 수족을 잘라내는 아픔과 아까움을 참아내며 큰돈을 쓰기로 작심했다.

그러나 정 사장이 예상했던 큰돈은 최익승 앞에서 '엄청난 재산'으로 둔갑하고 말았다.

"허허허허, 정 사장은 말을 아주 함축성 있게 할 줄 아시는군그래. 은혜를 받으면 보답을 하는 것이 사람의 도리라? 그렇다면 정 사장은 나한테 무엇으로 보답하겠소? 목숨을 구해줬으니 술도가라도 넘겨주겠소? 어허허허, 정 사장이 떠넘겨도 내가 사양하겠소. 보답이 너무 과하면 폐가 되는 법이니까. 술도가 반 정도라면 혹시 모를까."

정현동 사장은 정신이 아찔해짐을 느꼈다. 놀라움을 내색하지 않으려고 안간힘을 썼다. 술도가 반이면 수족을 잘라내는 큰돈이 아니라 몸통을 토막 내는 엄청난 재산이었다. 그러나 거역할 수 없는 말이었다. 거역을 하게 되면 감정적 보복을 당하게 되어, 자신의 신세는 정말 예측할 수 없게 변할 판이었다.

"제 뜻을 그리 받아주신다니 정말 고맙습니다."

기왕 개 아가리에 처넣는 고깃덩어리였다. 정 사장은 쓰리고 아린 속을 말끔히 감춘 채 머리를 조아렸다.

"어허허허, 그럼 정 사장하고 나하고 동업자가 된 셈 아닌가. 하이거 참 묘한 인연이 맺어지게 됐소그려."

얼떨결에 술도가 반이 날아가는 벼락을 맞은 것이었다. 정 사장은 눈앞이 아른아른 흐려지며 꺼이꺼이 소리쳐 울고 싶은 충동을 가까스로 참아내고 있었다.

아내는 이런 내막을 전혀 모르고 있었다. 무사히 풀려나는 데 술도가 반이 날아갔다는 사실을 알고도 아내는 다행이라고 할 것인가. 정 사장은 다시 꾸역꾸역 치밀어오르는 울화를 어금니로 씹으며 벽에 걸린 시계로 눈을 돌렸다. 정오가 15분 정도 남아 있었다. 정 사장은 미간을 잔뜩 구기며 느리게 일어섰다. 그의 무거운 동작에 맞춰 입에서는 마땅찮아하는 소리가 끄으응 길게 늘어졌다.

정 사장이 남원장에 도착하니 읍장과 경찰서장을 위시해서 '장'자가 붙은 사람들 거의 전부와 난리통에 죽지 않고 살아남은 유지라는 유지는 거의가 모여 있었다. 20여 명을 헤아리는 수효였다.

"에에, 점심식사를 들기 전에 한 가지 중대사를 결정해야 하겠습니다. 여러분들을 급작스럽게 이리 모신 것은 다름이 아니라 오늘 오후에 도착할 토벌대 때문입니다. 경찰 토벌대는 우리 읍내의 치안을 위하고, 도주한 빨갱이들을 소탕하기 위해서 오는 것입니다. 그분들은 빨갱이들로부터 우리 읍민 전체의 인명과 재산을 보호하는 중차대한 일을 수행하게 될 것입니다. 이에 우리 읍에서도 그분들의 노고에 다소나마 보답하는 뜻으로 민간후원회를 조직하는 것이 어떨까 하여 이리 모인 것입니다. 여러분의 의견은 어떠십니까?"

읍장의 말이 끝나자 여기저기서 '좋소' 소리와 함께 박수를 쳤다.

"됐습니다. 후원회 조직을 결정했습니다. 다음은 후원회장을 추천해 주십시오."

"예, 정현동 사장을 추천합니다."

누군가의 말에 정 사장은 반사적으로 고개를 치켜들었다. 예감의 적중 탓이었다. 그러나 누가 그 말을 했는지 알 수가 없었고, 장내에는 '좋소' 소리와 박수소리가 요란하게 엉키고 있었다.

"난 안 되오, 난 안 된다니께!"

정 사장은 벌겋게 달아오른 얼굴로 소리쳤다. 그러나 여기저기서, 사양할 것 없어요, 정 사장이 적임자요, 하는 소리들과 계속되는 박수소리에 정 사장의 외침은 묵살되고 말았다.

정 사장은 참담한 심정으로 고개를 떨구었다. 이미 짜여진 각본이었다. 완전히 농락당하는 기분이었고, 떼밀리는 기분이었다. 감투라면 무엇이나 좋아했었다. 그러나 이 감투는 진정 싫었다. 큰아들은 빨갱이이기 전에 아들이었다. 무엇 쓸 감투가 없어 아들을 적으로 삼는 후원회장 감투를 쓸 것인가. 정 사장은 전에 느낄 수 없었던 핏줄의 끌림을 큰아들 하섭에게서 느끼고 있었다.

"사상이고 지랄이고 핏줄이 먼첨인 것이여. 핏줄은 땡깅께 핏줄인 것이여."

정 사장은 중얼거리고 있었다. 그의 흐린 시야에는 하섭의 모습이 어른거리고 있었다. 그는 이삼일 동안 막연하게 생각했던 그 일을 구체적으로 추진해야 되겠다고 마음먹었다.

14

까마귀떼

가는 가을과 오는 겨울의 엇갈림 길목인 11월 초순이 저무는데
도 계엄령은 풀리지 않았다. 밤마다 간헐적으로 울리는 총성이 계
엄령이 발효 중임을 강조하고 있었고, 대낮에도 실시되는 검문 검
색으로 계엄령의 살벌한 얼굴을 대해야 했다. 읍내는 회색빛으로
죽어 있었다. 장날이라고 해야 아침부터 파장꼴이었고, 철다리 아
래 선창에는 배가 얼씬거리지도 못했다. 사람들은 문밖 출입을 저
어했고, 어둠살이 퍼지기 전에 벌써 읍내 큰길은 텅 비어버렸다.

11월 초순으로 접어들면서 이상한 변화가 일어났다. 까마귀떼가
하늘을 덮기 시작한 것이다. 그 검은 새떼들은 어디서부터 몰려왔
는지 수백 마리가 무리를 지어 하늘을 선회했다. 낮 동안은 어디에
숨어 있었는지 꼭 어스름이 깔릴 무렵쯤이면 문득 나타나곤 했다.
그 새떼들은 하늘에 검은 칠을 하려는 듯이 큰 날개를 펼쳐 비행

을 하며 그 특이한 울음을 까욱까욱 울어댔다. 무리를 지은 크고 검은 날개들의 퍼득거림과 제각기 까욱거리는 기괴한 울음소리들의 뒤엉킴은 어둠살이 퍼지고 있는 속에서 그지없이 칙칙하고 음산한 분위기를 자아냈다. 새떼들은 아무 거리낌 없이 하늘을 빙글빙글 돌며 검은 색깔의 바람을 일으키듯 하다가는 어느 순간 소화다리와 철교 사이의 갈숲으로 급강하하는 것이었다. 그 크고 검은 날개를 퍼득이며 내려앉는 모습은 수백 개의 검은 만장(輓章) 조각이 펄럭이며 떨어지는 것 같았다. 사람들은 그 검은 새떼가 갈숲으로 내려앉는 것을 보며 진저리를 쳤다. "저놈에 것덜이 필시 피냄새럴 맡은 모냥이구만." "금메 말이시, 본시 시체 뜯어묵고 사는 저승새라고 안 허등가." "저놈에 까마구는 까치허고는 달리 흉조는 흉조여." "저 씨커먼 생김새허고 울음소리럴 들어보소. 워찌 길조인 까치허고 대겄는가." "저 흉물이 승허먼 좋찮은 일이 생긴다등만 그 말이 맞는 모냥이시." "옛말 그른 것 봤는가. 시국이 요리 뒤숭숭허니 저런 흉물이 안 승허고 워쩔 것이여." "생김도 껌디껌게 못생긴디다가 울음소리할라 워찌 저리 징상스러울까이." "아, 긍께 송장 파묵는 드럽고 징헌 새제." "금메 말이시. 저것들도 한두 마릴 때는 몰라도 저리 수백 마리가 떼를 짓고 봉께로 영 무섬증이 이네그려." "염병허고, 요번 일로 이짝저짝에서 죽은 숫자만치 저승에서 보낸 모냥이시. 지명 다 못 살고 죽은 넋덜 델고 오라고." "워따 징상스런 소리 말어. 글안해도 저 울음소리가 똑 귀신 우는 소리 같은디 말여." 사람들은 까마귀떼의 어지러운 선회를 올려다보며 근심스런 어조로 말하고는 했다. 까마귀떼의 출현을 예사로 보아넘기지 못하는 사람들의 마음에는 계엄령에서 느끼는 것과 또 다른 불길함과 우울함이 자리 잡고 있었다.

그러고 보면 사람들은 까마귀에게만 신경을 쓰는 것이 아니었다. 그 사건이 휩쓴 후로 읍내에는 냉기가 도는 이상스러운 소문들이 밤안개 퍼지듯 번지고 있었다. 그 사건이 터지기 직전 선암사의 미륵석불이 사흘 밤을 내리 통곡했다는 것이었다. 그 미륵석불은 영험이 높아 인명이 무더기로 상하게 되는 일이 발생하거나 나라에 큰 변이 생기게 되는 직전에는 꼭 예고를 한다는 것이었다. 나라를 일본에 빼앗기게 되었을 때는 선지피를 토했다는 것이고, 3·1운동 직전에는 며칠이고 땀을 뻘뻘 흘렸다고 했다. 소문은 그뿐이 아니었다. 약효 좋기로 이름난 징광산 중턱의 약수샘에는 약수 아닌 피가 흥건하게 괴어 있었다는 것이고, 어느 마을의 상여움막에서는 며칠 밤에 걸쳐 여자들의 곡성이 울려퍼졌다고도 했다. 흉흉하기이를 데 없는 소문들이었다. 소문이란 으레 그렇듯 그 사실 여부를 확인할 수 없는 채로 사람들의 입에서 입으로 옮겨갔다. 그리고 사람들은 자신들도 모르는 사이에 그 소문들을 믿게 마련이었고, 끝내는 그 소문들에 휘둘리게 되었다.

정부는 '여순반란사건 관련자 89명이 11월 1일 사형을 당했다'는 사실을 신문에 보도했다. 그것으로 그 사건이 일단락되었음을 공식화한 것이었다. 그러나 현지 사람들은 그런 사실에 전혀 관심을 돌리지 않았다. 그들의 눈앞에서는 엄연히 사건이 진행 중에 있었으며, 무수한 주검을 목격하고 있는 그들의 입장에서 '89명의 사형'이란 아무런 충격일 수가 없었던 것이다.

날이 지날수록 이곳저곳의 소문들이 꼬리를 달고 은밀하게 전해지고 있었다. 여수의 소문이 순천에서 벌교를 거쳐 화순으로 넘어갔고, 광양의 소문이 순천을 거쳐 벌교로 와 고흥으로 이어졌고, 고흥의 소문이 벌교의 소문과 합해져 순천에서 광양과 여수로 퍼져나갔던 것이다. 그 소문은 거의 군경의 좌익 색출과 처단에 관한 것이었고, 반란군들의 움직임에 대한 것이 드문드문 섞이기도 했다. 그 소문들은 하나같이 피냄새를 묻히고 있었다. 특히 여수와 순천의 소식들은 끔찍스러웠다.

여수읍민들이고 순천읍민들이고, 표나는 우익들을 빼놓고는 모두가 동네별로 학교 운동장에 끌려나가 심사를 받는다고 했다. 눈이 감겨진 채 실시되는 그 심사는 손가락질로 좌익을 가려내는 것이었고, 거기서 지목당한 사람들은 다시 몇 마디씩의 조사를 받았다. 그 간단간단한 조사에서 생사가 결판나는 것이었다. 손가락질은 이장이나 피해자 가족들이 맡았다. 그러나 간단한 조사마저 필요 없이 확실한 좌익으로 지목된 사람들은 수많은 사람들이 지켜보는 가운데 몽둥이로 때려죽이거나 대창으로 난자해서 죽였다. 조사를 거쳐 좌익 혐의를 받은 사람들은 삼사십 명씩 차에 실려 가까운 산골짜기나 해변으로 끌려나가 무더기로 총살당해 죽었다. 순천에서 죽어간 사람들도 수없이 많았지만 특히 여수에서 죽어간 사람들은 그 수를 알 수가 없을 지경이라고 했다.

특히 여수에서는 학생들이 많이 죽어갔다. 14연대 주력은 후퇴를 하면서 인민위원회를 중심으로 한 동조자들에게 일단 동행을 권유했다. 운신이 어렵게 된 일반인들은 상당수 따라나섰지만 학생들은 그 수가 얼마 되지 않았다. 학생들이 따라나서려고 해도 부모네들이 만류하는 경우가 많았다. 그까짓 만세 좀 부른 걸 어쩌겠느냐, 그까짓 삐라 좀 뿌린 게 무슨 큰 죄겠느냐, 하며 자식들을 붙들어앉힌 것이다. 핏줄을 귀히 여기는 마음이 그런 일들을 '설마' 하고 생각하게 했다. 그리고 그런 일을 한 학생이 한둘이 아닌 데다가, '학생'이라는 신분에 대한 믿음도 작용하고 있었다. 그러나 군경의 처벌은 학생이라고 해서 예외를 두지 않았다. 만성리해수욕장 뒤 터널의 골짜기로 끌려간 학생들은 줄줄이 총살을 당해갔다. 기관총의 난사 앞에서 시체들은 차곡차곡 쌓였고, 그 수는 수백을 헤아렸다. 물론 거기에는 학생들만 있는 것이 아니었고, 사람들이 죽어가는 장소도 그곳만이 아니었다. 허리에 맷돌이며 돌을 매달고 배에 실려나가 바다로 떠밀려 들어가 죽어갔고, 심사를 받는 학교 운동장에서도 죽어갔다. 특히 백두산 호랑이 김종원에 대한 소문은 사람들 속에 찬바람을 일으키며 몸을 움츠러들게 했다. 그는 시범을 보이기 위해 사람들을 학교 운동장에 모아놓고 공개처형을 했는데, 좌익들을 줄지어 세워 손수 닛뽄도를 휘둘러 목을 쳐죽였다. 그가 닛뽄도를 단 한 번 내려치는 것으로 목 하나씩이 뎅겅뎅겅 잘려 땅바닥에 굴러떨어졌고, 피와 모래가 범벅된 그 두상들은 가족이 손도 못 대고 가마니에 쓸어넣어져 동네마다 전시되었다.

그러나 피해자 가족들은 그 누구도 원망할 사람이 없었다. 강압으로 그 일에 동조한 것이 아니었고, 인민위원장은 14연대가 자원자들을 이끌고 후퇴하던 날 그 대열을 산마루에서 지켜보다가 목매달아 자살을 했던 것이다. 그 책임에 대해서 더 할 말이 있을 수 없었다.

하대치는 빈 지게의 목발을 지겟작대기로 쳐가며 멋대로 육자배기 가락을 뽑아늘이고 있었다. 노랫가락이 제멋대로인 것처럼 걸음걸이도 헤풀어져 있었다.

하암펴엉 처언지이
느을그은 모오미이
광주우우 고하앙을
가려으으 다가아아

하대치의 육자배기 가락은 그야말로 귀동냥에 불과한 것이었다. 남도지방에서 뼈가 굵은 사람치고 잡가 한가락쯤 뽑을 줄 모르는 사람은 거의 없었다. 그 수준이야 감히 '소리'라고 할 수 없는 형편없는 것이었지만 그래도 남녀 가릴 것 없이 술기운을 빌려 목청을 뽑을 줄 아는 것이 남도의 특색이었다. 그 목소리라는 것도 제법 판소리 가락의 냄새가 풍기게 컬컬하고 텁텁하고 구성지게 길 잡혀 있는 편이었다. 그도 그럴 것이, 아이들은 어렸을 적부터 부모네들이 불러대는 육자배기 가락을 허기진 배를 채울 감자나 고구마 대신 들으며 귀를 채우고 자랐다. 부모네들은 육자배기 가락을 무슨 신명이 나서 뽑는 것이 아니라 끝없이 이어지는 고된 들일을 이겨내는 방편으로 썼던 것이다. 농사일의 힘듦을 잊기 위해서, 힘을 모으기 위해서, 시름을 달래기 위해서 육자배기는 불려졌다. 그러니까 육자배기는 넓은 들판을 지닌 남도지방의 들녘의 노래였고, 들판이 넓은 만큼 그에 비례해서 많을 수밖에 없는 소작인들의 노래인 셈이었다. 그 가락을 듣고 자라난 아이들은 꼴을 베기 시작하거나 소몰이를 할 수 있게 되면서부터 무의식적으로 흥얼거리게 되었다. 그러다가 허리뼈가 실해져 지게질이 능숙해지고 무논에 발을 넣게 되면서부터는 구성지게 한 가락씩 뽑을 수 있도록 목소리에 틀이 잡혀 있었다.

"하 썩을 년, 그리 남자맛에 환장 들린 년이 워찌 혼자 사는고?"

하대치는 가락을 막음하며 혼잣말을 내뱉었다. 그리고 엄지손가락으로 양쪽 콧구멍을 번갈아 막아가며 코를 탱탱 풀어댔다. 글씨, 혼자 사니께 남자맛에 더 환장허는 것이까? 하대치는 자신의 말에 반대되는 생각이 떠올라 한번 곱씹어보았다. 허긴 밥 굶은 놈이 밥 보고 허천들리디끼 남자 굶은 조갑지가 연장 보고 아가리 짝짝 벌리는 것이사 당연지사가 아니겄어. 하대치는 이렇게 따지면서 히물거리고 혼자 웃었다.

"워쨌거나 고년이 방아찧기놀음에 사죽 못 쓰는 것이 다행 중 다행이고, 천행 중 천행이랑께로."

하대치는 왼손으로 삽을 추슬러 올리며 중얼거렸다. 아직도 삽이 뻐근하고 묵지근한 것이 간밤의 여운이 그대로 남아 있었다.

"염병헐 년, 여섯 분도 심에 안 차허면 을매나 더 방아럴 찧어야 직성이 풀릴랑가?"

하대치는 설레설레 고개를 저었다. 전신이 나른하면서도 뻑적지근하고, 다리가 묵지근하면서 휘뚱거리는 것은 결코 술 탓이 아니었다. 술이래야 막걸리 두 사발을 마셨을 뿐이다. 그 연고는 다름이 아니라 어젯밤에 여섯 차례나 그 짓을 한 까닭이었다. 한 차례를 마치고 설핏 토끼잠이 들었다가 깨나서 또 한 차례를 치르고, 그렇게 여섯 번을 해치우고 나니 지게문이 번히 밝아왔다.

"와따, 인자 뿌랑구가 뽑힐라고 허네."

하대치가 여자 위에서 나둥그러지듯 방바닥에 몸을 부리며 숨을 헐떡였다.

"도굿대(절굿공이)가 씨긴 씨요마는……."

여자가 단내가 는적이는 콧소리로 대꾸했다.

"씨긴 씨요마는, 워째 말꼬랑댕이가 요상시럽네?"

하대치는 전신이 녹아내리는 피로감에 빠져들면서도 여자의 석연찮은 말꼬리를 놓칠 수는 없었다. 그건 남자로서의 오기였다.

"도굿대가 지아무리 씨다고 혀도 워디 도구통(절구통)얼 당헐랍디여잉."

여자는 핼끔 눈을 흘기며 말하고는 팔과 다리로 하대치의 몸을 감아왔다. 그 몸이 뜨거웠다. 그러나 하대치는 섬뜩한 차가움을 느꼈다. 뱀에게 감기는 것 같은 징그러움이 전신에 소름을 뿌렸다.

"염병헐 눔에 도구통이시. 인자 나 코에서넌 피냄새가 나네. 쩌리 가소, 쩌리 가."

하대치는 사정없이 여자를 뿌리쳤다.

"방아 더 찧을라고 안 헐 것잉게 한숨 푹 지무시씨요. 쪼깐헌 키에 고만허면 엄청이 씬 기운이요. 큰소리칠 만허요."

여자는 아직도 아쉬움이 남는지 이미 풀 죽어버린 하대치의 볼품없는 연장을 한 차례 매만지고 놓았다.

하대치는 대장 염상진에게 장터댁에 관한 이야기를 은밀하게 했었다. 염상진은 하대치의 생각을 별로 탐탁하게 여기지 않았다. 이용목적을 전제로 한 그런 방법은 당규에도 어긋날 뿐만 아니라 인간적으로도 좀 곤란한 문제였던 것이다. 그러나 하대치는, 나뭇짐 싸게 내서 이문 주고, 그러다가 정이 생겨 통정을 하고, 이쪽에서 어떤 도움을 받게 되고 하는 것이 뭐가 나쁘냐고 나름대로의 생각을 늘어놓았던 것이다. 그래서 하룻밤 외박 허락을 받아 하대치는 혼자 장작짐을 지고 나섰던 것이다. 시간도 해가 서쪽으로 기울기 시작한 참이었다. 장터댁의 가게 앞에 지게를 받쳤을 때는 썰렁한 장터바닥에 묽은 어둠이 담기고 있을 즈음이었다. 어둑어둑한 어둠 그 어디에서인지 매캐한 연기냄새가 코를 자극했다. 그 냄새는 시장기를 불러일으켰고, 뱃속에서는 꼬르륵 소리가 났다. 하대치는 손등으로 코밑을 썩썩 문지르며 시간의 적당함에 만족을 느꼈다. 그는 재빨리 가게 안의 동정을 살폈다. 손님이 있는 것 같지 않았다. 그러나 조심하며 문을 옆으로 밀었다. 주막 특유의 훈김과

냄새가 왈칵 끼쳐와 시장한 뱃속을 뒤집었다.

"음마! 뉘기여?"

먼저 알은체를 한 것은 장터댁이었다.

"몰라보지 않은께 다행이시."

하대치는 일부러 시큰둥하게 대꾸하고는 등받이가 없는 긴 의자
에 엉덩이를 걸쳤다.

"장날도 아닌디 요리 늦게 워쩐 일이다요?"

장터댁은 반가움을 감추지 않고 맞바라보고 앉으며 물었다. 그
녀의 태도가 남자들을 상대로 하는 장사에 이골나서 취하는 것이
아님을 하대치는 직감하고 있었다. 그렇다고 나무를 겨울 동안 싸
게 대주기로 한 거래관계 때문에 보이는 반가움만도 아니었다. 두
번째의 만남일 뿐이었지만 처음에 밑에 깔았던 짙은 음담이 여자
로 하여금 마음을 열게 했을 것이라고 하대치는 짐작하고 있었다.

"밥때가 다 되았는디 워찌 요리 썰렁허니 포리(파리)만 날리고 있
으까?"

하대치는 가게 안을 휘둘러보며 전혀 반가운 내색 없이 뚜벅 말
했다.

"장날도 아닌디다가 빨갱이 등쌀에 밥장시넌 어느 집이나 다 요
러크름 포리만 날리는 신세가 되았다요."

장터댁은 과장기 섞인 한숨을 푹 내쉬었다.

"마침 잘되았네. 나넌 빨갱이 덕 잠 보게 생겼응께."

하대치는 담배쌈지를 꺼냈다.

"고게 무신 소리다요……."

장터댁은 의아한 눈빛으로 하대치를 바라보며 말꼬리를 늘였다.

"아, 밥때에 밥집에 사람이 들었으면 묵을 것부텀 줄 일이제, 자네 눈엔 나도 포리로 보인가?"

"금메 말이요, 이년이 얼이 빠졌는갑소. 시장허실 것인디 멀 드실께라?"

장터댁은 서둘러 일어났다. 어느새 밥장수 본연의 모습을 갖추고 있었다.

"국밥허고 막걸리 한 됫박 주소."

"막걸리를 한 됫박이나 디려라?"

장터댁의 놀란 물음에 하대치는 코웃음으로 대꾸했다. 지난번에 한 사발로 끝낸 주량에 한 되 술을 청하니 놀랄 만도 한 일이었다.

"말술 지고 가는 것보담 배에 담고 가야 편헌 사람잉께 싸게싸게 갖고 오소."

하대치는 침을 잔뜩 바른 말이담배에 칙 성냥을 그어댔다.

"참말로 쪼깐헌 체신에 못 알아묵을 소리만 허요이."

장터댁은 혼잣말처럼 하며 돌아섰다.

이내 국밥과 술이 날라져 왔다. 하대치는 먹음직스럽게 김이 오르는 국밥에서 국물을 한 숟가락 떠내다 말고 버럭 목청을 돋우었다.

"와따, 딴 손님이 있는 것도 아니겄고, 집구석 인심이 워찌 이려. 술 잠 치먼 법에 걸리드랑가?"

"워메 간 떨어지겄소. 여그가 기생집이간디 술 치고 말고 혀라."

장터댁은 입을 삐죽하면서도 싫지 않은 표정으로 걸음을 옮겨왔다.

"워디 기생집서만 술 치는 법이간디? 술이야 서로 치고 권하는 맛에 묵는 음식인디."

"말이야 맞는 말이제라. 남정네덜이야 술 치는 맛에 술 묵고, 지집덜이야 화대 받는 맛에 술 치는 법인디, 국밥장시 신세에 나넌 무신 맛으로 술얼 치겄소."

하대치는 이때다 싶었다.

"허, 그 사람 말 한자락 청산유수로 뽑네그려. 자네도 화대럴 받고 잡은가?"

"시장시럽소, 줄 사람이 있어야 받제라."

"참말로 요 사람 느자구읎는 것 잠 보소. 코앞에 남정네 앉혀놓고 사람타령 혀야 쓰겄어?"

하대치는 화가 난 척 사납게 눈을 부라려 보였다.

"밥 식는디 싸게 드시씨요."

장터댁은 하대치의 눈 부라림을 아예 묵살하며 찌그러진 주전자를 들어 사발에 막걸리를 따랐다.

"장터댁, 사람얼 그리 무시허는 법이 아니시. 문밖 잠 내다보소. 거그 자네 줄 화대가 있응께."

"무신 말이다요?"

하대치는 전혀 대꾸할 기미를 보이지 않고 술사발을 기울이고 있을 뿐이었다. 장터댁은 어쩔 수 없이 문밖을 내다보지 않을 수가 없었다. 장작을 가득 업은 지게가 한눈에 들어왔다. 장터댁은 일순간 얼굴이며 목덜미가 뜨겁게 달아오르는 것을 느꼈다. 저 남자가 왜 장날도 아닌 평일 해질녘에 혼자 나타났는지를 순간적으로 깨달은 것이다. 장터댁은 스스로의 힘으로는 남자 쪽으로 돌아서질 것 같지가 않았다. 그때 남자의 목소리가 들렸다.

"워째, 화대가 될 만헌가?"

"참말로 요상시런 화대도 다 있소이."

장터댁은 필요 이상으로 퉁명스럽게 말하며 돌아섰다. 그러나 장작 한 짐을 지고 굳이 자신을 찾아와준 저 당차게 생긴 남자가 이미 가슴을 채우고 있었다.

되지 않는 목청을 뽑다 보니 하대치는 목이 컬컬함을 느꼈다. 담배 생각이 났다. 습관적으로 쌈지가 들어 있는 주머니에 손을 찔러넣었다. 먼저 손에 잡힌 것은 쌈지가 아니라 네모난 조그만 갑이었다. 그 조그만 갑은 손안에 알맞게 잡히긴 했지만 감촉은 영 낯설었다. "독헌 쌈지담배만 태우지 말고 궐련 잠 태와봇씨요." 장터댁의 감기듯 하는 목소리와 함께 부끄럼 타는 몸짓이 떠올랐다.

"썩을 년, 하로밤 색질에 비싼 궐련꺼정 사 바치다가는 기둥뿌리 내려앉겄다."

하대치는 궐련갑을 뜯으며 투덜거렸다. 그러나 기분은 썩 나쁘지 않았다. 늦잠에서 깨어났을 때 그 여자는 분발이 짙은 얼굴로 샐샐 웃음을 날렸다. 오냐, 니가 내 연장맛에 배창새기꺼정 춤얼 춘 모냥이구나. 하대치는 잠이 덜 걷힌 눈길로 여자를 올려다보며 만족스러운 기지개를 팔다리가 찢어져라 켰던 것이다. 술까지 곁들여진 국밥에는 민망할 정도로 고기가 많이 들어 있었다.

하대치는 궐련 한 개비를 뽑아 물고 궐련갑을 손아귀 안에서 돌리며 매만져보았다. 그 조그맣고 단정한 생김이 쌈지에 비할 바가 아니었다. 그런데도 손에 느껴지는 감촉은 영 낯설고 어색스러웠다. 쌈지를 만졌을 때처럼 넉넉하고 편안한 기분이 들지 않았다. 이상한 노릇이었다. 평소에 가까이하지 않은 물건이라서 생기는 거리감 같은 것만이 아니었다. 전에도 더러 궐련을 안 피워본 것도 아닌데 그때는 별다른 느낌 없이 궐련갑을 매만졌던 것이다. 하대치는 고개를 갸웃거리며 걷다가 무심결에 샅을 걷어올렸다. 그때 문득 떠오르는 얼굴이 있었다. 마누라 들몰댁의 얼굴이었다. 하대치의 머릿속에서는 퍼뜩 깨달아지는 것이 있었다. 그건 마누라와 밥집 여자의 차이였다. 마누라와 밤일을 치르고 나면 지금 같은 기분이 아니었다. 어딘가 편안하고 흡족하고 맺힌 데 없이 확 풀린 기분이었다. 목까지 잠기는 뜨거운 물속에 들어갔다가 나온 것 같은 시원함이나, 땀 뻘뻘 흘린 들일 중간에 점심 배불리 먹고 그늘에서 낮잠을 자고 난 다음의 개운함 같은 것이었다. 그런데 간밤의 일은 전혀 그런 맛이 없었다. 발목까지밖에 차지 않는 찬 개울물을 첨벙댄 것 같은 석연찮음과 미흡함이 남아 있었다. 미지근한 된장국에 식은 밥덩이를 급히 먹었을 때처럼 영 속이 거북스럽고 허했다. 횟수만 거듭하다 보니 샅이 뻐근하고 당겨올리는 것도 과히 기분 좋은 일이 아니었다. 그 짓거리는 짚은 정 있고서야 지맛이 나는 모냥인갑구만. 하대치는 비로소 밤일의 오묘함을 깨닫고 있었다. 비록 마누라는 무덤덤하고 무심한 듯 자신을 받아들였어도 따뜻하고 깊은 물이었고, 장터댁은 활짝활짝 웃고 간드러지는 꽃이었지만 결국은 차갑고 얕은 개울물이었다. 그러니 마누라가 만들어준 쌈지와 장터댁이 사다 준 궐련갑의 감촉이 같을 수가 없는 노릇이었다. 새끼덜허고 으쩌고 사는고. 하대치는 마누라 생각에 잠겨들었다. 미안하기도 하고 안쓰럽기도 했다. 산으로 쫓겨들어온 후로 언뜻언뜻 생각이 안 난 것이 아니었다. 그러나 가족을 버려두고 온 것이 자신만이 아니었다. 애써 떼치려 했고 잊으려 했던 생각이었다. 자기네들이 저지른 일만큼 남은 가족들이 고초를 겪을 것을 생각하면 금방 사지가 푸들푸들 떨려왔다. 그 괴로움을 이겨내는 방법은 한 가지뿐이었다. "쪼매만 참아라, 우리 시상이 올 것잉께. 우리 시상이 오먼 그 한 다 풀릴 것잉께." 하대치는 이를 앙다물며 이 말을 되풀이할 수밖에 없었다. 그런데 읍내를 다녀온 강동식의 입에서 테러사건이 터져나온 것이다. 성질로서는 견딜 수 없는 일이었지만 대장의 뜻을 거역할 수가 없었다.

"염병, 우리 시상이 오긴 와야 헐 것인디⋯⋯."

하대치는 꽁초를 논바닥으로 튕기며 중얼거렸다. 논바닥에는 낫질을 당한 벼 그루터기만 남아 말라가고 있었다. 산간지대의 논이라 한 뙈기마다 층을 이루고 있었고, 논두렁이라는 것이 발 한 짝 제대로 놓을 수 없이 폭이 좁은 데다가 구불구불 뱀 형상을 하고 있었다. 저런 논에서 쌀이 나면 얼마나 날 것인가 싶어 한심스러웠고, 그런데도 시끌시끌한 시국과는 상관없이 이미 추수를 끝냈음이 더욱 한심스러워 하대치의 가슴에는 찬바람이 스치고 지나갔다. 그 찬바람 속에 자신의 몰골이 불현듯 드러났다. 자신은 저런 한심스런 땅뙈기나마 한 뼘 가진 것이 없다는 자각이었다. 땅, 땅, 그것은 무엇인가. 그건 먹고사는 근본이었다. 농사꾼에게 그것은 분명 명줄이었다. 그런데 이 세상의 농토라는 농토는 모두 자신이 태어나기 전에 이미 임자가 결정되어 있었다. 그래서 소작인이 될 수밖에 없었고, 소작인으로 제아무리 피땀을 흘려도 평생 소작인 신세를 면할 수가 없었다. 지주들이 제멋대로 만들어놓은 법이라는 것이 그렇게 돼먹어 있었다. 사람이 한평생을 산다는 것이 무엇인가. 실낱 같은 것일망정 희망이라는 것이 있어야 고생도 참고 고통도 견디는 것이다. 그런데 소작인으로 한평생을 산다는 것은 캄캄절벽이었다. 멀리 볼 것도 없이 아버지의 신세가 바로 자신의 신세였던 것이다. 그렇게는 살고 싶지가 않았다. 도저히 그렇게는 살 수가 없었다. 짐승이 아니고 사람인 바에야 그렇게 평생을 살 수는 없었다. 그렇게는 살고 싶지가 않았다. 그렇게 사느니 차라리 죽고 말리라는 결심으로 염상진을 따라 소작쟁의에 가담했던 것이다. 염상진을 뒤따르는 세월 동안 얻은 것은 감옥살이의 고초와 쫓기는 고생뿐이었다. 그러나 그런 것이 결코 고통스럽거나 후회스럽지가 않았다. 그 치 떨리는 소작제를 깨부수고 새 세상을 만들기 위해서는 그만한 고생쯤 오히려 새로운 힘을 돋게 하는 자극이었다. 자신은 대장 염상진이 시시때때로 입에 올리는 공산주의에 대한 유식한 말을 빠뜨리지 않고 듣기는 했지만 다 머리에 담기지는 않았다. 마르크스가 어쩌고 무산자 인민대중이 어쩌고 하는 장광설을 한마디로 뭉뚱그리면 '지주계급 쳐 없애고 소작인 세상 만들자'가 아니냐고 나름대로 정리하고 있었다. 염상진에 대한 존경과 신뢰도, 그가 바로 그런 세상을 만들 수 있는 사람이라고 믿기 때문이었다.

"새끼덜 델고 고상이 많을 것인디 쪼매만 기둘리소. 우리도 요러타께 살 시상 맹글어놓고 말 것잉께. 나도 지끔 호강허고 사는 것이 아닝께."

하대치는 마누라를 면전에 대하고 있는 것처럼 또렷하게 말했다. 그리고 양쪽 콧구멍을 번갈아 막아가며 코를 풀었다. 마누라와 새끼들 모습이 눈앞에 밟히며 콧등이 찡해졌던 것이다.

별로 서두르지 않은 걸음이어서 점심때가 기울어 숯막에 도착했다. 배꼽이 불거져 나올 정도로 아침을 배불리 먹었던 탓인지 별로 시장기를 느끼지 않았다.

"어땠소?"

대장 염상진이 무심한 듯 물었다.

"야아, 수월허게 목적 달성얼 혔구만이라. 방아럴 여섯 분이나 찧었응께요."

하대치는 아차 싶었다. 끝말은 하지 말았어야 했을 말이었다.

"고단하겠소."

염상진은 여전히 무심한 듯 말하고 있었는데, 그 입가에는 희미한 웃음이 번져나고 있었다.

"여섯 번이라니?" 안창민이 눈을 휘둥그레 뜨며 하대치에게로 고개를 돌렸고, 하대치와 눈길이 마주치자, "역시 지독스런 기운이군" 하며 쿡쿡거리고 웃었다.

"뭐 다른 소식은 없소?"

염상진이 담배를 말려고 종이를 찢으며 물었다. 궐련이 떨어진 모양이었다.

"야아, 장날도 아니고 헌께요. 대장님, 요 궐련 태우시쎄요. 지가 먼첨 두어 대 뽑아 태우긴 헌 것이지만도 막담배 몰아 피시는 것보담이야 나슬 것잉께요."

하대치는 궐련갑을 두 손으로 받쳐 염상진 앞에 내밀었다.

"웬 궐련이오?"

"머시냐…… 긍께, 밥집 여자가 뜸금없이 내놓드만이라."

하대치는 그 말 하기가 왜 그리 어려운지 몰랐다. 얼굴이 달아오름을 느꼈다.

"방아 한번 제대로 찧은 모양이오. 아니, 한 번이 아니라 여섯 번이라고 했지."

안창민은 아까보다 한결 심하게 어깨까지 들썩이며 쿡쿡거렸다.

"하 동무만 피우라고 준 담밸 것인데 내가 피워서 되겠소?"

염상진은 말을 그렇게 하면서도 담배를 뽑아들었다. 이젠 그의 입 언저리만이 아니라 얼굴 전체에 웃음이 번지고 있었다.

"지는 그만 나가보겠구만이라."

"그러시오, 좀 쉬시오."

하대치는 아주 기분 좋게 대장 앞에서 물러나왔다. 대장도 대장
이었지만 안창민 동무가 자신 때문에 그렇게 재미나게 웃었다는
것이 하대치로서는 기분 좋은 일이었다. 그는 어지간한 일에는 거
의 감정 표현이 없는 사람이었다. 말수도 적은 데다가 언제나 얼굴
에 찬바람을 한 겹 덮고 사는 사람이었다. 몸집이 볼품이 없어 그
렇지 꽤나 똑똑한 사람이었다. 그와 마주 대하게 되면 대장한테서
느끼는 위압감이나 든든함은 없어도 어딘지 주눅이 드는 기분은
어찌할 수 없었다. 사람이라는 것이 기운으로만 살아지는 것이 아
니라는 생각이 들게 하는 주눅이었다.

하대치는 여기저기 강동식을 찾아다녔다. 이상하게 눈에 띄지
않았다. 그를 찾아 간밤의 이야기를 들려줘서 그의 기분을 돌려놓
으려는 참이었다. 그런데 그가 보이지 않자 하대치는 좋지 않은 생
각이 들었다. 설마 대장의 명령을 어기려고, 하면서도 한번 떠오른
좋지 않은 생각은 마음을 다급하게 만들었다.

"강동식 동무 워딨소?"

"몰르겄는디요."

하대치는 장소를 옮겨 물었다.

"강동식 동무 못 봤소?"

"못 봤는디요. 워디 있겄제라."

하대치의 생각은 나쁜 쪽으로 달음박질치고 있었다.

"강동식 동무 워디 있는지 아요?"

"아까 점심때꺼정 있었는디요. 그 후로 못 봤구만이라. 워디 대장
님 심바람 갔겄제라."

그랬을지도 모른다 싶었다. 그러나 일단 느낌이 좋지 않은 이상
확인할 필요가 있었다. 하대치는 숯막으로 발길을 서둘렀다.

"대장님, 강 동무헌테 무신 명령 내리셨는게라?"

"아니오, 무슨 일 생겼소?"

염상진은 민감한 반응을 보였다.

"점심때꺼정은 있었다는디, 아무리 찾아도 안 뵈는구만이라."

"글쎄……."

고개를 갸웃하는 염상진의 눈빛이 예리하게 빛났다.

"방정맞은 생각인디라, 행여 명령 어기고 읍내에 간 것이 아닌가
허는 생각이 드는디요……."

"그랬을지도 몰라!"

염상진이 벌떡 일어남과 동시에 내뱉은 말이었다.

"전원 집합시키시오. 인원파악을 할 테니까."

염상진이 굳어진 얼굴로 명령했다.

인원파악은 삽시간에 끝났다. 인원이 적기도 해서였지만 '전원
집합' 명령에 따른 기민성은 이미 훈련을 거친 바였다. 하대치의 예
감은 적중했다. 부재(不在) 인원은 셋이었고, 총도 세 자루가 없어
졌다. 강동식·배성오·오수길이 없어진 것이다. 강동식이 평소부터
자기 조원(組員)으로 가까이하고 있는 배성오와 오수길을 데리고
읍내 침투를 감행했음을 추리하기는 결코 어려운 일이 아니었다.

"하 동무, 빨리 조를 짜시오. 각 조에 두 명씩, 여섯 명을 차출하시오."

마침내 염상진이 명령했다. 하대치가 신속하게 대열 속을 누비며 손가락질을 해나갔다. 그러는 동안 염상진은 반대쪽으로 돌아서 뒷짐을 지고 서 있었다.

"어떻게 하시려구요."

안창민이 낮게 물었다.

"1차로, 강동식이 읍내로 침투하는 것을 저지해야 하고, 우리가 발이 늦어 그 일이 실패하면 2차로, 강동식조가 당할지 모를 위험을 우리가 막는 것이오."

염상진의 음성은 땅에 무수히 흩어져 있는 낙엽처럼 메마르고 딱딱했다.

"대장님, 인원차출 끝냈습니다!"

하대치가 쇳소리 나는 음성으로 보고를 하며 염상진의 등 뒤에다 거수경례를 올려붙였다. 30여 명 사이에는 얼음살 같은 긴장이 감돌았다. 염상진이 바람을 일으키듯 대원들 쪽으로 돌아섰다. 그 얼굴이 무섭게 굳어져 있었다.

"동무들! 긴급사태가 발생했소. 나와 안 동무, 하 동무, 그리고 여섯 조원이 작전을 나가는 동안 나머지 동무들은 추호도 흔들림 없이 여기를 지켜주기 바라오. 보초근무를 철저히 해야 할 것이오. 이상."

말을 마친 염상진은 하대치에게 명령했다.

"하 동무, 전원 총으로 무장하고 활동준비!"

"알겠습니다!"

하대치가 또 거수경례를 붙였다.

염상진은 급히 숯막으로 갔다. 권총을 차기 위해서였다. 제발 강동식 일행을 읍내에 침투하기 전에 따라잡을 수 있기를 바랐다. 명령을 어긴 강동식이 면전에 있다면 당장 방아쇠를 당겨버릴 것처럼 성질이 치솟아올랐다. 시뻘건 대낮에 총을 들고 설치는 어리석은 작자, 사적인 감정을 억제할 줄 모르는 반혁명적인 작자, 마땅히 총살감이었다. 그 작자로 인해 다시 아홉 명이 대낮에 총을 들고 나선다는 것이 염상진으로서는 견딜 수가 없었다. 그러나 현재 상황으로서는 그 어리석음을 범하지 않을 수가 없었다. 강동식 일행을 읍내에 침투하기 전에 따라잡게 되면 총은 필요 없게 되는 것이지만, 만약 그들을 놓쳐 읍내까지 뒤따라야 한다면 총 휴대는 불가피한 것이었다. 강동식 일행이 총을 휴대하고 있다는 것은 어떤 사태가 발생하는 경우 발사를 전제로 하는 것이었다. 읍내에서 총을 발사한다는 것은 어리석고 또 어리석은 일이었다. 이쪽에서는 읍내의 화력 상황을 거의 파악하지 못한 상태이고, 보나마나 그동안 읍내의 경계태세나 화력은 전보다 몇 배 강화되었을 것이었다. 그런 상대를 향해 총질을 하고자 하는 그들을 보호하려면 총을 갖지 않을 수가 없었다.

권총을 차며 염상진은 부드득 이빨을 갈았다. 의식의 어느 구석에선가 검은 바람이 회오리치며 일어났다. 그 바람을 내몰기라도 하려는 듯 염상진은 황급하게 담배를 빼물었다.

"강동식조는 아마 오금재에서 날이 어두워지기를 기다릴 것이오. 우리는 오금재까지 그들을 따라잡아야 하오. 그러기 위해서는 오금재까지 속보행군을 강행하겠소. 모두 단단히 각오하도록!"

그것은 평소에 자신이 지시해 온 작전이었다. 염상진은 말을 하면서도 강동식이 제발 오금재에서 오래 머물러 있기를 빌었다.

안창민은 무의식적으로 이마에 손차양을 만들어 해를 가늠해 보았다. 벌써 해는 서편으로 반나마 기울어 있었다. 그지없이 투명한 물빛 하늘에 해는 조그맣게 박혀 있었다. 안창민은 해에 눈길을 박은 채 잠시 그대로 서 있었다. 염상진의 계획은 무위로 끝나기 쉬울 것이라고 생각하면서. 해는 너무 기울어 있었고, 산속에는 유난히 어둠이 빨리 깃드는 탓이었다. 어차피 읍내 침투는 불가피할 것 같았다. 안창민은 손차양을 내리며 총의 멜빵을 다잡아쥐었다.

"출발!"

염상진은 버럭 소리를 질렀다. 그건 안창민의 행동을 묵살하고자 하는 그의 감정 표현이었다. 안창민이 해를 올려다보며 무슨 생각을 했는지 그는 직감하고 있었다. 다시 명령을 어긴 강동식에 대한 분노가 끓어올랐다.

사람들의 눈을 피해 길도 없는 나무숲을 헤치는 강행군이 시작되었다. 염상진이 진로를 잡았고, 하대치가 후미를 맡았다. 길을 헤쳐나가는 염상진은 마치 성난 짐승 같았다. 무서운 기세로 앞으로 내닫고 있었다. 염상진의 발 빠르기는 키가 크니까 그렇다 하더라도 키가 작은 하대치의 잽싼 발놀림은 놀랄 만한 것이었다. 대열은 마치 앞에 선 염상진에게 끌리고, 뒤에 선 하대치에게 밀려서 신속하게 움직여지고 있는 것 같았다.

그들은 잠시도 쉼이 없이 결사적으로 걸었다. 차차로 냉기가 서리기 시작하는 산중 기온과는 상관없이 그들은 하나같이 땀을 뻘뻘 흘리고 있었다. 헉헉거리는 숨소리에 메마른 단내가 내뿜겼다. 그러나 누구 하나 힘든 표를 내지 않았다.

안창민은 오로지 어머니, 어머니만을 생각했다. 장딴지가 경직된 지는 이미 오래였다. 몇 번이고 주저앉고 싶은 고비를 어머니를 생각하며 가까스로 넘기고 있었다. 혁명사업 수행이라는 명분도, 조장(組長)이라는 체면도 그 고통스러운 고비를 넘기게 하는 힘이 될 수 없었다. 테러를 당해 위기에 처해 있는 어머니를 만나야 한다는 생각의 되풀이가 그에게는 가장 실감나고 현실적인 극기의 방법이었다. 대장 염상진이 이 사실을 알면 어떻게 될까. 분명 사상성의 빈약으로 매도당할 것이다. 그러나 사상이라는 것은 그렇게 단순치가 않다. 한 인간의 의식이 날줄이거나 씨줄만으로 이루어질 수 없듯이. 안창민은 지칠 줄 모르고 앞으로만 내닫고 있는 염상진의 완강한 뒷모습을 바라보며 어떤 오기 같은 것을 느끼고 있었다.

그들 일행이 오금재에 다다랐을 때에는 먹빛 어둠이 진을 친 다음이었다.

"조별로 흩어져 찾아보도록!"

염상진이 거친 숨결을 내뿜으며 명령했다. 그러나 그 명령이 한숨처럼 들린 것은 숨결이 거칠어서가 아니었다. 염상진은 너무 짙어져 있는 어둠에서 절망감을 느끼고 있었던 것이다. 시간에 쫓기고 있는 강동식이 몸을 충분히 숨길 수 있는 어둠이 내렸는데도 오금재에 웅크리고 있을 리가 만무했던 것이다. 그러면서도 수색명령을 내린 것은 완벽을 기하자는 뜻을 포함해서 행여나 하는 미련이 남아서였다. 수색이 진행되는 동안 염상진은 갈증과 함께 심한 흡연욕구를 느꼈지만 어금니를 꾸욱 맞물며 어둠 저편의 읍내 쪽을 응시하고 서 있었다. 읍내를 장악했었던 그 며칠 동안의 피끓음이 생생하게 떠올라왔다. 반도땅의 역사의 길이가 반만년(半萬年)이라고 했다. 그 장구한 세월을 무턱대고 자랑 삼으려 한다. 세월의 길이가 왜 자랑감이 될 수 있는 것인가. 그건 배부른 자, 인민대중의 생혈을 빨고 살아온 자들의 타령이고 최면술인 것이다. 그 긴 세월이 진정 자랑이 되려면 계급 없는 사회로 나아갔어야 한다. 그런데 조선왕조 500년, 고려왕조 500년, 그리고 통일신라 500년과 그 전 왕조들…… 끝도 없는 착취의 역사일 뿐이었는데 그 세월을 무엇으로 자랑 삼는다는 것인가. 단군이 최초에 나라를 세울 때 그 건국이념이 홍익인간(弘益人間)이었다고 한다. 그 말은 누가 만들어낸 뻔뻔스런 잠꼬대인가. 아니, 그 말을 전적으로 믿어준다고 한다면 그 다음의 역사는 왜 그 모양, 그 꼴이 되었는가. 홍익인간—널리 인간세계를 이롭게 함. 얼마나 그럴듯한 말인가. 그런데 단군의 정신은 왕조가 바뀔 때마다 짓밟히고 또 짓밟혔던 것이다. 각 왕조는 계급제도를 고수함으로써 널리 인간세계를 이롭게 한 것이 아니라 소수 지배계급만을 이롭게 하는 사회를 만들었던 것이 아닌가. 단군은 새로운 왕조가 설 때마다 배신을 당한 것이고, 반만년의 역사는 가장 비인간적인 착취의 부끄러운 역사가 되고 말았다. 그런 세월을 무엇으로 자랑 삼을 수 있는가. 해방은 반도땅의 역사 위에서 단순한 의미일 수가 없다. 자멸한 조선 봉건 왕조 위에 새 역사를 창조해야 할 중차대한 기점이 바로 해방인 것이다. 봉건계급 제도가 일소된 나라, 착취계급을 완전 소탕해 버린 나라, 그야말로 홍익인간의 정신을 되살리는 새 나라를 세우는 것이 해방의 의미였다. 그런데, 역사의 물줄기는 다시 봉건 왕조로 거슬러올라가고 있는 것이다. 남쪽 땅에는 민주주의라는 미명 아래 지주계급과 친일세력이 합세하여 남쪽만의 나라를 세우고 만 것이다. 결코 용납될 수 없는 일인 것이다. 사회주의의 건설, 그것만이 최선의 길이고 유일한 길일 뿐이다. 그 목적 달성을 위해서 투쟁, 오로지 투쟁이 있을 뿐이다. 염상진은 어둠을 응시한 채 주먹을 말아쥐며 부르르 떨었다.

"대장님, 없구만이라."

하대치의 보고였다. 잇따라 들어온 두 조의 보고도 마찬가지였다.

"좋소, 지금부터 행동을 개시하겠소. 나는 강 동무를 맡겠소. 하 동무는 안 동무조와 함께 행동하시오. 안 동무는 모친의 상태를 확인하는 즉시 퇴각하여 이 지점으로 돌아오시오. 하 동무는 철저히 안 동무를 돕도록 하시오. 그리고 절대로 충돌을 피하시오. 우리의 목적은 강 동무 행위를 저지하는 것이니까. 출발!"

염상진은 앞장섰다.

하대치는 별로 기분이 좋지 않았다. 대장이 자신을 묵살하고 안창민에게만 집에 들르게 할 줄은 몰랐다. 명령이니까 듣는 도리밖에 없는 일이지만 그래도 마음 한구석에는 차별대우를 받는 것 같아 서운함이 괴었다. 강동식의 말에 의하면 테러가 하루이틀로 끝난 것이 아닌 모양이었다. 그렇다면 테러를 당한 사람은 안창민의 모친만이 아닐 것이었다. 산으로 피신한 모든 동지들의 집이 당했을 일이었다. 그때 하대치의 머리를 스치는 생각이 있었다. 대장의 집이라고 무사할 리가 없을 터인데 대장은 서슴없이 강동식을 찾아나선 것이다. 하대치는 자신의 소견 좁음을 뉘우쳤다. 그리고 안창민을 집에 보내는 것은, 현장을 확인한 강동식이 안창민 모친의 생명이 위독할지도 모른다는 말을 전했으므로 그런 것이라고 넓게 생각했다.

"여기서 헤어지겠소. 경비가 심할 테니 조심하도록."

염상진은 낙안벌이 펼쳐지는 옥산 입구에 이르러 방향을 나누어잡았다.

"강 동무집 아시제라?"

하대치가 낮은 목소리로 빠르게 물었다.

"회정리 3구, 상고 아니오."

"맞구만이라. 무사허니 댕겨오시써요."

"가자!"

염상진은 두 명의 부하를 데리고 좌측으로 방향을 꺾었다. 회정리 3구까지 가자면 낙안벌을 좌측으로 무질러 낙안읍으로 이어지는 신작로를 건너 제석산 자락으로 파고들어야 했다. 거기서부터는 산자락만을 타고 봉림리와 회정리 1구를 거쳐 회정리 3구까지 가야 하는 것이다. 험하고 힘든 길이었지만 안전을 위해서는 다른 방법이 없었다. 방금 헤어진 지점에서 계산하면 안창민네집보다는 배 가까이 먼 거리였다. 오금재에서 만나자면 그만큼 서두르지 않을 수 없었다.

이제 염상진의 목적은 강동식이 집에 도착하기 전에 따라잡는 것으로 변해 있었다. 그래서 그 발걸음은 오금재를 향해 걸을 때보다 더 빨랐다. 그도 그럴 것이 오금재에 이르는 길은 거의가 오르막 산길이었지만 이제는 들판이었던 것이다. 경계가 필요 없다면 뛰고 싶은 것이 염상진의 심정이었다.

신작로를 무사히 건너 민가를 피해 산자락으로 파고들었을 때였다.

"대, 대장님……."

뒤에서 들리는 신음소리에 염상진은 반사적으로 몸을 돌렸다.

"워째 그려!"

다급한 김에 진한 사투리가 터져나왔다.

"다리가, 다리가……."

부하 한 명은 주저앉아 있었고, 다른 한 명은 우뚝 서 있었다.

"다리가 어떻단 말이오?"

쥐가 난 모양이라고 직감하며 염상진은 재빨리 부하들 쪽으로 다가갔다.

"뻣뻣헌 것이 꼼짝을 못허겄구만요."

"괜찮소. 좀 빨리 걸어서 쥐가 난 거요. 자아, 자아, 걱정 말고 온 몸에 힘을 쭉 빼고 편안하게 누으시오. 곧 괜찮아질 테니까."

염상진은 부드러운 목소리로 말하며 부하를 눕혔다. 그러나 마음은 부드러울 수가 없었다. 낭패감이 왈칵왈칵 몰려왔다. 시간이 없다, 혼자 오금재로 돌아가게 하나, 안 될 말이다. 그럼 둘을 함께 보낼까, 나 혼자 간다면 시간은 훨씬 단축할 수 있다. 그러나 이들 둘을 보냈다가 사고가 나면, 그것도 안 될 일이다. 한번 쥐가 나기 시작하면 계속 나게 되는데, 어쩔 수 없다, 시간이 걸리더라도 함께 행동하는 것이 가장 안전한 방법이다. 염상진은 부하의 다리 근육을 풀어주며 생각을 정리했다.

"좀 어떻소?"

"쪼매 땡기긴 혀도 다 낫구만이라."

"됐소, 좀더 그대로 뉘 있으시오."

염상진은 부하의 다리에서 뗀 손을 주머니에 찔러넣었다. 그러나 담뱃갑이 손에 잡히는 순간 담배를 피워서는 안 된다는 사실과 만났다. 그는 목을 늘이며 마른침을 삼켰다. 어둠 속에서 개 짖는 소리가 들려왔다. 어디쯤인지 방향을 가늠할 수 없도록 어둠은 짙었다.

"걸을 수 있겠소?"

"야아."

쪼그리고 앉았던 부하가 빠른 동작으로 일어나며 대답했다.

"동무 총 이리 주시오."

"아니어라, 암시랑토 안 혀라."

부하는 당황한 목소리로 말했다.

"괜찮소, 내가 메고 갈 테니까 어서 벗으시오."

염상진의 손은 벌써 부하의 총신을 잡고 있었다.

염상진은 속도를 반감시켜 걸었다. 강동식이 집에 도착하기 전에 따라잡기는 어렵겠고, 그가 집에 오래 머물지 못하게 해야 한다는 쪽으로 염상진은 계획을 수정했다. 봉림리 뒤편 산자락을 지났다. 읍내에 켜진 많지 않은 전등불빛이 잡힐 것처럼 가깝게 느껴졌다. 사실 봉림리와 장터거리와의 직선거리는 포구의 폭에 지나지 않았다. 그 포구에 가로놓인 세 개의 다리가 낙안벌 쪽으로부터 횡계다리(홍교), 소화다리, 철교다. 벌교(筏橋)라는 이름도 포구 때문에 생겨난 것이었다. 바닷물이 들고 나는 그 포구에다가 옛날에는 뗏목으로 다리를 놓아 건너다닌 데서 유래한 이름이었다. 세 개의 다리 중에서 제일 길이가 짧은 횡계다리는 옛날에 만들어진 것이었고, 소화다리와 철교는 일제시대에 만든 것이었다. 벌교…… 염상진은 불빛을 바라보며 새삼스럽게 뇌어보았다. 긴 포구를 사이에 두고 두 쪽으로 갈라진 듯 이어지고 있는 땅, 남도지방하고도 그 끝머리에 위치한 땅이 바로 자신의 고향인 것이다. 그런데 그 불빛은 단순한 불빛만으로 느껴지지 않았다. 그 불빛은 자신을 거부하는 차가운 손이었다. 그 불빛은 자신을 감시하는 살벌한 눈이었다. 며칠 전만 해도 그 불빛은 자신의 승리를 지키는 깃발이었다. 그 며칠

동안의 일이 마치 멀고 아슴한 꿈결처럼 느껴졌다. 현재의 입장을 결코 패배라고 생각지 않으면서도 흡사 도둑고양이처럼 불빛을 피하고 있는 자신의 몰골이 서글프게 느껴지는 것은 어쩔할 수 없었다. 염상진은 불빛을 외면한 채 걷기에만 열중했다.

회정리 1구를 지나 3구로 넘어가는 분기점인 도래등에 가까워지고 있을 무렵이었다. 탕— 총성이 울렸다. 염상진은 걸음을 멈춤과 동시에 총성이 울린 쪽으로 홱 몸을 돌렸다. 그의 동작은 강한 자석에 끌리는 쇠붙이 같았다. 염상진은 자신의 몸이 읍내 쪽으로 향하고 있음을 깨달았다. 그의 의식 속에서는 안창민과 하대치가 어지럽게 엇갈리고 있었다.

탕, 타당, 탕, 탕……

연이어지는 총성이 어둠을 찢어대기 시작했다. 총성의 빈도수와 무질서함으로 보아 접전이 벌어지고 있음이 분명했다. 불길했던 예감이 현실로 나타난 것이다.

"읍내로 방향을 바꾼다."

염상진의 목소리가 뜨거웠다.

"워쩐 총소릴께라?"

어둠 속에서 두려움에 찬 목소리가 울렸다.

"안 동무네조가 공격을 받고 있는 것이오. 정신 똑바로 차리고 내 뒤를 따르시오."

염상진은 그때까지 들고 있던 부하의 총을 건넸다. 그리고 권총을 뽑아들었다. 머릿속이 싸늘하게 식으며 맑아지고 있었다. 어떤 위기에 봉착할 때마다 일어나는 현상이었다. 의식은 백지처럼 깨끗해졌고, 그때마다 그 위에 타개책을 그려나가고는 했다. 안창민네 집…… 청년단의 위치…… 경찰서, 경찰서?…… 소화다리……, 염상진의 머릿속에서는 순식간에 읍내의 지도가 그려지고 있었다.

"갑시다, 지금부터 계속 뛰겠소!"

염상진은 회정리 1구를 관통하고 있는 신작로를 향해 방향을 잡으며 부하들에게 일렀다.

탕, 탕탕, 탕…… 총성은 한층 격렬해지고 있었다.

후퇴, 후퇴! 접전 중지! 분산 후퇴, 분산 후퇴! 부용산 타고 우회 후퇴, 우회 후퇴, 고읍들로 직선 후퇴 말 것, 직선 후퇴 금지! 염상진은 신작로 갓길을 타고 전속력으로 달리면서 속으로 외치고 있었다.

총성은 어지럽게 밤하늘을 찢고 있었고, 세 사람이 내달리고 있는 신작로에는 사람의 자취라고는 없었다.

"갈기시오, 저쪽을 보고 갈겨!"

소화다리에 도착한 염상진은 두 부하에게 명령했다. 두 부하는 어둠 저편의 읍내를 향해 총을 쏘기 시작했다. 유인작전과 교란작전을 겸한 것이었다. 아무리 상황이 급박해도 소화다리를 건너갈 수는 없는 일이었다. 일단 소화다리를 건너가게 되면 퇴로를 차단당할 위험이 있었고, 횡계다리와 소화다리가 막히게 되면 독 안에 든 쥐 꼴을 면할 수 없었다. 안창민의 집은 남국민학교 뒤편이니까 바로 부용산을 타고 빠져 우회하면 얼마든지 위험을 떼칠 수가 있었다.

"총알 아끼지 말고 계속 갈기시오!"

염상진은 다리 건너편 어둠에 온 신경을 집중한 채 다시 명령했다. 이쪽에서 총질을 해대면 안창민네에게로 쏠렸던 적의 화력이 동요를 일으키면서 분산될 것이었다.

타당, 탕 탕탕, 탕…….

예리한 총성은 계속 어둠을 칼질하고 있었다. 총알에 맞아 꺼지기라도 하듯 여기저기서 불빛이 꺼져갔다. 읍내는 한층 짙은 어둠 속으로 가라앉아가고 있었다. 총소리에 섞여 개 짖는 소리만 사방에서 뒤엉키고 있었다.

"……!"

염상진은 신경을 곤두세웠다. 바로 코앞에서 총성이 울린 것이다. 예상대로 적의 병력이 분산된 것이었다. 다리 건너편 어둠에서 총성이 가열되기 시작했다.

"겁내지 말고, 더 몸을 낮추면서 뒤로, 뒤로 천천히 물러나면서 계속 갈기시오. 겁내지 말고."

염상진은 두 부하를 독려하며 자신도 권총의 방아쇠를 당기기 시작했다. 하나라도 더 많은 총성이 필요했던 것이다. 그는 앞을 향해 방아쇠를 당기는 일방 뒤쪽을 경계하며 천천히 물러서고 있었다. 적들은 다리를 건너오고 있는 것 같지는 않았다. 그러나 어둠이 짙어 적의 동태를 전혀 파악할 수 없는 상태에서 총성만으로 적의 위치를 가늠한다는 것은 어리석기 짝이 없는 일이었다. 더구나 적은 수적으로나 화력으로나 우세한 입장이므로 기만전술을 얼마든지 쓸 수 있었다. 몇 명을 다리 건너편에 배치시켜 응사하게 하고, 정작 주력병력으로 포구를 건너게 하는 기만술을 쓰는 경우 이쪽에서 위치를 고정시키고 있다가는 꼼짝없이 당하고 마는 것이었다. 그리고 그것만이 아니었다. 적들은 이미 횡계다리로 병력을 우회시키고 있는지도 몰랐다. 병력이 구보로 장터거리를 거쳐 횡계다리를 건너서 현 위치까지 오는 데는 15분 정도밖에 걸리지 않는다. 어차피 현 위치에서 오래 머물 수는 없는 일이었다. 적은 횡계다리를 건너 현 위치까지 병력을 투입시키는 적극작전은 펴지 않더라도 횡계다리를 차단시킬 것은 확실했다. 횡계다리가 막히는 것은 고읍들로 빠지는 길이 차단되는 것이었다. 그들도 도주할 때 이용한 길이 그 길이었으므로 횡계다리 차단은 상식적인 일이었다. 이쪽이나 저쪽이나 퇴로를 북쪽으로 잡을 수밖에 없는 것은 벌교 특유의 입지조건 탓이었다. 동쪽은 바로 바다였고 남쪽은 섬이나 다름없는 고흥반도가 이어져 있었던 것이다.

"자, 지금부터 후퇴요. 사격 일체 중지!"

염상진은 명령과 함께 두 부하의 등을 두드렸다. 그리고 회정리 1구 쪽으로 방향을 잡았다. 신작로를 따라가다가 1구의 중간쯤에서 교회당으로 오르는 샛길을 타면 바로 그 뒷산이 제석산 줄기로 이어졌다. 적들이 경계를 펴며 소화다리를 건너오는 사이에 교회당 뒷산까지는 충분히 피할 수 있었다.

염상진 일행이 교회당 뒷산에 도착해 잠시 숨길을 돌릴 때까지도 총성은 계속되고 있었다. 염상진은 그 난무하는 총성들 중에 자신의 부하들이 쏘는 것은 없으리라고 믿고 싶었다. 자신의 부하들은 이미 민첩하게 행동을 취했고, 뒤늦게 적들이 갈겨대는 총성이라고 믿고 싶었다. 왜냐하면 자신이 불필요한 충돌은 피하라고 누차 강조했던 바이고, 부하들이 위기에 처했는데도 현장에 접근하지 못하고 이렇게 소극적인 행동만 하다가 물러서야 하는 것이 못내 안타깝고 죄스러웠기 때문이다.

염상진은 될 수 있는 대로 산속 깊이 파고들었다. 일단 제석산 깊은 골로 들어가서 고읍들 중간지점으로 빠져나갈 작정이었다. 그러면 위험지역에서는 완전히 벗어날 수 있을 것이었다. 염상진은 길을 분간할 수 없는 산속을 한참이나 걷다가 불현듯 강동식을 생각해 냈다. 염상진은 우뚝 멈춰섰다. 전신에 맥이 쭉 빠지는 것을 느꼈다. 이제 어떻게 하면 좋은가!

염상진은 참담한 기분으로 고개를 뒤로 꺾으며 한숨을 토해냈다. 공허한 그의 시야에 잡히는 것은 깊고 깊은 어둠 저편에 박혀 반짝이고 있는 무수한 별들뿐이었다. 별, 별…… 우주, 무한대…… 염상진은 잠시 상념에 사로잡혔다. 인간의 능력으로는 끝도 모르고, 생김새도 모르고, 그래서 크기는 더구나 알 수 없다는 우주. 그 무한공간을 떠돌고 있는 수를 헤아릴 수 없이 많은 수수억 개의 별. 그중의 하나에 불과하다는 지구, 그리고 수많은 인간, 그리고 나. 인간은 무엇이고, 나는 또 무엇인가. 나는 지금 왜 이러고 있는가. 순식간에 머리를 스치고 지나간 생각이었다. 언제나 허망의 늪을 장만해 놓고 있는 그 생각은 이미 단련을 거칠 대로 거쳐 있었다. 그 생각 다음에는 언제나 '그러나……' 하는 부정이 고개를 들고는 했다.

인간의 삶은 하루살이가 아니었다. 우주의 시간으로 보면 인생살이 한평생이 바로 하루살이라고 했다. 그 관념논리를 이해할 수는 있어도 용납할 수는 없었다. 그런 관념논리를 추종하며 생혈을 빨리는 노예의 삶을 평생토록 감수할 수는 없었다. 고통의 시간이 얼마나 길게 느껴지는지는 고통을 당해본 사람만이 아는 것이다. 평생을 노예로 사는 고통을 인내하느니 차라리 삶을 포기해 버리는 것이 나은 것이다. 삶을 포기하는 것보다는 노예의 삶을 벗어날 수 있다면 더욱 좋은 것이다. 그러므로 사회주의 혁명투쟁은 필연적인 것이 되었다.

별을 올려다보며 잠시라도 허망감에 빠지는 것은 부질없는 짓이었다. 염상진은 이내 감정을 수습했다. 강동식의 문제에 정신을 모았다. 상황이 너무 급한 나머지 그 문제를 지나친 것이다. 예상대로 강동식이 회정리 3구에 머물러 있었다면 틀림없이 총성을 들었을 것이다. 총성이 들릴 수 있는 거리인 데다가 밤이어서 그 소리는 더욱 크게 울렸을 것이다. 그리 오래 계속된 총성을 들었다면 강동식은 의당 위기감을 느꼈을 것이다. 염상진의 걱정은 그 다음에 있었다. 강동식이 어떻게 행동했을지가 문제였다. 명령을 어기고 단독행위를 감행한 것 같은 무모함을 또 저질러서 총성을 좇아 읍내로 들어갔을지도 모를 일이었다. 아니면, 퇴로를 잡는다고 잡으면서 횡계다리 쪽의 최단거리를 이용했을지도 몰랐다. 두 가지 행동 다 위험하기 짝이 없는 일이었다. 강동식이 어떻게 행동을 취하건, 그가 아직까지 집에 은신해 있을 가능성은 희박하다는 것이 문제였다.

그를 집에서 만날 수 있는 시간을 잃어버린 것이다. 이제 다시 강동식의 집으로 방향을 바꾼다는 것은 무모한 행위라고 염상진은 판단했다.

염상진은 방향을 잃지 않기 위해 신경을 곤두세우며 걷는 데만 열중했다. 서너 시간 산속을 헤맨 끝에 고읍들 쪽으로 빠져나왔다. 예상은 상당히 빗나가 있었다. 고읍들의 중간쯤 되는 지점을 목표로 했었는데 그보다 훨씬 아래, 횡계다리 쪽으로 치우친 지점이었다. 그러나 위험지대에서는 벗어나 있었다.

오금재에 도착했을 때는 염상진마저 기진맥진해 있었다. 염상진은 그때서야 저녁밥을 걸렀음을 깨달았다. 두 부하가 더없이 안쓰러웠다. 염상진은 커다란 바위를 찾아냈다. 그 뒤에 두 부하를 은신시키고 궐련을 한 개비씩 나눠주었다. 담배로나마 허기를 메우게 할 수밖에 없었다.

아무리 기다려도 부하들은 나타나지 않았다. 산중 야기를 웅크리고 앉아 견뎌내기는 어려웠다. 두 부하는 자꾸만 시름시름 졸았다. 염상진은 아지트로 돌아가기로 결정했다. 두 부하를 독려해 가며, 개울물을 마셔가며 걷고 또 걸었다. 추수기가 다 지나버려 산간 밭뙈기에는 무 하나 박혀 있지 않았다. 염상진이 숯막에 다다른 것은 먼동이 틀 무렵이었다.

"대장님, 안 동무가 당혔구만이라."

염상진의 정수리를 친 말이었다. 하대치의 울먹이는 얼굴이 바로 눈앞에 있었다.

15

기습이다!

"이거 보시오 남 서장, 이래도 당신 말을 믿어야 되겠소!"

무장을 한 남자는 거칠게 유리문을 밀치고 들어온 기세 그대로 내질렀다. 줄곧 초조하고 불안한 기색을 감추지 못하고 있던 남인태 서장은 그 남자를 보자 당황한 빛을 드러냈다.

"왜 대답을 못하시오. 직책이 직책인데 말에 대한 책임을 져야 할 것 아니오."

권총을 찬 남자는 목소리도 태도도 당당했다. 아니, 당당함을 지나쳐 위압적이고 위협적이었다. 남자가 전투복 차림의 무장인 데 비하여 남 서장은 사복 차림이었고, 남자가 두 손을 혁대쯤에 올리고 버티고 선 것에 비해 남 서장은 엉거주춤하고 있어서 더 그렇게 보이는지도 몰랐다.

"이거 참, 면목 없게 됐소."

남 서장은 어색하게 웃으며 입을 열었다. 그 웃음이 그렇게 비굴해 보일 수가 없었고, 그 웃음 때문에 목소리는 한층 기죽어 보였다.

"이게 면목 없다는 말로 해결될 문제라고 생각하시오? 이건 엄연히 경찰로서 직무태만을 저질렀기 때문에 발생한 사태요."

남 서장이 수세에 몰리기 때문인지 남자의 태도는 오히려 강경해지고 있었다. 직무태만? 남 서장은 간신히 억누르고 있던 감정이 그만 불끈 곤두서는 것을 느꼈다. 건방진 자식, 엄연히 계급도 낮은 놈이 감히 어디다 대고…… . 그러나 남 서장은 곤두선 감정의 줄기를 부러뜨렸다.

그 모독감은 도저히 참을 수 없는 것이었지만 상황이 상황이었다. 그는 계엄지구에 파견된 수도경찰 소속의 '토벌대장'이었다. 계엄령이 발효 중인 상황에서 그의 직책이나 권한은 계급에 우선하는 것이었다.

"무슨 말을 그리 막하시오."

감정을 자제하느라고 남 서장의 말은 약간 떨려나왔다.

"왜, 듣기 싫으시오? 그런 말 듣기 싫었으면 어제 내가 말했던 대로 실시했어야 했소. 그런데 당신은 뭐라고 했었소? 빨갱이 잔당은 당신네 손으로 다 처치했으니 안심해도 좋다고 장담하지 않았소. 헌데 하루 만에 이게 무슨 꼴이오. 빨갱이들이 읍내 심장부까지 치고 들어오지 않았느냔 말이오. 이래도 잔당들은 다 처치했다고 큰소리치겠소? 우리가 도착한 하루 만에 그 새끼들이 치고 들어온 건 우리 쪽 정보가 잔당들을 통해서 속속들이 빠져나갔기 때문이오. 그 새끼들은 오늘 밤 우리가 한잔한다는 것까지 환히 알고 기습을 해온 것이오. 어째, 내 말이 틀렸소?"

토벌대장은 턱을 치켜들고 남인태 서장을 아래로 깔아보는 눈길을 보내고 있었다. 남 서장은 맞은편 문 아래쪽으로 낮은 시선을 던진 채 입을 꾹 다물고 있었다. 대꾸할 말이 없어서가 아니라 아무 말도 하고 싶지가 않았다. 빌어먹을 놈에 땅, 어서 뜨고 말아야지. 남인태는 또 이 생각만을 굳히고 있었다. 해방이 되고 빨갱이가 소란을 피우지 않은 곳이 없었지만 그래도 좀 덜한 지역으로 자리를 옮겨앉는 것이 그의 당면문제였고 희망사항이었다. 그 희망의 실현이 결코 멀지 않았다는 계산을 하고 있었고, 그날이 올 때까지 그는 어떤 충돌도 하고 싶지가 않았다. 옆에 있는 부하들에게 다소 체면이 서지 않는 옹색함 같은 것은 큰 목적을 위해서 묵살할 수밖에 없었다.

"왜 말이 없소!"

아무 대꾸가 없는 것에 기분이 상했는지 토벌대장은 더욱 언성을 높였다.

"임 대장, 그 새끼들한테 선제공격을 당한 기분이 어떤지 잘 알아요. 허나 그놈들을 가볍게 퇴치해 버린 마당에 앞으로의 대책이나 논의하는 게 좋지 않겠소."

남 서장은 한발 비켜서는 기분으로 말머리를 돌렸다. 토벌대장의 득세하고 싶어하는 기분을 살려주고, 토벌대장을 앞으로 내세운 다음 자신은 위험으로부터 물러서자는 이중계산이 된 발언이었다.

토벌대장에게 빨갱이 색출을 위한 치안권을 완전히 넘겨준다고 해
도 자신은 서장임이 분명했고, 토벌대장이 설쳐대면 자신은 읍민
들에게 인심을 잃지 않아도 되는 것이었다.

"이거 왜 이러쇼. 누구 맘대로 그 새끼들을 퇴치시켰다는 거요.
그놈들이 총질만 안 할 뿐이지 이 캄캄한 어둠 속 어디에 박혔는
지 알 게 뭐요. 그러다가, 바로 당신처럼 방심하는 새에 다시 뒤통
수를 치고 들지 말란 법이 어딨소. 그게 바로 빨갱이새끼들의 곤조
통이오. 그 새끼들 곤조통도 제대로 모르면서 서장 자리를 차고앉
았으니 그 새끼들한테 읍내를 뺏기고 경찰서를 불태워먹은 것이란
말요. 그리고 오늘 같은 기습공격이나 당하고."

"뭣이 어쩌고 어째!"

남인태가 소리치며 토벌대장의 멱살을 잡은 건 순식간의 일이
었다.

"요런 피래미 같은 새끼가!"

토벌대장이 남 서장의 팔을 후려치며 내뱉었다. 그러나 남 서장
의 손은 그대로 토벌대장의 멱살을 틀어쥐고 있었다. 남 서장의 힘
도 만만찮았던 것이다.

"요런 개새끼를 그냥!"

토벌대장이 느닷없이 권총을 뽑아들었다. 처음부터 이러지도 저
러지도 못하고 있던 형사부장 장길춘은 그때서야 정신이 번쩍 드
는 것을 느꼈다. 아무리 상급자의 다툼이라고 하지만 보고만 있을
단계가 아니었다.

"왜들 이러십니까, 진정들 허시씨요. 이래서는 피차 챙피만 사제 이문될 것이 머시다요. 진정들 허시씨요, 진정들 혀."

장길춘이 두 사람을 뜯어말리자 다른 세 사람의 순경도 합세를 했다. 두 사람은 곧 사이를 두고 벌어졌다.

"건방진 자식, 말이면 다 말인 줄 알고 주둥아릴 놀려대, 임마."

남 서장은 등줄기에 식은땀이 쭉 흘러내린 것을 느끼면서도 소리만은 높게 질러댔다. 기왕 내친걸음이었고, 부하들 앞에서 체면 유지도 필요했던 것이다.

"저, 저 병신 같은 새낄 그냥, 빨갱이한테 쫓겨 좆 빠지게 삼십육계 놓은 새끼가 뻔뻔스럽게 서장 자리 차고앉아서…… 저런 새낀 그냥 한 방에 콱 쏴죽이고 말아야 해."

토벌대장은 두 사람에게 붙들린 채 숨을 씨근덕거리고 있었다. 그 숨결에 술냄새가 묻어나고 있었다.

"대장님, 담배나 한 대 태웁스로 진정허시씨요. 미우나 고우나 앞으로 협조허고 힘얼 합쳐야 쓸 입장인디 이래서야 쓰겄는게라. 미운 것이사 빨갱이새끼덜이제 우리찌리야 의 상헐 일이 머 있간디요. 어여 담배 태우씨요."

장길춘은 토벌대장 앞에 굽실거리며 담배를 권했다. 토벌대장 임만수는 마지못한 척 담배를 뽑아들었다. 이만하면 자신의 위력을 과시하고 서장의 기를 꺾기에 충분하다고 계산했던 것이다.

"서장님, 서장님도 담배 한 대 태우시고 오늘 일언 다 잊어뿌리씨요. 다 빨갱이놈덜 땀세 생긴 일잉께요."

장길춘은 그저 모든 잘못을 빨갱이한테 떠넘기며 남 서장에게도 담배를 권했다. 남인태도 못 이기는 척 담배를 뽑았다. 그만하면 부하들 앞에서 자신의 체면을 세웠고 토벌대장에게도 배짱을 내보인 것으로 충분하다고 계산했던 것이다.

"내일부터 당장 철저한 빨갱이 색출에 착수할 테니 남 서장은 일체 간섭하지 마시오."

토벌대장이 단호하게 말했다.

"좋도록 하시오."

남 서장은 공중으로 담배연기를 내뿜으며 비아냥거리는 투로 대꾸했다.

"토벌대는 오늘 밤 철야 비상근무에 들어갈 테니까 본서 경찰도 이에 따라주시오."

"좋도록 하시오."

두 사람 사이에는 잠시 침묵이 흘렀다. 어디선가 따앙— 총소리가 긴 꼬리를 끌었다. 토벌대장이 경찰서로 들어설 때만 해도 산발적으로 이어지던 총성이 이제 거의 울리지 않았다.

"가자, 본대로."

토벌대장이 돌아섰다. 옆에 서 있던 부하가 황급히 뒤를 따랐다.

남 서장은 반나마 탄 담배를 바닥에 내팽개치고 새 담배를 꺼냈다. 형사부장 장길춘은 잽싼 동작으로 성냥을 그어댔다.

"짜석이 생긴 거맹키로 영판 느자구가 없구만이라. 지가 몇 조금이나 갈라고 넘 땅에 와서 저리 설레발얼 칠께라?"

장길춘은 남 서장의 눈치를 살피며 비위를 맞췄다.

"내버려두시오. 우린 굿이나 보며 떡만 먹으면 되니까."

남 서장의 입 언저리에는 비웃음이 서렸다.

"지가 굿이나 제대로 헐란지 몰르겠소."

"두고 봅시다. 이봐, 서 순경, 청년단에 전화 걸어."

남 서장은 형사부장을 상대하는 것이 귀찮아 자리에서 일어섰다. 토벌대장 임만수의 말이 머릿속에 그대로 남아 있었다. 잔당의 정보제공에 의한 기습공격……. 그 판단을 부정할 만한 근거가 없었다. 우연의 일치라고 말하는 것은 너무나 치사스런 변명이 될 뿐이었다. 도대체 그놈들의 잔당은 누구란 말인가. 잔당은 읍내에 얼마나 박혀 있는 것일까. 생각할수록 막연하고 답답한 일이었다. 임무 위에 겹쳐진 감정 때문에라도 잔당의 뿌리를 뽑으려고 가혹하리만큼 수사를 폈던 것이다. 그러나 머릿속에 들어 있는 사상이라는 것은 바람과도 같아서 눈에 보이지도 손에 잡히지도 않았다. 더구나 표가 나게 설쳤던 놈들은 거의가 도망을 가버렸고, 어지간히 냄새를 피운다 싶은 놈들은 가차 없이 처단을 해버렸다. 그런데도 또 잔당이 남아 있단 말인가. 그만큼 본때를 보였으면 정나미가 떨어질 만도 한데 아직도 세포 노릇을 하는 놈들은 도대체 어떻게 생겨먹은 인종들일까. 그놈의 공산주의 사상이라는 것이 아편치고도 지독스런 아편인 것은 분명했다. 한번 빠져들었다 하면 목숨을 내거는 것이다. "야아야, 거 빨갱이 사상이라는 것도 말맹키로만 된담서야 워디 나쁠 것 있겠디야. 땅 골고로 나눠 갖고 다 항꾼에 잘

사는 시상 맹그는 법이라는디 말여." 명색이 경찰서장의 아버지가 한 말이었다. 남인태는 이 대목에 오면 착잡한 심정이 되고는 했다. 경찰서장의 아버지가 그리 귀 솔깃해할 때 다른 가난한 농민들이야 오죽하랴 싶었다. "아녀, 아녀, 니가 경찰서장인디 나가 꿈에라도 고런 소리 입 밖에 내겠냐. 니가 워처케 혀서 서장님 자리럴 딴 것인디. 내 허는 말인즉슨, 많고 많은 가난헌 사람덜이 내놓고 말은 못혀도 다 고런 생각얼 맘속에 묵고 있다는 말을 헐란 것이여. 그렇께 니가 서장 노릇을 혀도 눈치껏 잘허란 것이제." 아버지의 말은 반은 진정이었고, 반은 변명이었다. 아버지는 빈궁에서 완전히 벗어난 여생을 보내고 있으면서도 땅에 대한 애착이나 미련은 버리지 못하고 있었다. 열 살이 못 된 아들을 경찰서 소사로 집어넣고 날이면 날마다 일본말 공부를 하라고 회초리를 들었던 아버지의 뜻은, 아들에게는 당신과 같은 가난으로 찌들린 평생을 살게 하지 않으려는 뜻이었던 것이다.

"서장님, 청년단장 나왔습니다."

남 서장은 어둠이 가득 찬 창가에서 무거운 몸놀림으로 돌아섰다.

"나 서장이오. 그쪽 상황은 어찌 되고 있소?"

"아, 서장님이시구만이라. 상황이고 머고 있간디요. 빨갱이새끼덜이 똥줄 빠지게 삼십육계 혀부렀지요."

수화기 속에서 울리는 염상구의 목소리는 자신만만했다.

"그리 장담할 일이 아니오. 어둠 속에 일시 잠복해 있다가 반격을 가해올지도 모를 일이니까."

말을 뱉어놓고 나서 남 서장은 찔끔해져 주위의 눈치를 살폈다. 그건 자신의 말이 아니라 토벌대장의 말이었던 것이다.

"금메 말이요, 쪼깐 있어봅씨다……."

염상구는 민감하게 반응했다.

"그래 허는 말인데, 오늘 밤 청년단도 철야근무를 하도록 하시오."

"알겄구만이라. 철야근무허는 것이사 밥 묵디끼 허는 일잉께 하나또 에로울 것 없는 일인디, 그놈덜이 워디 잠복해 있다가 또 지랄발광헐란지도 모른다는 것은 너무 겁묵은 소리 아닐랑가요?"

"이거 보시오, 청년단장! 말조심해, 말조심!"

남 서장은 사무실이 울리도록 갑자기 소리를 질렀다. 그 서슬에 세 부하들이 의자에서 벌떡벌떡 일어섰다. 남 서장은 토벌대장과 다투고 난 다음의 꺼림칙하고 찜찜하고 석연찮은 감정의 찌꺼기들을 '겁먹은 소리'라는 말에 걸어 폭발시키고 있었다.

"서장님, 고정허시씨요. 지가 주딩이 잘못 놀렸구만이라. 지 말언 고런 뜻이 아니고라, 긍께, 머시라 혀야 쓸란가, 고것이 금메……."

염상구의 당황한 목소리로 보아 전화기에다 대고 꾸벅꾸벅 절이라도 하고 있는 것 같은 느낌이었다. 남 서장은 다소 기분이 풀렸다.

"잘못을 알았으면 됐소. 그런데, 토벌대장한테서는 무슨 연락이 있었소?"

"아니구만요, 암 연락도 읎었는디요."

"알았소. 혹시 연락이 갈지도 모르니 염 단장은 책임질 수 없는 말은 일절 하지 마시오."

남 서장은 일부러 '염 단장'이라고 불렀다.

"하먼이라. 그 사람이사 우리 사람이 아닌게요."

염상구는 눈치 빠르게 반응해 왔다.

"됐소. 나도 철야근무를 할 테니 긴급사태가 발생하면 신속하게 연락하시오."

"알겄구만이라. 날도 써늘헌디 서장님 고상되시겄는디요."

"내일 아침 일찍 나한테 오시오."

남 서장은 일방적으로 전화를 끊었다.

"여기 물 한 잔 가져와."

남 서장은 의자에 몸을 부리며 짜증스럽게 말했다. 정종 서너 잔을 하다 만 술기운이 아직 떨떠름하게 남아 있었다. 짜식, 지놈이 무슨 애국자라고 설쳐, 설치긴. 전라도 색시 품고 하룻밤 늘어지게 재미 보려다가 빨갱이 등쌀에 판이 깨지고 말았으니 엉뚱한 데다 분풀이하는 거지. 지놈이나 내나 순경질 해먹는 처지에 내놓을 게 뭐가 있다고. 남 서장은 물컵을 들며 자조적인 웃음을 입가에 물었다. 남원장에서 제일 예쁘고 소리 잘한다는 경월이년을 끌어안고 희롱거리던 토벌대장 임만수의 얼굴이 떠올랐다. 유난히 좁은 이마에 곱슬거리는 머리칼은 또 별나게 검었다. 콧잔등이 심하게 꺼져 있어서 콧구멍 부위가 흉할 만큼 커 보였고, 움푹 들어간 눈의 흰자위에는 핏기가 서려 있었다. 천기가 흐르는 생김인 데다가 어딘지 모르게 잔인스러운 냄새를 풍겼다. 어제 그를 첫 대면하면서, 네놈도 못된 짓깨나 했겠구나, 하는 것이 남 서장의 느낌이었다.

"거 보아하니 예사 사람이 아니겠소."

소대병력인 그들의 여장을 남도여관에 풀게 하고 사무실로 돌아서는 길에 읍장이 한 말이었다.

"글쎄요……."

남 서장은 대꾸를 어물거릴 수밖에 없었다. 읍장의 염려스러워하는 말에 동의를 표하자니 자신의 꼴이 말이 아니었고, 그렇다고 부정을 하자니 어설픈 객기만 내보여 자신의 꼴이 더욱 한심스럽게 될 것 같았던 것이다.

"그저 편안해야 할 텐데……."

읍장이 혼잣말처럼 하고는 쩝쩝 입맛을 다셨다. 남 서장은 땅만 내려다보며 걸음을 옮겼다. 읍장의 마음이나 자신의 심정이나 똑같았다. 더 이상 불상사가 없이 이 상태에서 정상으로 돌아가기를 바랐다. 지금 읍내의 사정은 최고로 악화되어 있었다. 계엄령하에서 통행제한에 따른 여러 가지 생활의 불편은 말할 것도 없었고, 그보다도 더욱 염려스러운 것은 흉흉해진 인심이었다. 좌익 검거로 야기된 처형으로 초상이 나지 않은 마을이 없었고, 그에 따라 민심은 금이 갈 대로 가 있었다. 대다수 민심이 등을 돌린 관(官)의 존재처럼 유명무실한 것이 또 있는가. 읍장도 그 점에 신경을 써오지 않았을 리가 없었고, 토벌대의 주둔으로 새로운 사태가 벌어져 민심이 더욱 흉흉해질지도 모른다는 점을 염려하는 것이었다. 그런데 그 염려는 몇 시간이 지나지 않아 현실로 나타났다.

"당장 내일부터 대대적인 빨갱이 소탕작전을 전개하겠소. 그건 두 가지가 있소. 첫째는 양성적 빨갱이를 때려잡는 일이고, 둘째는 음성적 빨갱이를 색출하는 것이오. 우리가 먼저 할 일은 이미 도주한 양성적 빨갱이들을 잡는 것이 아니라, 두더지처럼 숨어 있는 음성적 빨갱이들을 색출하는 일이오. 바로 발밑에 숨어 있는 그 세포들의 뿌리를 완전히 도려내지 않고는 양성적 빨갱이들을 소탕할 수가 없는 것이오. 그 음성적 빨갱이들이 바로 양성적 빨갱이들의 손발인 것이오. 먼저 그 손발을 끊어버리면 양성적 빨갱이들을 소탕하는 것은 누워서 떡먹기요. 자아, 빨리 빨갱이들 명단을 넘기시오.”

토벌대장은 하룻밤도 쉴 여유가 없이 답치기 하고 들었다.

“그렇지요. 임 대장의 말씀이 맞습니다. 빨갱이 조직이라는 것이 원래 그런 것 아닙니까. 도착하자마자 그리 열의를 보여주시니 우리는 그저 마음 든든할 뿐입니다.”

읍장이 억지웃음을 지어가며 달차근한 말을 늘어놓았다. 그러면서도 읍장은 남 서장에게 눈짓을 하고 있었다.

“그럼은요, 더 말해 뭘 하겠습니까. 임 대장의 계획이 백번 옳습니다. 현지경찰로서도 적극 지원을 해야지요. 그런데 한 가지 제안이 있습니다. 작전을 성공시키자면 현지사정도 어느 정도 파악해야 할 것이고, 먼 길을 온 대원들의 사기도 진작시킬 필요도 있고 하니 이삼일 여유를 갖는 것이 어떨까 합니다.”

남 서장은 읍장과 계획해 둔 쪽으로 이야기의 방향을 틀었다.

“그렇군요, 남 서장님의 의견도 좋습니다. 쇠뿔을 단김에 빼는 것도 좋지만 너무 서두르다 보면 설뺄 수도 있는 일이지요. 더구나 휴식이 없는 작전을 강행하다 보면 부하들의 불평불만을 살 염려도 없지가 않지요. 여기 앉은 세 사람이 모두 부하를 거느리는 입장이라서 우리끼리 하는 얘기지만, 저 아랫것들 심보라는 것이 어디 꼭 윗사람의 뜻대로 따라주던가요. 면전에서나 그러는 척할 뿐이지 돌아서면 불평불만 하는 것이 아랫것들 아닙니까. 더구나 임 대장이 하는 일이란 생명의 위협이 따르는 것 아닌가요. 그럴수록 단합이 잘돼야 하는 법인데, 자칫 소홀하게 했다가 무슨 문제가 생길 수도 있는 일 아니겠소. 그러니 남 서장님 의견을 참작하는 것도 나쁘지 않을 것 같은데요."

읍장은 노회한 눈빛을 빛냈다.

"글쎄요, 나도 그 점은 항상 신경 쓰고 있습니다."

토벌대장 임만수는 엉덩이를 들썩 들었다 놓으며 자리를 고쳐 앉았다. 그의 천기 흐르는 얼굴에 가득 찼던 단호함은 어느새 망설임으로 바뀌어 있었다. 읍장과 남 서장은 의미 있는 눈길을 주고받았다.

"이삼일 여유를 갖는 건 일거양득입니다. 작전을 치밀하게 짤 수가 있을 뿐만 아니라, 충분한 휴식으로 대원들 사기를 진작시켜 작전에 임하게 하는 거지요. 그럼 작전효과야 보나마나지요."

남 서장은 마무리를 짓듯 말했다.

"허나, 빨갱이 잔당들이 들끓고 있는 판국에 이삼일은 너무 길어요. 그놈들 세력만 뻗어나가게 해줄 뿐이오."

토벌대장은 좁은 이마에 주름을 잡았다. 좁은 이마가 더욱 좁아서 곱슬머리칼과 눈썹이 거의 맞붙을 지경이 되었다. 그 못생긴 얼굴에는 처음의 단호함이 다시 자리를 잡고 있었다. 남 서장은 이번 기회를 놓쳐서는 안 된다고 생각했다.

"임 대장, 그 점은 그리 염려할 거 없소. 내 비록 일시적으로 읍내 치안을 뺏기긴 했소만, 다시 수복을 하고 나서 여태까지 빈손 흔들며 논 줄 아쇼? 나도 명색이 경찰서장이고, 서장 자리 노름판에서 개평으로 줍지 않은 바에야 내 할 일은 다 했소. 내 입으로 내가 한 일을 말할 필요는 없고, 내가 빨갱이 잔당을 어떻게 쓸었는지 읍장님한테 여쭤보시오."

남 서장은 강경한 어조로 말했다. 읍내 치안을 빼앗긴 사실을 스스로의 입에 올리기는 처음이었다. 그만큼 잔당 색출작업에는 자신이 있었다.

"맞는 말이오. 남 서장님은 그 일을 가차 없이 해냈지요. 인정사정없이 철저하게 잔당의 뿌리를 뽑았어요."

읍장은 토벌대장의 얼굴을 똑바로 쳐다보며 말했다.

"잔당의 뿌리를 뽑았다구요? 그럼, 여기에는 잔당이 하나도 없다는 뜻인데, 읍장님이 자신할 수 있습니까?"

토벌대장은 상체까지 읍장 쪽으로 굽히며 격한 어조로 물었다. 그 태도가 아주 도전적이었다.

"그 점에 대해선 남 서장께서 대답하시는 게 어떻겠소."

읍장은 능란하게 대답을 떠넘겼다. 토벌대장의 눈길이 재빠르게 남 서장에게로 옮겨졌다.

"그렇소. 도주한 빨갱이들이 다시 세포를 만들지 않는 한 잔당의 뿌리는 완전히 뽑힌 것으로 봐도 좋을 것이오."

남 서장은 토벌대장의 눈을 맞쏘아보며 자신만만하게 말했다.

"그 말 믿어도 좋소?"

토벌대장이 푹 꺼진 콧잔등을 찡그리며 물었다. 그 표정이며 어조에 조롱기가 역연했다. 남 서장은 왈칵 울화가 치솟았다.

"못 믿겠으면 안 믿어도 좋소."

남 서장은 얼굴에 열이 퍼지는 걸 느끼며 담배를 뽑아들었다.

"아, 기분 나빠하실 건 없습니다. 내가 할 일에 포함된 것이라서 확실하게 확인하고 싶어서 그런 거니까요. 내가 할 일을 서장님이 대신 완료하셨다면 내가 감사를 드려야지요. 내 짐이 반으로 줄어든 셈이니, 그럼 이삼일 푹 쉬면서 작전을 의논하도록 하지요. 나도 사람인데 편한 것 마다할 리 있습니까."

토벌대장은 금방 태도를 누그러뜨리며 허허거리고 웃었다.

"임 대장의 투철한 책임감을 왜 모르겠소. 허나, 그 문제에 관한 한 남 서장께서도 철저를 기했으니 안심해도 좋을 것이오. 앞으로 두 분이 상호 협조해 나가면 우리 읍은 금방 안정을 되찾게 될 겁니다."

읍장이 적절하게 중간위치에 들어서고 있었다.

이렇게 해서 토벌대장의 성급한 행동에 제동을 걸었고, 두 사람의 계획대로 토벌대장을 끌고 가기 위해서 오늘 밤 남원장에서 첫 술판을 벌인 것이었다.

정종이 서너 순배 돌면서부터 술자리는 흐물흐물 풀려가기 시작했다. 전투복을 벗고 사복을 입긴 했지만 토벌대장 임만수는 술상을 받으며 딱딱한 태도였다. 모두 처음 대하는 타향의 얼굴인 데다가 그가 맡고 있는 임무를 생각하면 그럴 만도 했다. 그러나 술이라는 것은 역시 쓸 만한 음식이었다. 술잔이 돌아가며 미리 귀띔을 받은 경월이가 눈웃음도 간질간질, 목소리도 야들야들 반죽을 해대는 바람에 임만수도 허물어졌다. 그는 주변의 눈치를 슬슬 보아가며 경월이의 치마 속으로 손을 디밀기 시작했다. 서장한테 지시를 받고 경월이에게 단단히 귀띔을 했던 염상구는 먼발치에 앉아 임만수의 일거일동을 도둑질해 보면서 코웃음을 치고 있었다. 지놈도 연장 단 수컷인디 벨수 있간디. 워디, 오늘 밤에 경월이년 구녕에 한 번만 빠져봐라. 니놈도 기 세우고 날치지 못헐 것잉께. 염상구는 이런 생각을 하며 힐끗힐끗 경월이를 훔쳐보았다. 눈이 마주칠 때마다 경월이는 눈살을 찌푸리며 싫다는 의사를 표해왔다. 염상구는 그때마다 냉혹하게 눈총을 쏘았다. 저런 넋 빠진 년, 술집 기집이 싫고 좋고가 워딨어. 돈이고 권력이 시키는 대로 엎어지고 뒤집어지고 허는 것이 술집 기집이제. 염상구의 매몰찬 생각이었다. 한때 경월이에게 파묻힌 적도 있었지만 이미 신물이 난 탓인지도 몰랐다. 염상구가 대문을 막 들어서고 있는 임만수를 가리켰을 때, "워메 엄니, 무신 남자가 저리 못났다요?" 경월이는 질겁을 했다. "염병허네. 누가 니보고 서방 삼으라고 혔간디 그리 놀래냐?" 염상구는 면박을 주었다. "서방이야 안 삼드라도 참말로 심난시럽소." "지랄허고 자빠졌네. 나는 머 잘나서 나허고는 그 짓거리

혔드라냐?" "음마, 음마, 염 단장님이야 저 사람헌테 대헌께 이 도령이요, 이 도령." "염병허고, 똑 이 도령 본 거맨치로 주딩이 놀리네." "하먼이라, 이 도령이야 소리헐 때마동 만나제라." "잡소리 말고 꽉꽉 삶아뿌러!" 경월이의 싫은 눈짓을 차갑게 외면하면서도 염상구는 경월이와 나눴던 말을 떠올리지 않을 수 없었다.

"경월이, 임 대장님헌테 소리 한 자락 들려디레라."

염상구는 경월이를 잠시나마 임만수의 손아귀에서 벗어나게 해주는 셈치고 이렇게 말했다. 좌중이 박수를 쳤고, 경월이는 기다렸다는 듯 발딱 일어섰다.

〈춘향가〉 중에서 춘향이가 곤장을 맞는 대목이 불려졌다. 경월이는 인물을 더욱 탐나게 하는 목청을 돋우어 구성지고도 애달프게 가락을 뽑아넘기고 있었고, 좌중은 조오코 조오타 장단을 맞춰가며 흥을 돋우고 있었다. 그런데 별안간 땅! 총성이 울렸다.

"빨갱이다! 기습이다!"

제일 먼저 소리치며 일어선 것은 토벌대장 임만수였다. 그의 손에는 어느새 권총이 들려 있었다. 그는 사복을 입고 나오면서도 권총을 휴대하고 있었던 것이다. 사람들은 갑작스런 총성에 놀랐고, 임만수의 기민한 동작에 놀랐고, 그가 발사자세로 권총을 들고 있어 놀랐다.

남인태는 허겁지겁 경찰서로 달렸다. 경찰서에 도착해 보니 비상근무조는 이미 출동한 후였다. 무질서한 총성을 들으며 남인태는 어이가 없었고, 기가 막혔고, 한심스러웠다. 바로 어제 잔당을 소탕

했다고 큰소리를 쳤는데 술자리를 벌이고 앉았다가 빨갱이들의 기습을 받게 되다니……. 그 참담함이란 이루 형용할 수가 없었다. 직감적으로 그의 뇌리를 치고 지나간 것은, 이놈들이 모든 걸 알고 있구나, 하는 생각이었다. 그리고 뒤따라 떠오른 것이 임만수의 얼굴이었다. 그리도 무작스럽게 쓴다고 쓸었는데도 그 어느 구석에 잔당이 남아 있었단 말인가. 임만수의 토벌대를 읍 중심에 두지 않고 들몰 너머로 몰아내 그가 말했던 '양성적 빨갱이들'과 대치시키려던 계획도 산산조각이 나고 말았다. "이거 낭패요, 큰일났소." 한 사코 벽 쪽으로 붙어앉으며 부들부들 떨던 읍장의 목소리가 귓속을 맴돌았다.

남인태는 벽에 은신한 채 가열되는 총소리에 신경을 곤두세우며 어둠이 가득 찬 창밖을 응시하고 있었다. 권총을 틀어쥔 그의 손이 잘게 떨리고 있었다. 총소리만으로는 방향을 가늠할 수도 없었고 적의 수는 더구나 어림할 수도 없었다. 이것들이 또 지난번처럼 대대적으로 쳐들어오는 것은 아닐까. 설마 그렇지는 못할 것이다. 그놈들은 산발적으로 패주하기가 바쁘고, 계엄령이 실시되면서 이쪽의 병력은 얼마나 강해졌는가. 그런데, 저놈들은 도대체 누굴까. 염상진일 것은 거의 확실한데, 무엇 때문에 기습을 감행했을까. 정보에 따라 토벌대를 미리 치려는 것이었을까. 남인태는 고개를 저었다. 염상진은 그렇게 단순하지도 어리석지도 않았다. 읍내의 병력은 토벌대만이 아니었다. 경찰도 청년단도 전과는 비교가 안 되게 강한 화력으로 무장되어 있었다. 그 사실을 염상진이 모를 리가 없었다. 그렇다면 그들의 기습 목적은 무엇일까. 긴장과 불안 속에서 아무리 생각해 보아도 답이 나오지를 않았다. 엉겁결에 남원장에서 경찰서까지는 왔지만 적과 아군의 위치를 전혀 파악할 수 없는 상황에서 밖으로 나갈 수는 없는 일이었다. 총알이 난무하는 어둠 속을 헤매다가는 자칫 개죽음당할지도 모를 일이었다. 총성이 차츰 뜸해지기 시작했다. 남인태는 그때서야 권총을 쥐고 있던 손아귀의 힘을 약간 풀었다. 긴장감이 다소 풀리면서 임만수의 생각이 떠올랐다. 그는 어디서 무엇을 하고 있을지 궁금했다. 함께 남원장을 뛰쳐나오긴 했는데 이내 헤어지고 말았다. 그를 생각하자 또 가슴이 답답해왔다. 나잇값을 하느라고 용기는 있더라마는 네놈은 아직 풋내기야. 결국 누가 이기나 어디 한번 해보자. 남인태는 지그시 어금니를 물었다.

두 부하를 데리고 돌아온 형사부장에게 상황설명을 대충 듣고 났는데, 그동안 전투복으로 갈아입은 임만수가 들이닥쳤던 것이다.

"건방진 놈, 어디 한번 잘해봐라."

남인태는 혼자 중얼거리고는 담배를 꺼냈다. 그러면서 또 이놈의 골치 아픈 땅을 어서 떠나야 한다는 생각을 곱씹었다. 미해결로 남아 있는 김범우의 문제를 생각했다. 김사용 영감을 최익승 앞에 무릎 꿇게만 만든다면……. 남인태는 그 묘책이 생각나지 않는 게 안타까웠다. 그 일만 해결을 잘하면 더 큰 도시, 더 안전한 땅으로 갈 수 있는 발판을 만드는 것이었다. 읍단위에서 만족할 수가 없었다. 당장 시는 아니더라도 최소한 군단위의 자리는 차지하고 앉아야 했다.

남인태의 고향은 담양 옆에 있는 장성이었다. 그는 아홉 살 때부터 주재소의 소사 노릇을 시작했다. 그의 아버지는 반농사꾼에 반노동자였다. 그래서 집안 형편은 소작인보다 더 쪼들렸다. 그 대신 그의 아버지는 땅밖에 모르는 농사꾼에 비해 세상 보는 눈치는 빨랐다. 읍내 중심가에서 품을 팔며 귀동냥 눈동냥 한 것들이 밑천이었다. "주격 든 년이 한술 더 뜨고, 정재 파고드는 쥐가 더 기름기 도는 법잉게, 앞으로 시상에 그래도 배 안 곯고 살자면 일본사람헌테 붙어야 써. 시상이 일본 시상인디 뒷전에서 일본놈, 일본놈 욕험시로 정작 딱 맞닥뜨리면 꼼지락도 못 허는 고런 인종덜언 빙신 중에 상빙신이여." 그의 아버지의 지론이었고, 그에 따라 그는 보수 없는 소사 노릇을 해야 했다. 그를 하루빨리 일본사람으로 만들고자 하는 아버지의 욕구는 거의 광적이었다. 일본말·일본글을 제대로 익힐 때까지 그는 거의 매일이다시피 회초리질을 당해야 했다. 그러나 그의 아버지의 그런 광적인 욕구는 결코 헛되지 않았다. 그는 갈수록 일본 순사들의 사랑과 신임을 받았고, 독학으로 계속 검정고시를 치러 학력을 쌓아갔다. 그는 결국 아버지가 열망한 대로 일본 순사제복을 입을 수 있게 되었다. 아홉 살 때부터 주재소의 공기를 마시고 산 그는 그 누구보다도 철저하고 뛰어난 일본 순사였다. 권력의 맛을 만끽하고, 권력이 당연히 배당하는 부의 맛까지 즐기다가 별안간 해방을 맞게 되었다. 그는 하늘이 무너진 것 같은 절망감과, 공로가 죄로 뒤바뀌는 공포감에 안절부절을 못했다. 몰매를 맞아 죽을 위기를 서너 차례 모면하며 한 달을 조금 넘게 전전긍긍하다 보니 뜻밖에도 광명이 찾아들었다. 과거 경력자를 주축으로 해서 경찰조직이 재구성된 것이었다. 그에게 해방이 갑작스럽게 몰아닥친 캄캄한 밤이었다면 그 조직이야말로 또 갑작스럽게 열린 눈부신 광명일 수밖에 없었다. 세상의 돌변에 그는 잠시 어리둥절했고, 그리고 이내 당당해졌다. 경찰제복이 그의 과거를 말끔히 가려주었고, 서장이라는 계급이 그의 권력을 떠받들고 있었다. 세상만사 요지경 속이고 인생만사 다 그렇고 그런 것이라는 말을 그는 고개 크게 끄덕이며 수긍하는 맛을 즐겼다. 이제부터 한판 멋지게 살아보는 거다, 하고 아랫배에 힘을 넣은 지 고작 3년 남짓인데, 그 빌어먹을 놈의 빨갱이들 등쌀에 미칠 지경이었다. 자칫 잘못하다가는 또 해방 같은 캄캄한 밤이 몰아닥칠지도 모른다는 위기감을 그는 떨치지 못하고 있었다. "빨갱이 사상으로 말하자면 이북은 복숭아고 이남은 수박이요. 이남 중에서도 여기 전라도하고 경상도는 아주 특제 수박이요." 이북에서 월남해 순천경찰서에 간부로 있는 어느 경찰이 한 말이었다. 공산주의를 내세우고 있는 이북은 겉이 붉고 속은 흰데, 민주주의를 내세우고 있는 이남은 겉은 푸르고 속은 붉다는 뜻이었다. 남인태는 그 말을 듣고 무릎을 쳤던 것이다. 재수 없게 왜 하필이면 전라도하고 경상도에 빨갱이들이 들끓을까. 아무리 생각해도 그로서는 알 수 없는 일이었다.

남인태는 또 물을 따라 마셨다.

부용산 자락을 밟아 읍내로 침투한 안창민네가 적의 공격을 받은 것은 거의 집에 접근해서였다. 진로를 바꾸기 위해 한 사람씩 길을 건너고 있었다.

"누구냐, 정지!"

어둠 속에서 터져나온 소리였다.

"엎드려!"

하대치의 황급한 음성이었다. 미처 방어태세를 갖추기도 전에 적은 사격을 가해왔다. 하대치의 목소리가 울린 탓인지도 몰랐다.

"발사, 발사!"

안창민은 먼저 방아쇠를 당기며 명령했다. 적극적인 공격이 최선의 방어책이라는 순간적인 판단에 따랐던 것이다. 갑자기 총성이 요란해졌다.

"워쩨야 쓸께라?"

하대치가 옆으로 붙어서며 숨을 몰아쉬었다.

"우선 공격하고, 후퇴요."

"워디로 빠질께라?"

"부용산밖에 더 있소?"

"알겄구만이라."

"계속 갈기면서 빠져야 하오."

적은 순찰병으로 인원이 많아야 두세 명이리라 싶었다. 이쪽에서 일제사격을 가해 적을 일단 저지시킨 다음 후퇴할 시간을 벌어야 했다. 그 계산은 제대로 들어맞았다. 일제사격을 가하자 적은 응사를 해오지 않았다.

"하 동무, 후퇴, 빨리 후퇴."

안창민은 메마른 소리로 낮고 성급하게 외쳤다.

"안 동무, 앞장스씨요. 나가 뒤럴 맡을 팅께."

"하 동무가 길을 잘 알잖소. 내가 뒤에 서겠소."

"뒤따라오기가 훨썩 심드는디요."

"시간 없소. 내 염려는 마시오."

안창민은 하대치의 등을 떼밀었다.

부용산을 향해 후퇴가 시작되었다. 그러나 얼마 가지 않아 총성이 뒤따랐다. 총성은 뒤에서만 따라오는 것이 아니었다. 좌측에서도 울리고 있었다.

"워쩔께라?"

하대치가 뛰기를 멈추며 물었다.

"부용산은 얼마나 남았소?"

"쪼깐 더 가야제라."

"일단 위험지역에서는 벗어났으니 더 총을 쏴서는 안 되오. 우리 위치만 노출시키는 거니까. 우측이 빈 것 같은데, 하 동무, 우측에도 길이 있소?"

"알겠구만요. 길이 읎으면 맹글어 가야제라."

다시 뛰기 시작했다. 그런데 얼마를 뛰지 않아 안창민은 다리가 휘청 꺾이는 충격을 받으며 곤두박히고 말았다. 무슨 소리를 지르긴 했는데 그것이 무슨 소리였는지 알 수가 없었다.

"워째 그러시요, 워째?"

하대치가 숨을 헐떡거리며 물었다.

"나도 잘 모르겠소. 몸이 붕 뜨는 것 같으면서 넘어졌소."

안창민은 그때까지도 자신이 총을 맞았으리라고는 생각도 하지 않았다.

"정신 채리고 얼렁 일어나봇씨요."

하대치의 말을 따라 일어섰다. 그러나 몸이 왼쪽으로 기우뚱하며 쓰러지고 말았다. 동시에 왼쪽 다리가 떨어져나가는 것 같은 형용할 수 없는 통증이 전신을 휩쌌다.

"당혔구만이라. 워디요, 워디?"

"왼쪽 다리가……."

안창민은 통증을 견뎌내느라고 말도 제대로 할 수가 없었다. 총소리는 한결 가까워져 있었다.

"왼쪽 다리 워디요? 니기럴, 불얼 킬 수도 읎고."

"모, 모르겄소."

안창민은 정말 왼쪽 다리 어느 부분이 아픈지 구별할 수가 없었다. 다리 전체 아니, 몸 왼쪽 부분이 전부 찢기는 것 같은 통증으로 들뜨고 있었다.

"아프드락도 쪼께 참으씨요. 총 맞은 자리가 워딘지 찾어야 헌께."

총소리가 점점 더 가까워지면서 손전등 불빛이 번쩍번쩍 어둠을 갈랐다.

"여그요, 오금 쪼깐 위요. 피가 한 방울이라도 덜 나오게 허벅다리럴 묶어야제라."

하대치는 옷을 벗어 거침없이 북북 찢어댔다.

"아파도 이빨 옹등물고 참어야 쓰요. 피 쏟는 것보담이야 나슨께."

안창민은 이빨을 맞물며 고개를 끄덕였다. 의식하기 시작한 통증은 대답 한마디 하는 것도 용납하지 않았다. 하대치는 허벅지를 동여맸다. 새로운 통증이 폭발해서 안창민은 고래고래 소리를 지를 것만 같았다. 부득부득 이빨을 갈다가 끝내는 하대치의 목을 끌어안고 푸들푸들 떨었다.

"참으씨요, 쪼매만 참으씨요."

하대치는 열심히 손을 놀리며 안타깝게 말했다. 안창민의 질끈 감은 눈앞에는 무수한 불똥이 엇갈리고 있었고, 목구멍으로는 뜨거운 열이 확확 솟구쳐올랐다.

"되았소. 싸게 업히씨요."

하대치가 등을 디밀었다.

"어쩔 셈이요?"

안창민은 하대치의 등을 떼밀었다.

"워쩌기는 워째라, 싸게 여그서 떠야제라."

"아니오, 날 여기 두고 떠나시오."

"고것이 무신 소리다요?"

하대치가 홱 돌아앉았다. 크지 못한 목소리에 역정이 묻어 있었다.

"하 동무, 나 너무 아파서 길게 말할 수가 없소. 내 말 똑똑히 들어요. 날 업고 가다가는 다 잡혀죽게 될 것이오. 잡히지 않는다고 해도 언제 본부까지 가겠소. 또 본부까지 무사히 간다고 해도 그

산속에서 총 맞은 다리를 어쩔 것이오. 병원이 가까워도 여기가 가깝잖소. 날 두고 어서 떠나시오."

"그렇구만이라. 허먼, 나허고 항꾼에 행동헙씨다."

"저 네 사람은 어쩌구요?"

"즈그덜 발로 오금재를 찾아가야제라."

"하 동무, 우리 이러고 있을 시간이 없지 않소. 나 하나 살리려다가 네 동무를 죽이려는 거요? 어서 떠나시오."

"참말로 사람 환장혈 소리만 허시요이. 총 맞은 사람 혼자 달랑 내뿔고 성헌 놈 다섯이 내빼는 법도 있답디여? 고것이 혁명동지의 의리라고 대장님이 갤칩디여?"

안창민은 통증으로 이빨을 갈면서도 웃음이 빚어졌다. 말이 많으면 빨갱이라고 하는 말처럼 하대치의 공박은 아주 그럴듯한 역설이었던 것이다.

"알아요, 하 동무 맘 알아요. 날 두고 가면 대장님도 잘했다고 하실 것이오. 저것 보시오. 불빛이 이쪽으로 방향을 틀었잖소. 빨리 여길 떠나시오."

"참말로 나 미쳐불겠소. 나허고 항꾼에 갑시다."

"같은 말 두 번씩 하기 싫소."

"금메, 무신 일 나면 워쩔라고 그러요?"

"난 죽지 않아요."

"워메, 멀 믿소?"

"난 빨갱이요."

"무신 말이다요?"

"빨갱이는 이 정도로 죽지 않소."

"기맥힌 말씸이요."

"어서 떠나시오."

"염병허고, 워째 해필허고 안 동무 다리를 맞혔을께라. 나 다리나 맞히제."

하대치의 음성이 변해 있었다.

"어서 떠나시오. 불빛이 얼마 안 남았소."

"워처케 연락을 혀야 될께라?"

"그런 걱정 마시오. 내 꼭 살아서 본부로 돌아갈 테니. 하 동무, 어서 떠나요."

"알겄구만이라."

하대치는 네 부하를 이끌고 이내 어둠 속으로 자취를 감추었다. 안창민은 은폐물을 찾아 땅바닥을 기기 시작했다. 난사하는 총성과 어둠을 헤집는 불빛이 차츰 가까워지고 있었다. 안창민이 막 짚더미 속으로 파고들려고 하는데 갑자기 총성이 심해졌다. 그는 이상한 예감이 들어 상체를 일으켰다. 불빛이 어지럽게 어둠을 휘젓고 있었고, 사람들의 외침이 멀게 들렸다. 어둠 속을 방황하던 불빛이 한 지점에 고정되었다. 총성은 그쪽에서 울려오고 있었다. 이쪽으로 이동해 오던 불빛이 방향을 바꿔 그쪽으로 급히 움직이기 시작했다. 예감대로 하대치가 유인작전을 벌이고 있는 것이 분명했다.

"하 동무……."

안창민은 신음처럼 중얼거렸다. 그의 눈에는 방향을 바꾼 불빛이 너무나 빨리 움직이고 있었다.

하대치가 위험을 무릅쓰며 만들어준 기회를 최대한 이용해야 했다. 안창민은 몸을 일으켰다. 그러나 아까와 마찬가지로 몸이 왼쪽으로 기울어지며 한 발짝도 떼어놓을 수가 없었다. 지팡이를 구해야 했다. 안창민은 지팡이가 될 만한 작대기를 구하려고 땅바닥을 더듬거리며 기었다. 한참을 기다가 지게를 찾아냈다. 지게를 받쳐놓은 지겟작대기는 지팡이로 안성맞춤이었다.

안창민은 지겟작대기에 의지해서 몸을 일으켰다. 그리고 걸음을 떼어놓았다. 입이 딱 벌어지는 새로운 통증이 솟구쳤다. 이래가지고 어디로 피신을 할 것인가 하는 암담한 생각이 엄습했다. 그러나 기필코 이 자리를 떠야 하는 것이 현실이었다. '빨갱이는 이 정도로 죽지 않소.' 자신이 했던 말이 자신을 비웃는 것을 느꼈다. 그렇지만 총상 때문에 죽음을 실감하지는 않았다. 그가 두려워하는 것은 적에게 체포되는 것이었다. 체포, 그것은 여실하게 죽음을 실감시켰다. 자신의 동료들이 '체포된 자'들에게 가차 없이 죽임을 시행하는 것을 경험한 탓이었다. 그의 의식 속에서 체포는 곧 죽음이었다. 만약 총상이 죽음을 가져올 수 있다면 그건 2차적인 죽음이었다.

안창민은 1차의 죽음을 피하기 위해 2차의 죽음과 연결되어 있을지 모를 총상의 고통쯤 이겨내지 않을 수 없었다. 그는 걷기 시작했다. 이빨을 부득부득 갈면서 죽음의 그물을 벗어나기 위해 몸부림치기 시작했다.

어디로 갈 것인가. 머리에 떠오르는 곳은 세 군데였다. 첫 번째가 집이었고, 두 번째가 병원이었고, 세 번째가 이지숙네였다. 거리는 집이 제일 가까웠고, 다음이 이지숙네였고, 병원이 가장 멀었다.

집은 가깝기도 했지만 앓고 있는 어머니가 계신 곳이었다. 이성적 사고를 마비시킬 만큼 강한 유혹을 하고 있었다. 그러나 그곳은 헤어날 수 없는 죽음의 함정일 수가 있었다. 경찰은 곧바로 입산 피신자의 집을 덮칠지도 모를 일이었다. 그럴 가능성은 십중팔구였다. 만약 그런 위험이 전혀 없다 하더라도 부상 치료를 위해 집은 적합한 피신처가 못 되었다. 집에는 의약품이라고는 아무것도 없었다. 굳이 찾아낸다면 쓰다가 남긴 고약이 딱딱하게 굳어 기름 종이에 싸여 있을지 모른다. 총상의 출혈을 막지 못하고 밤을 새우게 되면 새벽은 시체가 되어 맞게 될지도 모른다. 요행히 목숨이 붙어 내일을 맞는다고 해도 치료를 하는 데 위험이 따르게 되어 있었다. 하나밖에 없는 병원의 의사가 드나들면서 경찰의 눈을 피하기는 어려운 일이었다. 총상은 하루이틀로 치료되는 종기가 아니었다. 결국 집은 부적합하다는 판정이 내려졌다.

두 번째로, 병원을 찾아가는 것이었다. 우선 아무런 연고가 없으므로 피신처로서는 제격이었다. 그리고 총상을 치료하기도 더할 수 없이 좋을 터였다. 그러나 빨갱이 환자를 받아줄 것이냐가 문제였다. 의사가 '빨갱이'만을 확대해서 보면 외면을 할 것이고, '환자'만을 확대해서 본다면 받아줄 것이었다. 히포크라테스의 선서에 입각해서 의사는 그 어떤 환자나 차별을 두지 않고 치료하도록 되어 있었다.

그러나 그 양심선언에서 언급한 '그 어떤 환자'라는 것은 병의 종류를 말하는 것이었지 의식이나 사상까지 포함하는 것은 아니었다. 의사도 현실적 상황의 지배를 받는 인간인 바에야 환자가 자신의 신변을 위태롭게 하는 사상을 가졌을 때 얼마든지 치료를 거부할 수 있는 일이었고, 그건 의사이기 이전에 인간으로서 당연한 권리행사에 속하는 문제였다. 그러나 전명환 원장은 상식적인 의사가 아니었다. 그는 분명 '환자'만을 확대해서 보아주리라는 신뢰가 있었다. 그는 '빨갱이'로 피신처를 요구하면 그 누구보다도 냉정하게 거절할지 모른다. 그러나 빨갱이도 환자가 되어 나타나면 필연코 '빨갱이'로는 보지 않으리라는 믿음이 있었다. 병원까지 너무 먼 것이 문제였지만 피신과 치료가 동시에 해결되는데 그것쯤은 가벼운 마음으로 극복해야 할 장애에 지나지 않았다. 그리고 정상적인 길을 이용한다면 병원까지는 전혀 먼 거리가 아니었다. 순전히 이쪽 사정에 의해 정상적인 길을 이용하지 못하고 우회해야 하므로 거리가 세 배 가까이 멀어지게 된 것이다.

세 번째로, 이지숙을 찾아가는 경우였다. 상황이 다급하다 보니까 생각해 낸 것이지 아예 피신처가 될 수 없었다. 이지숙은 방 하나를 얻어 자취생활을 하고 있었다. 그것도 학부모네 집이었다. 그런 여건인데도 굳이 이지숙을 떠올린 것은 그녀의 마음이 언제나 피신처가 되어주리라는 믿음 때문이었다. 그렇다고 이지숙과 구체적으로 마음을 나눈 사이도 아니었다. 서로가 소극적이라서 그런 것이 아니라 학교는 달랐지만 선생이라는 같은 직업이 두 사람을 구속했던 것이다. 서로 감정으로만 말했고, 정작 말로는 감정을 죽여야 하는 사이로 지내왔다. 이지숙이 가장 적극적인 감정을 말로 표현한 것은 자신이 붉은 완장을 차면서 갑작스러운 변신을 꾀했을 때였다. "멋있군요. 안 선생한테 전혀 어울릴 것 같지 않은 붉은 완장이 안 선생 팔에 끼워져 있다는 것이 멋있어요." 물론 그것도 사랑을 표현한 말은 아니었다. 그러나 전에는 그런 말조차도 나눈 적이 없었고, '멋있다'는 말이 두 번씩이나 되풀이된 것으로 자신을 향해 열려 있는 그녀의 마음을 측정했을 뿐이었다. 그리고 자신은 그녀의 말에 별다른 반응을 보이지 않았다. 그녀의 '멋있다'는 말이 붉은 완장 자체에 국한되어 있을지도 모른다는 우려 때문이었다. 여자에게 사상운동이란 어울리지 않는다는 생각을 하고 있어서였다.

안창민은 병원으로 전명환 원장을 찾아가자고 마음을 정했다. 따라서 체포당하는 위험을 최대한 줄이기 위해 칠동으로 가는 길목으로 빠져 역을 끼고 돌아 철교 아래까지 가고, 거기서 방죽을 타고 병원에 도착하기로 했다.

안창민은 집을 비켜지나는 지점에서 몇 번이나 망설였다. 잠시라도 어머니를 만나고 갈까, 그냥 가야 하나, 그의 마음은 갈등을 일으키고 있었다. '혁명의 최대의 적은 센티멘털리즘이다.' 염상진의 웅변이 그를 채찍질하고 있었다. 자식이 부모의 안부를 확인하고자 하는 것도 센티멘털리즘일까. 그렇지 않다고 부정을 해보았지만 그 부정에는 전혀 자신감이 서지 않았다. 자신이 처해 있는 상황의 급박함이 자신감을 허용하지 않았다. 그래, 그것도 감상주의다. 감상을 버려라, 요런 모자라는 녀석아. 안창민은 자신을 마구 떼밀었다. 사실, 일단 집으로 들어갔다가는 다시 대문을 나서게 될 것 같지가 않았다. 그 유혹은 자신의 생명을 노리는 또다른 적이었다.

안창민은 계속되는 총성에 진저리 치며 걷고 또 걸었다. 아무리 결사적으로 걸어도 총성의 포박에서는 벗어날 수가 없었다. 총성은 한쪽 방향에서만 울리는 것이 아니었다. 방향을 가늠할 수 없이 여기저기서 울려왔다. 자신이 잘못 듣고 있나 싶어 안창민은 몇 번이나 걸음을 멈추고 정신을 가다듬고는 했다. 그러나 분명 잘못 들은 것이 아니었다. 부용산이나 제석산에 부딪혀나오는 되울림이 아니었다. 왜 그러는지를 따지기 전에 안창민은 두려움을 먼저 느꼈다. 온 읍내를 에워싸고 있는 것 같은 그 총성이 자신의 목을 죄어오는 커다란 손아귀처럼 느껴졌다.

걷는 것만이 그 커다란 손아귀에서 벗어나는 길이었다. 안창민은 자신의 머릿속에 그어놓은 길을 찾아 사생결단 어둠을 헤치고 있었다. 살아서 돌아가야 한다. 당당히 염상진 앞에 서야 한다. 고통으로 흔들리고 혼미해져 가는 그의 의식 속에 단지 이 생각만이 또렷하게 살아 일었다.

안창민이 철교 아래 갈숲에 다다랐을 때는 총성이 완전히 멎고 읍내는 어둠만큼 농도 짙은 정적에 묻혀 있었다. 안창민은 왼쪽 다리를 끌고 그 지점까지 오는 데도 사력을 다한 셈이었다. 그런데도 또 방죽을 타고 병원까지 가야 할 길이 남아 있었다. 안창민으로서는 그 거리가 까마득하게만 느껴졌다. 조계산의 본부와 마찬가지로.

갈숲에 몸을 부린 안창민은 허벅지를 더듬었다. 옷이 질척하게 젖어 있었다. 그 질척한 감촉은 물에 젖은 옷을 만졌을 때와는 달리 눅진하고도 는적이는 느낌이었다. 피와 물의 감촉이 완연히 다르다는 것을 안창민은 최초로 깨달았다. 하대치가 옷을 찢어 상처 윗부분을 동여매긴 했지만 출혈은 계속되고 있을 것이었다. 여기까지 오는 동안 핏자국을 남겼을지도 모른다는 생각이 불현듯 떠올랐다. 그 절망스런 생각과 함께 자신이 조그맣게 졸아드는 위축감을 느꼈다. 안창민은, 어서 기운을 모아 병원으로 가야 된다고 스스로를 일깨웠다. 그런데 한편으로는 언제까지나 이대로 있고 싶은 나른함에 이끌리고 있었다. 그 나른함은 이상스럽게 혼미한 편안함이었다. 양쪽 어깨를 그 어딘가 든든한 곳에 눕히고 싶은 유혹에 사로잡히고 있었다. 견디기 어려운 상처의 통증과는 또 다르게 일어나는 이 감정은 무엇일까. 안창민은 정신을 집중시켰다. 그때 의식의 어느 구석에선가 떠오르는 기억이 있었다. 동맥을 자르는 로마 귀족들의 처형방법이었다. 피가 흘러나옴에 따라 서서히 죽어가는 그 방법은 아무런 고통이 없이 황홀경에 젖어들며 죽을 수 있다는 것이었다. 의식이 흐려지기 전까지 유언도 충분히 할 수 있는 시간 여유가 있다고 그 글은 적고 있었다. 나는 죽어가고 있는 것이다!

안창민은 짙은 어둠 속을 응시했다. 포구 건너편은 마을이 분명한데 불빛 하나 보이지 않았다. 총알이 불빛을 향해 날아올까 두려워한 마음들이 불빛을 죽인 것이었다. 불빛을 죽인 대신 사람들은 어둠을 방패 삼아 깨어 있을 것이다. 안창민은 죽어서는 안 된다는 생각과 함께 무섬증 같은 외로움을 느꼈다.

"나허고 항꾼에 갑시다."

어둠 속 어디에선지 하대치의 음성이 생생하게 들렸다. 그러나 그건 환청이었다. 아니, 기억 속의 소리였다. 하대치는 몇 번이고 함께 행동하려고 했었다. 누군가 옆에 있기를 바라는 외로움이 하대치의 음성을 재생시키고 있었다.

"그건 안 돼요. 난 하나고 저 사람들은 넷이오. 빨리 저 동무들을 데리고 떠나시오. 하 동무가 없어서는 저 사람들은 위험하단 말이오."

하대치를 완강하게 떼쳐낸 것은 자기 자신이었다. 그 경황 중에서도 판단을 그르치지는 않았다. 그것은 남자다운 용기 때문이었을까. 혁명의식의 발로였을까. 조장으로서의 책임감이었을까. 그런데 이제 와서 하대치를 지팡이 삼고자 하는 것은 무엇인가. 죽음의 두려움에서 벗어나고자 하는 욕구 때문일 것이다. 죽음을 이렇듯 구체적으로 만난 것은 처음의 일이었다. 눅진하고 느적이는 감촉의 피는 분명 물과는 다르다. 그건 생명을 담고 있는 액체다. 그것이 몸 밖으로 흘러나가면 그만큼 생명도 소멸되는 것이다. 생명이 소멸된 공간에는 그만큼의 죽음이 들어서게 된다.

안창민은 부르르 몸서리를 쳤다. 그리고 새로운 힘을 끌어모아 일어섰다.

"어엄니이……"

신음이 어금니 사이에 물리며 무의식 중에 나온 '어머니'였다.

정작 어머니는 만나보지도 못하고 변을 당했다. "니가 워쩐 일이여." 자신이 붉은 완장을 차고 나섰을 때 어머니가 했던 단 한마디 말이었다. 그때 그 얼굴이 어둠 속에 걸려 있었다. 그 얼굴이 그랬듯 어머니의 한마디는 물음이 아니었다. 경악이었다. 평생을 말없이 살아온 분답게 어머니는 그후로 일체 입을 열지 않았다. 집을 떠나게 되었음을 알렸을 때도 그럴 것을 예견이나 했던 것처럼 전혀 놀라는 기색을 보이지 않았다. 어머니가 모시손수건에 싸서 내민 것은 돈이었다. 받기를 마다했을 때 평소하고는 다른 핏기가 번져 있는 어머니의 눈이 꾸짖고 있었다.

어둠 속에 걸린 어머니의 얼굴을 잡기라도 하려는 듯 안창민은 걸음을 떼어놓기 시작했다. 걷기가 몇 갑절 힘들었다. 지쳐서가 아니었다. 방죽의 비탈을 걸어야 했던 것이다. 어둠을 과신(過信)하고 방죽 위를 걸을 수는 없었다. 방죽 왼편으로는 바로 민가들이 이어져 있었고 읍사무소와 경찰서도 멀지 않았다. 자신이 어둠에 눈이 익어 길을 찾아가듯 순찰병들도 어둠에 눈이 익어 있는 것이다.

비탈의 경사만큼 몸은 우측으로 넘어가려 했다. 지팡이는 왼쪽 다리 노릇을 못하고 몸의 중심을 잡는 데 쓰였다. 그러니 왼쪽 다리에 무리가 가면서 통증은 가중되었다. 이빨이 뿌득뿌득 갈리고 신음이 뭉텅이로 토해졌다. 눈물까지 비어져 나왔다. 잡힐 때 잡히더라도 방죽 위로 기어올라가고 싶은 충동에 떨었다. 그리 아프고 힘이 들어서는 도저히 병원까지 갈 수가 없을 것 같은 절망감이 일어났다.

아, 아, 이 고통은 무엇을 위한 것인가!

안창민은 고통에 부들부들 떨며 절박하게 부르짖었다.

"도대체 이념이 인간의 뭘 해결한다는 거야."

자신의 부르짖음에 대답이라도 하듯 들려온 목소리였다. 그건 손승호의 말이었다. 한때 누구 못지않게 마르크스주의에 경도되었던 손승호는 죽음의 위협 앞에서도 그렇게 외쳤다. 그건 분명 외침이었다. 손승호는 낮은 목소리로 냉정하게 말했지만 그건 분명 외침이었다. 죽음의 위협 앞에서도 자기의 생각하는 바를 굽히지 않은 그 말이 바로 외침이 아니고 무엇일 것인가. 염상진이 그의 이마에 권총을 겨누고서도 방아쇠를 당기지 않은 까닭도 그 외침의 무게 때문이 아니었을까.

"나는 이념이라는 것이 정치지향적 인간들이 만들어낸 허상이라는 것을 뒤늦게 깨달았소. 변증법도, 유물론도, 봉건주의도, 공산주의도, 민주주의도, 모두 정치지향적인 인간들이 만들어낸 이기적인 지배도구일 뿐이오. 봉건 왕조를 타도하고 세운 공산주의나 민주주의 사회가 도대체 절대다수 인간의 삶을 위해 한 것이 뭐가 있소. 그것들은 새로운 구속일 뿐이고 인간의 본질적 문제는 하나도 해결한 것이 없소. 공산주의나 민주주의는 20세기의 인간들이, 지배본능이 강한 인간들이 윤색해 낸 정치연극의 각본일 뿐이오. 그것들은 절대적일 수가 없소. 왜냐하면 모순투성이고 부정확한 존재들인 인간들이 만들어낸 것이기 때문이오. 그것들은 인간이 갖고 있는 만큼의 모순과 부정확성을 내포하고 있다는 사실을 간파해야 하오. 그러므로 그것들은 절대적일 수가 없고, 신봉해서는 안 되는 것들이오. 그런데 그것들을 절대적 존재로 신봉하게 되면 그만큼 인간들을 불행하게 만들 것이오. 인간은 인간이 만든 기계가 아니오. 인간이 인간을 장담하는 것처럼 어리석음을 범하는 일은 없소. 나는 다만 인간이고 싶을 뿐이오."

손승호는 완전무결하게 사회주의를 버린 상태였다. 그럼에도 불구하고 염상진은 손승호를 포기하지 않겠다고 하며 방아쇠를 당기지 않았다. 그가 사회주의를 버린 대신 자본주의를 선택하지 않았기 때문일까. 정말 그가 다시 사회주의로 전향할 가능성을 보았기 때문일까. 아니면, 그의 논리의 타당성을 인정했기 때문일까. 그것도 아니라면 옛정을 생각했기 때문일까.

안창민은 손승호의 생각을 이해해 주고 싶었다. 그의 말대로 인간은 인간이 만든 기계가 아니었고, 그가 파악하고자 하는 인간에 대한 인식 또한 하나의 가치였던 것이다. 그렇다고 손승호에게 문제가 없는 것도 아니었다. 그는 역사현실을 외면하고 있었고, 인간의 본질적 문제가 삶 자체라는 인식을 결여하고 있었다. 그런 추상적 관념에 지배되고 있는 손승호가 생존을 유지할 수 있는 땅은 그 어디에도 없다는 것은 너무나 자명한 일이었다. 무인도에서 혼자 살기를 선택하지 않는 한. 그러나 그 생각을 염상진에게는 내색

하지 않았다.

안창민은 소화다리 아래에 이르러 끝내 쓰러지고 말았다. 의식이 가물가물해지고 있었다. 목이 찢어지는 것처럼 갈증이 심했다. 그는 가물거리는 의식을 붙들려고 혼신의 힘을 다했다. 귀에서는 끝없이 어지러운 울림이 맴돌았다. 그 소리가 자꾸만 정신을 혼미하게 만들었다. 빙글빙글 도는 눈앞에 어머니가, 염상진이가, 이지숙이가, 손승호가 어지럽게 겹쳐지고 있었다.

병원이 바로 저기라고, 바로 저기라고 스스로를 일깨우고 또 일깨웠다. 차라리 죽고 싶다는 생각을 했다. 그러면서 그는 눈을 부릅뜨고 일어섰다. 탱자나무 울타리 사이의 병원 뒷문은 열려 있었다. 안창민은 곧 쓰러질 듯 흔들리며 그 문을 들어섰다.

"원장님, 전 원장님……."

뒷마루 가까이에 이른 안창민은 실낱 같은 소리로 원장을 부르고는 쓰러졌다. 그는 가물가물 정신을 잃어가고 있었다.

16

감꽃은 먹을 수 있는 꽃

청년단원이나 경찰을 앞세운 토벌대원들이 입산자들의 집을 일시에 덮친 것은 아직 어둠이 머뭇거리고 있는 새벽녘이었다. 그들은 담을 타넘거나 사립문을 조심스럽게 밀치거나 해서 전혀 인기척을 내지 않고 집 안으로 스며들었다. 그들은 기민한 동작으로 헛간이며 변소, 집 뒤란이나 짚더미 같은 데부터 조사했다. 그런 다음 느닷없이 소리를 지르며 마루로 뛰어올라 방문을 열어젖혔고, 안으로 걸려 있는 방문을 사정없이 걷어찼다. 여자의 놀란 비명과 아이들의 겁에 질린 울음소리가 뒤섞였다. 토벌대장 임만수의 명령에 따른 이 기습작전은 읍내 모든 마을을 공포 분위기로 뒤덮기에 충분했다.

세 명이 한 조를 이룬 그들은 무서운 기세로 집 안을 샅샅이 뒤졌다. 끝내 남자를 찾아내지 못하게 되면 그들은 총을 집 안 사람들에게 겨누었다. 겁에 질려 한사코 방구석으로만 몰려 바들바들 떨고 있던 사람들은 빤히 뚫린 총구멍 앞에서 하얗게 굳어졌다. "빨갱이 ×××놈 언제 떠났어!" "니년 남편 어젯밤에 왔었지!" 총구멍만큼 살벌한 외침이 새벽 공기를 흔들었다. "아닌디요, 안 왔는디요." "온 일 없어라, 난 몰라라." 이런 대답을 미처 끝내지도 못하고 사람들은 비명을 질렀다. 그리고 토방으로 곤두박히거나 마당으로 끌려나왔다.

외서댁도 예외일 수가 없었다. 아이를 안은 채 머리채를 잡혀 마당으로 질질 끌려나오면서, "안 왔당께 왜 이러시요. 안 왔당께요." 연신 다급하게 소리쳤다. 그러나 속으로는 정반대의 안도감을 느끼고 있었다. 경찰이 이렇게 들이닥친 것은 남편이 잡히지 않고 무사하게 돌아갔다는 뜻이었다. "언제, 어느 때고 경찰에서 따지고 들면 백번 천번 몰른다고만 혀. 고것이 상수 중에 상순께로. 알아묵 었어?" 어젯밤에 떠나면서 했던 남편의 다짐이 그녀의 중심을 잡아주고 있었다.

외서댁은 마당 가운데 내동댕이쳐졌다. 나뒹그러지며 그녀는 머리 껍질이 쭉 늘어나는 것 같으면서 정신이 아뜩해지는 아픔에 떨었다. 그러나 아이를 놓쳐서는 안 된다는 생각만은 확실하게 하고 있었다.

"바른대로 말해! 니년 남편이 어젯밤에 왔었지?"

토벌대원이 소리쳤다.

"아니어라, 안 왔어라."

아이를 품에 안고 땅바닥에 엎드린 외서댁의 떨리는 목소리는 가늘었다.

"쌍년이 더 족쳐야 바른말을 할래나……."

토벌대원이 혀를 차며 왼손에 들고 있던 총을 어깨에 멨다. 그리고 두 손바닥을 맞비벼 털었다. 오른쪽 손가락 사이사이에 끼였던 머리카락이 헝클어진 덩이를 이루어 냉랭한 새벽 공기 속을 느릿느릿 날아내렸다.

"명령대로 일단 연행합시다."

경찰관이 토벌대원에게 말했다.

"그럽시다. 여기서 족칠 수도 없는 일이니까." 토벌대원은 잇새로 침을 찍 뱉고는, "야, 빨리 일어나. 걷어차기 전에 빨리 일어나!" 곧 걷어차기라도 할 것 같은 기세로 소리쳤다. 재빨리 위를 한번 올려다본 외서댁은 부리나케 일어났다.

"가자!"

토벌대원이 외서댁의 어깨를 움켜잡아 돌렸다.

"워, 워디로 가라?"

"워디긴 워디여, 경찰서지."

토벌대원이 사투리를 흉내내며 눈을 치떴다.

"가긴 가는디, 애기 업고 가게 포대기 좀 갖고 나올라요. 날이 요리 추운디 애기 얼어죽겠소."

"알았소. 얼렁 가지고 나오시오."

토벌대원의 제지를 의식해서인지 경찰관이 재빨리 허락했다.

방으로 내달은 외서댁은 안고 있던 딸아이를 옆으로 돌려 등에 업고, 포대기가 아이의 어깨까지 덮여지도록 높게 치올려 광목끈을 질끈 동여맸다. 그리고 고리짝에서 아이옷을 잡히는 대로 들고 방을 나왔다. 또 무신 험헌 꼴을 당할라는고, 외서댁은 찬바람 한 줄기가 가슴을 훑고 지나가는 무섬증을 느꼈다. 아이를 추슬러 올리며 깍지 낀 두 손에 힘을 주었다.

외서댁은 그들을 앞장서 사립문을 나섰다. 기왕 잡혀갈 걸음 괜히 미적거리다가 사나운 욕을 먹거나 거친 손찌검을 당하고 싶지 않았다. 고샅의 새벽 바람은 찼다. 보는 눈이 없는 때 끌려가는 것이 그래도 낫다 싶었다. 그녀는 땅만 내려다보고 걸었다. 갈피를 잡을 수 없는 생각들이 무섭고 서러운 마음에 뒤범벅이 되어 있었다.

"외서댁 아니라고?"

귀에 익은 소리에 외서댁은 얼른 고개를 들었다. 왕주댁이 물동이를 이고 서 있었다. 눈물이 왈칵 솟구치며 아무 말도 할 수가 없었다.

"빨리 가!"

큰 손이 어깻죽지를 사정없이 쳤다. 외서댁의 몸이 비틀했고, 눈에서 눈물방울이 뚝 떨어졌다. 그녀는 걸음을 옮겨놓기 시작했다.

"참말로, 젊다나젊은 것이 아그할라 델고 저 무신 사람 못헐 고상이다냐. 문딩이 콧구녕 겉은 빌어묵을 시상이다."

왕주댁의 거침없는 목소리가 뒤에서 들려왔다. 외서댁은 가슴 찡 울리는 고마움을 느꼈다. 왕주댁이 아니고서는 감히 경찰 앞에서 할 수 있는 말이 아니었다. 왕주댁을 보자 잇따라 샘골댁 얼굴이 떠올랐다. 그리고 왜 왕주댁을 거기서 만나게 되었을까 하는 생각이 잇따랐다. 어쩌면 왕주댁은 물을 길러 나온 것이 아니라 동정을 살피러 나왔을지도 모른다 싶었다. 물동이가 빈 것이 분명했고, 왕주댁의 집은 이쪽 고샅과는 반대편이었다. 샘골댁도 또 이런 꼴을 당하는 것이 아닐까 생각하니 남편이 새롭게 원망스러워졌다. 공산당을 하려면 혼자서나 할 일이지 샘골댁 남편은 왜 끌어들였는지 모를 일이었다. 샘골댁이라고 무사할 리가 없을 것 같았고, 앞으로 더 심해질 샘골댁의 눈총을 받을 일을 생각하면 겁부터 났다. 샘골댁의 남편 유 서방을 어젯밤에 함께 데려오지 않은 남편이 야속했다. 잠시나마 부부를 만나게 해주고 나서 이런 일을 당하게 하면 그래도 낯이 설 것 같았다. 그러나 외서댁은 자신의 이런 얼빠진 생각에 소스라치게 놀랐다. 그건 절대로 안 될 일이었다. 만약 유 서방이 왔었더라면……. 생각만으로도 외서댁의 가슴은 쿵쿵 울리고 있었다. 남편을 속인 사실이 그대로 밝혀지게 될 것이었다. 샘골댁은 분하고 서러워서라도 몰매질당한 일을 남편한테 털어놓을 것이고, 그 말이 시작되면 필경 자신만이 몰매질을 면했다는 말도 나올 것이 뻔했다. 그 사실이 유 서방의 입을 거쳐 남편에게 전해지기는 너무 쉬운 일이었다. 그렇게 되면 자신의 거짓말이 드러나고, 끝내는 몸을 더럽힌 사실까지 들춰지고 말 것이었다. 그것도 어디 한 번뿐인가. 그 독사눈 염가놈은 그것이 무슨 홍시감맛이라고 쩝쩝 입맛을 다시며 벌써 서너 차례 찾아들지 않았던. 외서댁은 아이를 추슬러 올리며 몸을 떨었다.

처음 인기척을 느꼈을 때는 또 염가놈이 왔겠거니 생각하고 신경도 쓰지 않았다. 그런데 두 번째 인기척이 나는데 불현듯 이상한 생각이 들었다. 방문이 벌컥 열린 것은 그때였다.

"누, 누구요!"

외서댁은 아이부터 품으며 더듬거렸다.

"나시, 나. 놀래지 말소."

지게문을 가득 채우다시피 하고 들어선 남자가 남편인 것을 알아본 순간 외서댁은 반가움보다는 가슴이 쿵 내려앉는 소리를 들었다. 그리고 불두덩 아래로 찌릿찌릿 결리는 아픔이 퍼지면서 거기가 자꾸만 오므라드는 것 같았다.

"워쩐 일이다요?"

그녀는 남편이 자신의 부정한 사실을 다 알고 온 것 같은 불안감에 쫓겨 목소리가 떨렸다.

"자네 몸 상헌 디 읎는가?"

남편이 총을 든 채로 아이 옆에 쪼그리고 앉으며 물었다. 그녀의 가슴은 또 쿵 소리를 내며 내려앉았다. 그러나 그녀는 태연할 수 있었다. 방 안은 어두워서 우선 표정을 감출 수 있었고, 남편의 말이 무슨 뜻인지 확실하지 않은데 지레 겁부터 먹어선 안 된다고 마음을 다잡은 것이다.

"그냥 그만허구만요."

그녀는 애매하게 대답을 어물거렸다.

"몰매 맞어 크게 상헌 디 읎어?"

그녀는 그때서야 남편의 말뜻을 확실하게 잡았다. 남편은 자신이 몰매를 맞은 것으로 알고 있는 것이 아닌가. 그렇게 되면 염가 놈과의 그 짓은 말끔하게 덮여진 셈이었다.

"몰매를 맞은 지가 언젠디 이적지 아파라."

그녀는 한숨까지 섞어가며 말했다.

"허기사 그려. 같은 매럴 맞어도 자네야 젊은 삭신잉께……."

남편이 길게 한숨을 내쉬었다. 그녀는 그 한숨소리가 예사롭게 들리지 않았다.

"워쩐 한숨이다요? 무신 근심 있소?"

"금메 말이시, 자네가 요리 성헌 줄 알았음사 나가 머 헐라고 왔을 것인가. 하늘 겉은 대장님 명령 어김스로 말이시."

"허면, 딴 볼일은 없고 순전히 나 하나 보자고 오셨단 말이요?"

"허, 요 미친놈이 지놈 각시 맞어죽어뿐 줄 알고 안 왔능가."

남편은 허하게 웃었다. 그 허한 웃음이 전신을 뜨겁게 감싸오는 것을 그녀는 느꼈다. 그녀는 몰매도 맞지 않았다고, 그 대신 청년단 염가놈에게 몸을 내줬다고 말해 버리고 싶은 죄의식에 떨었다.

"자네 고상이 말이 아니시."

남편이 손을 더듬어 잡으며 말했다. 그녀는 전신이 뻣뻣하게 굳어지는 것을 느꼈다. 남편은 손을 잡는 것만으로도 자신의 몸이 더럽혀진 것을 금세 알아차릴 것만 같았다. 남편이 제발 딴생각을 먹지 말기를 빌었다. 염가놈이 다녀갈 때마다 똥 묻은 옷을 빨듯 몸을 씻었지만 차마 남편을 받아들일 수는 없었다. 아무리 흔적을 지웠다고는 하나 남편이 모를 리가 없을 것 같았다. 아무리 어두운 곳에서도 제 신발이 아니면 금방 알아차리는 법인데, 눈치 빠르고 영리한 남편이 그것을 모를 리가 없을 것이었다.

"밤마동 자네 꿈을 꾸고 사네."

남편이 몸을 끌어당기는가 싶더니 젖가슴을 덥석 잡았다. 우악스러운 힘이었고, 숨결이 뜨거웠다. 그녀는 눈을 질끈 감으며 울음 같은 신음소리를 가늘게 흘렸다. 결국 남편은 그냥 돌아갈 심산이 아닌 것이었다.

"위째 이리 떤가. 저짝 담 밑에서 둘이 망보고 있응께 암시랑토 않네."

남편의 손이 마침내 치마를 헤집고 들었다. 엄니, 이 일을 워째야 쓸께라. 나 잠 살려주씨요. 그녀는 부르짖었다. 남편한테 부정을 들키는 것만이 문제가 아니었다. 이러고 있을 때 만약 염가놈이 나타나면 어찌 될 것인가. 그녀는 이중으로 애가 탔다. 염가놈은 언제나 권총을 옷 속에 차고 다녔다. 그 짓을 할 때도 잠을 잘 때도 권총을 총집에서 빼 옆에다 놓아두고는 했다. 그것이 남편 때문이라는 것을 그녀는 너무나 잘 알았다. 그 사람 죽이는 쇳덩이를 곁눈질해 가면서, 염가놈이 있는 동안만은 제발 남편이 오지 말기를 얼마나 애타게 빌었던가. 부정의 현장을 들키는 것이 문제가 아니라 자칫 잘못하다가는 남편의 목숨이 위태롭게 되는 것이었다.

남편의 거칠고 뜨거운 손이 불두덩을 쓸어내려 거웃 부분을 만지고 있었다.

"강 동무, 강 동무!"

바로 방문 가까이서 들린 다급한 소리였다.

"워째 그려!"

남편이 후닥닥 일어났다.

"총소리가 막 나는디요."

"워디서?"

남편은 어느새 방문을 밀치며 묻고 있었다.

"읍내 쪽인디요. 무신 일일게라?"

남편은 한동안 말이 없었다. 그녀의 귀에도 멀리서 울리는 총소리가 들렸다. 꼭 남편을 쫓아오고 있는 총소리만 같아 그녀는 부르르 몸서리를 쳤다.

"싸게 떠야겄다. 준비혀." 남편은 어둠 속에 대고 말하고는 이쪽으로 얼굴을 돌려. "나 가야겄네. 밤마동 문단속허고 자야 써" 하고 방문을 닫았다. 그리고 부산한 발소리가 멀어져갔다.

신작로까지 넘쳐오른 안개를 밟으며 외서댁은 걷기에만 열중했다. 신작로에 박힌 돌에나 길가의 마른 풀잎에는 서릿발이 하얗게 돋아 있었다. 겨울이 닥쳐오고 있었다. 안개는 신작로와 방죽에 갇힌 듯이 중도들판에 가득 차 있었다. 아슴하게 넓은 안개밭 속에서 금을 그어놓은 듯 철로가 드러나 보였다. 하루에 두 차례씩 바닷물을 실었다가 부리곤 하는 포구를 끼고 있어서인지 중도들판의 늦가을 안개는 유난히 짙은 젖빛이었다. 포구에 끼는 안개는 햇

솜발처럼 뭉클거리며 풀풀 날리는 기분인데, 들판에 끼는 안개는 떡고물처럼 바실거리면서도 겹겹이 쌓이는 묵직한 기분이었다.

읍사무소 뒷마당에는 시간이 갈수록 사람들이 꾸역꾸역 밀려들었다. 대부분 여자들이었는데 하나같이 주눅이 들거나 겁먹은 얼굴들이었다. 그 속에는 하대치의 아내 들몰댁, 염상진의 아내 죽산댁, 그리고 안창민의 어머니도 섞여 있었다.

읍사무소의 왼쪽 사무실, 경찰서 안에서는 높은 언성이 오가고 있었다.

"아무 대책도 없이 이렇게 잡아들이기만 하면 어쩌자는 거요?"

경찰서장 남인태였다.

"이거 왜 이리 말이 많으쇼. 여기가 좁으면 당장 학교 하나 비우면 될 거 아뇨."

토벌대장 임만수가 푹 꺼진 콧잔등에 잔뜩 주름을 잡으며 맞섰다.

"두 학교 다 공부를 시작했소."

"그래서, 못 비운다 그런 말이쇼? 이거 보쇼, 서장나리, 계엄령하에서 빨갱이 소탕작전이 중요하오, 아니면, 까짓 코흘리개들 공부가 중요하오?"

난 잘 모르겠소, 하는 말이 혀끝까지 밀려나왔지만 남인태는 애써 참아냈다. 계엄령이나 빨갱이를 들고 나오는 판에 스스로에게 돌을 던지는 말을 한마디라도 해서는 안 되었다.

"그러니까 내 말은, 빨갱이들을 은신시키지 않았으면 됐지, 도주의 우려가 없는 사람들을 저렇게 한꺼번에 잡아들여 소란을 피울

이유가 뭐냐 그거요."

입산 빨갱이들은 그림자도 보이지 않았다는 보고를 이미 받은 남인태는 느긋한 마음으로 토벌대장을 공략하는 셈이었다.

"이거 왜 이러쇼. 앞으로 작전은 내 권한하에 있으니 당신은 이렇다 저렇다 일체 말을 말고, 내가 요구하는 대로 작전 협조만 하시오. 그게 현지경찰로서 수행할 임무요. 자아, 빨리 아무 학교나 비우도록 하시오."

토벌대장 임만수의 기세도 만만찮았다. 남인태는 창자가 비비 꼬이는 것을 느꼈지만 더 이상 어쩌는 도리가 없었다. 그렇다고 서장의 체면에 부하들 앞에서 기를 꺾일 수는 없었다.

"학교를 비우고 안 비우고는 읍장과 상의할 문제요."

남인태는 슬쩍 피해 섰다.

"이런 제길헐, 이봐 염 단장, 읍장님한테 당장 전화 거시오."

토벌대장은 성질을 돋우며 염상구에게 손짓했다.

"안직 지무실지 모른디 요리 일찍 전화혀서 쓸란지 몰르겄소?"

염상구는 서장과 토벌대장의 눈치를 슬슬 살피며 어물쩍거렸다. 서장은 천장을 바라본 채 담배만 빨아대고 앉아 있었고, 토벌대장은 두 팔을 허리춤에 올려 버티고 선 채 눈을 부라리고 있었다.

"됐어, 아직 사람들이 그리 많지 않으니 조금 더 있다가 걸도록 합시다."

토벌대장이 손목의 시계를 들여다보며 말했다. 염상구는 상체를 건들거리며 창가로 걸어갔다. 그지없이 경박해 보이는 몸짓이었다. 그러나 그의 속에서는 열심히 주판알이 튕겨지고 있었다. 경찰서장과 토벌대장을 놓고 시작한 저울질이었고 계산이었다. 누가 더 근수가 나갈 것이며, 어느 쪽으로 붙어야 더 잇속이 있을 것인지를 따지는, 염상구로서는 그야말로 중대한 시점에 처해 있는 것이었다. 그런데 그 저울 눈금이 두 마리 돼지를 달 때나, 두 가마니 쌀을 달 때처럼 속 시원하게 딱 정해지지 않는 것이 문제였다. 경찰서장이 무거운 듯해서 그쪽으로 쏠리면 다음 순간 토벌대장이 무거운 것 같고, 저울눈금이 이리 기우뚱 저리 기우뚱, 도무지 종잡을 수가 없었다. 당장 판세 돌아가는 것으로 보아서는 토벌대장이 근수가 더 나가는 것이 분명하고, 그러나 서장이 당장은 식은 보리밥 신세지만 벌교바닥에 오래 남아 있기로 치자면 서장의 근수가 더 나가는 것은 분명했다.

"염 단장, 서장 정도는 내 보고 한마디면 끝장이오. 앞으로 모든 작전권은 내 손에 달렸으니 염 단장도 나와 손잡고 앗싸리하게 일해 봅시다."

어젯밤에 청년단으로 걸려온 토벌대장의 전화였다. 토벌대장의 언행에 대해 빠짐없이 보고하겠다고 서장과 이미 약속을 했으면서도 전화내용을 서장에게 '앗싸리하게' 보고할 수는 없었다. 자기 보고 한마디면 서장도 끝장내게 할 수 있다는 대목은, 바람 묵은 깨구락지맹키로 헛방구 뀌고 자빠졌네, 하며 전혀 믿지 않았다. 그러나 저울질을 시작하고 보니 그 대목도 영 허풍 같지만은 않았다. 사람 하나 잘되게 하기는 어렵지만 못 되게 하기는 쉬운 것이 세상 판세였다. 토벌대를 파견해야 할 만큼 서장은 이미 상부로부터 허깨비 취급을 받고 있는 판에 토벌대장이 보고라고 하는 소리마다 나쁜 소리만 지껄여대면 그 모가지도 온전할 것 같지 않았다. 그러나 토벌대장이 설쳐대는 꼬락서니도 달가울 것은 없었다. 굴러온 돌이 박힌 돌 뽑는다고, 아무리 계엄령이 무섭고, 토벌대장이라는 것이 바로 계엄령을 '빽'으로 삼는 직책이라고는 하지만 안하무인으로 설쳐대는 꼴을 보고 있자니 슬그머니 배알이 뒤틀려올랐다. 저것이 벌교바닥이 어디라고 주먹 자랑 헐라고 저 지랄이제?

염상구의 그런 느낌은 남인태 서장과는 또다른 것이었다. 그건 토박이로서의 오기였고, 주먹패 왕초로서의 자존심이었다. 토벌대장이 빨갱이 토벌에만 권력을 행사해야지 만약 그 권력을 이용해서 딴 데까지 손을 뻗치려 든다면, 그때는 벌교바닥의 본때를 보여주고 말리라는 것이 염상구의 굳은 생각이었다.

"아침밥은 우리 본부에서 나하고 함께합시다. 염 단장하고 긴히 의논할 일이 있으니까."

토벌대장이 은밀히 한 말이었다. 그는 서장과는 달리 꼭 '염 단장'이라고 불렀다. 들을수록 기분 나쁘지 않은 호칭이었다. 토벌대장하고 아침을 먹어야 하나 말아야 하나. 염상구는 창밖을 내다본 채 고개를 갸웃거렸다. 갈 수도 없고, 안 갈 수도 없고……. 저울눈금이 확실하게 정해질 때까지는 양다리를 걸치는 수밖에 없다는 생각이었다.

염상구는 창가에서 돌아섰다. 토벌대장이 보이지 않았다. 아침

밥을 먹으려고 앞서 간 눈치였다.

"토벌대장인가 원생인(원숭이)가는 워디 갔다요?"

염상구는 서장 옆으로 다가가며 능청스럽게 물었다.

"원생이는 또 뭐요?"

서장이 미간을 찡그리며 염상구를 올려다봤다.

"아, 그 쌍판때기가 원생이 낯짝 아닙디여? 첨에 딱 봉께로, 워따 메 고놈에 낯짝 징상시럽게 못났다 싶고, 그런디 고 못생겨묵은 쌍판얼 워디서 꼭 본 듯 본 듯 헌디 영 생각이 나야 말이제라. 생각허고 또 생각허다 못혀서 그 부하를 잡고 물었제라. 느그 대장얼 워디서 꼭 본 얼굴인디 생각이 안 나서 그런다, 워디서 멀 허던 사람이냐. 그렇게 그 부하 허는 말이, 보기는 워디서 봐라, 싸카쓰단에서 봤겄지요, 허드랑께요. 나는 그 말을 얼렁 못 알아묵고, 어느 싸카쓰단 출신이냐고 물웅께 그놈이 점잖게 웃음시로, 싸카쓰단 원생이 못 봤냐고 허드랑께요. 그러고 본께 나가 워디서 그 사람을 따로 본 것이 아니드랑께요."

"그렇구만, 원생이, 그렇구만."

서장은 연상 키들키들 웃었다.

"부하놈덜이 안 듣는 디서는 원생이, 원생이 허드랑께요."

"재수 없는 놈, 아주 잘 붙인 별명이오."

서장은 어느새 웃음이 걷힌 얼굴로 냉정하게 말하고는, "염 단장!" 나직하게 염상구를 불렀다.

"예에, 서장님."

염상구도 분위기가 바뀐 것을 재빨리 눈치채고 목소리를 가다듬어 대답했다.

"이쪽으로 잠시 앉으시오."

염상구는 서장이 가리키는 의자에 앉았다. 서장이 담배를 권했다. 염상구는 담배를 사양하지 않았다. 그것은 단순히 담배가 아니라 은밀한 이야기를 꺼내고자 하는 마음의 표시였으므로 사양 같은 것은 예의가 아니라 오히려 오해를 살 염려가 있었다. 염상구는 재빨리 성냥을 그어 서장 앞으로 디밀었다. 서장은 담배를 깊이 빨았다가 푸우 소리를 내며 연기를 뿜고는 입을 열었다.

"토벌대장 말인데, 그 사람이 무슨 말 한 것 없소?"

짐작하고 있었던 말이었다. 염상구는 침착하게 그러나 서장이 호감을 느끼게 대꾸했다.

"별말 없었는디요."

"나 염 단장한테 긴말하지 않겠소. 그 사람이 앞으로는 이런저런 요구를 해올 것이오. 그런 것이 사사로운 게 아니고 공적인 사항이면 그때그때 나한테 알려주길 바라겠소. 나나 염 단장은 쓰나 다나 벌교 물을 함께 먹고 산 처지고, 그 사람은 어디까지나 외지사람일 뿐이오. 나하고 염 단장은 그동안 아무 탈 없이 협조가 잘되지 않았소? 어찌, 내가 염 단장을 믿어도 되겠소?"

서장의 말은 간곡했다. 사실 서장의 말은 틀린 말이 아니었다. 유식한 말로 하자면 협조가 잘된 것이었고, 막말로 하자면 똥창을 서로 잘 맞춘 것이었다. 그러나 그건 누가 누구를 특별히 봐준 것이 아니라 서로의 필요에 의해서 이루어진 일이었다. 염상구는 자칫 서장에게로 쏠려가려는 마음을 냉정하게 다잡았다.

"하먼이라, 그래야제라."

염상구는 고개까지 힘주어 끄덕거리며 흔쾌하게 대답했다.

"고맙소, 염 단장만 믿겠소."

서장은 염상구의 손을 잡았다. 염상구도 서장의 손을 맞잡았다.

그러나 서장 남인태는 그렇게 단순하지가 않았다. 코흘리개 적부터 경찰서 공기를 마시고 살아온 그는 생리적으로 단순할 수가 없었다. 염상구에게 먼저 식사를 하고 오라고 내보내고는 잇따라 미행을 붙였던 것이다. 염상구를 믿는다고 한 것은 정말 믿어서가 아니었다. 청년단에 박아놓고 있는 끄나풀의 제보에 의하면 염상구는 이미 어젯밤에 토벌대장과 내통을 하고서도 시침을 떼고 있었다. 염상구를 믿는다고 한 것은 전혀 믿지 않기 때문에 한 말이었다. 첫째는 이쪽을 경계하지 않고 마음 놓고 행동하게 하기 위함이었고, 둘째는 이중스파이로 이용하기 위해서였다. 권력의 변화 앞에서 세상인심처럼 조석변인 것이 없지만 주먹패의 생리는 유독 심했다. 염상구의 마음이 어떻게 움직이고 있는지는 유리창을 통해 맑은 하늘 쳐다보기처럼 환했다.

남인태는 서장실로 들어가 문을 걸어잠갔다. 아침을 먹기 전에 김범우에 대한 조서를 손수 정리할 참이었다. 유리할 것 하나도 없는 상황에서 김범우의 건이나 빨리 마무리 지어야 했다. 그가 유일하게 기대를 걸 것은 그것밖에 없었다. 김사용 영감을 국회의원 최익승 앞에까지 가게만 하면 되는 것이다. 그런데 유치장에 가두는 것으로는 실패했다. 그럼 더 강력한 방법, 김사용 영감이 최익승을 찾아가지 않을 수 없게 더 강력한 방법을 쓰는 수밖에 없었다. 그건 순천경찰서로 이첩하는 것이었다. 일단 순천으로 넘어가면 재판을 받아야 하기 때문에 사건은 심각하게 돌변하게 마련이었다. 그런데도 김사용 영감이 최익승을 만나러 가지 않겠다고 버티지는 못할 거였다. 김사용이 최익승을 찾아가고, 둘 사이에 모종의 타협이 이루어지고, 김범우는 풀려나오고, 그 공로로 자신은……

남인태는 조서를 정리해 나가기 시작했다. 오전 중으로 김범우를 넘겨버릴 작정이었다.

염상구는 토벌대장과 겸상을 하고 마주 앉아 있었다.

"대장님이 허신 말씸 따악 알아묵어뿌렀고, 고런 일 맘묵고 허자면 보리밥 찬물에 몰아묵긴디, 딱 한 가지가 맘에 걸리는 것이 있구만이라."

"맘에 걸리다니?"

습관인 듯 토벌대장이 푹 꺼진 콧등에 주름을 잡으며 눈을 가늘게 떴다.

"고것이 무엇인고 허니…… 니기럴, 요 말을 혀야 쓸랑가?"

염상구는 고개를 갸웃하고는 새삼스럽게 숟가락을 들어 김칫국물을 떠 홀짝 마셨다.

"아, 사람 답답하게 만들지 말고 빨랑빨랑 말하라니까."

허, 니놈 속 타라고 역부러(일부러) 비비 트는 것인디 나가 미쳤다고 싸게싸게 주딩이 놀리겄냐? 염상구는 또 느린 동작으로 담배를 빼서 불을 붙였다.

"고것이 무엇인고 허니, 바로 남 서장이구만이라."

"까짓 남 서장이 어쨌단 말이오?"

토벌대장이 금방 불쾌한 표정을 지었다. 그건 염상구가 바라는 바였다.

"대장님헌테야 남 서장이고 고까짓 것인지 몰라도 나 겉은 놈헌 테야 워디 그렇간디요?"

"그 병신 같은 작자는 무시해도 돼."

토벌대장은 짜증스럽게 말을 뱉었다.

"대장님이 씨다는 것이야 시상이 다 아는 일이제만, 남 서장이 자꼬 나보고 자기 편이 돼도라고 해싼께로 내 입장이 곤란허다 그 런 말이제라."

토벌대장은 사투리가 듣기 싫어 환장할 지경이었다. 염상구가 고 분고분 말을 들을 줄 알았는데 의외로 삐딱하게 나가자 울화가 치 밀기 시작해서 엉뚱하게 사투리까지 듣기 싫은 쪽으로 번져갔다. 사실 전라도땅을 처음 밟은 임만수로서는 사투리를 알아듣기가 여간 곤혹스럽지가 않았다. 억양은 전라도 것 그대로였지만 그래도 서울말을 흉내내고 있는 서장이나 읍장의 말은 듣기에 부담이 없 었는데 토박이 사투리를 그대로 써대는 염상구의 말에는 몇 배 신 경을 써야 했다.

"염 단장, 당신은 서울말은 한마디도 모르오?"

"아니, 워째 그러시오? 그 무신 자다가 봉창 뚜딜기는 소리다요?"

염상구의 얼굴은 금방 험하게 변하고 말았다.

"다른 뜻이 아니라, 염 단장 사투리가 너무 심해 알아듣기가 어려워서 하는 말이오."

염상구의 돌변하는 표정을 보자 괜한 소리를 지껄였구나 싶어 임만수는 재빨리 다정한 어조를 꾸며내며 짐짓 우호적인 웃음까지 지어 보였다.

"지길, 나는 또 무신 소린가 혔소. 촌늠이라고 시퍼보는(무시하는) 줄 알고 속이 불끈혔지라. 쪼깐 들어봇씨요. 나도 일본놈 뱃때지에 칼질허고 내빼갖고 뜬구름맹키로 사방천지 떠돔시로 서울물도 쪼깐 묵어봤구만이라. 헌디, 서울말 고것이 워디 붕알 단 남자덜이 헐 말입디여? 밑구녕 째진 것덜이나 헐 말이제. 밥 먹었니이? 잘 잤니이? 고 간사시럽고 방정맞고 촐싹거리는 말이 워디가 좋다고 배우겄습디여. 서울말에 비허면 전라도말이 을매나 좋소. 묵직허고 듬직허고 심지고. 대장님도 전라도에 온 짐에 전라도말 싸게 배우씨요. 남자가 헐 만헌 말잉께요."

"이거, 이거 야단났군."

혹 떼려다 혹 하나 더 붙인 격이 되자 임만수는 과장되게 두 팔을 내저었다.

"말 나온 짐에 한마디 더 혀야 쓰겄는디, 대장님이 몰라서 허는 소리제, 전라도말맹키로 유식허고 찰지고 맛나고 한시럽고 헌 말이 팔도에 워디 있습디여. 맞어, 어지께밤에 술자리서 소리 들었제라?

그 소리에 고런 것들이 다 들었는디, 워쩝디여? 알아묵겄습디여?"

"소리라니?"

임만수는 무슨 소리를 지껄여대는지 알아들을 수 없는 채로 떫은 입맛을 다시며 물었다.

"어허, 이 양반이 '소리'럴 듣고도 소리가 먼지도 몰르는갑네?"

대장님이란 말은 어느새 '이 양반'으로 바뀌어 있었고, 염상구는 어이없고 한심하다는 표정을 짓고 있었다.

"분명 창가는 아니고, 무슨 소린지 알아들을 수 없었지만 소리는 소리였지."

임만수는 또 떫은 입맛을 다셨다.

"긍께 고것이 먼고 허니……."

"아, 아, 그만하면 됐소. 그 얘기는 다음에 또 듣기로 하고 우리 얘기나 끝냅시다."

임만수는 염상구의 말을 사정없이 무질렀다. 밥상 앞으로 바짝 다가앉는 염상구의 태도로 보아 그대로 두었다가는 이야기가 엉뚱한 방향으로 흘러갈 낌새였던 것이다. 전라도, 참 이상스럽고 묘한 땅이었다. 딱히 꼬집어낼 수는 없는데, 사투리고 사람들이고 많이 색달랐다. 순천에 이삼일 머물면서 그런 느낌을 어렴풋이 받았는데 염상구한테서 그 느낌은 좀더 확실해졌다. 무식한 주먹패의 '오야붕'으로만 취급했던 염상구 입에서 무언가 아는 것 같은 소리가 그렇게 줄줄이 흘러나올 줄은 몰랐다. 어딘가 질기고 끈끈한 냄새를 풍기는 사람들……. 경찰에서 뼈가 굵은 임만수의 감각은 앞으로의 행동방향을 잡기 위해 나름대로 예민하게 움직이고 있었다.

"긍께, 대장님이 헌 말얼 놓고 가타부타 딱 뿌러지게 말을 허라 그것인디, 좋구만이라, 대장님이 시키는 대로 허긴 허겠소. 근디, 한 가지 조건이 있구만이라."

염상구는 표정과 자세를 고치며 다부지게 말했다. 임만수는 염상구의 눈만 똑바로 쳐다보고 있었다.

"딴 것이 아니라, 우리 청년단 권리에 속허는 일에는 토벌대가 무신 일이 있어도 손대지 않컸다고 먼첨 약조를 허씨요."

말을 듣고 있는 임만수의 입 언저리에는 엷은 웃음이 번졌다.

"월권을 하지 말라 그 말인데, 좋소, 약속을 지키겠소."

청년단이라는 것이 하는 짓을 환히 알고 있는 임만수로서는 애당초 관심 밖의 일이었고, 그들의 힘을 이용하려면 오히려 이쪽에서 그들의 행위를 비호해야 할 판이었다.

"부하들헌테도 명령을 내려줏씨요."

"물론이오."

"고맙구만이라."

"앞으로 잘해봅시다."

두 사람은 밥상을 사이에 두고 악수를 나누었다.

"이 해당분자!"

염상진은 차려자세를 취하고 있는 강동식을 후려쳤다. 강동식은 비척비척하다가 곧 똑바로 섰다. 그런데 코에서 피가 주르르 흘러내렸다. 윗입술의 둔덕을 넘은 피는 꽉 다물린 두 입술 사이로 번지느라고 잠시 그 흐름을 낮추었다가 이내 아래로 흘러내려서 뚝뚝 방울 짓기 시작했다. 햇빛을 받아서 그런지 피는 눈이 부시도록 진하게 붉었다.

"하 동무, 이자를 끌어다가 저 나무에 묶으시오!"

염상진은 숨을 몰아쉬었다. 피를 보자 더 손이 올라가지 않았다. 그렇다고 피를 닦아주라고 할 수도 없었다. 하대치가 강동식을 대열의 뒤로 끌고 가며 수건으로 코를 막아주고 있었다. 염상진은 하늘을 응시하고 서 있었다. 감정을 자제하려고 노력했다. 손찌검은 하지 말아야 된다고 스스로에게 몇 번이나 말했다. 그건 나이의 고하간에 낮춤말을 해서는 안 되는 것과 함께 엄연한 당의 규율이었다. 그래서 강동식을 숯막으로 불러들이지 않은 것이다. 모두를 집합시켜 놓은 앞에서 냉정하게 처벌을 하려고 했었다. 그런데 강동식을 보는 순간 걷잡을 수 없이 감정이 폭발하고 만 것이다. 그 감정은 명령불복종 때문에 일어난 것이 아니었다. 그건 생사가 어떻게 되었을지 모를 안창민에 대한 초조와 염려가 뒤바뀌어 표출된 것이었다.

피를 보자 염상진의 감정은 일순간에 싸늘하게 식어들었다. 동지의 피는 한 방울이라도 소중한 것이었다. 그건 혁명의 원동력이었다. 피 한 방울, 한 방울은 굶주리며 핍박받으며 생성시킨 생명의 원천이었다. 피를 흘리고 있는 동지에게 또 손찌검을 해서 더 많은 피를 흘리게 할 권리는 자신에게 없었다. 이미 피를 흘리게 한 것도 반혁명적 행위였다.

산중의 정적은 깊었다. 하늘빛만큼 맑고 투명한 새소리가 가끔 울렸다. 그러나 그 소리는 정적을 깨는 것이 아니라 정적의 순도를 알리려는 것 같았다. 잎을 다 떨군 나목(裸木)들은 하나같이 정물로 서서 정적의 무게를 더하고 있었다. 그들의 대열도 나무들처럼 정물이었다. 다만 하대치 혼자서 움직이고 있었다. 그는 참나무에다 강동식을 세우고 새끼줄로 묶고 있는 참이었다.

염상진은 안창민만을 생각하고 있었다. 그의 나약한 체구가 자꾸만 눈앞에 어른거렸다. 그를 노출시켰던 것이 또 후회로 씹혀졌다. 그것이 부질없는 생각인 줄 알지만, 그 후회는 단순한 후회가 아니라 이번에 일으킨 혁명사업에 대한 미심쩍음과 연관된 문제였다. 아무리 당중앙이 지하로 잠적해야 하는 상황이라 하더라도 이번 사업의 허망한 실패에 대해서는 의문이 한두 가지가 아니었다. 제일 납득이 안 되는 것이 당조직의 분열현상이었다. 각 도마다 지방당조직이 엄연한데 어찌하여 일제봉기가 이뤄지지 않았는지 모를 일이었다. 당조직에 이상이 없다면, 그럼 이번 사업은 당중앙의 계획거사가 아니고 지엽적인 것이라는 결론밖에 나오지 않았다. 치밀하고 구체적인 사전계획 없이 충동적이고 순간적으로 일으킨 사업이라면 그것은 얼마나 어리석고 반혁명적인 행위인가. 공산주의를 적으로 삼는 남한 단독정부가 수립된 마당에 부분적이고 산발적으로 일으키는 사업은 힘의 소모만 자초하고 상대적으로 적의 힘만 강화시키는 결과를 낳게 될 뿐이었다. 그런데 사업확대지령은 엄연히 당으로부터 하달되지 않았던가. 다시 혼란의 미궁으로 빠져들지 않을 수 없었다. 가정은 금물이었지만, 사태 전반을 놓고 가정을 한다면, 당의 그 지령은 여수·순천지구에서 사업을 일으킨 다음 뒤늦게 내려진 것으로 볼 수밖에 없었다. 이런 지극히 반당적인 회의적 추리를 하지 않으려고 했지만 실패를 의식할 때마다 머리를 드는 생각을 어찌할 수가 없었다.

작업을 다 마친 하대치가 침통한 얼굴로 대열의 앞에 와 섰다. 다른 때 같았으면 우렁찬 목소리로 보고를 하며 힘찬 거수경례를 붙였을 것이다.

"동무들, 다 같이 들으시오. 강동식 동무는 우리의 규율을 어기고 반혁명적 반당적 행위를 저질렀소. 그래서 강 동무는 처벌을 받게 되었소. 강 동무는 앞으로 만 이틀 동안 저렇게 묶여 있어야 하오. 물론 밥도 굶어야 하고 밤에도 풀어주지 않소. 끼니때마다 물만 한 사발씩 주겠소. 만약 그 누구든지 밥을 갖다주거나, 저 새끼줄을 풀어주면 그 사람도 강 동무와 똑같은 처벌을 받게 된다는 것을 명심하시오. 그리고 강동식 동무는!" 염상진의 어조가 갑자기 높아졌다. 강동식이 떨구고 있던 고개를 번쩍 치켜들었다. "이틀 동안에 걸쳐 자신의 반혁명적이며 반당적인 행위에 대해서 냉정하고 철저하게 자아비판하도록 하시오. 알겠소!"

"알겠습니다, 대장님."

강동식은 있는 힘을 다해서 대답했다. 그는 대장의 처벌에 대해서 추호도 섭섭함이 없었다. 오히려 그 정도인 것을 감사하게 생각하고 있었다. 읍내가 뒤집힌 것이 자기 때문일지도 모른다는 불안감에 쫓기며 오금재를 넘었고, 하대치에게 사건전말을 듣고 나서는 죽기를 각오했던 것이다.

"그만 해산시키고, 하 동무는 내 방으로 오시오."

염상진은 대열을 등지고 돌아섰다. 쩌엉― 산 우는 소리가 둔중하게 울리며 긴 여운을 남겼다. 염상진은 그 소리를 따라 무심코 고개를 좌우로 돌렸다. 산, 산, 겹겹이 이어져나가고 있는 산의 행렬, 그 끝이 아슴푸레하게 먼 하늘에 닿아 있었다. 이상한 우수가 뭉클 가슴에 괴어왔다. 나무에 묶인 강동식 탓이고 총상을 입고 혼자 버려진 안창민 때문이었다. 그러나 그것만으로 가슴에 괸 우수가 설명되지 않았다. 아내의 안부가 염려스러워 조직의 명령도 어기고, 위험도 불사하고 행동한 강동식이 과연 나쁘기만 한 것인가 하는 자문이 무슨 앙금처럼 우수의 밑바닥을 이루고 있었다. 부모에 대해서, 자식에 대해서, 배우자에 대해서 마음이 쏠려가는 것은 가장 자연스러운 현상인 것이다. 그러나 그런 감정만으로 인간의 삶이 살아지는 것이 아니다. 그건 인간의 삶을 형성하는 기본조건이 될 수는 있어도 인간의 삶을 인간답게 건설할 수 있는 조건은 아니었다. 인간의 삶을 가장 비인간적으로 만든 악조건들을 척결해야 하는 마당에 그 기본조건에 대한 충족은 당분간 유보시켜야 한다. 그런 인내의 고통 없이 혁명의 성취는 얻을 수 없고, 혁명의 성취 없이는 그 기본조건마저 파괴되는 것이다. 가난과 굶주림에서 벗어날 수 없는 노예적 삶 속에서 부모나, 자식이나, 배우자나 모두 하나같이 노예일 뿐인 것이다.

염상진도 어머니를, 두 아이를, 아내를 생각하지 않는 것이 아니었다. 특히 두 아이는 그의 마음을 혼란스럽게 만드는 어찌할 수 없는 존재였다. 아홉 살 먹은 딸 덕순이의 깜찍함이나 여섯 살 먹은 아들 광조의 능청스러움은 언제나 그리움이었다. 그러나 당장의 그리움을 좇아 혁명을 지연시킬 수는 없는 일이었다. 그 아이들한 테서 노예적 삶의 굴레를 하루라도 빨리 벗기기 위해서라도 혁명의 수행은 우선순위에 놓여야만 했다. 이 당위성을 실천으로 옮기는 데 갈등이 따르게 되었다.

"하 동무 생각은 어떻소?"

염상진이 신중하게 물었고, 하대치는 말뜻을 잘 알아듣지 못하는 눈치였다.

"안 동무 말이오."

"야아, 무사허니 병원꺼지 당도혔기만 빌제······."

염상진은 눈을 내리감았다가 한참 만에 떴다. 자신은 우문을 한 것이고, 하대치는 현답을 한 셈이었다.

"하 동무, 내가 읍내를 다녀오는 동안 여기를 잘 지키시오."

"대장님 혼자서라?"

하대치가 금방 고개를 저었다.

"염려 마시오. 병원까지만 가는 것이니 혼자 가는 게 제일 안전할 것이오."

"그려도 지가 항꾼에 갔으면 싶은디요."

염상진은 벌떡 일어섰다. 하대치를 데리고 가고 싶은 마음을 떼치기 위함이었다. 그런 염상진의 서슬에 하대치는 더 입을 열지 못했다.

"내가 읍내에 간 것은 일체 비밀로 해두시오."

"알겄구만이라."

"먼저 나가시오. 난 준비를 해서 슬쩍 빠져나갈 테니까."

"조심혀서 댕겨오시씨요."

하대치가 시무룩한 표정으로 돌아서 나갔다. 염상진은 권총의 탄창을 빼서 총알을 확인했다. 그리고 배낭에서 단검을 꺼냈다.

김사용이 아들 범우가 순천경찰서로 넘겨진 사실을 알게 된 것은 점심을 가지고 가서였다.

"영감님 말씀대로 법대로 처리한 것이지요."

남인태는 김사용을 쳐다보지도 않고 말해 버렸다. 깊은 주름이 팬 김사용의 볼이 푸들푸들 떨렸다. 꼿꼿하게 서서 남인태를 직시하고 있던 김사용은 아무 말도 하지 않고 돌아섰다. 조금도 흐트러짐이 없는 조용한 몸놀림이었다.

"기분 나쁜 영감탱이 같으니라고……."

유리문을 옆으로 밀고 나가는 김사용의 뒷모습을 쏘아보며 남인태는 거칠게 내뱉었다. 무언가 불길한 느낌이 스쳐가며 기분이 확 상했다. 예상했던 순서가 완전히 빗나가버렸던 것이다. 계산착오

였단 말인가? 자력으로 빼낼 자신이 있단 말인가? 만약 그렇게 되면 이 일을 어쩌지? 최 의원한테 연락을 취해야 하나? 남인태의 머리는 빙글빙글 돌기 시작했다.

당돌한 녀석, 그나마 경찰질도 못해먹을라고 누굴 상대로 장난질이야, 장난질이. 최익승이만이 일을 해결할 수 있다고? 그래서 그자를 찾아가라고? 그동안 참을 만큼 참아냈다만 이제 더는 안 되겠다. 어디 보자. 김사용은 바쁜 걸음을 옮겨놓으며 마음을 다지고 있었다. 사태는 좌시할 수 없는 국면으로 치닫고 있었다. 재판을 받고 안 받고는 차후의 문제고 당장 큰일은 아들이 순천경찰서에 갇힌 것이었다. 지방법원이 있는 순천경찰서는 사람 거칠게 다루기로 소문이 나 있었다. 그런데 반란사건이 일어나 그 도는 더욱 심해졌을 것이고, 아들은 빨갱이로 지목되었을 것이니 사태는 시간을 다투도록 급박하게 되어 있었다. 시간을 지체했다가는 억울한 매질을 면할 수 없게 될 것이었다.

김사용은 밥보자기를 들고 경찰서로 가면서, 오늘이나 내일쯤이면 풀려나겠지, 생각했던 것이다. 아들 범우가 했다는 용공적 발언이 어떤 내용인지 알 수는 없으나, 시국이 시끌시끌한데 옳은 소리라고 주장을 세우니까 겁을 주려고 며칠 가둬두는 것이려니 생각했었다. 처음에 서장이 최익승 운운했을 때도 기분은 과히 좋지 않았지만, 그 말이 어떤 계산 속에서 나온 것이라고 악의로 해석하지 않았었다. 그런데 사태의 돌변을 당하고 보니 모든 것이 계략적이었던 것이다.

"천 서방, 어디 있는가, 천 서방."

김사용은 대문을 들어서면서부터 목청을 돋우었다.

"아니, 머가 그리 다급허시요?"

부인이 먼저 방문을 열고 나왔다.

"천 서방은 워디 있는가?"

"여, 여그 있구만요, 어르신."

천 서방이 고무신을 끌며 뒤란에서 황급하게 뛰어왔다.

"문중회의를 열 것이니 싸게싸게 연락해라. 바로바로 모이라고 들 혀."

"야, 야, 핑 돌아오겠구만요."

천 서방이 부리나케 대문 밖으로 뛰어나갔다. 남편한테서 밥보자기를 받아들던 순간 이씨 부인은 아들의 신변에 이상이 생겼음을 직감했다. 밥보자기의 무게와 문중회의를 소집하는 것과, 더 묻지 않아도 큰일이 벌어진 것이 분명했다.

"범우를 순천으로 넘게뿌렀네."

김사용은 마당을 가로질러 가며 흘리듯 말했다. 워메, 으짤끄나, 하는 소리가 금방 터져나오려는 것을 이씨는 간신히 참아냈다. 가슴이 두근두근하기 시작했다. 그것이 예사 자식이 아니었다. 막둥이로 세상에 나오긴 했지만 어쩌면 장자 노릇을 맡아야 될지 모를 김씨 집안의 대들보였다. 그런데 어쩌자고 그 험한 순천경찰서로 넘겼단 말인가. 이씨는 남편을 믿으면서도 가슴의 두근거림은 진정되지 않았다.

"교환, 여그 봉림이다. 그려, 인사 그만허고, 아조 급허고 급헌 일 인께 딴 일 허지 말고 순천재판소 바꿔라. 그려, 지금으로 혀."

남편의 목소리가 여느 때 없이 크고 급했다. 재판소로 직접 통하 는 사람이 있다는 것에 안심이 되는 것이 아니라, 남편의 크고 급 한 목소리 때문에 이씨의 가슴은 더욱 심하게 두근거렸다.

"어무님, 그것 이리 주시씨요."

언제 옆에 왔는지 며느리가 밥보자기를 받으려 하고 있었다.

"아니다, 아녀. 요것은 나가 치울 것잉께 니넌, 니넌……." 이씨는 밥보자기를 감추듯 하며 뒷말을 잇지 못하다가 문득 문중회의를 한다는 것을 떠올리고는, "그려, 곧 문중회의럴 열 것잉께 니넌 단 출허니 술상이나 봐라" 하고 얼버무려 넘겼다.

"갑작스럽게 무신 문중회의럴……."

며느리는 의아스런 표정을 지었다.

"그럴 일이 있능갑다. 천 서방이 한창 발바닥에 불나게 돌고 있 을 것잉께 싸게싸게 채비혀라."

며느리는 더 이상 이상하게 여기지 않고 돌아섰다. 이씨는 후우 한숨을 내쉬었다. 어차피 알게 될 일이었지만 지금 당장 며느리에 게 알려서는 안 될 것 같았던 것이다. 태중(胎中)의 며느리에게 좋 을 리 없는 일이었다.

이씨는 밥보자기를 든 채 마당 가운데 화단 옆을 서성이고 있었 다. 키 작은 가을꽃 몇 송이가 춤게 피어 있었다. 이씨는 언제부터 인지 관세음보살, 관세음보살을 연달아 염송하고 있었다. 그 소리는 입술 밖으로는 새나오지 않았다.

"아, 여보시오, 그려, 순천 나왔어?"

이씨는 반사적으로 방 쪽으로 돌아섰다. 남편은 야속하게도 이런 중대한 일이 생겼을 때 옆에 있는 것을 딱 싫어했다. 별나고 묘한 성미였다. 그래서 무슨 큰일이 생기면 이씨는 가슴이 더 두근거리는지 몰랐다.

"여보시오, 순천재판소요? 정재남 판사 좀 바꿔주시오. 여기, 벌교 김사용이라는 사람이요. 예에, 기둘리지요."

이씨는 탄식처럼 "나무관세음보살" 하고 뇌었다. 찾는 사람이 없을까 봐서 조마조마하던 참이었다.

"아, 정 판사신가? 그저 그만허게 지내네. 공무에 바쁜디 요약해서 말허겄네. 그런께, 우리 범우가 이번 사태에 대해서 어떤 높은 양반헌테 몇 마디 헌 모양인디, 그 말이 용공적이다 해서 여기 유치장에 며칠을 가뒀는디, 그것으로 풀릴 줄 알고 기다리다 봉께 오늘 오전에 순천으로 이첩을 해부렀단 말이시. 보나마나 조서에는 빨갱이라고 썼을 것인디, 우리 범우가 어디 빨갱이질 헐 놈인가. 우선 그놈이 몸 상허지 않게 조처해 주시고, 나가 내일 순천으로 넘어갈라네. 아녀, 아녀, 가봐야제. 그 내용을 전화로 다 말헐 수가 없네. 어이, 부탁하네."

이씨는 그제야 다소 안정을 찾을 수 있었다. 저렇게 전화로 될 일인데 문중회의는 왜 하는지 알 수 없었다. 남편이 하는 일은 항상 먼저 알려고 하지 말고 일이 되어가는 것을 기다려야 했다.

"댕겨왔구만이라."

천 서방이 숨을 헐떡이며 들어왔다.

"다들 기시든가?"

"야아, 두 분 어르신네만 못 뵙고 네 분은 뵜었구만요."

"애썼네. 가서 술 잠 받아오소."

"야아, 받아와야제라."

천 서방이 벙긋 웃고 돌아섰다. 제 몫이 생기게 마련이므로 신바람이 나는 것이었다. 이씨는 밥보자기를 부엌으로 가지고 갈 수가 없어서 마루로 올라섰다. 조심스럽게 방문을 열었다. 남편은 긴 담뱃대만 빨고 있을 뿐 이쪽은 거들떠보지도 않았다.

"경철이 어멈헌테는 알리는 것이 덜 좋을 성불러 안직 말얼 안 혔구만이라."

밥보자기를 방으로 가지고 들어온 이유 설명인 셈이었다.

"잘했네."

이씨는 남편이 더 말을 하지 않을 것을 아는 탓에 곧 방을 나왔다. 술상 끝손질을 해야 했다.

문중회의를 구성하는 사람들은 하나같이 바쁜 걸음으로 모여들었다. 그런 그들의 태도를 먼발치에서 볼 때마다 이씨는 자신이 대접을 받는 것처럼 기분이 흐뭇해졌다. 남편이 종손이라서 그렇게 되는 것이 아니라 싶었다. 남편이 지니고 있는 한결같은 엄격함과 위엄이 그들을 다스리는 힘인 듯싶었다.

이씨는 술상을 들여놓고 나왔다. 마음 같아서는 마루에 지키고 앉아 회의내용을 엿듣고 싶었지만 그럴 수는 없었다. 문중회의 때는 아무도 얼씬거리지 못하게 되어 있었다. 그리고 마루 끝에 앉아 있는다 해도 엿들을 수도 없었다. 마루가 넓은 데다가 문중회의 때 주고받는 말은 그저 조용조용한 목소리들이었다. 어느 때 한 번이라도 문중회의 내용을 엿들으려고 한 적이 없으면서도 오늘따라 불현듯 그런 마음이 고개를 드는 것은, 오늘 회의가 십중팔구 아들 문제로 열리는 것이기 때문이었다. 이씨는 평생을 길들여져온 대로, 미리 알려고 하지 말고 일이 되어가는 것을 보고 알자고 마음을 다독이며 부엌으로 발길을 옮겨놓았다.

토방에 내리는 햇살은 미지근했다. 그러나 토방은 불기 없는 방보다는 더 따스했다. 길남이와 종남이는 옹송그리고 앉아서 해바라기를 하고 있었다. 길남이는 나무 실가지로 토방에다 무언가를 자꾸 그리고 있었다. 그러나 그것은 그림도 글씨도 아니었다. 무수하게 엇갈리기도 하고 뒤엉키기도 하는 의미 모를 선들을 그리고 있었다. 그렇다고 무료해서 하는 손장난도 아니었다. 길남이의 가슴에는 슬픔이 가득 괴어 있었다. 그 슬픔이 금방이라도 눈물로 줄줄이 흘러내릴 것만 같았다. 동생 앞에서 눈물을 보여서는 안 된다고 입술을 물었고, 그래도 자꾸만 목이 메어 언제부턴가 땅바닥에 줄을 그어대기 시작한 것이다.

"서엉, 나 배고픈디……."

종남이가 입술까지 길게 흘러내린 누런 코를 훌쩍 들이마시며

형을 흔들었다. 길남이는 동생에게로 더디게 고개를 돌렸다.

"코 풀어."

종남이의 윗입술 중간쯤에 코가 흘러내리고 있었다.

"나 배고프당께."

종남이의 지저분한 얼굴이 울상이 되었다. 마른버짐이 핀 깡마른 얼굴이 몹시도 추워 보였다.

"더러운께 코부텀 풀어."

길남이의 목소리가 조금 억세졌다.

"코 풀먼 밥 줄랑가?"

종남이가 한가닥 기대에 찬 눈빛으로 말했다. 밥은 밥이고, 코 푸는 것은 코 푸는 것이여, 하는 말이 곧 튀어나오려는 것을 길남이는 꾹 참았다. 그 말을 하면 동생이 그만 아앙 울고 말 것 같아서였다. 동생이 불쌍했고, 불쌍한 동생을 울리고 싶지 않았던 것이다.

"나 코 풀 것잉께 밥 줘야 써."

종남이는 이렇게 다짐을 하고는 토방을 내려서 팅 코를 풀어 던졌다. 누런 콧덩이가 저만치 떨어졌다. 종남이는 소매 끝으로 코를 썩썩 문질러 닦았다. 소매 끝부분은 말라붙은 콧물로 번들번들 윤이 났다.

"나 코 풀었응께 얼렁 밥 주소."

길남이는 앞에 선 동생을 물끄러미 바라보았다. 자기도 속이 쓰리도록 배가 고픈데 동생은 말할 수도 없을 터였다. 그러나 집에는 먹을 것이 아무것도 없었다. 함지박에 남아 있던 고구마 세 개는 아침에 삶아서 똑같이 한 개 반씩 나눠 먹어버렸다.

"종남아, 엄니는 아칙밥도 안 묵었다."

길남이는 힘들게 이 말을 했다. 그러자 동생의 코끝이 벌름거리고 입술이 씰룩이더니 아앙 울음을 터뜨렸다. 동생은 어머니 생각이 나서 우는 것이 아니라 배를 채울 수 없게 되어 우는 것이었다. 길남이는 동생을 달랠 생각을 하지 않았다. 모르는 체 내버려두면 울다가 제물에 지쳐 그칠 것이다. 그리고 찬물이나 한 바가지 마시고 기둥에 기대 졸음졸음 졸 것이다. 끼니를 굶을 때는 언제나 그래왔다.

"성, 외갓집에 가자."

어느새 울음을 그친 종남이가 바짝 다가서며 말했다. 눈물 흘러 내린 자국이 두 볼에 그어진 동생의 얼굴은 화가 난 것같이 보였다.

"외갓집은 머 헐라고 가."

길남이는 느리게 고개를 저었다. 외갓집도 자주 갈 데가 못 되었다. 외할머니 말고는 반가워하는 사람이 없었다. 특히 외사촌동생들은, 왜 우리 밥 뺏어먹으러 왔느냐고 대들기도 했다.

"아칙에 엄니가 잽혀감스로 외갓집에 가라고 안 그러등가."

종남이는 빽빽 소리치며 대들듯 했다. 길남이는 하마터면 동생의 따귀를 후려칠 뻔했다. 어머니가 '잡혀갔다'는 말을 듣는 순간 주먹이 불끈 쥐어졌던 것이다. 그러나, 동상 잘 델고 있어야 써, 하는 어머니의 목소리가 어디선지 들려와 스르르 주먹을 풀고 말았다.

"그려, 엄니가 금세 올란지도 몰른께 쪼깐 더 있다가 가자."

길남이는 동생을 달랬다.

"글면 걸어, 걸어."

종남이는 금방 밝은 얼굴이 되어 새끼손가락을 길남이의 코앞에다 디밀었다. 길남이는 더디게 손을 올려 새끼손가락으로 동생의 새끼손가락을 걸었다. 동생은 신나게 손을 흔들어댔다. 길남이는 가슴이 먹먹해지는 슬픔과 함께 곧 쏟아질 것 같은 눈물을 꿀떡꿀떡 삼키고 있었다. 왜 우리는 가난하고, 왜 아버지는 도망을 다니고, 왜 어머니는 잡혀가고 두들겨맞고 해야 하는지, 눈치 하는 외갓집에 갈 약속을 하자 그런 슬픈 생각들이 한꺼번에 몰아닥쳤던 것이다.

길남이는 눈물을 참아내려고 하늘을 쳐다보았다. 맑은 하늘 귀퉁이로 똘감나무 잔가지들이 박혀 있었다. 가지에는 잎이 하나도 붙어 있지 않았다. 물론 감이 달려 있을 리 없다. 풋감 때 다 따먹어버렸던 것이다. 지금이 봄이었으면 좋았을 것을……. 얼른 스쳐 간 생각이었다. 길남이는 쓸쓸하게 웃었다. 똘감나무는 봄부터 여름까지 동생과 자기에게 심심찮은 요깃거리를 대주었다. 아침에 일어나면 똘감나무 아래는 종 모양 같기도 하고 도라지꽃 모양 같기도 한 작은 감꽃들이 촘촘히 떨어져 있고는 했다. 그 감꽃들을 하나하나 주워 대바구니에 담았다. 대바구니에 수북이 담긴 감꽃을 들고 일어서면 대바구니에서는 감꽃들처럼 작고 예쁜 종소리들이 수없이 울려나오는 것 같았다. 초록빛 꼭지를 단 노르스름한 감꽃은 언제 보아도 좋았다. 어쩌면 먹을 수 있는 것이어서 그런지도 몰랐다. 초록빛 꼭지를 따내고 감꽃을 입에 넣어 씹으면 처음에는 약간 떫은맛이 나다가 차츰 달착지근한 맛이 입 안을 채웠다. 감꽃은 하나하나 먹는 것보다 한꺼번에 입 안 가득 넣고 씹어야 제맛이 났다. 부잣집 가시내들은 감꽃을 실에 꿰어 두 번 세 번 감기는 목걸이를 만들고, 사내애들은 그까짓 것을 무슨 맛으로 먹느냐고 핀잔이지만 그건 다 부잣집 애들이 하는 수작이고, 가난한 애들은 너나없이 감꽃을 맛있는 꽃으로 여기고 있었다. 감꽃만이 먹는 꽃이 아니었다. 진달래꽃도 먹었고, 아카시아꽃도 먹었다.

"서엉, 나 배고파 죽겄어. 얼렁 외갓집 가자."

종남이가 졸음이 찬 듯한 눈을 반나마 뜨곤 칭얼대듯이 말했다.

"엄니가 올란지 모른께 찬물 한 그럭 떠다 묵고 우리 쪼깐만 더 기둘리자."

"찬물 묵으먼 오줌만 매롭고 더 배고픈디."

길남이는 더 대꾸하고 싶지 않았다. 말할 기운도 없었다. 외갓집에는 가고 싶지도 않았지만 어머니 때문에 갈 수도 없었다. 어머니가 곧 돌아오리라고 생각하진 않았지만 그래도 해가 기웃할 때까지는 기다려봐야 될 것 같았다. 어머니는 지금쯤 어쩌고 있는지, 어머니를 생각하면 금방 눈물이 쏟아질 것 같고, 공산당을 하는 아버지가 더없이 원망스럽기만 했다. 뒷집 칠성이 아버지처럼 가난해도 공산당을 안 하면 얼마나 좋으랴 싶었다. 그러면 아버지와 함께 살 수 있고, 할아버지도 돌아가시지 않았을 것이고, 어머니도 자꾸 잡혀가지 않아도 되고, 자기와 동생이 이렇게 배가 고프지도 않을 것이었다. 칠성이네는 가난하긴 해도 밥때를 굶고 넘기지는 않았다. 죽을 먹어도 먹었다. 칠성이네는 아버지가 함께 살아서 그러는 것이었다. 칠성이와 동갑이면서 팔씨름이나 달리기에 지는 것도 다 그 탓이었다.

아침에 학교를 갔다가 교문 앞에서 되돌아왔다. 지난번처럼 경찰들이 쓴다는 것이었다. 행여나 어머니를 만날 수 있을까 해서 오랫동안 담을 따라 배돌았지만 소용이 없었다. 눈물을 삼키고 또 삼키며 집으로 돌아올 수밖에 없었다. 엄니는 을매나 무섭고 겁날까……. 그 생각만이 머릿속을 채우고 있었다. 자신은 끌려간 것도 아니고 매를 맞는 것도 아닌데 총구멍만 보고도 얼마나 무서웠던가. 총구멍이 그렇게 무서운 것인 줄은 몰랐었다. 아침에 놀라 잠이 깼을 때 총구멍이 바로 눈앞에 있었다. 그 동그란 구멍에서 금방 총알이 튀어나와 자신을 죽일 것만 같았다. 너무 무서워 어머니가 잡혀가는데도 꼼짝을 하지 못하고 그대로 앉아 있기만 했었다. 사람들은 다 가버렸는데도 총구멍은 언제까지나 그 자리에 그대로 있었다. 눈을 감아도 총구멍은 보였고, 변소를 가도 총구멍은 그만큼의 거리를 두고 따라왔다.

"성, 참말로 배고파 죽겄어. 얼렁 외갓집에 가자."

"그려, 가야제."

길남이는 천천히 일어났다. 다시 주저앉고 싶도록 기운이 없었다. 동생은 더 기운이 없을 것이다. 동생이니까. 길남이는 동생이 가엾고 불쌍했다.

"기운 채려야 써, 외갓집이 먼께."

길남이는 동생의 손을 잡았다.

둘이의 키보다 두 배쯤 긴 그림자가 그들보다 먼저 사립문을 나서고 있었다.

17

배고픔과 동물과 인간

"계란 사씨요오, 계란."

대로 얽어짠 상자 모양의 커다란 망태기를 짊어진 사내가 큰 목청을 뽑았다. 그러나 담이 허리 높이밖에 안 되는 집 안에서는 아무런 기척이 없었다. 집을 보듬듯이 반원을 이루고 있는 대숲에서 참새들의 쨱쨱거리는 소리만 울릴 뿐 집 안은 적막에 싸여 있었다. 사내는 큼큼 목을 다듬었다.

"여보시오, 아무도 없소? 계란 사씨요오, 계란."

사내의 목소리는 처음보다 한결 쿠렁쿠렁하게 울렸다.

"계란 있소. 딴 디 가봇씨요."

집 안에서 여린 여자의 목소리가 흘러나왔다. 사내가 대문도 사립문도 달리지 않은 집 안으로 성큼성큼 걸어 들어갔다. 마당이 좁아 보폭이 큰 사내의 걸음걸이로는 금방 댓돌 앞에 이르렀다.

"계란을 안 사도 좋으니까 방문이나 열고 거절하시지요."

사내가 방에다 대고 한 말이었다. 그 목소리가 계란을 사라고 외칠 때와는 딴판으로 점잖고 무게가 있었다. 이내 방문이 열렸다. 그리고 "워메……" 하는 여자의 놀라움이 담긴 음성이 짧고 나직하게 뒤를 이었다.

"나요."

엷은 웃음을 얼굴에 담고 있는 남자는 정하섭이었다. 소화는 벌떡 일어서긴 했지만 놀라움을 감추지 못하는 얼굴로 정하섭을 멍하니 바라보고만 있었다. 그도 그럴 것이 정하섭은 영락없는 계란장수였다. 광목으로 지은 한복 바지저고리에 검정물 들인 조끼를 받쳐입은 입성이며, 검정 고무신에 다 헐어빠진 일본군 모자며, 수염이 더부룩한 데다가 며칠을 씻지 않았는지 땟국물이 흐르는 얼굴이며가 흠잡을 데 없는 계란장수였다.

소화는 그가 불현듯 나타난 데 놀라고, 그가 계란장수로 변해 있는 데 놀라고 있었다. 그러나 소화만 놀라고 있는 것이 아니었다. 그녀가 입고 있는 소복을 보고 정하섭도 놀라고 있었다. 그러나 그는 내색을 하지 않았다.

"얼렁 드시써요."

소화는 서둘러 마루로 나서며 말했다. 놀라움을 일순간에 몰아내는 어떤 깨달음이 스치고 갔던 것이다.

"천천히 해도 괜찮소. 나는 계란장수니까."

정하섭은 빙긋 웃기까지 하며 태평스럽게 말했다. 그리고 느릿느릿한 동작으로 대망태기를 마루에 내려놓으려 했다. 소화는 그것을 거들려고 대망태기를 받쳐잡다가 주춤 놀랐다. 대망태기는 의외로 무거웠던 것이다.

"계란이 있다 했지만 억지로 팔아야겠소."

정하섭은 정말 계란을 팔아먹어야겠다는 듯한 어조로 말하며 짚을 엮어 만든 덮개를 걷었다. 대망태기에는 짚꾸러미에 열 개씩 넣은 계란이 반 이상 차 있었다.

"요 계란으로 말헐 것 같으면, 암놈 혼자서 깐 빙신계란이 아니고 암놈 수놈이 항꾼에 일혀서 깐 진짜 계란이요. 그라고 개량종이 아니라 순 토종이요. 요 색깔이럴 봇씨요. 노르족족허고 볼그족족헌 것이 바로 토종계란이란 표식이요. 많이도 말고 두 줄만 팔아줏씨요."

행색뿐만이 아니라 사투리에 가락을 넣어 말하는 것까지 갈 데 없는 계란장수였다. 정말 계란장사를 시작한 것이 아닐까 싶을 정도로 몸에 익은 행동거지였다. 지난번과는 너무나 다른 정하섭의 면모였다. 소화는 어떻게 대처해야 좋을지를 몰라 그저 머뭇거리기만 했다. 달라진 그 모습이 한결 실해 보이고 남자다워 보이고 더욱 가깝게 느껴졌다.

"지난번 그 방에 머물러야겠소."

정하섭이 계란꾸러미를 소화 앞으로 밀어놓으며 낮게 말했다.

"예에……."

소화는 들릴락 말락 하게 대답했다. 그러면서 가슴이 편안해지는 안도감과 빛살처럼 퍼지는 기쁨을 느꼈다. 자신도 모르게 솟는 그런 기분이 부끄러워 그녀는 얼굴을 더 숙였다.

"지금 그리 가면 좋겠소."

"알겄구만이라."

소화는 치맛귀를 잡아올리며 마루를 내려섰다. 어머니의 초상을 치르고 나서 제각 안에 정하섭을 맞을 준비를 그 정도나마 해놓은 것이 얼마나 잘한 일인가 싶었다. 너무 갑작스럽게 어머니가 떠나버린 허망과 슬픔에 빠져 있으면서도 문득문득 떠오르는 말이 있었다. '머잖아 다시 오게 될 것이오.' 정하섭이 떠나면서 남긴 말이었다. '머잖아' 오겠다는 말도 그지없이 막연한 것이었지만, 만약 온다고 해도 아무 예고 없이 불쑥 나타날 사람이었다. 그때를 위해 최소한의 준비를 해두고 싶었다. 홑이불을 뜯어 빨았고, 간단한 취사도구를 장만했다. 특히 신경을 쓴 것이 땔감이었다. 싸리나무를 다섯 짐 사들였는데, 한 짐마다 다른 사람을 택했다. 싸리나무는 연기가 나지 않아서였다. 옛날부터 산도적들은 싸리나무로 밥을 해먹었고, 관가에서는 싸리나무가 잘린 곳을 찾아다니며 산도적의 뒤를 쫓았다는 이야기를 어머니한테 여러 번 들은 적이 있었다. 그런 준비를 해가며 그녀는 어머니 잃은 허망과 슬픔에서 스스로를 조금씩 건져올릴 수 있었다.

"아니……."

방으로 들어서던 정하섭은 한쪽 구석에 이불과 요가 단정하게 개켜진 위에 베개 하나가 놓여 있는 것을 보고 머뭇했다. 그러나 다음 순간, 거기에 머물러 있는 소화의 기다림을 보았다. 문득 이름을 알 수 없는 들꽃의 향기가 코끝을 스쳐갔다. 그는 코를 벌름했다. 그러나 그 향기는 이미 흔적도 없었다.

"저녁밥은 완전히 어두워진 다음에 가져오는 것이 좋겠소."

정하섭은 벽에 등을 부리고 앉았다. 먼 길을 걸어온 피곤이 바위의 무게로 몸을 눌러왔다.

"밥은 여그서도 헐 수 있구만요."

두 손을 앞에 모으고 선 소화의 말이었다.

"그게 무슨 소리요?" 정하섭은 말을 물어놓고 곧이어, "아, 알았소." 고개를 끄덕였다.

소화는 조용히 돌아섰다.

"그런데……."

정하섭의 말에 문고리를 잡았던 소화는 다시 소리 없이 돌아섰다.

"지금 밥을 하진 마시오. 여긴 사람이 살지 않는 것으로 되어 있으니까."

"내가 안 나라고 싸리나무를 구해놨는디요."

"아니! 그걸 어떻게 알았소?"

정하섭은 윗몸을 벌떡 일으켰다. 연기를 안 나게 하기 위해서 싸리나무나 맹감나무를 땔감으로 사용하라는 것은 빨치산 교육에 나오는 것이었다.

"전에 엄니헌테 들었구만요."

정하섭은 소화를 물끄러미 올려다보고 있었다. 소복을 입어 키가 더 커 보이는 그녀가 그야말로 이름 그대로 한 떨기 흰 꽃으로 보이고 있었다.

"방이 차구만요."

소화는 쏟아져오는 남자의 눈길을 더 견딜 수가 없어서 돌아섰다.

정하섭은 눈길을 방바닥으로 떨구며 담배를 꺼냈다. 이상스런 감정의 출렁임이었다. 그녀가 한 떨기 흰 꽃으로 보이면서 정신이 아득해지는 것 같기도 했고, 가슴에 거센 물결이 일어나는 것 같기도 했고, 전신이 뜨거운 열로 달아오르는 것 같기도 했다. 그런 확실하지 않은 느낌들이 따로따로 일어난 것이 아니고 동시에 일어났고, 그건 어떤 강한 폭발이나 충격 같은 것이라고 해야 옳았다. 전에 경험한 일이 없는 감정이었고 그리고 성적 충동과는 거리가 먼 감정이었다.

정하섭은 담배연기를 내뿜었다. 담배는 피곤을 더 농도 짙게 만들었다. 피곤이 액체처럼 느껴지고, 몸이 거기에 차츰차츰 빠져드는 것 같았다. 또 담배를 빨았다. 피곤은 더 끈끈해지고, 몸은 점점 더 깊이 잠겨들었다. 소화 어머니가 돌아가셨다…… 소화가 혼자서 장례를 치렀다…… 앞으로 외롭겠다…… 무당 노릇은 할래나…… 할래나…… 할래…… 할…… 정하섭의 손가락에 끼워졌던 담배가 방바닥에 떨어졌다. 조금 구르다가 멈춘 담배에서는 파아란 연기가 긴 꼬리를 늘이며 피어올랐다. 벽에 등을 기댄 채 고개를 푹 떨군 정하섭은 코를 골기 시작했다.

소화는 쌀을 안치고 불을 지핀 다음 안심을 할 수가 없어서 밖으로 뛰어나와 굴뚝을 뚫어지게 쳐다보고 있었다. 아궁이 가득 나무를 넣었는데도 굴뚝에서는 전혀 연기가 나지 않았다. 참으로 신기한 일이다 싶었다.

소화가 밥상을 들고 들어왔을 때 정하섭은 옆으로 웅크리고 누운 채 잠들어 있었다. 조심스럽게 밥상을 놓은 소화는 정하섭 옆으로 다가갔다. 입에서 흘러내린 침이 방바닥에 괴어 있었다. 그것을 보자 소화는 가슴이 찡 울렸다. 자신도 모르게 밥상을 돌아보았다. 두 가지 김치와 계란찜·김·콩나물무침, 뜨물을 받아 멸치를 넣고 끓인 무국, 그리고 간장 한 종지가 반찬의 전부였다. 저런 밥상을 받게 하려고 이리도 곤히 자는 사람을 깨워야 하나 하는 망설임으로 소화는 엉거주춤하고 있었다. 그러나 밥때가 된 데다가 음식은 식으면 제맛을 잃었다. 잠은 11월 긴 밤이 새도록 자면 될 것이었다.

소화는 정하섭을 깨우려다가 주춤했다. 말을 하려는데 호칭이 없었던 것이다. 무엇이라고 불러야 좋을지 모를 사람, 그러면서 마음의 문, 몸의 문을 열어준 사람, 저 사람은 나와 무엇이어야 하는가. 소화는 당혹감과 함께 걷잡을 수 없는 욕심이 불길처럼 일어나는 것을 느꼈다. 신령님은 나한테서 어머니를 데려가고 그 대신 저 사람을 보내신 것이다. 욕심이 하는 말이었다. 그럼 저 사람은 나와 어떤 관계가 되어야 하는가. 소화는 얼굴을 감쌌다. 그리고 고개를 저었다. 그런 관계는 될 수 없었다. 애초에 그런 관계가 되기를 바라지도 않았다. 서로는 구름이고 바람이고 철새였다. 시작을 달리

하여 흐르다가 합쳐진 물줄기였다. 그래서 인연은 있어도 현생의 집은 장만할 수 없게 되어 있었다. 소화는 눈물을 훔쳤다.

"진지 드시씨요, 진지 드시씨요."

소화는 아무 호칭도 붙이지 않았다. '예 말이요' '봇씨요' 같은 말은 앞에 붙이고 싶지 않았다. 그런 것은 생판 모르는 사람을 부를 때나 쓰는 것이었다. 그분은 절대로 생판 모르는 사람이 아니었던 것이다.

"진지 드시씨요, 진지 드시랑께요."

소화는 목소리를 높였다. 정하섭은 힘겹게 눈을 떴다. 그 무거운 눈꺼풀이 다시 내리감길 것만 같았다.

"밥 다 됐는디, 진지 드시씨요."

내리감길 눈꺼풀에 막대기라도 받치듯 소화는 또렷한 어조로 다시 말했다.

"으응, 응, 벌써 밥이……."

정하섭은 그때서야 정신이 드는지 허둥거리며 몸을 일으켰다.

"갑작시러서 찬이 읊는디……."

소화는 밥상을 정하섭의 앞으로 옮겨놓았다.

"아니요, 이만하면 계란장수 밥상으로는 성찬이오."

정하섭은 밥상으로 바싹 다가앉으며 숟가락을 들었다. 그 서두르는 몸짓이 꽤나 시장했던 모양이었다. 잠은 다 깼는지……. 소화는 염려가 되면서도 천천히 드시라는 말은 차마 할 수가 없었다.

"참, 소화 당신 밥은 왜 없소?"

국을 막 입에 떠넣으려던 정하섭이 고개를 들었다.

"지는 이따가……."

소화는 황급히 눈길을 떨구었다. 처음으로 맞부딪힌 눈길에 가슴이 찡 저렸고, '소화 당신'이라는 호칭이 너무나 뜻밖이었던 것이다.

"그럴 것 없소. 먹을 때 함께 먹어치웁시다."

정하섭은 소화가 이제 혼자라는 것을 생각하며 말했다. 소화는 얼굴이 달아오르고 온몸이 움츠러들었다. 감히 겸상을 하다니……. 상상만으로도 죄가 될 일이었고, 꿈에서라도 이루어지지 않을 일이었다. 지체가 같은 부부 사이라도 할 수 없는 일인데 하물며 무당의 몸으로. 그런데 그분은 분명 겸상을 하자고 한 것이 아닌가. 서울에서 공부를 한 신식이어서 그런가, 부잣집 아들이면서도 가난한 사람들 편을 든다는 공산주의를 해서 그런가. 소화는 도무지 종잡을 수가 없었다.

"뭘 하고 있소. 어서 밥을 가져오시오."

"아니어라, 지는 참말로 이따가……."

소화는 그만 일어서고 말았다. 그대로 밖으로 나갈 기세였다.

"됐소, 됐소. 불편하다면 이따가 혼자 들도록 하고, 거기에 앉으시오."

정하섭은 손까지 흔들었다. 그런 그의 얼굴에는 웃음이 감돌고 있었다. 소화는 정하섭의 정면으로부터 반쯤 옆으로 돌아앉았다.

"상을 당한 모양인데, 뭐라고 위로의 말을 해야 좋을지 모르겠소."

"……."

소화는 정하섭 쪽으로 고개를 약간 돌려 숙임으로써 예에 대한 답례를 했다. 언제 숟가락을 놓았는지 정하섭은 다시 들 것 같지 않게 무슨 생각엔지 골똘히 잠겨 있었다.

"국 다 식는디 어서……."

"아, 알았소."

정하섭은 자세를 바꾸더니 무슨 말인가를 하려다가 말고 숟가락을 들었다. 그는 한동안 밥 먹는 데만 열중했다. 소화는 그의 무씹는 소리까지 새겨들으며 그지없이 마음이 아늑해지는 걸 느끼고 있었다.

"어째서 계란장수가 됐는지 왜 묻지 않소?"

정하섭이 불쑥 말했다.

"그런 것은 여자가 물을 말이 아니라서……."

사실이 그랬다. 묻고 싶은 것은 겉마음이었고, 속마음으로는 무슨 연유가 있겠지 하고 헤아렸던 것이다. 정하섭의 눈에는 소화가 또 한 떨기 흰 꽃으로 보이려 하고 있었다.

"계란장수가 됐으니 대낮에도 소화를 찾아올 수 있게 되잖았소."

소화에게는 이 정도의 말로도 설명이 충분할 것 같았다.

"읍내에 토벌대가 새로 왔구만요."

소화는 묻지도 않는 말을 했다. 그가 변장을 너무 믿을까 봐 염려가 되어서였다.

"알고 있소."

정하섭은 소화의 말뜻을 헤아리며 고개를 보일 듯 말 듯 끄덕이고 있었다. 깊고, 영리하고, 기특하고, 따스한 여자……. 정하섭은 담배를 빼들었다.

소화가 숭늉을 떠가지고 왔다.

"미안하지만 뜨신 물을 좀 데워줬으면 좋겠소. 너무 오래 몸을 씻지 못해서……."

정하섭이 민망한 표정으로 말했다.

"여그 목간통이 있는디요."

"목욕탕이?……"

이곳이 바로 현 부자네 첩들의 거처였다는 사실을 정하섭은 새삼스럽게 깨닫고 있었다. 청년단 아래층에 있는 공동목욕탕은 거의 일본인들 전용이다시피 했다. 읍민들의 사용을 통제해서가 아니라 돈을 내고 목욕을 할 사람들이 많지 않아 자연히 그렇게 되었다. 일본인 주인이 쫓겨가게 되자 목욕탕은 일꾼으로 있던 나씨의 차지가 되었다. 그러나 목욕탕은 운영이 되지 않아 결국 문을 닫고 말았다. 사람들 사는 형편이 그런 지경인데 현 부자는 첩들을 위해 개인 목욕탕까지 만든 것이었다. 부르주아 계급다운 짓이었다.

정하섭은 김범우 선생과 염상진 위원장을 함께 생각했다. 아니, 함께 생각하는 것이 아니라 아무나 한 사람을 생각하면 다른 한 사람은 연상적으로 떠오른다고 해야 옳았다. 김 선생은 어떻게 지내고 있을까. 염 위원장은 또 어떻게 지내고 있을까. 염 위원장은 사전 지령대로 조계산 속 어딘가에 묻혀 있겠지만, 김 선생은 학교가 아직 정상으로 돌아가지 않는데 무엇을 하고 있을까. 염 위원장으로서는 당연히 '위대한 혁명사업'이겠지만, 김 선생은 이번 사태를 어떻게 생각하고 있을까. 어쩌면 민족분열을 가속화시키는 미친 짓이라고 가혹하게 비판할지도 모른다. 그분은 어떤 경우에나 민족우선주의자였다. 선민족, 후주의였다. 그래서 그분은 이남의 체제도 이북의 체제도 민족을 분열시키는 거대한 무기로밖에는 보지 않았다. 그러므로 그분은 남북협상론을 내세운 백범 김구의 추종자가 될 수밖에 없었다. 현실적으로 백범이 그러하듯 김 선생도 외로운 분노만을 끓이며 살아가야 할 것이다. 염 위원장은 이번 사태를 어떻게 받아들이고 있을까. 완전한 실패라고 생각할까, 아니면 일시적인 후퇴라고 생각할까. 자신도 확언할 수는 없지만 이번 사업은 실패로 보는 것이 타당할 것 같았다. 이승만 정권은 날이 갈수록 대대적인 반격작전을 전개하는 동시에 군부 내의 공산세력과 지하공산세력의 색출작업을 여느 때 없이 강력하게 추진하고 있었다. 이번 사업은 이승만 정권으로 하여금 공산세력을 일소하게 하는 필연적 계기만 마련해 준 것 같았다. 대충 눈치로 짐작하는 것이지만 당중앙으로서도 이승만의 강경정책에 대처할 만한 효과적 방안을 강구하지 못하고 있는 듯했다. 그런 사실을 알면 염 위원장은 어떤 반응을 보일 것인가.

"목간물 다 디워졌는디요."

문밖에서 조심스런 소화의 목소리가 들렸다. 정하섭은 생각을 떨치고 일어섰다. 그런 복잡한 생각보다는 우선 뜨거운 물속에 목까지 푹 잠기고 싶었다.

목욕을 하고 나오던 정하섭은 하마터면 소리를 지를 뻔했다. 어둠 속에 희끄무레하게 서 있는 것, 그만 질겁을 했던 것이다. 그건 소화였다.

"방에 있지 않고 왜 이러고 서 있소?"

말을 하면서도 정하섭의 가슴은 벌떡거리고 있었다.

희미한 등잔불이 밝혀진 방에는 이부자리가 깔려 있었다. 그때서야 정하섭은 그녀가 왜 밖에 서 있는지를 깨달았다. 방으로 들어선 그는 소화가 따라 들어오는 기척이 없어 뒤를 돌아보았다. 그녀는 댓돌 아래 그대로 서 있었다.

"들어오시오."

그녀는 전혀 움직일 것 같지 않게 서 있었다.

"할 얘기가 있으니 들어오시오."

그때서야 그녀는 고개를 들었다.

"엄니 사십구재가 안직 지나지 않아서……."

그녀가 힘들여 한 말이었다. 정하섭은 금방 그녀의 말뜻을 알아들었다. 그래서 남자와 잠자리를 같이해서는 안 된다는 말이 생략되어 있었다. 정하섭은 멋쩍게 웃었다. 그녀의 소복을 하나씩 하나씩 벗겨 그녀가 흰 꽃이 아니라 붉은 꽃이 되게 해서 그 꽃 깊이깊이 잠겨 꿀을 빠는 나비이고 싶었음이 사실이었던 것이다. 자신의 가치관으로 볼 때 그녀의 생각은 아무런 의미도 없었다. 그건 무가치한 미신이거나 무의미한 관습일 뿐이었다. 자신의 생각대로 행동을 하면 그녀는 따라올 수밖에 없는 것이다. 그러나 강제성을 띤 그 행동에는 무슨 의미가 있는가. 짐승으로서의 배설 행위밖에 더 되는가. 사십구재 안에 남자와 동침을 할 수 없다는 것은 그녀의 신성이고 믿음인 것이다. 자신의 가치관이 그녀의 신성이나 믿음의 우위에 설 수는 없는 일이었다. 그는 그녀의 믿음을 지켜주고 싶었고, 그리고 그녀에게 자신은 사람이고 싶었다.

"알겠소. 할 얘기는 내일 아침에 하도록 합시다."

정하섭은 툇마루로 나서며 말했다.

"고맙구만이라. 편히 주무시씨요."

소화는 깊은 절을 하고는 쫓기듯이 어둠 속을 걸어서 멀어져갔다. 정하섭은 어둠 속을 멍하니 바라보고 서 있었다. '고맙구만이라.' 그녀의 말이 긴 여운으로 남아 있었다. 무엇이 고맙단 말인가. 그는 자신의 결정이 잘된 것임을 다시 확인하고 있었다.

"당신이 바로 염상진이 마누란가?"

토벌대장 임만수가 고약스런 얼굴을 해가지고 물었다.

"그러요."

몸피가 큰 여자는 그에 어울리게 대답하는 태도도 불퉁스러웠다. 여자의 왼쪽 볼에는 푸르뎅뎅한 멍이 들어 있었다.

"당신 이름이 뭐야?"

"지집이 무신 이름이 있겄소. 그냥 죽산댁이라 허요."

"어허, 그따위 촌 이름 말고 시집오기 전에 부르던 이름 있을 것 아닌가."

임만수는 오만상을 찌푸렸다. 못생긴 얼굴이 더욱 못나 보였다.

"넘 처녀 적 이름 머 할라고 물으요?"

"이봐! 개소리치지 말고 고분고분 대답 못하겠어!"

임만수가 버럭 소리치며 책상을 내리쳤다. 말마다 투덜거리는 것 같은 이 여자의 사투리는 한층 듣기가 싫었다.

"성은 임이요, 이름은 끝순이었소."

죽산댁은 알아들을 수 없는 소리로 중얼중얼했다.

"이봐, 이봐, 지금 무슨 소릴 씨부리고 있는 거야!"

임만수는 곧 내려칠 것처럼 주먹을 치켜올렸다.

"워메, 왜 그래쌓소. 조사헐 일이나 조사헐 것이제 넘이 속으로 허는 말까정 간섭이요, 간섭이."

죽산댁은 조사를 받고 있는 사람답지 않게 전혀 기가 죽어 있지 않았다.

"뭐야! 간섭?"

마침내 임만수의 주먹이 죽산댁의 볼에서 퍽 소리를 냈다.

"워메, 사람 잡네. 사람얼 때릴 대목에서 때레야제 지금 워째 때리요. 넘 서럽고 눈물 나라고 처녀 적 이름은 왜 묻느냐고 속말혔는디, 고것이 머시가 잘못이라고 사람을 복날 개 패대끼 패요, 패기를."

죽산댁은 한 대 얻어맞고 나더니 오히려 기가 더 펄펄 살아올랐다.

"죽이기 전에 아가리 닥쳐!"

임만수는 고함을 치며 책상 위에 놓아둔 몽둥이를 들고 벌떡 일어났다.

"좋소, 죽이씨요. 빨갱이 예펜네로 이리 끌려댕김서 매타작당허고, 저리 끌려댕김서 매타작당허고, 인자 나도 그리 살기는 징상시럽고 징상시런 년잉께, 죽이씨요, 쥑여! 고 몽댕이로 이년 대갈통얼팍 깨 쥑여줏씨요."

죽산댁은 자기 저고리를 와득와득 잡아뜯으며 임만수 앞으로 한사코 머리를 디밀었다. 임만수는, 이것이 예삿것이 아니라고 생각했다. 빨갱이물을 먹었다면 일부러 음흉을 떠는 것이고, 그렇지 않다면 성깔머리가 억센 여자일 것이었다. 이런 부류들은 몰려면 반죽음이 되도록 세게 몰아쳐야 하고, 그러지 않으려면 인간적인 체하며 부드럽게 다루어야 했다. 어설프게 하다가는 개망신당하기 일쑤였다.

"이봐, 내 낯짝을 똑똑히 봐. 네까짓 것들 대갈통 박살내기는 식은 죽 먹듯 하는 사람이야. 허나, 여자 상대로 곤조통 부리고 싶지 않으니까 좋은 말로 할 때 고분고분 들어."

임만수는 있는 대로 얼굴을 험악하게 해가지고 이빨로 질겅질겅 씹다가 뱉는 듯한 어조로 말했다.

"되얐소, 그쪽서 존 말로 험사 나도 그리 허겠소."

죽산댁은 머리칼을 쓰다듬으며 자리를 고쳐 앉았다.

"어젯밤에 염상진이 왔었지?"

"그 웬수 얼굴을 못 본 지가 오래요."

"거짓말하지 말어. 본 사람이 있어."

"허, 참말로. 존 말로 헌다등만 두 마디째에 험헌 소리 혀뿌네. 그리 넘게짚는다고 읊는 일 있다고 헐 사람 아닝께 그리 허덜 마씨요."

죽산댁은 헛웃음을 쳤다. 임만수는 다시 이것 안 되겠다 싶은 생각을 했다.

"어젯밤 총소리가 날 때 어디서 뭘 했지?"

"지름값도 아깝고 혀서 새끼덜 델고 일찍허니 자빠져 잘라고 허는디 총소리가 납디다. 그려서 꼼지락 않고 새끼덜 품고 뉘 있었제 멀 혔겄소."

"그게 누구라고 생각했었나?"

"밤중에 서로 총질험시로 지랄발광허는 것이 순사들허고 빨갱이덜 말고 머시가 또 더 있었소."

"그게 남편일 거라고 생각 안 했나?"

"물으나마나 헌 소리 아니요. 그리 총질이 심혔는디 대장이 읊을 리가 있었겄소?"

"남편이 숨어들었으면 어쩔려고 했지?"

"워쩌기는 워쩨라. 내빌나도야제라."

"내빌나도야제라?"

임만수는 떠듬떠듬 되풀이했다.

"으짤 것이요, 명색이 냄편인디."

임만수는 그때서야 그 말이 '내버려둬야지요'라는 것을 알았다. 임만수가 되풀이한 것은 말을 못 알아들어서였고, 죽산댁은 임만수의 되풀이를 되물음으로 알고 대답을 한 것이었다.

"이봐! 그러면 어떡해."

임만수가 책상을 쾅 내리쳤다.

"음마, 음마, 존 말로 헌다등마 또 변해뿌네."

죽산댁은 째지게 눈을 흘겨댔다. 임만수는 기가 차서 헛웃음이 나오려고 했다. 배짱이 좋은 것인지 모자라는 것인지 알 수가 없을 지경이었다.

"빨갱이를 숨겨주면 죄가 된다는 걸 몰라서 숨겨줘?"

"아까 대답 안 혔소. 냄편잉께 으짤 수가 웂다고."

"글쎄, 남편이라도 숨겨주면 안 돼. 경찰에 알려야지."

"나넌 그리 못혀라. 빨갱이질허는 것이사 징글징글허제만, 하나뿐인 아그덜 애비럴 워치케 나 손으로 죽게 맹글 것이요."

"죽긴 왜 죽어. 마음만 돌리면 얼마든지 살려줘."

"그 남정네가 사람덜얼 을매나 많이 쥑였는디, 경찰이 무신 부처님 가운데 토막이랍디여? 고런 사람꺼정 살려주게. 허고, 그 남정네 맘 돌릴 남정네가 아니요."

"이것 참, 그럼, 그런 독종을 숨겨주면 당신 죄가 얼마나 커지는지 알기나 해?"

"그렁께 시시때때로 잼혀와갖고 죽어라 매타작당허는 것 아니겠소."

임만수는 그만 맥이 빠지고 있었다. 도대체 말이 먹혀들지 않는 여자였다.

"당신은 매타작 정도로는 안 되겠어. 빨갱이를 그리 감싸고 도는 정신상태가 바로 빨갱인데, 콩밥을 좀 먹어야겠어."

"좋을 대로 허씨요. 콩밥 꽁짜로 얻어묵겄다, 거그 들앉아 있으면 매타작 안 당허겄다, 나는 훨씬 이문이요."

이것을 생똥 좀 깔기게 독한 맛을 보여? 임만수의 성질이 곤두섰다. 그러나 청년단장 염상구의 얼굴이 떠올랐다. 성질대로 할 일이 아니었다.

"청년단장과는 어떤 사이지?"

"말허는 투가 다 아는갑는디 멀 헐라고 물으요?"

"고분고분 대답하겠다는 것 잊었나?"

"나 참, 시동상이요."

죽산댁의 얼굴은 험상궂게 일그러졌다. 임만수가 그것을 놓칠 리가 없었다.

"시동생 얘기가 나오니까 왜 갑자기 화를 내는 거지? 형 따라서 빨갱이질 안 하고, 빨갱이 때려잡는 일 해서 그런가?"

죽산댁은 고개를 바짝 치켜들고 임만수를 노려보았다.

"순사라고 아무 말이나 씸벅씸벅 허먼 다 말인지 아시요? 그놈은 시동상이 아니라 내 웬수요. 지놈이 나가 빨갱이럴 을매나 싫어허고 치럴 떤지 암스롱도 지놈 낯내고 처신 편허게 허고 살라고 나럴 요 고상시키는 징헌 놈이요. 나야 냄편 하나 잘못 만낸 죄로 으짤 수 읎다 쳐도, 지놈이 사람이라먼 어린 조카덜헌테꺼정 그리 매정허게 헐랍디여. 애비가 빨갱이제 새끼덜이 빨갱이가 아닌디. 지놈은 사시사철 쌀밥만 묵음시로 조카덜이 굶는디도 쌀 한 톨 안 보내는 놈이 바로 그놈이요."

생전 울지 않을 것 같던 죽산댁이 눈물을 훔쳤다.

"그러니까 염상진이가 공산당을 하지 말았어야지. 자식들 굶겨가며 공산당 해서 어쩌겠다는 거야. 지금이라도 늦지 않았어. 마음만 돌리면 틀림없이 살려줘. 그건 내 목숨을 걸고 보장해. 그러니까 당신이 마음을 돌리게 해."

"말도 마씨요. 쎄가 닳아지는 물건이었으면 내 쎄는 진작 없어졌을 것이요. 울어도 보고, 빌어도 보고, 싸와도 보고, 벼라별 짓 다 혔어도 아무 소양이 읎었다요. 그 남정네는 공산당에 홀딱 미쳐뿐 사람이요. 아그덜 애비닝께 경찰에는 못 알려주는 것이제만, 냄편으로 정은 다 띤 지 오래요."

"당신은 당신 남편이 바라는 공산당 세상이 올 거라고 믿나?"

"지끔 말허고 있는 순사양반언 허깨비시요? 요리 두 눈 똑똑허니 뜨고 막아대는디 워찌 고런 꿈겉은 시상이 오겄소."

"아니, 꿈같은 세상이라니! 그럼 당신은 빨갱이 세상이 되길 바라는 빨갱이가 아닌가!"

임만수의 눈이 매섭게 빛났다.

"말 꼬랑댕이 잡고 사람 왈기지 마씨요. 공산당은 너나읎이 공평하게 사는 시상 맹근다는 말얼 두고 허는 소리요. 그런 시상이 꿈속에서나 있고, 말로나 있는 것이제 사람이 사는 시상에 워디 있을랍디여. 우리 냄편 따라 공산당 허는 농꾼들도 다 그 말만 믿고 나선 것이제라. 대대로 물림허는 가난에 한이 맺히고, 배운 것 읎이 무식헌 농꾼덜이 고런 조청맹키로 달디단 말에 워찌 귀 솔깃혀지지 않컸소. 우리 남편맹키로 식자깨나 들었다는 사람덜이 가난허고 불쌍헌 사람덜헌테 죄 많이 짓고 있는 것이제라. 그라고 워디 빨갱이 된 사람덜만 귀 솔깃혔을랍디여. 쌔고 쌘 가난헌 사람덜언 나라가 금허고 순사가 겁난게 표식 안 내서 그렇제 다 귀 솔깃해 있구……."

"시끄러, 시끄러!"

임만수가 책상을 쾅쾅 내리쳤다.

"워째 그러시요? 나가 못헐 소리 혔간디요? 순사양반도 시상 속 인심얼 형편 그대로 알아야 쓸 것이요. 서럼 중에 배곯는 서럼이 질로 큰 것인디, 풀대죽도 못 묵고 팅팅 부황든 사람덜이 허천나게 많은디, 있는 사람덜언 헛간에 쌀가마니 채곡채곡 쟁게놓고 떡 해 묵고 유과 맹글어 묵고, 요런 시상이 워찌……."

"시끄러! 나가, 나가."

임만수는 소리치며 손까지 내저었다. 듣고 있으면 끝도 없이 잔소리가 계속될 것 같았고, 그 말이 틀린 말이 아니어서 자신이 점점 할 말이 없어질 것 같았던 것이다.

죽산댁은 꾸벅 고개를 숙이고는 돌아섰다. 임만수는 그녀의 뒷모습에 눈을 박고 앉아서, 고정감시원을 배치할 것을 결정 내리고 있었다.

"대장님, 혹시 손 안 물리셨는게라!"

죽산댁을 심문했다는 말을 들은 염상구는 대뜸 이렇게 물었다.

"안 물렸으면 대장님 운수 좋은 줄이나 아씨요. 그 여자 별명이 진돗개요. 경찰이 한 대 갈기기만 허먼 맞물고 뎀비는 여자요. 허

순경은 손꾸락 두 개가 짤릴 뿐혔고, 장 부장은 살점이 한 입 떨어 져나갈 뿐혔응께요."

임만수는 고개만 끄덕였다. 염상구는 형수를 계속 '그 여자'라고 불렀다. 임만수는 귀에 거슬렸지만 탓하지는 않았다.

"사상은 어떻소?"

"머 사상이랄 것이 있간디요. 냄편이 공산당 허는 바람에 마음고상, 몸고상, 안 허는 고상이 읎다 본께 빨갱이라먼 치럴 떨제라."

"대단한 여잡디다."

"말도 마씨요. 염상진이도 빨갱이 대장 노릇은 요러타게 잘해묵음시롱도 그 여자한테만은 못 이기요."

"생활은 어떻게 하오?"

"원체 싸납고 억씬께 닥치는 대로 일혀서 묵고살제라."

"그래 가지고 먹고살아지겠소?"

"그냥저냥 살겄제라."

"그냥저냥이 아니라 조카들이 굶기도 하는 모양이오. 염 단장의 투철한 반공정신이면 빨갱이집 도와줬다고 안 할 테니 조카들 굶기지는 마시오. 어린것들이 무슨 죄가 있겠소."

"무, 무신 소리다요?"

"이따 봅시다."

임만수는 뚜벅뚜벅 걸어갔다.

재판소에서 경찰서로 연락을 취했을 때는 이미 김범우가 한바탕 매타작을 당한 다음이었다. 몽둥이찜질을 당한 엉덩이의 통증이 심해 주저앉지 못하고 김범우는 벽에 기댄 채 서 있었다. 두 평 남짓한 방에는 열댓 명이 빼곡하게 차 있었다. 그들은 하나같이 초췌하고 두려운 얼굴로 앉아 있었고, 더러는 가늘게 떨리는 앓는 소리를 끊임없이 흘리고 있었다. 그들의 혐의는 물으나마나 모두 공산주의에 연결되고 있었다. 김범우는 그들을 하염없이 내려다보며 착잡한 심정에 사로잡혀 있었다.

경찰서 안은 수라장이었다. 유치장은 유치장대로, 사무실은 사무실대로 잡혀온 사람들로 들끓었다. 취조를 하는 형사나 경찰들의 고함소리가 살벌하게 뒤엉켰고 어디선가는 곧 숨 자지러지는 비명이 연속적으로 울렸다.

김범우는 긴 한숨을 내쉬며 눈을 감았다. 경찰들이 공산주의자들을 색출하기 위해서 혈안이 되고, 경찰서가 살벌한 폭행의 장소가 되는 것은 어찌할 수 없는 일이라 싶었다. 어떤 주의의 정치적 실현을 위해서라는 거창한 명분을 내걸기 전에 순천경찰서는 이번 사건으로 기존 경찰의 절반 이상을 잃어야 하는 현실적 피해를 입은 형편이었다. 자신이 학병으로 끌려가 대일본제국의 승리나 천황폐하의 영광을 위해 총을 쏜 것이 아니라 단순히 살아남기 위해 총질을 했듯이, 경찰들도 팽배한 보복감정이 앞서 횡포해지고 잔인해지고 있는 것이었다. 그러나 그 과정이나 수단이야 어찌 되었든 결과는 거창한 명분을 실현시키는 데 공헌하게 되는 것이었다.

"이봐, 김범우!"

김범우는 소리나는 쪽으로 느리게 고개를 돌렸다.

"불렀으면 대답을 혀얄 것 아녀."

한창길의 독기 흐르는 얼굴이 쇠창살에 서너 조각으로 갈라져 소리쳤다.

"왜 그러시오."

김범우는 등을 기대고 선 채 말했다. 꼴도 보기 싫은 작자였다.

"그러먼 그렇제. 지놈이 뽈갱이 사상을 가졌응게 그 좋은 군정청 통역자리럴 마다혔제 무담시 그렸을 리가 있었겄어? 아조 자알 만 냈구만. 요 한창길이 매질맛 잠 보드라고잉?" 그 작자는 다짜고짜 매타작을 하기 시작했던 것이다.

"저 시건방진 태도 잠 보소? 요리 싸게 나와."

한창길의 태도는 어딘지 아까와는 많이 다른 느낌을 풍겼다. 김 범우는 느릿느릿 사람들 사이를 헤집고 창살 가까이 갔다.

"김범우, 재판소 정 판사영감님허고는 워떤 사이여?"

한창길이 대뜸 물은 말이었다. 정 판사영감? 알 수 없는 사람이 었다. 그러나 김범우는 직감적으로 아버지를 떠올렸다.

"모르는 사람이오."

"어허, 워째 뻔헌 거짓말을 허능겨?"

한창길은 어울리지 않게도 눈을 흘겼다. 아까 몽둥이질을 할 때 와는 너무나 판이한 얼굴이었다.

"모르니까 모른다고 하는 거요."

"알겄어, 알겄어. 당신은 키도 훤칠허고 인물도 잘나고 다 존디,

사람을 눈 아래로 깔아보는 대끼 허는 거만시럽고 잣지받지헌 태도가 글러묵었어. 지끔도 알면 안다고 앗싸리허게 헐 것이제, 위쌔 그러냐 그거여."

"도대체 왜 불렀소?"

그의 표변하는 촉각에 비위가 상한 김범우는 쓴웃음을 물었다.

"여그는 방이 너무 좁은께 일로 나와."

한창길은 자물쇠를 땄다. 김범우는 무의식적으로 뒤를 한번 돌아보고 방을 나왔다. 방이 비좁은 것은 사실이었고, 그러나 불법적 특혜를 누리는 것 같아 남아 있는 사람들에게 미안한 생각이 들던 것이다.

"아까는 미안허게 되얐소. 나는 뽈갱이다 허면 우리 아부지도 외상 없는 사람이요. 이해허씨요."

한창길은 복도를 걸어가며 말했다. 어느새 존댓말로 바뀌어 있었다. 그가 유난스럽게 '뽈갱이'라고 발음하는 말과 '아버지도 외상 없다'는 말이 잔인스럽게 어울리는 것 같았다. 빨갱이가 왜 그리 싫으냐고 물으려다가 허튼소리가 될 것 같아 김범우는 그만두었다. 자존심이 상해서라도 한창길 앞에서는 표나지 않게 걸으려고 했지만 통증과 결림 때문에 다리가 절룩여졌다. 김범우는 얼핏 처남 신석주를 떠올렸다.

"혹시 신석주란 사람 아시오?"

"신석주? 그런 악질 뽈갱이럴 위찌 아시오?"

복도를 돌아가려던 한창길은 우뚝 멈춰서며 되물었다.

"아는 사람이오."

"워처케 아는 사이요?"

"뭐 그냥 아는 사이요."

김범우는 굳이 처남이라고까지 밝힐 필요를 느끼지 않았다. 그런 김범우의 태도가 또 못마땅한지 한창길의 입술이 씰그러졌다.

"광주 고법(高法)으로 넘어갔소." 한창길은 걸음을 떼어놓으며, "고런 놈은 딱 총살감인디 처가 덕에 목심 구해 고법꺼정 올라간 거요. 당신허고 워처케 아는 사인지는 몰르지만 고런 놈 가차이혔다가는 당신도 이문 볼 일 하나또 없을 것이오." 무척 증오스런 감정으로 말했다.

"그 사람, 내 처남이오."

김범우는 불쑥 말했다.

"워쩌?"

한창길은 또 걸음을 우뚝 멈춰섰다. 그리고 김범우를 빤히 쳐다보았다. 그 눈이 짙은 의혹을 담고 있었다.

"나도 뿔갱이일 것 같소?"

김범우는 한창길의 눈을 맞쏘아보며 '뿔갱이'에 힘을 주어 말했다.

"허 참, 열 질 물속은 알아도 한 질 사람 속은 몰르는 법잉께. 어여 갑시다."

한창길은 어이없다는 표정을 지으며 먼저 걸음을 옮겼다.

"서류가 될 때꺼정 여그서 있으씨요."

김범우는 문이 열리기를 기다렸다가 묵묵히 안으로 들어갔다.

아까보다 넓은 방은 아니었다. 사람이 적을 뿐이었다. 김범우는 의식적으로 시야를 좁게 차단시키며 벽 쪽으로 붙어섰다. 어찌 됐든 제각기 죄목을 가지고 갇혀 있는 사람들의 불안스럽고 두려움에 찬 눈길과 마주치는 어색스러운 순간을 겪지 않기 위해서였다.

김범우는 어깻죽지를 벽에 기대고 팔짱을 끼면서 눈을 감았다. 가만히 서 있는데도 엉덩이는 화끈거리는 열과 함께 욱씬거렸다. 살이 터지지나 않았는지 모를 일이었다. 한동안은 잠도 엎드려서 자야 할 것 같았다. 전에 그랬던 경험이 있었다. 학병훈련을 받는데 추위도 혹독했지만 더 견디기 어려운 것은 배고픔이었다. 격심한 훈련에 정량의 식사는 모든 훈련병들을 허기로 몰아넣었다. 어느 날 마구간 청소당번이 되었다. 청소를 하다 보니 한쪽 구석에 붙어 있는 창고에서 고소한 냄새가 풍겨나왔다. 그 냄새는 배고픈 속을 동하게 만들었고, 금방 입 안에 군침이 괴게 했다. 도대체 무엇일까 싶어 살며시 문을 열어보았다. 둥근 모양의 깻묵이 층층이 쌓여 있었다. 영양식으로 쓰이는 말먹이였던 것이다. 도저히 그냥 지나칠 수가 없었다. 깨어져 있는 덩어리 중에서 하나를 집어들었다. 주머니에 감추고 태연하게 청소를 마쳤다. 여기저기를 두리번거려보았지만 그것을 먹어치울 장소가 마땅찮았다. 막사로 가지고 갈 수는 없고……. 그러다가 생각해 낸 것이 변소였다. 변소로 뛰어가긴 했는데, 차마 변소 안에서 깻묵덩어리를 씹을 수는 없었다. 그러나 배고픔 앞에서 어쭙잖은 인간적 체면을 유지하고자 했던 것이 화근이었다. 어차피 말먹이를 훔치면서 인간은 포기했으면서도, 변소 뒤로 돌아가 깻묵덩어리를 눈물겹도록 맛있게 먹고 있다가 때마침 그곳을 지나가던 하사관에게 붙들리고 말았다. 자꾸 깻묵이 축이 나서 이상하게 생각하고 있었는데 바로 네놈이 범인이었다면서 가혹한 매질은 계속되었다. 그 매질 앞에서 처음 한 일이라는 말이 통할 리가 없었다. 벌써 다른 학병들도 깻묵을 훔쳐먹고 있었던 게 분명했다. 그 죄까지 다 뒤집어쓰고 매타작을 당했던 것이다. 그 상처로 열흘 이상을 엎드려서 자야만 했다. 그때 많은 생각을 했었다. 인간이란 무엇인가. 동물이란 무엇인가. 굶주림 앞에서 인간은 어디까지 인간일 수 있는가. 동물과 다름은 무엇인가. 시한부적 배고픔도 이리 견디기 어려운데 영속적인 굶주림은 얼마나 큰 형벌인가. 가난한 사람들, 아무리 몸부림쳐도 자신의 능력과는 상관없이 굶주림에서 벗어날 수 없도록 짜여진 사회구조에 얽매여 있는 가난한 사람들, 그들은 인내심이 강한 것이 아니다. 사회구조를 장악하고 있는 소수 부류들이 그만큼 철두철미하게 잔인한 것이다. 그런 사회구조는 기필코 바뀌어야 한다. 그런 생각들을 하면서 염상진을 그리워했었다.

김범우는 다리가 저려와 눈을 떴다. 자세를 바꾸면서 무심코 건너편을 바라보았다. 그는 흠칫 놀랐다. 송…… 송……. 이름이 생각나지 않았다. 그러나 건너편에 앉아 있는 사람은 분명 그 사람이었다. 언제인가 학교에 초빙되어 와 불교강연을 감명 깊게 했던 송…… 선생. 그 사람은 참선자세로 앉아 눈을 반쯤 내리감고 있었으므로 이쪽을 전혀 의식하지 못하고 있었다. 그런데 이상한 것은 그의 왼쪽 어깨가 삐딱하게 기울어져 있었고 미간은 잔뜩 찡그려져 있었다. 그건 고통을 참아내고 있는 표정이었다. 왼쪽 어깨에 무슨 이상이 있는 모양이었다.

김범우는 그를 찬찬히 뜯어보았다. 얼굴이 약간 초췌해졌을 뿐 전에 느꼈던 기품은 그대로 담겨 있었다. 넓은 이마에 굴곡이 유연한 검은 고수머리, 높은 콧날에 얇으면서도 윤곽이 뚜렷한 입술, 양쪽 볼의 선이 급하게 이어져 내리면서 합쳐진 매끈한 턱, 지금으로서는 볼 수가 없지만 예리함과 지혜로움이 함께 느껴졌던 눈이었다. 단상에 서 있던 그는 깡마른 체구에 키가 컸었다. 그는 조용하고 차분한 음성으로 불교를 이야기했다. 어려운 말이 하나도 없었다. 그러면서도 불교를, 인생을, 우주의 섭리를 충분히 말하고 있었다. 김범우는 참으로 오랜만에 경이로운 사람을 만나는 신선감을 맛볼 수 있었다. "선생님, 참으로 좋은 말씀 들었습니다. 언제 다시 기회를 마련해서 더 들었으면 합니다." 김범우는 굳이 가까이 가서 말했던 것이다. "좋은 귀를 가져주셔서 고맙군요. 인연이 있으면 또 만나겠지요." 그렇게 헤어졌는데 무슨 '인연'이어서 경찰서 유치장에서 만나게 되는가. 김범우는 반가우면서도 착잡한 심정이었다. 그분의 기울어진 어깨와 여기저기 피얼룩이 묻어 있는 옷이 그분이 무슨 연유로 여기에 와 있는지를 충분히 설명하고 있었던 것이다. 그분이 학교를 떠난 다음에 들은 짤막한 이력이 머리를 스쳐갔다. 일본에서 대학을 나오고, 선암사의 부주지까지 지낸 대처승(帶妻僧)으로 나이가 마흔서넛이라고 했다. 대처승이라는 사실과,

긴 고수머리와, 잘 어울리던 양복 차림이 새삼스럽게 살아올랐다. 김범우는 그분이 대처승이라는 말을 듣고도 처음 느꼈던 경이로운 신선감은 전혀 손상되지 않았다. "일본 것들이 나라를 골고로도 망칠라고 든다. 인자 스님들꺼정 일본식으로 결혼을 허라고 잡진다 는디, 참말로 요 일을 워째야 쓸랑가 모르겄다." 부처님 믿음이 지극하고 스님을 대하는 데 정성을 다하는 어머니가 장탄식을 하며 되풀이했던 말을 일찍이 들었기 때문이었다.

김범우는 조심스럽게 그분 앞으로 다가갔다. 방 안에는 자신까 지 여섯 사람이었다. 그분 앞에서 김범우는 잠시 망설였다. 서서 알 은체를 할 수가 없었고, 그렇다고 쪼그리고 앉자니 엉덩이가 당겨 아프기도 할 뿐만 아니라 그 자세가 어른 앞에서 취할 바도 못 되 었다. 차라리 기는 자세를 취하는 게 아픔도 없을 것이고 그분에게 볼기짝을 맞아서 그런다는 무언의 표현도 될 것 같았다.

김범우는 천천히 무릎을 꺾어서 바닥에 대고 두 손으로도 바닥 을 짚었다. 그 동작을 취하는 데도 결리는 통증이 입을 벌어지게 했다. 김범우는 그분을 바라보았다. 전혀 미동도 없었다. 완전히 시 간을 망각하고 있는 것 같았다. 김범우는 이제 마땅한 호칭을 찾지 못해 주저하고 있었다. 스님인 줄을 몰랐을 때는 자연스럽게 '선생 님'이었는데, 스님인 것을 안 지금에 와서는 호칭이 난처해졌다. 그 난처함은 순전히 자신한테서 비롯된 것이었다. 왠지 그분을 '스님'이 라고 부르고 싶지가 않았던 것이다. 한 종교의 수도자라기보다 그 분은 무언가 새로운 것을 알고 있고, 가르쳐줄 '선생' 같았기 때문이다. 처음 불렀던 대로 '선생님'으로 하자고 김범우는 마음을 정해 버렸다. 그래야 그분이 자신을 떠올릴 수 있는 계기가 될 수도 있다 싶었던 것이다.

"선생님…… 선생님……."

그분의 반쯤 감긴 눈꺼풀이 파르르 경련을 일으켰다. 그리고 천천히 천천히 눈꺼풀이 위로 올라갔다. 그에 따라 찡그려졌던 미간도 차츰차츰 펴졌다. 그분이 완전히 눈을 떴을 때, 김범우는 예리함과 지혜로움이 함께 느껴졌던 기억 속의 눈이 바로 앞에 있음을 보았다.

"선생님, 저 김범우라고 합니다. 저, 몇 달 전에 선생님을 순중(순천중학)에서……."

"잊지 않고 있습니다."

그분이 말했다. 그분의 얼굴에 엷은 웃음이 감돌았다. '좋은 귀를 가져주셔서 고맙군요' 하던 말의 기묘한 느낌이 '잊지 않고 있습니다' 하는 말에서 되살아나고 있었다. 일상적인 냄새가 완전히 제거되어 있는 그분만의 독특한 말이었다.

"선생님, 어쩐 일이십니까?"

"……." 그분은 왼쪽 어깨를 약간 움직이다가 다시 미간이 찡그려지더니, "업보요" 하고는 아까보다 조금 확실한 웃음을 지어 보였다. 업보……. 김범우는 속으로 뇌어보았지만 모를 소리였다.

"선생님, 어깨가 많이 불편하신 모양인데요?"

"성불고행(成佛苦行)하라는 기회인 모양이오. 선생은 볼기를 상했나 보지요?"

"예, 약간 불편합니다."

"선생도 성불고행을 하시지요. 육신의 아픔이나 고통은 피하려고 하면 점점 커지는 법이지요. 그것을 다스려야 합니다. 한 고비만 참아넘기면 그 사슬에서 벗어나게 됩니다. 선생도 관세음보살을 계속 염(念)하면서 저처럼 앉아보세요. 순간의 고통은 크겠지만 그 고비를 넘기면 평안이 옵니다."

김범우는 전혀 자신 없는 일이었다. 그분의 어감으로는 자신도 볼기를 맞았는데 그렇게 앉아 있다는 뜻이었다. 김범우는 고통을 참아낼 자신이 없으면서도 그분의 말을 따르지 않을 수가 없었다.

"소리를 질러도 흉보진 마십시오."

"관세음보살을 염하십시오. 아픔의 소리가 삭습니다."

"예, 아픔의 소리가 삭게 해보지요."

김범우는 참 희한한 말도 다 있다 싶어 일부러 되씹어보았다.

"관세음보살, 관세음보살, 관세음보살……."

김범우는 열심히 관세음보살을 뇌며 조심조심 엉덩이를 바닥에다 대었다.

"으웃, 으음……."

김범우는 입을 딱 벌리며 신음을 토했다.

"계속 관세음보살을 염하시라니까요."

속이 화끈거리고, 눈앞에서 별똥이 오락가락하게 아픔이 전신을 뒤흔드는데 그분은 변함없는 차분한 어조로 말하고 있었다.

"관세으음보오살, 관세에음보오살……."

김범우의 입에서 흘러나오는 소리는 신음의 변형이지 염불이 아니었다. 김범우는 이를 앙다물고 있었다. 한번 시작한 일이었고, 그분 앞에서 자신의 허약한 꼴을 보이고 싶지 않았다. 이건 어린애 장난은 아니었던 것이다.

"과안세음보오사알, 관세으음보사알……."

일단 앉기는 했는데 체중이 가중되자 통증은 더 격화되었다. 김범우의 이마에서는 땀이 삐질삐질 배나고 있었다. 바로 앞에 앉아 있는 그분의 모습이 흐려 보일 정도로 통증은 격렬했다. 그런데 김범우는 자신이 내뱉는 소리가 아닌, 율조를 띤 관세음보살의 염송을 들었다.

그분이 하고 있는 것이었다. 그분이 자신을 부축하고 있음을 김범우는 알았다. 김범우는 그분을 따라 염송을 해나갔다. 얼마나 시간이 지났는지 알 수 없었다. 김범우는 그야말로 고통이 가라앉아 가는 것을 느끼고 있었다.

"땀 닦으시오."

그분이 수건을 내밀었다. 김범우는 그때서야 땀이 목까지 적시고 있는 것을 알았다.

"그건 단순한 땀이 아니라 육신의 아픔과 고통이 육신을 빠져나간 흔적이오."

김범우는 그분의 눈을 바라보며 웃었다. 가슴을 뿌듯하게 채우고 있는 알 수 없는 충족감의 표현이었다. 그분도 미소 지었다.

"선생님, 어깨를 어떻게 다치셨는지요?"

김범우는 남은 죽을 고생시켜 가며 주저앉혀놓고는 정작 자기는 뻐딱하게 앉아 있는 것은 뭐냐는 짓궂은 생각이 들기도 했다. 어딘가 많이 상한 것 같아 염려가 되어 다시 물었다.

"아까부터 궁금하신 모양인데, 빗장뼈가 부러진 게지요."

"아니!……."

김범우는 입을 딱 벌렸다. 너무 놀라 몸을 앞으로 기울이는 바람에 통증이 치뻗어오른 것이다. 뼈가 부러진 몸으로 저렇게 앉아 있을 수 있다니……. 김범우는 그분을 새삼스러운 눈으로 바라보았다. 어떤 놈이 얼마나 무지막지하게 매질을 했으면 빗장뼈까지 부러뜨렸을까. 아니, 저분은 무슨 잘못을 얼마나 저질렀기에 그다지도 심한 구타를 당해야 했을까. 스님의 신분과 공산주의와…… 전혀 연결이 되지 않았다.

"선생님, 치료부터 하셔야지요. 제가 여기 아는 사람이 있으니까 선생님이 밖으로 나가실 수는 없더라도 의사를 불러들일 수는 있을 겁니다."

"아니요, 괜찮아요. 생명 있는 만상은 상처를 입으면, 그것이 치명적이지만 않으면 다 저절로 낫게 되어 있어요. 그런 힘이 생명 속에는 들어 있는 것이고, 그게 자연의 오묘한 섭리요."

"그렇지만 잘못 치료되어 불구……."

김범우는 그만 말을 중단했다.

"상관없어요. 불구로 낫더라도 낫긴 나은 거니까요. 촌각을 머물다 가는 게 목숨인데 아무러면 어떻겠소."

옷 속에다 부러진 빗장뼈를 감추고 앉아서도 저렇게 태연할 수 있는 힘은 도대체 무엇일까. 살이 다친 것만으로도 비명과 신음을 참을 수가 없는데 살을 지나쳐 뼈까지 부러진 아픔과 고통은 얼마일까. 그러나 치료받기를 더 권해도 그분은 받아들이지 않을 것임을 김범우는 알았다.

"선생님, 대단히 죄송스럽습니다만, 선생님이 여기에 오신 연유를 들을 수는 없을지요."

"다 부질없는 바람소리 아니겠소?"

그분의 얼굴을 얼핏 스쳐가는 웃음은 정말 쓸쓸한 바람이었다.

"그러나 선생님은 이유가 있는 어떤 행동을 하신 것 같은데요."

그때 그분의 눈이 이상한 빛을 쏘아내는 것을 김범우는 느꼈다.

"내 죄목은 빨갱이요."

여태까지의 말이 비현실적인 느낌이었다면 이 말은 현실감이 물씬 풍기는 말이었다. 그러나 김범우로서는 그분의 죄목에서 현실감을 느낄 수가 없었다.

"무슨 오해가 있었던 모양이지요."

"글쎄올시다. 오해라고 한다면 내 쪽의 입장을 내세우려는 것일 게고, 반대쪽의 입장에서 보면 내 행동은 분명 빨갱이였을 것이오."

"그게 바로 오해 아닙니까."

"그렇지가 않소. 무릇 정치라는 것은 명분이나 합법으로 가장된 인간의 탐욕과 이기의 절정의 표현이지요. 하므로, 그 탐욕이나 이기를 채우는 데 반하는 모든 요소는 수단이나 방법을 가리지 않고 제거시키는 것이 정치생리지요."

"그럼, 선생님께서 정치생리에 반하는 어떤 행동을 하셨는지……
죄송합니다. 이건 단순한 호기심이나 궁금증이 아닙니다."

"알고 있소, 선생의 진심을."

그분은 미간을 찡그린 채로 웃어 보였다. 그 웃음이 온화한 것도
같았고 적막한 것도 같았다.

"줄여 말을 하자면…… 사답(寺畓)을 소작인들에게 나눠주자는
주장을 했던 것이지요."

"……."

김범우는 그분의 눈을 응시하고만 있었다. 거기에 공산주의자일
수가 없는 진실한 한 인간이 있었던 것이다.

"방금 내가 주장이라는 말을 했는데 그건 잘못된 말이오. 그건
일찍이 부처님께서 가르치신 바요. 중생고를 조금이나마 덜어줘야
할 비구 입장에서 지주 노릇을 하고 앉았다는 사실은 죄업 중에
죄업이지요."

"그런데, 경찰이 어떻게 그런 사실을 알았단 말입니까?"

"그 답은 피하겠소. 선생께선 정치의식이라는 게 국가개념으로
만 존재한다고 생각하실 분이 아니니까요."

김범우는 아차 싶었다. 우문 중에 우문을 한 셈이었다. 절이라는
또다른 조직형태가 있을 것이었다. 그때 그의 머리를 스치는 사실
이 있었다. 처음 그분의 이력을 들었을 때 '부주지까지 지낸'이라고
했던 말이었다. 그럼, 그분은 현직 승려가 아니란 말인가. 그러나

차마 그 사실까지 물을 수는 없었다.

"절뿐만이 아니라 사회 전체가 선생님의 말씀대로 되어야 할 것입니다. 그런 개혁 없이는 사람 사는 세상이 될 수 없지요."

김범우는 중얼거리듯이 말했다.

"선생도 그런 생각을 지녔으니 여기 오실밖에요." 그분은 나직한 소리로 웃는 듯하더니, "세존께서 일찍이 인생 사고(四苦)를 생(生)·노(老)·병(病)·사(死)라 설파하셨는데, 내 주제넘은 소견으로는 '주릴 아(餓)' 아고를 하나 더 첨가시키고 싶습니다. 굶주리는 고통, 그것이 얼마나 큰 고통입니까. 부처님께서도 인간의 몸을 타고나시어 판단을 하시는 데 환경적 영향을 받지 않을 수가 없었던 게 아닌가 합니다. 인도는 열대에 속하는 땅이라서 최소의 노동을 바치면 절대적 아(餓)는 벗어날 수가 있지요. 땅도 무한히 넓고. 그 대신 기후에 따른 병마는 인간이 극복하기 어려운 장애였을 것입니다. 그래서 병고(病苦)는 있으나 아고(餓苦)는 없는 게 아닌가 합니다. 똑같은 사람끼리 짧은 한평생 살다 가면서 누구는 기름지게 먹고 누구는 굶주림에 허덕여야 합니까. 배부른 자에게 이승은 극락일지 몰라도 굶주림의 고통에 시달리는 사람들에게는 이승은 지옥입니다. 그리고 굶주리는 자들이 절대다수를 이룰 때 그 세상은 바로 지옥인 것이지요. 이건 인간사의 끝없는 숙제일 것입니다."

김범우는 더 이상 물을 말이 없었다. 마룻바닥을 내려다본 채 그분은 이런 곳에 있어서는 안 된다는 생각만 골똘히 하고 있었다.

김범우는 다음날 오전에 풀려나왔다.

"선생님, 저는 나가게 되는 모양입니다. 건강 살피시고, 꼭 또 뵙게 될 것입니다."

김범우는 '뵙게 되기를 바란다'고 말하지 않았다.

"인연이 있으면 또 만나겠지요."

그분은 고개를 끄덕이며 웃었다. 그 웃음이 그렇게 환할 수가 없었다. 그 웃음의 밝음이 순전히 자신이 풀려나는 것을 위해 보내는 그분의 마음인 것을 김범우는 알고 있었다.

18

수혈

정현동 사장은 잠이 멀어지는 밤을 연거푸 보내고 있었다. 먹구름처럼 밀려드는 칙칙하고 무거운 불안감에서 벗어날 수가 없었던 것이다. 무언가 흉조가 자신을 에워싸고 있는 것 같은 불길함도 함께 섞여 있었다. 원인 모를 찬바람이 섬뜩하게 가슴을 훑고 지나가 부르르 몸서리치며 걸음을 멈추는가 하면, 설핏 잠이 들었다가 낭떠러지로 굴러떨어지거나 빽빽한 탱자나무 사이에 끼여 수없이 많은 가시에 전신을 찢기는 가위에 눌려 벌떡 일어나 앉고는 했다. 어떻게 간추릴 수 없도록 산란한 마음이었다.

그 원인을 찾자면 너무나 자명한 것인지도 몰랐다. 모든 일의 발단은 큰아들 하섭이의 좌익활동 때문이었다. 그러나 그 일로 야기되는 여파는 결코 간단할 수가 없었다. 경찰서에서 풀려나려고 얼떨결에 양조장의 재산권 반을 최익승에게 빼앗겼고, 그 억울함이

미처 가시기도 전에 강압적으로 토벌대후원회장이란 같잖은 감투를 쓰게 되어 어처구니없는 돈을 내놓지 않을 수 없게 된 것이다. 그 아리고 쓰린 속은 무어라 형용할 수가 없는 지경이지만 그래도 그 선에서 일단락되어 준다면 그쯤의 재산손실은 깨끗하게 잊을 수도 있었다. 목숨과 바꾸었다고 크게 생각하면 그다지 억울할 것도 없는 재산이었다. 그러나 형편은 그렇지가 못했다. 큰아들이 생각을 바꾸지 않고 좌익에 계속 미쳐 있는 한 앞으로도 무슨 일이 닥칠지 모를 일이었다. 정 사장의 불안감은 바로 여기서부터 시작되고 있는지도 몰랐다.

지금이라도 당장 공산당을 때려치우면 그 얼마나 좋으랴. 그러나 그 소원은 바라면 바랄수록 허망하고 공허할 뿐이었다. 자취를 감추어버린 큰아들을 어디서 잡을 수도 없는 일이고, 설령 잡는다 해도 그놈은 이미 애비의 호통도 애원도 듣지 않을 것이 뻔했다. 자식이 아니라 웬수로다, 웬수. 정 사장은 다 팔자소관이라고 체념을 씹으며 한 가지 방안을 강구했다. 또 닥칠지 모를 신변의 위험이나 재산상의 손실을 피해 벌교를 뜨는 것이었다. 그러나 일단 방안을 세우고 나자 불안감은 한층 심해졌다. 어느 지방으로 가야 할 것인지, 무슨 일을 해야 할 것인지……. 이런 구체적인 생각과 함께 그의 가슴으로 밀려든 것은 낯선 땅에 대한 두려움과 정든 땅을 떠나야 한다는 안타까운 우수였다. 이런 감정들이 뒤섞여 그의 불안감은 점점 커져가기만 했다.

그러나 언제까지나 잠을 설쳐가며 미적거리고 있을 수만은 없는 일이었다. 미적거릴수록 축나는 것은 재산뿐이었다. 토벌대라는 것이 가당찮게도 본부를 여관에다 정해놓고 여관잠을 자고 여관밥을 먹어치우고 있었다. 그 비용을 다 도맡다시피 해야 할 판이니 토벌대가 앞으로 얼마 동안이나 머무르게 될지 막연한 형편에 재산피해가 엄청날 것은 자명한 노릇이었다. 그래서 정 사장이 생각해 낸 곳은 순천과 광주였다. 이것저것 비교를 하다가 먼저 순천을 지워버렸다. 두 자식이 학교를 다니고 있다는 사실 말고도 순천은 광주보다 익숙한 땅이었다. 그러나 두 가지 사실이 영 마음에 걸렸다. 첫째는 빨갱이 문제로 피해 가는 입장에서 이번 사건의 중심지가 바로 그곳이라는 점이었고, 둘째는 순천에는 타관사람들이 돈 푼깨나 들고 들어와서 꼭 맨주먹으로 떠나야 하는 곳이라는 점이었다. 원래 '順天'이란 이름은 그 지세(地勢)가 억센 탓에 사람의 힘으로는 안 되고 '하늘의 힘으로나 순하게 다스려야 한다'고 붙여진 것이라 했다. 정 사장이 마음에서 순천을 지운 것은 첫 번째 사실보다는 두 번째 사실 때문이었다. 가뜩이나 낯선 땅에 대한 두려움이 앞서 있는 판에 굳이 그런 재수 없는 땅으로 찾아갈 이유가 없었다. 그런 것은 다 실없는 말이고 미신이라고 묵살할 만한 힘이 정 사장에게는 없었다. 그는 점이나 굿을 믿는 편이었다. 그래서 사업번창을 비는 재수굿을 1년에 두 차례씩 꼭 치르고는 했다. 순천을 지우고 나니 더 고려할 것도 없이 광주가 남았다. 광주, 광주……. 정 사장은 몇 번이고 뇌어보았다. 순천에 비해 너무 낯설고 먼 땅이었다. 빌어먹을, 기왕 타관살이를 시작할 바에야 서울로 가버릴까? 얼핏 떠오른 생각이었다. 그러나 정 사장은 이내 기가 죽고 말았다. 천 리 밖이라는 거리감과 함께 잔뜩 주눅 들던 서울 거리가 떠오르며 겁부터 밀려들었다. 서울은 어쩌다가 구경이나 갈 곳이지 처자식 끌고 찾아갈 땅이 아닌 것은 너무나 분명했다. 아무리 돈을 가졌다 한들 말부터 생판 틀린 그 정신없는 도회지에서 생활의 기틀을 잡을 자신이 전혀 없었다. 그래도 광주에는, 사이가 별로 좋지는 않지만 친동생이 살고 있고, 광주 정도라면 그런대로 자리 잡고 살아질 것 같은 자신감이 생기기도 했다. 그러나 어찌 벌교만 한 데가 있으랴. 정 사장은 광주를 마음속으로 정하면서도 자신도 모르게 깊은 한숨을 토해냈다. 반석처럼 튼튼하게 잡혀 있는 기반, 어디를 가나 당당하게 받던 사람대접, 그런 것들이 하루아침에 사라지게 되는 것이다.

몹쓸 놈이 어쩌자고 공산당물은 들어가지고…… 초장에 뿌리를 뽑았어야 하는 건데…… 대학을 서울로만 보내지 않았더라도……. 수십 번 되풀이한 후회와 회한이 다시 일어났다. 그러나 다 엎질러진 물이었다. 그래, 그놈이 아니었더라면 염상진이란 놈 손에 죽지 않았으리란 법이 없지. 정 사장은 큰아들 하섭에게 쏟아지려는 원망과 미움을 애써서 막아냈다. 사실 큰아들이 아니었더라면 그렇게 마구잡이로 사람들을 죽인 염상진의 손아귀에서 무사하게 빠져나오기는 어려웠을 것이다. 죽은 사람들 중에는 재력으로나 읍내 영향력으로나 자신만 못한 사람들이 수두룩하게 끼여 있음을 상기하면 정 사장의 등골에는 새삼스러운 냉기가 서리는 것이었다. 세상에 제아무리 귀하고 소중한 것이 있다 한들 목숨보다 더한 것이 있으랴 싶어지면서, 큰아들 하섭이가 효도를 해도 큰 효도를 했다는 쪽으로 생각이 기울기도 했다. "정 동무만 아님사 당신 피도 이 대통에 담았을 것이여. 아들 덕 톡톡허게 본 줄이나 알고 앞으로 회개허고 우리 혁명사업에 적극적으로 협조해얄 것이요." 스물네댓이나 되었을까, 낯이 익으면서도 누구인지 알 수 없는 그 젊은이는 방금 대밭에서 쳐가지고 나온 것처럼 진초록빛이 선명한 대창을 꼬나들고 잔인스럽게 말했던 것이다. 그 청년의 증오에 찬 눈빛과 진초록빛 대창은 무서운 살기를 띠고 있었다. 자신을 용서하는 것이 아니라 어떤 장애로 인해 대통에 피를 담지 못하게 된 것을 그 젊은이는 억울해하고 있을 뿐이었다. 다시 생각해도 간담이 얼어붙는 끔찍한 기억이었다.

봉황의 꼬리보다는 닭 볏이 낫고, 용의 꼬리보다는 뱀 대가리가 낫다고 했다. 그건 분명 맞는 말이었다. 그러나 그건 어디까지나 태평세월일 때 맞는 말이었지 요새 같은 난세나 뒤숭숭한 세월에는 맞는 말이 아니었다. 봉황의 꼬리요, 용의 꼬리가 되는 것이 난세를 무사히 살아내는 방법이라 싶었다. 벌교에서 닭 볏이고 뱀 대가리로 주목받고 위험을 당할 것이 아니라 광주에 가서 봉황이나 용의 꼬리가 되어 안전을 도모하는 것이 현명한 것이라 정 사장은 결론지었다.

그러나 그 결론으로 일이 끝나는 것이 아니라 일은 시작되는 것이었다. 재산 처리문제가 그것이었다. 정 사장의 고심은 현실감을 띠고 심각해졌다. 양조장과 농토를 제값을 받으면서도 신속하게 처분할 수 있는 방법을 찾아야 했기 때문이다. 농토는 몰라도 양조장만은 눈독 들이고 군침 흘리는 사람들이 주변에 수두룩했었다. 그런데 그 대부분이 이번에 황천길로 가버린 것이다. 그래도 은밀하게 사람을 찾아보면 양조장 처분은 그다지 어려울 것 같지는 않았다. 워낙 돈 찍어내듯 하는 독점장사가 아닌가. 문제는 농토였다. 토지개혁이다 뭐다 해서 날이 갈수록 흉흉한 소문이 무성해져 땅 많이 가진 사람들이 불안해하고 있는 판에 느닷없이 이번 사건이 터지면서 그 사람들은 하나같이 빨갱이들의 적으로 몰린 것이다. 상황은 엎친 데 덮친 격이 되어 있었다. 농토를 제값을 받고 처분하기는 어렵게 된 형편이었다. 세상이 좀 잠잠해질 때까지 기다리는 것도 한 가지 방법이었다. 그러나 형편이 나아지리라는 보장은 전혀 없었다. 소작을 부쳐먹고 있는 것들은 가당찮고도 버르장머리 없게도 남의 농토를 공짜로 삼키려고 군침을 흘리고 있었고, 이번 사건을 계기로 정부에서는 빨갱이 추종세력을 막고 절대다수 국민들의 불만요소를 없애기 위해 농지개혁을 서두르게 되리라는 새로운 풍문이 나돌고 있었다. 거기다가 타관살이를 떠나는 입장에서 믿을 것도 돈이요, 힘이 되는 것도 돈뿐이었다. 양조장만을 처분한 돈으로는 아무래도 자신감이 서지 않았다.

　최익승에게 양조장의 재산권 반을 빼앗긴 것에 대해서는 이미 간단하게 정리해 버렸다. "양조장 공동소유권에 대한 서류는 다음에 내려와 작성하도록 합시다. 지금은 내가 너무 바쁘니까. 허허허허……." 본 사람도 들은 사람도 없이 그때 방 안에는 단둘뿐이었다. 최익승 제놈이 국회의원이란 권한 가지고 남의 생때같은 재산 눈 하나 깜짝 안 하고 먹어치우려 하는데, 어림없는 수작이다. 벌교바닥에 붙어살면 또 모를까 벌교바닥을 뜨는 마당에 팔아치우면 그만이지 제놈이 어찌할 것인가. 새 주인한테 권리주장을 해? 무슨 근거가 있는가. 나한테 따지러 와? 잡아떼면 그만이다. 제놈의 권한이 미치는 선거구를 벗어났는데 제놈이 어찌할 것인가. 정 사장은 통쾌하게 속웃음을 터뜨려댔다.

"어이 보소. 어디 있능가아!"

정 사장은 목청을 돋우어 아내를 불렀다.

"예에, 여그 있구만이라."

황급한 목소리와 함께 대청마루를 콩콩 울리는 귀 익은 아내의 발소리가 들려왔다. 정 사장은 느리게 일어섰다.

"나 광주 쫌 댕게올라니께 얼렁 양복 꺼내소."

정 사장은 방으로 들어서는 아내에게 일렀다.

"세상할라 시끌시끌헌디 무신 일 있으신게라?"

낙안댁은 의아스런 눈빛으로 남편을 살피며 조심스럽게 물었다.

"알 것 읎네. 놀로 댕기는 것 아닝께."

정 사장은 무뚝뚝하게 내뱉었다. 그건 대답이 아니라 아내의 귀찮은 물음을 막으려는 태도였다. 평소에도 아내에게 재산이나 사업에 관한 이야기를 하는 성미가 아닌 정 사장이었지만 이번 일은 더구나 비밀리에 처리해야 할 성질의 것이었다. 낙안댁도 더 입을 열지 않고 장롱에서 서둘러 양복을 꺼냈다. 남편이 요즘 잠을 설치는 것과 광주엘 가는 것이 서로 무관하지 않을 것이라는 정도로만 눈치로 짐작하고 있었다.

"오래 걸리실랑가요?"

"내일 오정이면 내려올 것이네."

정 사장은 여전히 무뚝뚝했고, 낙안댁은 더 물을 말이 없었다.

"저어…… 실례허겄는디요, 아짐씨 기신가요?"

밖에서 조심스럽고 낮은 여자 목소리가 들려왔다. 낙안댁은 무심코 방문을 열었다. 댓돌 아래 마당에는 두 손을 앞으로 모아잡은 소화가 소복 차림으로 부끄러운 듯 서 있었다. 낙안댁은 가슴이 철렁하는 것을 느꼈다. 하섭이가 왔구나, 하는 반가움과 함께, 남편이 알아서는 안 되는데 하는 염려가 교차했던 것이다. 반길 수도 없고 그렇다고 무슨 눈짓을 보내 피하라고 할 수도 없어서 엉거주춤하고 있는데 남편이 헛기침을 하며 문 쪽으로 걸음을 옮겨놓고 있었다.

"어서 올라오시게."

낙안댁은 순간적으로 자신이 소화를 부른 것처럼 꾸미기로 했다.

"아니, 워쩐 일이신가?"

마루로 나서던 남편이 금방 소화를 알아보고 한 말이었다. 소화는 옆으로 얼굴을 돌리며 표나게 당황한 몸짓을 지었다.

"멋 잠 의논헐 것이 있어서 지가 불렀구만이라."

낙안댁은 재빨리 말했다. 정 사장은 알겠다는 듯 헛기침을 두어 번 하고는 마루를 내려섰다. 낙안댁은 남편을 뒤따라 댓돌 위의 고무신에 발을 꿰며 자신도 모르게 손바닥으로 가슴을 눌렀다. 가슴이 심하게 벌떡거리고 있었다.

이지숙은 창밖을 망연히 바라보고 앉아 있었다. 텅 빈 교실의 고요와 그녀의 하염없는 앉음새는 하나로 어우러진 침묵이었다. 그러나 그녀의 마음속은 조용한 앉음새와는 달리 어지러울 정도로 여러 가지 생각들이 뒤엉키고 있었다. 앓는 중에 끌려간 안 선생의 모친, 허벅지에 총상을 입은 안창민, 처음 맞대면한 염상진, 사회주의의 실천, 인민해방을 위한 정열, '부를 때까지 깊이 잠적하라!' 서상철 선생의 냉엄한 명령……. 이지숙은 손가락으로 머리카락을 빗어넘기며 가느다란 한숨을 내쉬었다.

그 많은 생각 중에 하나만을 추려냈다. 안창민의 모친을 위해 경찰서장이나 토벌대장을 찾아가야 할지 어떨지를 결정해야 했다. 병자라는 이유를 내세워 석방을 사정하면 그들이 들어줄 것인가. 어제는 면회를 갔다가 퇴짜를 맞았다. 그건 충성스런 부하들이 한 짓이었다. 경찰서장이나 토벌대장이면 명색이 '장' 자리를 지키고 앉은 자들이니까 말이 통하지 않을까. 이렇게 생각하고 있는 이지숙의 뇌리에는 안창민 모친의 가녀린 체구가 괴롭게 박혀 있었다. 몰매를 맞아 다친 몸으로 끌려가 또 무슨 고초를 당하는지 모를 일이었다. 별일이 없다고 해도 그분의 건강으로는 찬 마룻바닥에서 이틀 밤을 새운 것만으로도 견디기 어려운 고문이 되는 셈이었다.

여기까지 생각이 미치자 이지숙은 자리를 차고 일어섰다. 안 될 때 안 되더라도 최선을 다해야 된다고 결단을 내린 것이다. 교실문을 옆으로 밀고 나오는 이지숙의 눈앞에는 혼수상태에 빠진 안창민의 모습이 어릿거리고 있었다. 안타까운 아픔이 온 가슴을 적시고 있었다.

전명환 원장한테서 학교로 전화가 걸려온 것은 그저께 아침이었다.

"급히 상의드릴 일이 있습니다. 곧 좀 병원으로 와주셨으면 하는데요."

이쪽을 확인하고 나자 전 원장은 이 한마디만을 하고는 전화를 끊고 말았다. 그 상투적인 인사말인 '전화 끊겠습니다' 하는 말조차 없었다. 안창민의 모친 치료와 간호를 하느라고 이미 구면이고 연장자라고 하더라도 그런 식의 전화는 분명 결례일 수밖에 없었다. 그러나 전 원장의 어조는 평소와 다름없이 점잖고 유연했다. 서두르는 기색은 전혀 없었고, 이쪽을 무시하는 느낌은 더구나 없었다. 그런데 참 이상한 일이었다. 전화가 끊어졌는데 어디로부터인지 모르게 음산하고도 차가운 바람이 전신을 휩싸면서 소름이 쪽 끼치는 것이었다. 그리고 같은 순간에 고막을 울려온 것은 지난밤의 총성이었다. 안창민이 사고를 당했는지도 모른다! 아무런 근거 없이, 그러나 너무나 명확하게 뇌리에 박혀오는 생각이었다. 그녀는 아프다는 핑계를 대고 그 길로 병원으로 내달았다. 예감은 적중하고 말았다.

"혼수상태는 과한 출혈이 원인입니다. 수혈을 하자 해도 병원에 보관 중인 피가 없고, 이 선생님과는 어떤 사이신지 잘 알지도 못 하면서 안 선생 모친을 간호하시는 것만 보고 다급해서 전화를 드린 것입니다. 결례가 아닐지⋯⋯."

이지숙은 고개를 숙인 채 두 손을 꼭 맞잡고 앉아 있었다. 까닭 모르게 전신이 떨리고 있었던 것이다. 안창민의 모친을 간호하자 고 작정했을 때도 그를 마음이 끌리는 이성으로 생각했었는지 아니면 이념의 동지로 생각했었는지 확실하지가 않았다. 그리고 불길한 예감에 쫓기며 병원으로 달려올 때도 그 구분은 모호한 상태였다. 그런데 그의 부상과 수술, 열 시간이 넘는 혼수상태에 대한 이야기를 들으며 그녀는 걷잡을 수 없이 허물어지는 자신의 마음을 비로소 느끼고 있었다. 허물어지는 마음의 그 깊은 곳에 색채를 알 수 없는 투명한 구슬이 들어 있었다. 그 구슬은 이념과는 별개의 생명이었다.

"연락 주셔서 고맙습니다. 제 피를 수혈해 주십시오."

이지숙은 고개를 들지 못한 채 말했다. 의사에게 눈물을 보이는 부끄러움을 견딜 용기가 없었던 것이다.

"혈액형이 맞았으면 좋겠습니다. 먼저 혈액형 검사부터 하시지요. 안 선생은 A형이던데⋯⋯."

전 원장은 말끝을 흐리며 일어났다. 이지숙은 자신도 모르게 고개를 치켜들며 소리치듯 했다.

"선생님, 저도 A형인데요!"

"네? 그러세요?"

전 원장이 반색을 하며 돌아섰고, 이지숙의 눈에서는 기어이 눈물이 흘러내렸다.

"잘됐습니다. 안전을 기하기 위해 검사는 다시 해보도록 하지요. 금방 끝나니까요."

전 원장은 어색하면서도 흐뭇한 웃음을 지으며 돌아섰다. 그 뒤를 이지숙은 천천히 따라 걸으며 생각하고 있었다. 소문대로 훌륭한 의사로구나. 이 살벌한 분위기 속에서 공산주의자라는 것을 환히 알면서도 환자로 받아들이다니. 그러면서도 불안하거나 초조한 기색 하나 없이 어쩌면 저렇게도 편안할 수가 있을까. 더없이 고맙고, 그리고 훌륭한 분이다. 이지숙은 가슴에 손을 얹으며 속으로 뇌었다.

피를 뽑는 동안 이지숙은, 원장님 저는 건강합니다, 하는 말을 두 번이나 되풀이했다. 전 원장은 아무 대꾸 없이 온화한 웃음만 입가에 머금고 있었다.

침대에 누워 잠시 안정을 취하라고 했지만 이지숙은 그대로 전 원장의 뒤를 따랐다. 복도를 걸어가는데 여린 현기증이 얼핏 스치는 것도 같았고, 비릿한 내음이 코끝에 감도는 것도 같았다. 그까짓 피 좀 뽑구선……. 그녀는 마음을 다잡아먹었다.

안창민은 흡사 죽은 것처럼 혼수상태에 빠져 있었다. 출혈을 심하게 해서 그런지 얼굴은 창백했고, 안경이 벗겨진 두 눈은 슬프도록 움푹 꺼져 보였다. 이지숙은 무릎을 꿇은 채 두 손바닥으로 방바닥을 짚고 앉아 안창민을 물끄러미 내려다보고 있었다. 가슴이 안쓰러움과 슬픔으로 차츰차츰 젖어들고 있었다. 어디서 총을 맞고 어떻게 병원까지 왔을까. 부상을 입고 헤매다가 만약 잡혔더라면…… 아아…… 이지숙은 그만 입술을 물며 시선을 방바닥으로 옮겼다. 가슴 한복판으로 싸늘한 전율이 흐르며 방바닥에 눈물이 뚝 떨어졌다. 그는 병약한 것 같은 모습으로 전혀 말이 없이 지내다가 어느 날 느닷없이 붉은 완장을 찼던 그 용맹스러움으로 총상을 입고도 고통을 이겨내며 병원을 찾아와 이렇게 엄연히 내 앞에 있지 않느냐. 이지숙은 감상으로 치우치는 자신을 꾸짖고 있었다.

'혁명은 피다.' '혁명은 피를 흘리는 희생으로부터 시작된다.' 서상철 선생의 쟁쟁한 목소리가 들려오고 있었다. 이지숙은 혼수상태에 빠져 있는 안창민의 모습이 점점 크게 확대되는 것을 느끼고 있었다. 진정한 혁명전사, 참다운 혁명전사의 모습이 거기에 있었다.

"벽에라도 좀 기대앉으시지요. 이 피를 수혈시키고 나면 효과가 빠를 겁니다."

전 원장의 말에 이지숙은 생각에서 깨어났다. 거꾸로 매달린 병에 담긴 피는 한 방울씩 떨어져내리고 있었다. 그 핏빛은 탁하게 검붉었다. 손가락 같은 데를 살짝 베었을 때 나오는 그 고운 선홍빛이 아니었다. 끈적거리는 느낌의 그 검붉은 색깔—생명을 담은 액체답게 다량의 피는 색깔마저 진하고, 무겁고, 엄숙했다. 이지숙은 한 방울씩 떨어져내리는 피를 응시하고 있었다. 자신의 생명의 일부가 안창민의 생명과 섞이고 있었다. 그녀에게는 그건 위급한 생명을 구하기 위한 단순한 헌혈과 수혈일 수가 없었다. 그의 몸속에서 하나가 되리라. 내 생명으로 그의 생명을 깨우고, 생명이 다하는 날까지 그와 하나로 있으리라. 그녀는 냉엄한 마음으로 스스로의 가슴에다 정질을 하고 있었다.

염상진을 만난 것은 바로 그날 밤이었다. 일단 학교로 돌아갔다가 퇴근을 하는 길로 병원으로 향했다. 그때까지도 안창민은 혼수상태에서 깨어나지 못하고 있었다. 날이 어두워지기 시작했지만 도저히 그냥 집으로 돌아갈 수가 없었다. 몇 번을 머뭇거리다가 전 원장에게 병실을 지키게 해달라는 말을 꺼낼 수 있었다.

"그러시지요. 환자를 위해서도 좋은 일입니다."

전 원장은 선선하게 허락했다. 어려워하는 이쪽 입장을 편하게 해주기 위해서 그렇게 말하는 것뿐 중환자 옆에 사람이 붙어 있어서 도움 될 일은 없을 것이었다.

9시가 가까워서였다. 원장이 부른다는 전갈을 받고 간호원을 따라갔다. 간호원이 안내한 방은 자신이 오전 중에 피를 뽑았던 바로 그 방이었다.

"들어오시지요."

발소리를 들었는지 전 원장이 먼저 문을 열고 맞이했다. 무심코 안으로 들어서던 이지숙은 주춤 멈춰섰다. 아까 자신이 누웠던 진찰대 위에 한 남자가 누워 피를 뽑고 있었다.

"두 분 서로 인사하시지요."

전 원장이 나직하게 말했다.

"안녕하십니까, 이 선생님. 저는 염상진이라고 합니다."

남자가 누운 채로 고개를 들며 말했다. 이지숙은 그가 분명 염상진인 것을 확인하고 있었다. 이미 먼발치로나마 익히 알고 있었던 인물이었다. 그의 얼굴을 보는 순간 그녀는 가슴속에 쌓여 있던 의혹이 풀리는 것을 느꼈다. 다른 사람들은 다 어떻게 되었을까? 부상자를 버리고 도망을 갔단 말인가? 그런 의혹에 하루 종일 시달렸던 것이다.

"안녕하세요, 이지숙입니다."

그녀는 고개를 약간 숙여 보였을 뿐 눈길은 그대로 염상진에게 보내고 있었다.

"이 선생께서 하신 일 원장님을 통해서 다 들었습니다. 안 동지를 대신해서 감사드립니다."

염상진은 전 원장을 의식해서 '동무' 대신 '동지'라는 말을 썼다.

"……."

이지숙은 아무 대꾸도 하고 싶지 않았다. 염상진은 위원장의 입장으로 감사를 표하는지 모르지만 그녀 자신이 한 일은 조직과는 아무 상관 없이 한 것이었기 때문이다.

"마침 염 선생이 O형이라서 수혈이 가능하게 되었지요."

전 원장은 혼잣말하듯 하고는 밖으로 나갔다. 그 말이 자신에게 하는 것임을 알면서도 이지숙은 얼른 대꾸할 만한 말을 찾지 못했다.

"이 선생께서는 그렇게 빨갱이들을 돕다가 혹시 발각될지도 모르는데, 두렵지 않습니까?"

이지숙은 염상진이 질문하고 있는 의도가 무엇인지 충분히 간파하고 있었다. 행동의 동기를 알고 싶어함과 동시에 정체를 파악하려하고 있었다. 이지숙은 군이 이 기회를 피하고 싶지 않았다. 이미 안창민과는 하나이기를 스스로에게 다짐했던 까닭이었다.

"혹시 서상철 선생님을 아시는지요?"

"아니, 광주서중의?"

염상진은 상체를 벌떡 일으켰다.

"지금 피를 뽑는 중인데 충격이 가해지면 곤란할지도 모릅니다. 그대로 뉘 계시지요."

이지숙의 음성은 침착하고도 냉정했다. 냉기가 흐르는 얼굴도 조금 전까지와는 전혀 다른 모습이었다.

"그럽시다. 헌데 그분과는?"

이지숙을 향해 고개를 돌리고 있는 염상진의 얼굴은 긴장되어 있었고, 눈에는 이상한 빛이 감돌고 있었다.

"조직의 일원입니다."

"……!"

염상진과 이지숙의 거센 눈길은 맞부딪치고 있었다.

"그렇다면 유감이오. 그동안 협조가 없었다니."

"저는 서상철 동무의 지시만 받습니다."

어느덧 '선생님'이 '동무'로 바뀌어 있었다.

"그럼, 최근에 보이고 있는 협조도 그 지시에 따른 것이오?"

"그렇진 않습니다. 그 정도는 자의로도 할 수 있는 협줍니다."

"좋소. 어쨌든 반갑소."

염상진은 고개를 돌렸다. 광주지역에 살면서 서상철 선생한테 이념교육을 받았다면 정신무장은 제대로 되어 있을 게 분명했다. 서상철은 이미 교직을 떠나 지하로 잠적한 상태였다. 해외 어딘가에 피신해 있는 것으로 알려져왔던 박헌영 동지가 해방과 함께 광주 벽돌공장에서 막노동을 하며 은신투쟁을 계속했다는 사실이 밝혀졌다. 그 사실은 모든 동지들에게 경이였고 충격이었고 활력이었다. 서상철은 바로 그때에 부각된 존재였다. 조직만 바꾸게 한다면 이지숙은 쓸 만한 일꾼이 되리라 싶었다. 서두르지 말고 안창민이 회복되기를 기다리기로 했다. 염상진은 허전하게 비어 있던 가슴 한구석이 비로소 뿌듯하게 채워지는 기분을 느끼고 있었다. 끝까지 꺾이지 않을 듯한 그 매서운 눈빛과, 거의 여자를 느낄 수 없도록 냉정한 태도가 더없이 믿음직스러웠던 것이다. 그리고 문기수의 활동을 적극적으로 유도하기 위해 딸 정님이를 입산시킬까 했던 그 내키지 않는 일을 할 필요가 없게 된 것이 그는 무엇보다 마음 개운했다.

"맥박이 많이 안정되어 갑니다."

그동안 병실을 다녀오는지 전 원장이 문을 열고 들어서며 밝은 어조로 말했다.

"혼수상태가 끝나고 나면 앞으로 얼마나 걸리게 될까요?"

염상진은 천장을 올려다본 채로 물었다.

"다행히 관통상이 아니고 뼈를 상하지도 않았으니 회복은 빠를 겁니다. 그러나 상처가 아무는 데 최소한 열흘, 자유로운 기동까지는 한 달 가까이 걸릴 겁니다."

염상진은 한숨이 터지려는 것을 얼른 억제했다. 열흘— 토벌대까지 진을 치게 된 적지의 위기상황에서 열흘은 너무나 긴 기간이었다.

"죄송합니다만, 안 동지의 입원 사실을 몇 사람이나 알고 있는지요?"

염상진이 전 원장 쪽으로 고개를 돌렸다. 그 얼굴에 긴장이 서려 있었다.

"여기 계신 두 분과 저와 간호원이지요."

"저어…… 간호원은 믿을 만한지요?"

"그 점 염려 안 하셔도 좋을 겁니다. 자기 나름의 직업의식이 있는 데다 자기 보호본능도 작용하고 있으니까요."

염상진은 더 말이 없었다.

이지숙은 경찰서로 갔다. 경찰서장은 잔뜩 찡그린 얼굴로 이지숙의 말을 듣고 있다가 갑자기 말허리를 잘랐다.

"그 문제라면 토벌대장을 찾아가시오. 나하고는 상관없는 문제요."

이지숙은 물러날 수밖에 없었다.

북국민학교로 토벌대장을 찾아갔다. 토벌대장을 만나기까지는 경찰서장을 만나는 것보다 몇 갑절 힘이 들었다. 교문에 선 보초들이 막무가내로 떼밀어댔던 것이다.

토벌대장이 있는 교실 문을 밀고 들어서던 이지숙은 감정이 멈칫하는 것을 느꼈다. 먼저 눈이 마주친 남자, 그는 청년단장 염상구였던 것이다. 만약 나를 알아보면 어쩌나 하는 불안감이 일었다. 그러나 이지숙은 전혀 동요됨이 없이 다소곳한 몸짓으로 걸음을 옮겨놓았다.

"어느 분이 토벌대장이신지요?"

이지숙은 일부러 그렇게 물었다. 염상구라는 존재를 전혀 모른 체함으로써 혹시 그가 가지고 있을지도 모를 자신에 대한 기억을 흐려놓기 위함이었다.

"나요, 왜 그러쇼."

"안녕하십니까, 처음 뵙겠습니다. 저는 이지숙이라고 합니다."

그녀는 손을 앞으로 모아잡고 허리가 반으로 접히도록 공손하게 인사를 했다. 그 얌전한 태도와 어울리게 목소리도 나긋하고 고왔다.

"거 뭐…… 무슨 일이쇼?"

뜻하지 않은 절을 받은 탓인지 토벌대장은 약간 당황스런 기색을 드러냈다.

"저어…… 대장님께 긴히 부탁드릴 말씀이 있어서……."

이지숙은 더 여린 목소리로 주저하며 염상구 쪽을 힐끗힐끗 곁눈질했다. 몸짓까지 곁들인 그 곁눈질은 염상구를 물리쳐달라는 의사를 상대방에게 여실히 전하고 있었다. 토벌대장은 자신도 모르게 염상구 쪽으로 눈길을 돌렸다. 그러나 그만 찔끔해지고 말았다. 염상구는 잔뜩 의혹에 찬 얼굴로 이쪽을 빤히 쳐다보고 있었던 것이다. 느낌이 이상해진 토벌대장은 재빨리 시선을 거두며 불쑥 말했다.

"상관없소. 용건을 말하시오."

이지숙은 낭패감을 느꼈다. 한껏 연약한 여자냄새를 풍겼는데도 효과가 나타나지 않은 것이다. 염상구가 무슨 눈짓이라도 한 것일까. 그러나 염상구 쪽을 돌아볼 수도 없는 일이었다. 아까부터 염상구의 시선이 닿고 있는 것처럼 느껴지는 몸의 왼쪽 부분이 전부 스멀거리는 것 같았는데, 다시 염상구를 의식하게 되자 그 스멀거림은 짜릿짜릿한 자극으로 바뀌고 있었다. 이제 망설이거나 주저할 수도 없었다. 오히려 의심을 받거나 수상하게 여길 염려가 있었다.

"네, 안창민은 저의 이종사촌 오빠입니다. 오빠의 죄는 알고 있습니다만, 늙으신 이모님이 무슨 죄가 있겠습니까. 이모님은 며칠 전에 젊은이들한테 폭행을 당해 앓고 계시던 중이었습니다. 병환이 심하신데 다시 이곳에 오셨으니, 너무 걱정이 되어 찾아뵙게 된 것입니다. 대장님께서 선처하시어 이모님을 모셔가게 해주십사 부탁드립니다."

이지숙은 미리 준비했던 말을 침착하게 마쳤다.

"빨갱이 오빠를 둬서 그런가 말이 아주 청산유수로군." 토벌대장은 피식 비웃음을 날리고는, "그런 건이라면 당장 돌아가시오. 조사가 끝나기 전에는 내 어머니라도 풀어줄 수 없는 일이니까." 언성 높인 말을 끝내고 의자에서 벌떡 일어섰다.

이지숙은 머뭇거렸다.

"가요! 돌아가 기다려요."

토벌대장이 짜증스럽게 소리쳤다. 이지숙은 그때서야 돌아섰다.

염상구는 이지숙의 뒷모습에 고약스런 눈길을 보낸 채 계속 기억 속을 더듬고 있었다. 어디서 본 얼굴인데, 어디서 보았을까. 분명히 기억에 있는 얼굴인데, 도대체 누굴까. 알듯 알듯 하면서도 기억은 떠오르지 않았다. 그 여자를 보자마자 시작된 고심이었다.

보리밥에 고구마가 듬성듬성 섞인 저녁밥을 구산댁은 반 정도밖에 먹지 못하고 숟가락을 놓았다. 다시 잡혀 들어간 딸 걱정에 밥맛을 잃은 데다가, 기가 죽어 눈칫밥을 얻어먹고 있는 두 외손자에게 한 숟가락이라도 더 먹이고 싶었던 것이다. 구산댁은 옆에 앉은 아들의 눈치를 흘깃 살피고는 게걸스럽게 밥을 퍼넣고 있는 친손자와 외손자 셋의 밥그릇에 밥을 똑같이 나눠주었다.

"끼니때마동 그러다가 엄니 병나겄소."

아들이 쳐다보지도 않은 채 퉁명스럽게 말했다.

"통 입맛이 읎응께 워쩌겄냐."

구산댁은 궁색스럽게 대꾸했다. 아들이 더 말없이 무김치만 와삭와삭 씹어대는 소리가 말보다도 더 눈치가 보였다. 핏줄이라는 것이 무엇인지, 외손자는 위해봤자 디딜방아 절구공이라는 말이 있지만, 제놈들이 커서 외할머니를 디딜방아 절구공이처럼 인정사정없이 대한다 하더라도 당장 아프고 쓰린 마음이 질정 없이 쏠려가는 것이야 어찌할 도리가 없는 일이었다. 가을걷이가 끝난 지 미처 두 달이 못 되었는데도 흰 쌀밥은 생각해 보지도 못하고 보리에다 고구마까지 섞어야 했다. 그런 밥이나마 배불리 먹일 수 없는 것이 구산댁으로서는 마음 아플 뿐이었다. 눈칫밥이라는 것은 아무리 배불리 먹어도 배가 고픈 법이었다.

"워째, 길남이 에미 소식 좀 들었냐?"

구산댁은 아들이 숟가락을 놓기를 기다려 어렵게 물었다.

"미친놈덜이 무담씨 되잖을 쌈얼 먼첨 걸어왔는디 토벌대가 쉽게 풀어주겄소? 처자석덜 녹아나는지 몰르는 넋 나간 미친놈덜이 그놈덜이요."

구산댁은 괜히 말을 물었다 싶었다. 아들이 하는 욕은 바로 제 매형에게 하는 욕이었던 것이다.

"잊어뿔고 기둘리씨요."

아들이 자리를 차고 일어섰다.

"다 어두웠는디 워디 갈라고?"

"오 서방이 보자니께 가봐야제라."

구산댁은 가슴이 섬뜩해지는 걸 느꼈다.

"무슨 일 있간디?"

구산댁은 감정을 내색하지 않고 그냥 지나가는 말처럼 물었다.

"심심헌께 불르는갑소."

"댕게오니라. 영 늦으면 아조 자고 와뿔고."

한동네라고는 하지만 밤늦게 다니다가 무슨 변을 당할지 몰라 구산댁은 그렇게 말했다. 아들이 방을 나가자 구산댁은 가느다란 한숨을 쉬며 담뱃대를 끌어당겼다. '오 서방'이란 말만 들어도 가슴이 죄어드는 자신의 신세가 한심스러웠던 것이다. 그가 주인도 아니고 마름일 뿐인데도 그렇게 살아오기를 평생을 한 것이었다. 마름이라는 것이 도움을 줄 순 없어도 해코지를 하려면 얼마든지 할 수 있었다. 오 서방이 아들을 부른 것은 보나마나 뻔한 것이었다. 제가 이기게 되어 있는 화투판을 벌여놓고 술잔이나 뺏어먹으려는 수작일 것이다. 작인은 뼈 빠지게 농사지어 지주한테 바치고, 마름한테 뜯기고, 평생 그 꼴을 면할 수 없게 되어 있었다.

집을 나선 서인출은 무거운 마음으로 어둠 속을 걷고 있었다. 빨갱이질을 하는 매형이야 진작부터 없는 사람 취급을 하고 있지만 앞으로 누님의 일이 걱정이었다. 빨갱이를 한 집안에는 새해부터 소작을 주지 않을 것이라는 풍문이 나돌고 있었던 것이다. 만약 그게 사실이라면 두 조카들을 데리고 누님이 살아갈 길은 막막해지고 마는 것이었다. 매형은 모두 공평하게 잘사는 세상 만들겠다고 10년 세월을 허송하더니, 결국 자기 아버지 잡아먹고 처자식까지 굶어죽을 길로 몰아넣은 셈이었다. 비록 가난하긴 했지만 자라면서 오손도손 주고받은 정을 생각하면 누님이 그렇게 가엾을 수가 없었고, 매형이 그렇게 미울 수가 없었다.

서인출은 오 서방네집 앞에 이르러 담뱃불을 껐다. 그리고 누님의 생각도 털어버렸다. 형편이 되어가는 대로 두고 볼 수밖에 없는 일이었다.

"동평 아재……."

"누구당가?"

"인출이구만요."

"어이, 왔능가. 종연이도 왔응께 아랫방으로 들소. 나 얼렁 밥 묵고 나갈 팅게."

"알겄구만요."

서인출이 돌아서는데 마구간 옆에 달려 있는 방문이 열렸다. 희미한 등잔불빛과 함께 사람의 모습이 드러났다.

"동상 오는가?"

불빛을 등지고 앉아 얼굴이 보이지 않는 김종연이 먼저 말을 던져왔다.

"어이, 예의 바르시. 동상이 먼첨 와서 그러크름 성님을 기둘려야 허는 법이시."

서인출은 맞받아서 농담을 던졌다. 두 사람은 동년배였다.

"점잖잖게 멀 그리 묵어싼가? 밥상 물린 지 을매나 됐다고."

서인출은 방으로 들어서며 무언가를 우적우적 씹고 있는 김종연의 엉덩이를 가볍게 찼다.

"묵고 잡아 묵는 것이 아니시. 약 되라고 묵는 것이제."

김종연의 손에는 반 가까이 먹어치운 무가 들려 있었다.

"무시가 약은 무신 약."

서인출은 구들이 울릴 정도로 아랫목에 몸을 던져 앉으며 김종연을 치떠보았다.

"어허, 동상은 역시 무식허네그려. 요 무시가 속 답답허고 소화 안 되는 디는 질이시. 요것얼 묵고 트름 서너 분만 혀불면 속이 씨원해져뿌네. 동상도 묵어볼랑가?"

김종연이 무를 내밀었다.

"와따, 부잣집이라서 그런지 겨울이 당아 멀었는디도 방이 쩔쩔 끓네. 허, 저 고구마도 굉장허시."

서인출은 엉뚱한 소리를 하고 있었다. 그러나 그건 진심이었다. 마름의 집답게 아랫목은 따끈따끈했고, 윗목에는 싸릿대를 엮어 갈무리해 둔 고구마가 방을 거의 반이나 차지하다시피 한 채 천장 가까이까지 쌓여 있었다. 고구마의 눌리는 무게로 중간쯤이 불룩 튀어나온 싸리대울을 멍하니 건너다보며 인출은, 저것이 도대체 몇 가마나 될까, 하는 생각을 하고 있었다. 저 정도면 매일 세 끼를 고구마만 먹어도 내년 3월까지는 넉넉하겠구나 싶었고, 겨우 방구석을 채우고 있을 뿐인 자기네 집의 고구마가 얼핏 떠올랐다.

"멀 그리 보는감? 고구마 첨 보는 것이여?"

김종연이가 서인출의 어깨를 툭 쳤다.

"에라 몰르겄다. 담배나 꼬실리자."

서인출은 아까 불을 꺼서 귀에 꽂아두었던 꽁초를 빼들었다.

두 사람보다 서너 살 위인 유동수가 나타나고, 끝으로 중년나이의 장칠복이가 구부정한 허리로 방을 들어서서, 모인 사람은 모두 다섯이 되었다.

"다 저녁들 자셨는가?"

마름 오동평이 끄윽, 트림을 하며 말했다. 네 사람은 제각기 어물어물하며 대답을 대신했다.

"머 똑별난 일이 있어서 만내잔 것이 아니고 추수 다 끝내불고 난께 영판 짭짭혀서(심심해서) 워디 살겄드라고? 집구석에 있어봤자 그렇고, 지름값 애낄라고 일찍 이불 피면 마누래 속곳만 더럽히고. 아니, 마누래 속곳 더럽히는 것으로만 끝나면 좋게? 재수 읎으면 믹여 키우기 심든 새끼가 불거지제. 그려서어, 시국도 시끌시끌허고, 우리찌리 이약이나 허자고 모이잔 것이네."

그 말에 장단이나 맞추듯 김종연이가 끄으윽, 요란스러운 트림을 해댔다. 옆에 앉은 서인출은 그만 코를 감싸고 말았다. 무 썩는 냄새가 진동을 했던 것이다. 그런데 트림은 한 번으로 끝난 것이 아니라 두 번을 더 거푸 터뜨렸다.

"워따메, 사람 숨 맥혀 죽겄네."

서인출은 김종연의 엉덩이를 퍽 내질렀다.

"참말로 냄새 고약허시. 저 사람 산삼 묵었는갑구마."

장칠복이가 뚜벅 말하는 바람에 사람들이 웃음을 터뜨렸다.

"무시가 인삼 다음가는 삼은 삼잉께."

유동수가 주머니에서 화투를 꺼내며 말했다.

"와따, 성님언 워찌 그리 예의가 없으시요? 동평 아재 말씸이 이약이나 허자 혔는디 성님언 화투판얼 벌레뽈라 허요?"

김종연은 말을 그렇게 하면서도 유동수에게 손을 내밀고 있었다.

"밤이야 질고 진디 화투는 밥이나 꺼진 담에 시작혀야 안 쓰겄어?"

벽에 등을 기대고 앉은 오동평이 배를 슬슬 쓸며 말했다.

"거 봇씨요, 성님."

김종연이 눈을 찡긋했고, 유동수는 머쓱한 표정이 되었다.

"그날 밤 그 사람덜이 참말로 토벌대하고 싸울라고 혔을까?"

장칠복이 혼잣말처럼 하며 고개를 갸웃했다.

"허면, 원족 나왔을 것인가?"

오동평이 비꼬는 투로 말했다.

"원족이사 아니겄지만, 요상시런 소문이 딛긴께 허는 말이제라."

"무신 소문인디?"

오동평은 계속 배를 쓸어대며 물었다.

"그 사람덜 수가 을매 안 되았다고 허는디, 토벌대허고 싸울라면야 그리 왔을 것이요?"

"그 말 맞구만이라. 맘묵고 싸우로 왔음사 총소리가 그리 금방 끄쳐뿔 리가 읎었제라."

유동수가 비로소 생각이 났다는 듯 고개를 끄덕였다.

"성님 말도 맞긴 헌디, 싸와본께 영 힘이 딸려 내뺀 것 아닐께라?"

서인출의 말이었다.

"어허 저 사람, 고 말이야 그 사람덜이 전부 싸우로 왔을 적에나 해당허는 말 아닌가. 시방 허는 말언 그 사람덜이 쪼깐 왔드라 고 런 말이시."

장칠복은 구부정한 허리를 약간 펴는 것 같았다. 그건 그가 감정 변화를 겪을 때 나타내는 몸짓이었다.

"지가 말을 잘못혔구만이라."

서인출은 얼른 자신의 실수를 시인하고 말았다. 그의 급한 성질을 피하는 것이 상책이었다.

"허면 머 헐라고 왔답디여?"

김종연이 화투짝을 소리가 나게 빨리 쳐대며 물었다.

"고걸 알먼 나가 염상진이게?"

장칠복의 허리가 다시 제 모습으로 구부정해졌다.

"인자 빨갱이 시상은 끝나뿌렀다."

오동평이 자신 있는 어조로 말했다.

"그 사람덜보고 물어봇씨요, 끝났다고 허는가."

유동수가 고개를 저었다.

"즈그덜 맴이야 하루아칙에 이 시상얼 즈그 뜻대로 엎으고 뒤집어뿔고 잪겄제. 근디 나라가 금허는 일이란 걸 알아야 써."

"니미럴, 나라도 틀려묵었소. 빨갱이 금헐라고 허지 말고 토지개혁인지 농지개혁인지럴 싸게싸게 해치워뿔먼 빨갱이덜이 내세울 것이 읎어진께 지절로 깨지고 말 것 아니요. 누님 좋고 매부 좋고가 머 딴것이다요."

김종연이가 목청을 돋우었다.

"자네 말이 공자님 말씸이시."

장칠복이 크게 고개를 끄덕였다.

"근디, 토벌대라는 것들이 아조 틀려묵었습디다."

유동수가 얼굴을 찡그려붙였다.

"토벌대가 워째서?"

오동평이 덤덤한 표정으로 담배에 불을 붙이며 물었다.

"숨은 빨갱이 잡아낸다고 어지께 칠동얼 발칵 뒤집었다는디, 젊은 놈이 아무나 잡고 주먹질을 안 허나, 시악씨들헌테는 내놓고 히야까시럴 허질 않나, 구장집서 점심밥얼 해냈는디 찬이 나쁘다고 상얼 엎어뿔지럴 않나, 개가 짖어댄께 총질얼 혀서 죽이지럴 않나, 행패가 말도 못허는갑습디다."

"어허, 그놈덜이 환장을 혔는갑네. 외지 놈덜이 워찌 그리 염병이여, 염병이."

오동평은 그제야 낯빛이 달라졌다.

"빨갱이 뿌랑구럴 뽑는다고 동네마동 이 잡디끼 뒤진다니께 우리 동네에도 기연시 오긴 올 판인디, 판이 워찌 될랑가 몰르겄소."

"나도 그 말 들었네. 토벌대놈덜언 애시당초 글러묵은 것들이네. 잿밥에 정신 쓰는 땡중맹키로 빨갱이 잡겄다는 것들이 아 글씨 여관생활을 벌였다 이거시여."

장칠복의 구부정한 허리가 다시 약간 펴지는 것 같았다.

"빨갱이 잡는 것은 뒷전치고 그놈덜부텀 잡아야 쓰겄구만."

서인출은 쓴 입맛을 다시며 고개를 저었다. 그런 그는 서늘한 불안감을 느끼고 있었다. 매형 때문에 그들에게 무슨 궂은일을 당하게 될지 모르는 것이었다.

"고것덜이 똑 청년단 날치대끼 허는갑구만."

오동평이 마땅찮은 표정으로 좌중을 훑어보았다.

"맞구만이라. 글안해도 고것들이 청년단허고 합동작전인가 먼가를 헌답디다."

유동수가 어처구니없는 듯 코웃음을 쳤다.

"참말로 염병헐 눔에 시상이다. 씨부랄 것!"

장칠복이 갑자기 언성을 높이며 요란한 소리로 방귀를 뀌어댔다. 그는 한쪽 엉덩이까지 약간 들고 있었다.

"와따따따, 구둘장 내레앉겄소."

유동수가 옆으로 조금 피해 앉으며 소리 질렀다.

"워메, 산삼이 아니라 해삼을 묵었는갑소이. 그놈에 냄새에 콧구녕 썩어뿔겄소."

김종연이 코를 막으며 돌아앉았다.

"그려도 니놈 트름 냄새보담이야 훨썩 낫다. 방구야 삭어서 아래로 빠지는 것이고 트름이야 설삭어서 우로 솟는 것인디, 워떤 것이 더 몸에 존 냄새겄냐."

"둘 다 몸에 존 보약잉께 몸보신덜 잘혀보드라고요잉."

유동수가 마땅찮은 눈길로 장칠복과 김종연을 번갈아 보았다.

"동평 아재, 저어…… 빨갱이 헌 집언 내년보텀 소작얼 안 준다는 말이 있는디, 참말일께라?"

서인출은 아까부터 마음에 담고 있던 말을 어렵게 꺼냈다. 오동평은 금방 거만스러운 표정을 지으며 자리를 고쳐 앉았다.

"고것이사 당연지사 아니라고? 요번에 빨갱이놈덜 손에 절딴 안 난 지주가 없는 판인디, 그 웬수놈에 집구석들이 머시가 이뻐서 소작얼 주겄는가. 고런 것덜 아니고라도 소작 더 얻어부칠라고 눈에 불 킨 사람덜이 쌔고 쌨는디, 빨갱이놈덜 새끼 싸게싸게 믹여 키워 또 우리 자석덜 쥑여주씨요 험스로 소작얼 줄 지주가 워디 있겄어. 우리 쥔 아짐씨만 혀도 그렇제, 좋다는 한약얼 내리 묵어도 몸이 안 낫고 시름시름 앓는디, 워째 그러겄는가. 밤마동 빨갱이덜 꿈에 시달린다는 것이여. 냄편 그리 숭악허게 죽는 꼴 보고 얻은 마음병잉께 아무리 존 약을 써도 소양이 읎는 것이제. 우리 아짐씨가 그리 앓음서 빨갱이럴 워찌 생각허겄는가. 치 떨리고 이가 빡빡 갈리덜 안컸어. 근디 소작얼 주겄냐 그 말이여.”

희끄무레한 등잔불빛이 서린 방 안에는 침묵이 차고 있었다. 오동평을 제외한 네 사람은 우울한 낯빛으로 방바닥만 내려다보고 앉아 있었다. 그들은 윤 부자네 땅을 부치고 있는 작인들이었다. 윤 부자가 소화다리에서 대창에 난도질을 당해 죽어갔을 때 그들은 속으로 쾌재를 불렀던 것이고, 염상진이야말로 '영웅'인 줄 알았었다.

“여그 앉은 사람덜이야 빨갱이 덕 볼지 누가 아는가? 밥이 꺼졌응께 화투나 한판 놀아보드라고.”

오동평이 방 안의 침묵을 휘저어버리듯 말했다. 네 사람은 제각기 생각에서 깨어나며 앉음새들을 고쳤다. 자리를 좁혀 앉긴 했지만 전혀 흥나는 표정들이 아니었다.

호령하는 양반보다 덩달아 꺼떡대는 마당쇠가 더 얄밉더라고 작인들에게 마름이란 존재는 지주들보다 더 역정나고 아니꼬웠다. 마름들은 어디까지나 지주의 편이어서, 양쪽에서 잇속을 챙기는 속 번히 들여다보이는 짓을 서슴없이 해대는 것들이었다. 마름은 한마디로 메마른 작인들의 등에 붙어 피를 빠는 진딧물이었다. 작인들은 지주에게 빨리고 남은 피를 다시 마름에게 빨렸다. 마름들이 저지르고 있는 작태를 다 알면서도 지주들은 굳이 탓하거나 막으려 하지 않았다. 자기네들에게 아무 손해가 없는 일인 데다, 그런 잇속을 묵인함으로써 마름들은 자기네들의 손발 노릇을 더욱 열성으로 해냈던 것이다.

마름이 가진 권한 중에 제일 큰 것이 소작을 떼고 붙이는 것이었다. 그건 지주가 갖는 절대권이면서도 그 결정과정에서 마름의 영향력이 알게 모르게 작용하고 있었다. "그 인종이 게을러빠져서"라거나, "말이 많아 다른 작인들까지……" 하는 말을 끼워넣게 되면 그 작인에게 더 소작을 내줄 지주는 없었던 것이다. 그러니까 마름은 지주의 절대권 중에서 3분의 1 정도는 차지하고 있는 셈이었다. 그 권한 앞에서 작인들은 오금을 펼 수가 없었다. 언제 자기한테 그 벼락이 떨어질지 모르는 위험이 마름의 손아귀에 쥐어져 있던 것이다.

"어 그 암탉이 살이 통통허니 올랐네그랴" 하며 마름이 닭장 앞을 지나치기라도 하면 그날 밤으로 지체 없이 닭을 잡아다가 바쳐야 했고, "어이 김 서방, 낼 일이 어쩐가? 우리 집에 손볼 디가 잠 있는디." 이 한마디를 들었다 하면 열 일 제쳐놓고 마름집 일부터 하지 않을 수가 없었다. 일정시대부터 소작쟁의를 벌일 때마다 사음을 없애라, 마름을 없애라 부르짖었지만 일본놈들도 사음을 없애지 않았고, 조선지주들도 마름을 없애지 않았다. 마름들은 작인들에게 미움의 대상인 동시에 두려움의 대상이었다. 그래서 작인들이 들고일어나는 사건이 생길 때마다 마름들은 지주들과 똑같이 표적이 되었지만, 그 사건이 억압으로 끝나고 말면 지주들이 그렇듯이 마름들도 예전의 버릇을 그대로 저질러댔다.

그들 다섯 사람이 서로 다른 장소에서 토벌대로 잡혀간 것은 다음날 오후였다. 그들은 빨갱이 찬양과 토벌대 비방이라는 죄목으로 몽둥이찜질을 당하고 다음날 아침에야 풀려날 수 있었다. 그들 다섯은 서로서로 따지고 들었지만 토벌대나 청년단에 고자질한 사람은 아무도 없었다. 귀신이 곡할 노릇이었다. 그러나 그들 다섯 중에 고자질한 사람은 분명 들어 있었다. 똑같이 잡아가고, 똑같이 조사하고, 똑같이 풀어놓았기 때문에 철저하게 위장되어 있을 뿐이었다. 그건 염상구의 솜씨였다. 토벌대장과의 약속에 따라 염상구는 동네마다 그런 조직을 새로 만들었던 것이다.

염상구의 일방적인 명령에 따라 멸공단(滅共團)의 활동을 중지할 수밖에 없게 된 윤태주는 매일매일이 무료해서 못 견딜 지경이었다. 물론 염상구가 그들의 활동을 중지시키려 할 때 반발을 하지 않은 것이 아니었다.

"아니, 지끔 나헌테 뎀비는 것이여? 요런 좆대가리가 지대로 여물지도 않은 새끼가 누구 앞에다가 턱쪼가리 치께들고 아가리 놀리고 자빠졌어. 니, 나가 누군지 몰르냐? 요 염상구 칼침맛 홍어회 묵디끼 쌈빡허니 한분 보고 잡은겨?"

염상구의 눈이 점점 가늘게 째지며 서늘한 빛을 내쏘는 앞에서
는 더 이상 어쩌는 도리가 없었다. 더 맞섰다가는 염상구의 몸 어딘
가에 감춰져 있는 칼이 금방 이마빼기에 꽂힐 것만 같았던 것이다.

윤태주는 마지못해 활동을 중지하긴 했지만 스스로 이름 붙인
멸공단까지 해체한 것은 아니었다. 그 자신도 해체하고 싶지 않았
고, 단원들도 해체를 반대했다. 그러나 이름뿐인 멸공단이 윤태주
의 무료를 달래주는 것이 아니었다. 그는 계속해야 할 대학공부가
엄연히 남아 있는데도 광주로 돌아갈 생각은 하지도 않았다.

"인자 니가 바로 가장이여. 솥공장이고 정미소고 니가 야물딱지
게 단도리럴 험스로 채럴 잡아나가야 느그 아부지도 저시상에서
편히 눈을 감을겨. 어이 와, 태주야, 이 에미는 여잔께 니가 정신 똑
똑허니 채리고 두 눈에 호랭이불 켜야 쓴다. 느그 아부지 밑에서도
이놈이고 저놈이고 언뜻 허면 돌라묵을 궁리만 혔단 말이여. 이 시
상 사람새끼라는 것덜언 다 도적놈들잉께 정신 바짝 차려야 써. 니
가 인자 이 집안 가장이랑께로."

그의 어머니는 그를 붙들고 이렇듯 간곡하게 말하고는 했던 것
이다. 그러잖아도 공부에 별 뜻이 없는 그는 솥공장 사장에 정미
소 주인 자리에 주저앉게 되었다. 그러나 그 자리가 그의 무료를 달
래주는 것이 아니었다. 그가 자리를 지키지 않아도 솥공장의 용광
로에서는 시퍼런 불길이 잘만 타올랐고, 정미소의 피댓줄은 언제
나 무서운 기세로 잘만 돌아갔던 것이다.

건성으로 솥공장과 정미소를 거쳐 나온 윤태주는 막상 갈 만한 곳이 마땅찮아 바지주머니에 두 손을 찌른 채 좌우를 두리번거리고 있었다. 여기저기를 생각해 보았지만 딱히 갈 만한 데가 없었다. 윤태주는 그만 짜증이 솟아 욕을 내뱉으며 고개를 뒤로 젖혔다. 너무하다 싶도록 해맑게 푸른 하늘이 높디높았고, 아직도 해는 그 가운데 작은 동그라미로 박혀 있었다.

"니기미, 책방에나 가보자."

윤태주는 칙 침을 뱉고 중얼거리며 걸음을 옮겨놓기 시작했다. 물론 책을 사는 것이 목적이 아니었다. 그 집 딸 정님이를 보러 가는 것이었다. 책방집 딸이 예쁘다는 정도로 알고 있었을 뿐 별다른 관심이 없었는데, 어느 날 공설시장 앞을 지나다가 눈이 번쩍 띄게 잘생긴 처녀와 마주친 것이다. 그 처녀가 바로 책방집 딸이었다. 그 처녀를 보는 순간 윤태주는, 저건 내 것이라고 점을 찍었다. 그리고 벌써 서너 차례 책방을 드나들었던 것이다.

"안녕허시요."

윤태주는 책방 유리문을 밀고 들어서며 주인에게 꾸벅 절을 했다.

"어이, 어서 오시게."

문기수는 윤태주를 반갑게 맞이했다. 그냥 손님을 대하는 태도로서는 좀 과한 데가 있는 친절이었다. 윤태주는 책을 고를 생각은 하지 않고 안쪽을 기웃기웃하고 있었다. 그런 윤태주를 문기수는 의미 있는 웃음을 머금은 채 곁눈질로 보고 있었다.

"무신 책이 필요허신가?"

문기수는 털이개를 건성으로 놀려 먼지 터는 시늉을 하며 능청스럽게 물었다.

"예, 아무 책이나, 아니 재미진 소설책이나 한 권 골라주씨오."

윤태주는 당황하거나 멋쩍어하는 기색도 없이 말을 던지고는 또 안쪽으로 고개를 돌려버렸다.

"재미진 소설책이라아, 재미진 소서얼책이면 연애허는 것이 재미지제에에."

문기수는 말에 멋대로 가락을 넣어가며 두툼한 책 한 권을 뽑아냈다. 니눔이 내 딸헌테 홀려도 아조 단단허니 홀려뿌렀구나. 하면, 하면, 잘허는 일이여. 니눔 사람됨됨이야 정하섭이헌테 당허겄냐만 인자 정하섭이는 틀러묵어부렀응께로. 아무리 봐도 공산당 시상 되기는 어려울 성불른디 정하섭이럴 사우 삼아서야 되겄냐. 니눔이 쪼깐 찌울린다마는 그 대신에 무지막지헌 재산얼 물려받았응께로. 허긴 여자가 편허게 살자면 똑똑헌 정하섭이보담도 덜렁덜렁헌 니눔이 더 나슬란지도 몰른다. 워쨌거나 우리 딸 정님이가 재산복은 타고난 모냥이다. 이놈이나 저놈이나 다 부잣집 자석덜이 아닌감. 하면, 그래야제, 그래야 이 애비도 나이 들어감스로 덕 잠 보고 살제. 방정 떨지 말고 진득허니 지둘려. 사우가 될 때 되드락도 지끔이야 남남잉께 책이라도 한 권 폴아묵고 정님이럴 불러내도 불러내줄 것잉께. 문기수는 진득한 웃음이 는적이는 얼굴로 책을 포장하고 있었다.

문기수는 책값을 챙겨넣고 나서야 안쪽에다 대고 소리쳤다.

"어야, 정님아, 책방 잠 봐라. 나 워디 댕겨올 디가 있응께."

쪽문으로 황급하게 나오던 정님이는 윤태주를 보고 주춤 멈춰섰다. 복숭아빛 얼굴이 금방 굳어졌다. 문기수는 그런 딸에게 빠르게 눈을 껌벅였다.

"나 금융조합에 댕겨올란께 점방 잘 봐라잉."

문기수는 총총히 책방을 나갔다.

윤태주는 정님이를 빤히 쳐다보고 서 있었다. 정님이는 그 눈길을 어떻게 받아낼 수가 없어 여기저기로 시선을 옮기고 있었다. 무슨 말인가를 하긴 해야 되겠는데 윤태주는 꺼낼 말이 없었다. 와따, 고것 참 맛나게 생겨부렀네. 저걸 그냥 확 빠구리릴 터야 속이 씨언허겄는디이. 이런 생각을 하고 있으니 할 말이 있을 리가 없었다. 못 먹을 고기 보기만 하고 군침을 흘리는 개처럼 윤태주는 음흉한 눈길만 보내다가 돌아서야 했다.

"나 갈라요."

"예, 또 책 사로 오시씨요."

정님이의 목소리는 싸늘했다.

"이 집 책 다 살 때꺼정 오겠소."

윤태주가 문을 나서며 화가 난 목소리로 한 말이었다.

"그러씨요. 잘 가시게라."

정님이는 건성으로 인사를 던지며, 요런 멍청아, 니 평상 책을 사내봐라, 우리 집 책이 가뭄드냐. 팔리기만 허먼 책은 홍수나게 얼매든지 뒷댄다고 코웃음을 치고 있었다.

걸음을 옮기고 있는 윤태주는 과히 나쁜 기분은 아니었다. 책방 주인의 태도가 아주 그럴듯했던 것이다. 슬쩍 자리를 피해주는 게 분명했는데, 아버지 되는 자가 그렇게 나간다면 칵 씹어도 비린내 하나 안 나게 생긴 그 예쁜 가시내는 손에 쥔 떡이나 다름없었다. 다음부터는 좀더 적극적으로 나가야 되겠다고 생각하며 윤태주는 야무지게 입술을 훔쳤다.

서두를 것 없는 걸음걸이로 역전까지 나온 윤태주는 또 갈 데가 막연해져 걸음을 멈추었다. 차부나 역은 아직도 한산했다. 역전의 넓은 마당에는 썰렁한 늦가을 바람만 지푸라기와 종잇조각들을 날리고 있었다. 공장장이 솥이 팔리지 않는다고 울상을 지을 만했다. 사람들의 내왕도 거의 끊기다시피 한 것이 벌써 달포 가까이 되었고, 그동안 장도 제대로 서지 않았던 것이다.

윤태주는 그런 골치 아픈 일은 생각하고 싶지 않았다. 당장 솥이 덜 팔린다고 해서 망할 장사도 아니었던 것이다. 윤태주는 멸공단 단원들을 다방으로 불러낼까 생각했다. 만난 지도 며칠이 지나 있었다. 그러나 곧 생각을 고쳐먹었다. 정님이 때문에 마음이 꿈틀거리고 불두덩이 뻑적지근해졌는데, 다방 레지 화자하고 오늘은 끝장을 봐야 되겠다 싶었다. 윤태주는 벌써 화자하고 일이 되도록 이야기를 터놓았던 것이다. 그는 다방으로 발걸음을 옮겼다.

한낮이어서 그런지 다방에는 손님이 없었다. 그런데도 노랫소리는 귀가 아프도록 크게 울리고 있었다.

"어머, 어서 오세요."

화자가 반색을 했다.

"느그 집구석은 사시장철 저놈에 울고 넘는 박달재냐?"

윤태주는 오만상을 찌푸렸다.

"판을 바꿀 테니까 어서 앉으세요."

윤태주가 앉자 화자도 마주 보고 앉았다.

"그게 뭐예요? 책 같은데."

"귀신이 따로 없네. 재미진 연애소설인데 화자 줄려고 샀지."

윤태주는 마침 잘됐다 싶어 옆구리에 끼고 있던 책을 화자에게 내밀었다.

"어머, 정말이세요?"

화자는 두 손으로 책을 받아들며 더없이 밝은 표정이 되었다.

"오늘 나 맘먹은 날이야. 여그 몇 시에 닫지?"

윤태주는 화자를 똑바로 쳐다보며 눅진한 음성으로 말했다. 화자의 얼굴이 어색하게 변했다.

"왜, 맘에 없어?"

윤태주의 사각진 얼굴이 약간 일그러졌다.

"이까짓 책은 필요 없다구요."

화자는 책을 탁자에 던지듯 하고는 발딱 일어섰다. 윤태주가 그녀의 팔을 낚아챈 것은 거의 동시였다.

"요게 사람을 뭘로 보고 이려. 나가 그까짓 책으로 입 닦을 놈으로 뵈냐? 이게 워디서 공짜만 뜯기고 다녔나, 사람 우습게 보네?"

윤태주는 금방 후려칠 것 같은 기세였다.

"아녜요, 잘못했어요. 그런 게 아니라……."

"잘못은 이따가 밤에 빌어. 나도 곤조통이 있응께로."

윤태주는 화자의 팔을 놓고 전화기가 걸려 있는 쪽으로 뚜벅뚜벅 걸어갔다.

"토벌대 때문에 좋은 방이 없어요? 상관없어요, 방이면 되니까. 됐어요."

윤태주가 전화하는 걸 들으며 화자는 주방에다 커피 두 잔을 시키고 있었다.

19

새가 창공에 그 발자국을 새기지 못하듯이
인간사 그 무엇이 영겁 속에 남음이 있으랴

운정(雲頂)은 아침공양을 마치자 바랑을 챙겼다. 바랑을 챙긴다고 해보았자 누더기승복 한 벌과 밥그릇·국그릇으로 쓰는 바리때 두 개, 금강산 박달나무를 손수 깎아 30년 가까이 사용해 오고 있는 숟가락과 젓가락, 광목수건 한 개가 전부였다. 또다른 소유물이 있다면 입고 있는 승복과 나무단주(短珠)·고무신이었다. 길을 나서 걷기에 지치면 버려진 막대기로 지팡이를 삼았고, 어느 절에든 머물게 되면 그 막대기는 땔감으로 보태었기에 지팡이는 일정한 소유물이 아니었다.

"스님, 세상이 이리 어지러운데 기어이 행장을 차리십니까?"

주지가 운정 옆에 좌정하며 염려스럽게 말했다.

"아무리 세상이 험하다 하나 다 늙은 중을 해하지야 않겠지요."

운정의 얼굴에는 잔잔한 웃음이 감돌고 있었다.

"소승과 함께 좀더 오래 계셔주셨으면 하고 바랐는데요."

"지금까지 머물면서도 폐가 태산이었는데요. 주지스님의 은덕, 오래 심중에 담고 있겠습니다."

"무슨 말씀을 그리 하십니까. 운정스님께서 어디 무위도식하시었나요. 젊은 승들에게 베푸신 강술은 두고두고 잊지 못할 것입니다. 스님의 높고 깊은 법력이 아니고서야 할 수 없는 강술이었지요. 젊은 승들이 모두 감명 깊어하고 있습니다."

"법 중에서 또 법을 보시고, 법 안에서 다시 법을 설하신 세존의 현각 앞에서 감히 감내하기 황송하고 면구스러운 과찬이십니다. 소승은 진정으로, 말을 할 때마다 세존을 욕되게 하고 죄업을 쌓아가는 것 같아 두려움에서 벗어날 수가 없습니다."

"스님의 뜻 알 듯도 싶습니다. 그런 마음을 지니신 것은 스님께서 바르게 깨닫고 계셔서가 아닌가요. 소승은 그런 지경에 이르지 못하고 있음이 스스로에게 부끄럽고, 세존 앞에서는 더 말할 수가 없습니다."

"별 겸양의 말씀을……."

운정은 바랑을 조심스럽게 집어들었다.

"스님, 이거 얼마 안 됩니다만 노자에 보태시지요."

"아닙니다, 스님. 걸어서 걸어서 갈 것이니 차비가 필요 없고, 객승에게 한끼 밥, 하룻밤 잠자리 거절할 만큼 아직 세상인심은 변하지 않았는데 돈이 어디에 필요하겠습니까. 주지스님께서는 이리 큰대찰에 그 많은 대중의 살림을 맡고 계신데 소승이 보태지는 못할

망정 축을 내셔야 되겠습니까. 받은 것이나 진배없으니 소승이 떠나는 길에 짐 지우지 마시고 가볍게 떠나게 해주십시오. 소승의 진정입니다."

운정은 주지의 손을 잡고 간곡하게 말했다.

"스님께서 그리 짐이 되신다면……."

주지는 보일 듯 말 듯 고개를 끄덕이며 운정의 손을 맞잡았다.

"바람이듯 떠나고 싶으니 대중에게 알리지 마시지요."

주지가 고개를 끄덕였다. 그윽한 눈 가장자리로 여린 바람끝 같은 미소가 번지고 있었다. 운정은 방을 나섰다. 어디선가 풍경 우는 소리가 달그랑달그랑 투명하게 울리고 있었다. 그 영롱하고 맑은 소리를 따라 운정의 귀는 허공을 배회했다. 인생의 번뇌와 인간의 고뇌를 무한공간으로 이끌어가는 저 소리. 석가세존의 진신(眞身)사리에서나 울려나올 것 같은, 오뇌를 어루만지고 삭이어주는 저 소리. 방황하는 영혼의 그 끝자리에서 말씀의 등불인 양 항시 울려오는 저 소리. 나무관세음보살…… 운정의 가슴 깊은 곳에서 긴 메아리로 울려가는 소리였다.

마당으로 나선 운정은 대웅전을 향해 합장했다. 그리고 각황전 쪽으로 돌아서 다시 합장했다. '내가 일찍이 뭐라고 가르쳤더냐. 비구의 몸으로 생명의 인연을 만들려거든 차라리 그것을 독사의 입에다 넣으라고 하지 않았더냐.' 세존의 준엄한 말씀이 또 정수리를 내려치는 것 같았다. 운정은 고뇌스런 숨길을 다스리며 천천히 눈을 떴다. 천 근 무게로 각황전은 드높게 서 있고, 기와 이음매의 덮개가 없어 기와골이 물이랑처럼 이어진 넓은 지붕 위에는 시리도록 흰 햇살이 넘쳐흐르고 있었다. 용마루와 경계 짓고 있는 하늘은 끝 모르게 깊고 푸르렀다. 아, 저것이 필경 해탈의 빛이 아닐 것인가. 문득 생각하는 운정의 내부에는 차가운 전율이 일직선으로 뻗어내리고 있었다.

각황전을 하염없이 올려다보고 있는 운정의 가슴에는 공허한 바람이 맴을 돌고 있었다. 삭발한 지 40여 년, 어느 길을 돌고 돌아 여기에 와 있으며, 깨닫고 이루었음이 그 무엇이란 말인가. 스스로의 허망한 그림자를 보아야 하는 고뇌스런 신음이었다. 각황전 앞에서 그 회한이 더 깊어짐은 무슨 연유인가. 각황전을 이루어낸 그 어느 이름 모를 목수의 금강석같이 견고한 신심과 원력 앞에 삭발승의 부끄러움이 새롭게 도지는 탓일 것이다. 열아홉 나이에 불사에 참여한 그 목수가 각황전을 다 짓고 났을 때는 일흔아홉이 되어 있었다 한다. 실로 60년의 세월이 흘러간 것이고, 그는 그동안 각황전 언저리를 한 번도 벗어난 일이 없었다. 완공과 함께 머리에 동여맨 수건을 푼 그는 각황전 돌계단을 걸어내려와 뒷개울로 사라졌다. 그는 한나절이 넘도록 몸을 씻었다. 그리고 그날 밤 조용히 눈을 감았다. 그가 눈을 감자 어둠에 묻혀 있던 경내가 갑자기 휘황한 빛으로 밝아졌다. 놀란 대중들이 밖으로 나와 보니 한 마리의 백학이 현란한 빛을 뿜으며 각황전 위를 너훌너훌 날고 있었다. 그 백학은 각황전 위를 세 번 돌고는 홀연히 어디론가 사라졌다. 그 목수를 어찌 기술자라고만 부를 수 있을 것인가. 각황전이 어찌

솜씨로만 이룩되었다고 할 수 있을 것인가. 솜씨 뛰어난 기술자였을 뿐이라면 그 목수가 어찌 60년의 세월을 견디고 참아낼 수 있었을 것인가. 매시(每時)가 차가운 인내로 채워졌음이고, 하루하루가 뜨거운 신심으로 타올라 마침내 시공계(時空界)를 초월하는 경지에 들어 60년 세월이 하루같이 된 것이 아닐 것인가. 인간의 시간으로 그 긴 60년을 하루로 초월한, 청정한 영혼이 빚어낸 솜씨는 또 어떠했으랴. 이미 범상을 벗어난 그 솜씨로 빚어낸 것이기에 각황전은 저리도 빼어나고 신비로운 불전이 된 것인가. 일찍이 선암사로부터 발길을 시작해 지리산을 돌아 경상도로 건너가 태백산맥의 긴긴 줄기를 거슬러오르며 금강산에 이르기까지 대소 사찰을 거의 빠뜨리지 않고 들렀고, 다시 그 길을 되짚어 내려오면서 살펴보았지만 각황전만 한 불전을 찾지 못했음이 결코 우연한 일만은 아니었음은 백학으로 환생한 그 목수의 넋이 깨우치고 있었다. 그 어디에서도 찾아볼 수 없이 독특한 문 창살 하나, 기와 지붕, 그 목수의 넋은 각황전 부분부분에서 역력히 살아 숨쉬고 있었다. 일찍이 깨달음을 이룩하신 세존께서는 영원무궁토록 녹슬지도 썩지도 않을 순금의 말씀을 남기시었고, 신심 뜨거운 목수는 세월을 따라 변하는 인간의 간사한 눈이 감히 범접하지 못하도록 빼어난 모습의 불전을 남겼는데, 삭발하여 40년에 이르는 세월 동안 번뇌의 샛길만 방황하다가 이제 또 그 허허로운 발길을 어디로 돌리려 하고 있음인가. 운정은 점점 세차게 일어나는 부끄러움의 물결에 떠밀리듯 각황전을 뒤로하고 돌아섰다.

주지는 굳이 일주문까지 배웅을 나왔다.

"인연의 바람에 실리면 또 뵈올 날이 있을 것입니다."

운정은 깊이 허리 굽히며 합장을 했다.

"원로에 부디 평안하시고, 부처님의 가피가 있으시기를……."

주지도 이별의 합장을 했다.

운정은 4개월 남짓 머물렀던 구례 화엄사를 떠나고 있었다. 목적지는 순천 선암사였다. 반란이 일어났다는 소식은 지난달 하순에 접어들면서 들었다. 구례가 쫓기는 반란군에게 장악되었다는 사실은 월말에 이르러 전해져왔다. 그때까지만 해도 절에는 아무 영향이 미치지 않았다. 그런데 새 달 5일 무렵부터 반란군들의 발길이 경내를 어지럽히기 시작했다. 절에서는 그들의 밥을 해내야 했고, 어느 때는 잠자리를 마련해 주어야 했다. 운정의 마음은 그때부터 동요하기 시작했다. 꼭 금강산을 떠나올 때와 같은 조급함과 불안함이 마음을 흔들어대고 있었다. 흔들리는 마음은 한사코 그쪽으로만 쏠려가고 있었다. 참으로 모질고도 질긴 인연의 끈이었다. 좌불안석, 꼭 그쪽으로 가야만 될 것 같았다. 그 이끌림을 떼치지도 다스리지도 못하고 결국 바랑을 챙길 수밖에 없었다. 그러나 다소 시기의 이름과 늦음의 차이가 있을 뿐 언젠가 한 번은 기필코 가야 할 길이었다.

운정은 먼 하늘가에다 시선을 보내며 산사(山寺)의 비탈길을 걸어내리고 있었다. 어디선가 물 흐르는 소리가 청아하고도 고적하게 들려왔다. 살갗을 스치는 바람결의 차가운 신선감처럼 그 물소리의 맑음에는 티가 섞여 있지 않았다. 잎 떨군 나무들의 단출한 모습들이 보여주는 시각적인 것이 아니더라도 이미 절기가 겨울로 바뀌어 있음을 청각으로도 촉각으로도 느낄 수가 있었다. 절기가 바뀌면 햇빛이 달라지고 바람이 달라지고 물이 달라진다…… 아니, 그 순서가 뒤바뀌어야 옳다. 햇빛과 바람과 물이 달라져 절기를 바꾸는 것이고 뒤미처 인지(人智)가 그것을 깨달을 뿐인 것이다. 뒤늦게나마 인간이 그런 자연의 조화를 깨달음은 인간만의 지혜로움에서가 아니라 인간의 영육(靈肉)이 거기로부터 비롯된 까닭에 일어나는 지극히 자연스러운 교감인 것이리라. 한줄기의 햇살, 순간을 스치는 바람, 한 조각의 구름, 한 방울의 물, 하나의 나뭇잎, 하나의 열매, 그런 것들이 전생의 내 모습이고, 후생의 내 모습임을 어찌 부인하랴. 현생이 다만 인간으로 지음된 인연의 업보로 그것을 깨닫지 못하고 있을 뿐인 것이다.

부처님께서는 일찍이 생명 됨의 세 가지 어려움에 대해서 설하신 바가 있다. 이 세상 만상(萬象) 중에, 첫째 인간의 몸을 짓고 태어나기가 어렵고, 둘째 인간으로 태어나되 남자의 몸을 짓고 태어나기가 어렵고, 셋째 남자로 태어나되 진정한 불자(佛者)가 되기 어렵다고 했다. 그 말씀의 옳음을 너무 늦은 3년 전에야 인간의 몸에 숨겨진 야수성이 빚어내는 참담한 현장을 보고 통렬하게 깨달았던 것이다. 불심 없는 인간, 아니 불심 없는 남자의 집단이 얼마나 무서운 동물의 집단인가를 생생하게 목격했던 것이다. 공산주의라는 그들의 집단이 내세우는 유물사상(唯物思想)이란 애당초 불심 같은 것은 완전히 묵살하고 있었다. 오로지 물질만을 좇는 그들은 앞뒤를 분간하지 않는 살인집단이었다. 아무리 야수라 하되 배고픔을 채우는 그 이상의 살생은 하지 않는 법이고, 더구나 종족끼리는 살육을 하지 않는 법인데 그들은 짐승이 지키는 그 법마저 마구 넘어서는 살인을 자행했던 것이다. 그들은 목에 핏줄을 돋우어 가며 부르짖고 있었다. 인민의 피를 착취하고 인민의 살을 갉취해 대대로 배 터지게 먹고 살아온 지주계급은 가차 없이 처단해야 한다고. 물론 수많은 사람들의 배고픔을 외면하고 자기네만 호의호식해 온 지주들 부류를 어찌 옳다고 할 것인가. 그들의 탐욕도 배고픔을 채우는 이상의 살생은 하지 않는 야수만도 못한 죄를 범해왔음은 자명한 사실이었다. 그렇다고 하나 그 죄를 따짐에 있어 꼭 살인밖에 방법이 없을 것인가. 그들 집단을 혐오할 수밖에 없었던 것은 인간을 위한 새 세상을 만든다는 사람들이 살인을 너무나도 쉽게 저질렀기 때문이다. 물질을 탐한 지주들이 야수만도 못하다면 그 물질을 빼앗기 위해서 살인을 서슴지 않는 그 집단도 결국은 지주들과 다를 것이 하나도 없었던 것이다.

무수한 살인을 보았다. 낫으로 찍어 죽이고, 대창으로 쑤셔 죽이고, 몽둥이로 패서 죽이고, 참나무 가지에 팔다리를 묶어 찢어 죽이고, 돌을 매달아 물에 빠뜨려 죽이고…… 총 한 방에 죽어갈 수 있는 죽음은 차라리 얼마나 행복한 죽음이었던가. 그 온갖 살인이 자행되는 현장에서 몸서리치며 불경을 염송하며 그래도 견디려고 했었다. 그 불지옥을 피하는 비겁보다 불티 하나만이라도 끄는 고통을 감수하고자 함이었다. 그러나 그들 집단은 처음의 선전과는 다르게 날이 갈수록 종교 탄압을 가해오기 시작했다. 모든 종교를 인정하지 않는 그들 집단을 외면해야 하는 것은 너무나 당연한 일이었다. 다른 승려대중들과 함께 삼팔선을 넘은 것은 1946년 3월 중순이었다.

뺏은 자와 뺴앗긴 자의 사이에 벌어지는 물불을 가리지 않는 처절한 물욕의 살육도 차마 눈 뜨고 볼 수 없는 비극이고 슬픔이었지만 소련 군대들이 자행하는 만행도 그에 못지않았다. 물건탈취는 예사로 저지르는 일이었고, 강간살인도 서슴지 않았다. 해방군이란 그럴듯한 이름을 앞세우고 점령을 자행한 그들의 만행도 치가 떨리는 일이었지만, 더 기가 막히는 일은 그들의 만행을 조선인들이 앞서 거들고 있다는 사실이었다. 가까스로 일본인이 물러간 땅에 소련인이 밀어닥쳤고, 일본인들도 공개적으로 저지르지 않았던 일을 소련인들이 저지르고 있었다. 결국 그들의 만행을 더는 참지 못하고 대중들이 들고일어났다. 대중들은 소련군 물러가라고 시위를 벌였다. 그때서야 소련에서는 헌병대를 파견해 군인들의 무질서를 다스렸다. 운정은 이 땅의 운명을 외롭게 고뇌하며 밤마다 긴 한숨만 쉬었다. 번뇌는 갈수록 무성해지고, 인간이란 존재에 대한 회의는 점점 커지고, 그런 비인간계를 목격하고만 있어야 하는 승으로서의 자신을 응시하는 시간이면 형용할 수 없는 죄업의 파도 속에서 허우적거리고는 했었다.

운정은 걸음을 늦추었다. 지팡이가 될 만한 막대기가 눈에 띄었던 것이다. 태백산맥 1,500리 길에 비하면 선암사까지는 아무것도 아닌 거리였지만 길을 걷노라면 지팡이는 길동무 삼아 없는 것보다 나았다. 막대기를 주워들던 운정은 무언가 섬뜩하게 끼쳐오는 냉기를 느꼈다. 오른쪽 신경이 파르르 곤두섰다. 한줄기 빛을 뿜듯 하는 운정의 눈길은 바로 앞의 둔덕에 박혀 있었다. 필경 그 너머에서 끼쳐온 냉기였을 것이다. 그는 조심스럽게 둔덕을 올랐다. 경험으로 미루어 그 냉기가 무엇을 의미하는지 헤아리고 있었다. 둔덕을 다 올라 시선을 아래로 꺾는 순간 운정은 멈칫했다. 사람 하나가 누워 있었던 것이다. 그는 구르듯 둔덕 비탈을 내려갔다. 군복을 입은 젊은 사람이었다. 그런데 이미 죽은 것 같았다. 복부에 총을 맞아 옷은 피범벅이 되었고, 마른 풀섶에까지 흘러내린 피가 굳어 있었다. 유심히 살펴보니 입술이 달싹이는 것 같았다. 운정은 재빨리 젊은이의 손목을 잡아 맥을 찾으며 다급하게 말했다.

"젊은이, 정신 차리시오, 정신 차려!"

손목에서 맥이 느껴지지 않았다.

"젊은이, 정신 차려요, 정신 차려!"

운정은 젊은이의 어깨를 흔들며 좀더 큰 소리를 질렀다. 사람의 소리를 느꼈는지 젊은이의 입술이 아까보다 한결 분명하게 움직였다.

"됐소, 더 정신을 모아요. 어디 사는 누구요?"

젊은이가 무슨 말인가를 하는 것 같았다. 운정은 황급히 귀를 가까이 갖다댔다.

"어엄니이……."

아슴푸레하게 들리는 소리였다. 그리고 그뿐이었다. 젊은이의 고개는 옆으로 떨구어져 있었다.

"나무관세음보살……."

운정은 합장을 했다. 어머니를 마지막 부르고 숨을 거둔 젊은 주검이 그렇게 애처로울 수가 없었다. 코며 입술이며, 무던하게 생긴 인물이었다. 어디에 사는 누군지만 알았더라도 비보나마 전할 수 있었을 것을……. 이 생각을 하다가 불현듯 충격처럼 떠오르는 기억에 운정은 부르르 몸서리를 쳤다. 자신은 평생을 그 사슬에서 놓여나지 못하고 있는 것이었다. 그 아이가 무사하게 자라났다면 이 젊은이 나이 또래는 되었을까. 사내아이라는 것을 풍문으로 들어 알았을 뿐 그 사이에는 이십오륙 년의 세월이 담을 치고 있었다.

운정은 고뇌에 찬 표정으로 새삼스럽게 젊은이를 유심히 살펴나갔다. 인연이 있을 리가 없는 얼굴을 거쳐 군복을 입은 가슴, 그리고 총상을 입은 복부를 지나치려던 그의 눈길이 멎었다. 젊은이의 움켜쥔 창백한 손아귀에는 마른 풀잎이 가득 들어 있었다. 젊은 육신이 죽음의 고통과 싸운 흔적이었다. 이 산골에서 젊은이는 왜 죽어가야 하는 것일까. 이 젊은이를 죽인 것은 반란군의 총알이었을까, 아니면 반란군을 쫓는 국군이나 경찰의 총알이었을까. 사람 한평생 사는 것이 무엇인데 서로 반대되는 주의를 내세워 이런 젊은이를 죽이고 있는가. 다 탐욕의 소치고, 다 불지옥에 떨어질 짓들이다.

이 젊은이가 반란군이었건 국군이었건 이제 상관이 없는 일이다. 그의 임종을 지키게 한 것은 크나큰 인연으로 비롯된 것이다. 운정은 자신이 젊은이를 위해 할 수 있는 일은 극락왕생을 지성으로 축원하는 것이라고 생각했다. 그래서 운정은 오른손으로는 단주를 돌리고 왼손으로는 젊은이의 손아귀에 잡혀 있는 마른 풀잎을 빼내면서 독경을 하기 시작했다.

"관자재보살 행심반야바라밀다시 조견오온개공 도일체고액. 사리자, 색불이공 공불이색 색즉시공 공즉시색 수상행식 역부여시. 사리자, 시제법공상 불생불멸 불구부정 부증불감……(觀自在菩薩 行深般若波羅蜜多時 照見五蘊皆空 度一切苦厄. 舍利子, 色不異空 空不 異色 色卽是空 空卽是色 受想行識 亦復如是. 舍利子, 是諸法空相 不生 不滅 不垢不淨 不增不減: 관자재보살이 깊은 지혜의 완성을 실천할 때에, 이 세상에 존재하는 모든 것은 다 헛것이라 꿰뚫어보시고, 그것으로써 중생들의 모든 괴로움을 다 건져주시니라. 사리불이여, 형태 있는 것이 헛것과 다르지 아니하며, 헛것이 형태 있는 것과 다르지 아니하니라. 형태 있는 것이 곧 헛것이요, 헛것이 곧 형태 있는 것이니라. 사람의 감각이나 상념이나 의지나 지식도 또한 이와 같으니라. 사리불이여, 이 모든 존재하는 것은 실체가 없어서 생겨나지도 아니하고 없어지지도 아니하며, 더럽지도 아니하고 깨끗하지도 아니하며, 또한 늘지도 아니하고 줄지도 아니하느니라……)."

운정의 반야심경 독경소리는 그 특유의 가락에 실려 슬픔인 듯 서러움인 듯 지리산 자락에 스미고 무한공간으로 번져가고 있었다.

구례역으로 이어지는 냇가에 이르렀을 때였다. 운정은 너무 놀란 표정으로 둑에서 움직일 줄을 몰랐다. 냇가에는 시체들이 아무렇게나 널려 있었다. 20여 구가 넘는 시체들은 제각기 다른 모습들을 하고 있었다. 물에 얼굴을 처박고 있는 것, 하늘을 쳐다보고 있는 것, 둑의 비탈에 엎어져 있는 것, 바위에 얹혀 있는 것, 그 모습들이 하나같이 처참했다. 아마도 몰살을 당한 모양이었다. 그런데 한 가지 이상한 것은 아까 젊은이에게도 총이 없었던 것처럼 그 많은 시체 옆에도 총은 보이지 않았다. 같은 편에서든 적이든 총만을 회수해 간 모양이었다. 쓸모가 없게 된 시체는 방치되고 쓸모가 있는 총은 챙기고, 싸움터의 비정이 거기 있었다.

"쯧쯧쯧…… 어찌하려는고, 어찌하려는고."

운정은 참담한 얼굴로 하늘을 우러른 채 중얼거리고 있었다.

운정이 검문을 당한 것은 큰길로 나서기 위해 구례역 가까이에 이르러서였다.

"여보쇼, 중, 이리 오시오."

젊은 군인이 소리치며 손을 까불렀다. 원, 중보다야 중놈이 낫지, 운정은 속말을 하며 그쪽으로 걸음을 옮겼다.

"빨리빨리 뛰어요!"

젊은 군인이 바락 소리를 질렀다. 이 사람아, 중놈은 비가 와도 뛰는 법이 아니라네, 또 속말을 하며 걸음을 빨리했다.

"그 닉구삭구 벗으시오."

젊은 군인이 명령했다. 그는 바랑을 모르는지 '닉구삭구'라고 했다.

"이것 이름이 바랑인데, 여긴 아무것도 없소."

"시끄럿! 바랑인지 지랄인지 그건 중이나 알면 될 것이고, 빨리 벗으라면 벗어!"

젊은 군인은 턱없이 사납게 굴었다. 마구잡이로 사람을 죽이다 보니 그리 된 모양이라고 생각하며 운정은 바랑을 벗었다.

"이거 봐, 김 중사, 늙은 스님한테 그게 무슨 짓이야. 중이 뭐야, 중이. 스님이라고 하는 것 모르나?"

언제 나타났는지 나이 든 군인이 젊은 군인을 나무라고 있었다. 젊은 군인은 조금 전의 기세가 어디로 갔는지 잔뜩 겁먹은 표정을 짓고 있었다.

"스님, 기분 나쁘셨더라도 이해하십시오. 제 부하가 뭘 잘 몰라서요……."

나이 든 군인이 사과를 했다.

"아닙니다, 몰라서 그런 것인데요."

운정은 합장을 했다.

"스님은 어디로 가시는 길입니까?"

"선암사로 가는 중입니다."

"네에, 스님이 가시는 길이 전부 작전지역이라 아주 위험한데, 급한 일이신가요?"

"예, 꼭 가야 할 일이라서……."

"그리 급하시지 않으면 천천히 가시는 게 안전할 겁니다. 반란군들이 여기저기 분산돼 있어서 위험이 큽니다."

"기왕 나선 길이니 그냥 갔으면 합니다."

"하긴 반란군들도 스님을 어쩌지는 않을 겁니다만, 규정이 그러니까 바랑을 좀 살펴보겠습니다."

"예, 그러시지요."

나이 든 군인은 바랑에서 물건들을 꺼냈다. 누더기승복, 바리때, 숟가락, 젓가락, 광목수건까지 다 나왔다.

"아니, 이게 전붑니까?"

나이 든 군인이 놀란 얼굴로 물었다.

"중 살림살이가 그만하면 족하지요."

"아무리 그래도…… 목탁도 없으시고."

"소승이야 시주승이 아니니 염주면 되지요."

"아 네, 시주승이 아니시라…… 이거 죄송하게 됐습니다."

나이 든 군인은 민망한 얼굴로 물건들을 바랑에다 넣기 시작했다.

"두시지요. 소승이 하렵니다."

운정은 바랑을 끌어당겼다.

"참, 스님은 어느 절에서 오시는 길입니까?"

"화엄사에서 나오는 길입니다."

"거기는 반란군들의 피해가 없었습니까?"

"몇 차례 나타났었지요. 인명피해는 없었습니다."

"몇 명씩이 언제 언제였습니까?"

"처음 왔을 때는 백여 명이었고, 지난 닷새경이었어요. 그 다음은 사흘거리로 삼사십 명이 세 차렌가 오고는 뜸해졌어요."

"와서는 뭘 합니까?"

"밥을 해내라, 쌀을 내놓아라, 그런 것이었지요."

"개새끼들, 어쨌든 스님들이 못 견딜 일 당하고 계시는군요."

"주지스님이 고생하시지요. 대중들 겨울날 걱정으로 심기가 불편할 것입니다."

"조금만 참으시면 됩니다. 병력만 보충되면 대대적인 토벌작전이 시작될 겁니다. 지리산이 아무리 넓다고 해도 그놈들은 독 안에 든 쥡니다."

"수고들이 많으십니다. 소승은 이만……"

"예, 편히 가십시오."

운정의 합장에 군인은 거수경례를 붙였다.

국도를 따라 걸으면서도 운정은 참혹한 꼴을 계속 보아야 했다. 밭고랑이며 논바닥에 그대로 시체가 버려져 있었다. 군인이 아닌 민간인 차림의 시체도 더러 섞여 있었다. 어느 길목을 도는데 개가 무엇인가를 뜯고 있었다. 섬뜩한 생각과 함께 소름이 끼쳤다. 개는 분명 시체를 뜯어먹고 있는 중이었다. "떼끼! 못써!" 자신도 모르게 고함을 쳤지만 개는 이쪽을 힐끗 쳐다보더니 그대로 또 시체를 뜯기 시작했다. 저것이 개가 아니라 여우나 늑대가 아닐까. 그러나 그대로 지나칠 수는 없었다. "떼끼! 저리 가라! 요런 못된 짐승!" 그는 돌을 던지고 소리를 지르며 앞으로 내달았다. 지팡이를 휘두르면서. 그때서야 개는 이쪽을 향해 한 번 으르렁대고는 도망을 쳤다. 그런데 대낮인데도 개의 눈에서는 푸른빛이 돈아나왔다. 결국

개에게 인육을 먹인 것은 사람이었다. 개의 그 푸른 눈빛에 쫓기듯 운정은 그곳을 지나쳤다. 개가 다시 그 시체를 뜯으러 올 것을 알면서.

'나는 새가 창공에 그 발자국을 새기지 못하듯이 인간사 그 무엇이 영겁 속에 남음이 있으랴.'

세존의 말씀이 먼먼 메아리로 울려오고 있었다. 사람이 만들었을 뿐인 주의 주장을 서로 내세우며 그리도 인명을 쉽게 살상하는 땅이 장차 어찌 될 것인지, 운정은 칠흑의 어둠 속을 걷는 것만 같아 발이 자꾸만 헛놓이고 있었다.

배윤오는 휘청거리는 걸음으로 북국민학교를 나오고 있었다.

"이봐, 공무원 동생이 빨갱이라면 말이나 되는 소리야? 그래가지고 어디 출세하겠어? 기왕 이 길로 들어섰으면 순천 읍장은 못해먹어도 벌교 읍장은 해먹어야 할 것 아닌가 말야. 그런데 동생이 빨갱이니 뭐가 되겠어? 뭐 복잡하게 말할 것 없어. 공무원 노릇을 일찌감치 때려치우든지, 동생 배성오놈을 자수시키든지, 둘 중에 하날 해."

토벌대장의 가차 없는 말이었다.

배윤오는 손바닥으로 눈 부위를 꾹 눌러 문지르며 어금니를 맞물었다. 지금까지 직장에서 눈치를 살피며 살아온 입장이지만 그렇게 힐난하는 말을 듣기는 처음이었다. 그건 가장 아픈 데를 쑤시는 대꼬챙이였다. 망할 자식, 누구 신세를 망치려고, 배윤오는 동생을 향해 증오심이 끓어올랐다.

"배성오놈이 나타나면 자수시킬 수 있어, 없어?"

토벌대장의 추궁에 배윤오는 자신 있게 시원한 대답을 할 수가 없었다. 자신의 마음 같아서는 열 번 자수를 시키고 싶었고, 토벌대장이 만족할 수 있는 대답을 명쾌하게 하고 싶었다. 그러나 그 대답은 불가능했다. 그 대답이 불가능한 것은 동생이 가진 사상의 투철성 때문이거나, 자수한 다음을 과연 믿을 수 있을 것인가 하는 의문 때문이 아니었다. 그런 것들 이전에 그의 감정 밑바닥에 깔려 있는 문제가 있었다. 어렸을 때부터 일으켜왔던 동생과의 감정적 갈등이 그 대답을 불가능하게 했다.

그에게서 동생은 일반적인 의미가 전혀 적용되지 않는 존재였다. 동생이라면 우선 만만하고 그래서 사랑스럽고 귀여운 대상이어야 했다. 그런데 그에게 동생은 그 반대의 의미였다. 언제나 만만찮고 그래서 밉고 보기 싫은 대상이었다. 물론 동생이 만만하고 귀여웠던 때가 없었던 것은 아니었다. 그러나 그건 동생이 열 살 무렵이 되면서 끝나고 말았다. 두 살 터울인 동생은 그때부터 벌써 몸집이 자신보다 커지기 시작했고, 그에 따라 기운도 세졌다. 팔씨름을 해도 이길 수가 없었고, 장작을 들어 날라도 당할 수가 없었다. 아이들과 놀다가 싸움이 붙어도 다른 아이들 형처럼 결정적인 도움을 줄 수가 없었다. 그런데 안타깝게도 날이 갈수록 힘의 차이는 벌어지기만 했다. 물론 힘의 차이를 좁히기 위해서, 아니 동생보다 힘이 세어지기 위해서 남모르는 노력을 안 한 것이 아니었다. 어머니를 졸라 과수원에서 제일 좋은 과일만 골라 먹었고, 밥도 숨을 쉬기가 거북할 때까지 먹기도 했다. 그러나 체하거나 배탈이 나서 고생을 하는 것뿐, 별다른 효과가 없었다. 그런데 동생에게 문제가 생기기 시작했다. 힘을 믿고 형의 말을 전혀 듣지 않으려고 했다. 듣지 않는 것만이 아니라 노골적으로 힘을 쓰려고 덤비기가 예사였다. 그때부터 동생이 미워지기 시작했고 마주 보기도 싫어졌다. 그가 동생의 기를 꺾을 수 있는 유일한 방법은 공부뿐이었다. 그는 죽자사자 공부만 파고들었다. 당연히 동생과의 성적 차이는 엄청나게 벌어졌다. 그는 매학기 우등상을 타왔지만 동생의 석차는 하위권에 머물러 있었다. 그렇다고 동생이 기가 꺾이거나 말을 잘 듣지도 않았다. 동생은 여전히 제멋대로였고, 그가 공부에 몰두한 것은 스스로의 감정보상을 위한 행위밖에 되지 않았다. 동생은 결국 농고를 가더니 빨갱이 사상에 물이 들고 말았다. 동생은 아버지의 그 극렬한 반대도 듣지 않았다. 아버지는 말로 하다 못해 몽둥이질까지 했다. 그러나 동생은 마음을 돌리지 않았다. 하물며 자신의 말을 들을 리가 없었다. 그는 아예 입도 떼지 않았던 것이다.

그런데 그런 동생을 자수시키라니, 배윤오는 절망적인 한숨을 토해냈다.

"배성오놈이 나타나면 신고할 수 있어, 없어?"

그건 환청이었다. 토벌대장이 차라리 그렇게 물었더라면 무슨 대답을 할 수 있었을지도 모른다. 그러나 토벌대장은 그렇게 묻지는 않았다. "당신이 공무원이니까 그래도 이만큼 점잖게 대하는 줄 알라구. 그렇잖으면 벌써 잡아들였어." 공무원의 체면을 봐준 것처럼,

형제간이라는 사실을 감안해서 '신고'라는 말을 피해 '자수'라고
했는지도 모른다.

이놈이 언제까지 나를 괴롭힐 것인가……. 배윤오는 자신의 앞
날에 구름이 끼어오고 있음을 확연하게 느끼고 있었다.

"성일아, 감 먹어. 아주 달고 맛있다."

장지문을 조심스럽게 열고 들어선 경희는 동생의 눈치를 살피며
말했다.

"놓고 나가."

책상머리에 앉아 있긴 했지만 전혀 공부하는 기색이 아닌 동생이
얼굴도 돌리지 않고 쏘아댔다. 경희는 어이없다는 듯 동생의 뒤에 대
고 눈을 흘기며 입술을 삐쭉했다. 그녀의 머리에는 삼베상장(喪章)이
조그만 나비 모양으로 꽂혀 있었다. 윤기 흐르는 검은 머리카락 위에
서 그 작은 표지는 유난스런 진노랑빛으로 돋아보였다.

"혼자 먹기 싫으면 나하고 함께 먹자."

경희는 얇은 요를 발끝으로 걷으며 방바닥에 앉았다.

"놓고 나가라니까!"

성일의 짜증스러운 목소리는 왈칵 커졌다. 과일접시를 방바닥에
놓던 경희의 고개가 동생 쪽으로 홱 돌아갔다. 성질이 솟구치는 대
로 한마디 쏘아지르려던 그녀는 문득 감정을 눌렀다. 아버지…….
그녀의 뇌리에 불현듯 떠오른 생각이었다. 그건 영락없는 아버지의
모습이었다. 머리만 길지 않았을 뿐 동생의 뒷모습은 너무나 아버

지를 닮아 있었던 것이다. 그녀로서는 최초의 느낌이었다. "경희야, 니가 잠 건너가 보고 오니라. 성일이가 요새 예삿일이 아니다. 밥도 통 안 묵고, 무신 고민이 있는갑는디, 이 구식 에미가 말이 통허것 냐. 젊은 느그찌리야 말이 될 것잉게 워찌 잠 혀봐라. 빌어묵을, 하늘 겉은 아부지 하룻밤 새 잃어뿔고 전같이야 되것냐만." 어머니가 그처럼 애달파함은 어머니는 벌써 동생의 모습에서 아버지를 느끼고 있어서였는지도 몰랐다.

"성일이 너, 너무 그러지 않는 게 좋아. 내가 꼭 너하고 과일을 먹고 싶어서 그런 줄 아니? 이야기 좀 하자는 변형표현이야. 그건 내 뜻보다는 어머니 뜻이 더 강하게 작용하고 있는 것이기두 하구. 너 무슨, 말 못할 고민이 있는지는 모르지만 주위 사람도 좀 생각해야지. 다른 사람들은 다 상관없어도 어머니만큼은 신경 써야 하지 않겠니. 아버지가 갑자기 돌아가시고, 이 집안에서 제일 기막히고 슬픈 사람이 누구겠니. 너나 나, 동생들? 어림없어. 우리들의 아픔이나 슬픔을 다 합해도 아마 어머니를 못 당할 거야. 그런 어머니의 심정을 위로는 못할망정 걱정을 끼쳐서야 되겠니? 넌 더구나 장남이야."

경희는 전혀 감정의 동요 없이 차분하게 말해 나갔다. 두 손으로 머리를 받친 채 듣고만 있던 성일은 천천히 누나 쪽으로 돌아앉았다.

"서울 유학 1년에 누나 말 많이 늘었네."

성일은 사과의 말을 대신해서 이렇게 눙치고 들었다. 그러나 얼굴의 우울한 빛은 그대로였다.

"요게!"

경희는 주먹을 들어 쥐어박는 시늉을 하며 눈을 흘겼다. 그 눈길이 더없이 정겨웠다.

"좀 유치한 물음이지만, 너 요새 무슨 고민 있니?"

"뭐…… 별거 아냐."

"그렇게 말할 줄 알았어. 그런데 옆에서 보고 느끼기에는 그렇지가 않아. 사람은 누구한테나 남에게 말하기 싫거나 말할 수 없는 고민이 있게 마련이야. 그게 바로 개인의 독자적 실존이야. 공산주의자들은 죽는 날까지 모르는 부분이야. 아니, 공산주의가 그런 걸 용납하지 않으니까 모르는 체하는지도 모르지. 우리는 공산주의를 증오하는 사람들이니까 그런 감정을 충분히 이해하고 인정해야지. 네 고민은 말 안 해도 좋아. 그러나 겉으로 표나지 않게 속으로만 고민해. 우리는 엄연히 가정이라는 소집단에 소속되어 있고, 그보다 더 중요한 일은 한 사람의 독자적 고민이 외부로 나타나서 제3자의 감정에 피해를 입히는 것처럼 유치한 일은 없기 때문이야, 내 말 이해하겠니?"

"충분히."

성일은 복잡한 감정으로 누나를 쳐다보고 있었다.

"왜 그렇게 사람을 보니?"

"그저, 뭐랄까…… 말로 표현하기는 쉽지가 않은데, 대학생이 되더니 누나가 무섭게 달라졌구나 하는 생각을 했어."

"말 몇 마디 가지고 너무 빠른 판단 같으다. 앞으로는 정말 급속도로 달라지겠지."

경희의 낯빛은 갑자기 쓸쓸하고 우울하게 변했다.

"그건 왜?"

"아버지가 돌아가셨으니까."

예상했던 대답이었다. 성일은 아무런 자신감도 없으면서 그 말을 부인하고 싶은 강한 충동을 느꼈다. 공산주의자들에 대한 증오감과 아버지에 대한 그리움이 똑같이 작용해서 일으키는 충동이었다.

"그래서는 안 돼. 우리는 아버지가 살아 계실 때처럼 있어야 해. 그러면서 어머니가 세운 계획대로 따라가는 거야. 우리가 너무 변하려고 노력하면 어머니가 더 난처해질 테니까. 우리가 노력하지 않아도 변하게 될 텐데."

"그래, 성일아, 네 말이 맞아. 우리 그렇게 하자."

경희는 동생의 손을 잡았다. 동생의 손이 주는 부피감은 이미 다 큰 남자였다. 그러나 부피감뿐 그 손에서 중량감은 느낄 수가 없었다. 허전한 한줄기 바람이 가슴을 훑고 지나갔다. 그건 아버지를 잃은 그지없는 슬픔과, 대학을 1학년에서 그만둬야 할지도 모른다는 막연한 불안감이 일으킨 바람이었다. 죽일 놈들, 금융조합장이 제놈들한테 뭘 잘못했다고, 그녀는 자신도 모르게 부르르 몸서리를 쳤다.

"누나 무슨 생각해?"

성일은 직감을 하면서도 누나가 그 생각을 못하게 하려고 일부러 물었다.

"아니야, 아무것도. 너 감 먹어라."

경희는 자리를 차고 일어났다. 분함과 억울함으로 인해 금방 울음이 터져나올 것만 같았던 것이다. 성일은 방을 뛰쳐나가는 누나의 뒷모습을 멍하니 바라보고 앉아 있었다. 갑자기 서울에서 내려와 아버지의 관을 붙들고 두 번씩이나 까무라치며 몸부림하던 누나의 모습이 겹쳐 보이고 있었다. 아버지는 누나를 무척이나 사랑했었다. 어머니는 광주쯤이나 보내기를 바랐지만 누나가 서울로 대학을 갈 수 있었던 것은 순전히 아버지의 뜻에 의한 것이었다. 누나는 시인이 되는 것이 꿈이었지만 아버지가 현모양처의 길을 원했으므로 가정과를 택해야 했다. 그러나 거의 1년 만에 긴 이야기를 하고 보니 누나는 시인의 꿈을 포기하지 않은 것 같았다. 그 유식한 냄새 풍기는 능란한 말솜씨가 가정과 책만을 읽어서 될 일이 아니던 것이다. 그러나 그것을 굳이 따져묻지는 않았다. 만약 그 사실을 숨기고 있다면 그것이야말로 누나의 말마따나 '사람은 누구한테나 남에게 말하기 싫거나 말할 수 없는 고민이 있게 마련이야. 그게 바로 개인의 독자적 실존'이었던 것이다.

성일이 방에만 틀어박히게 된 것은 하판석 영감의 사망 소식을 듣고부터였다.

"너 생각대로 하판석인가 뭔가 하는 영감탱이가 죽었다."

윤태주가 이 말을 하는 순간 성일이 받은 충격은 이만저만한 것이 아니었다. 갑자기 정신이 아찔해지면서 눈앞에 아무것도 보이지 않았다. 그 시간이 얼마나 지났는지 모른다.

"야, 정신 차려 임마. 정신 차리라구."

까마득하게 멀리서 그런 소리가 아렴풋이 들리는 것 같았다. 그러나 그것도 확실하지는 않았다.

"얌마, 눈 떠. 눈 뜨라니까."

양쪽 볼에 가벼운 충격이 가해져오며 그런 소리가 조금 가까이서 들렸다. 성일은 가까스로 눈을 떴다. 그러나 눈에 보이는 것은 모두 흔들리고 있었다. 가슴은 벌떡거리고 있었고, 귀에서는 벌떼가 날아가는 것 같은 소리가 울려대고 있었다.

"이짜식 이거, 이제 보니 간뗑이가 콩알만 하네그래. 까짓 걸 가지고 뭘 그리 놀래냐? 내가 손써서 청년단장이 책임지기로 했으니까 넌 입 딱 닥치고 있으면 돼. 깨끗이 잊어버려. 가자, 내가 술 한잔 살 테니까."

"아니야, 형, 나 술 못 마셔. 나 그만 가봐야겠어."

성일은 이마를 훔치며 일어섰다. 그러잖아도 흰 그의 얼굴은 창백하게 굳어 있었다.

그날 밤부터 성일은 하판석 영감을 꿈에서 만나야 했다. 몰매질을 가했던 그날 밤의 일이 생생하게 재현되기도 했고, 죽어 있던 영감이 벌떡 되살아나기도 했고, 머리에서 피를 철철 흘리며 쫓아오기도 했고, 영감과 낯 모르는 사람들에게 몰매를 맞아 자신이 죽어가기도 했고, 붉은 완장을 찬 영감의 아들에게 붙들려 대창에 전신을 찔려 죽기도 했다.

아버지를 죽인 원수의 아버지일 뿐이라고, 아버지는 마흔일곱에 돌아가셨는데 그 영감은 예순도 더 넘었다고, 아버지는 금융조합장이었는데 그 영감은 농사꾼일 뿐이었다고, 그 어떤 합리화 앞에서도 자신이 그 영감을 죽였다는 죄의식에서는 벗어날 수도, 도망칠 수도 없었다. 몸부림치지 않고 매질을 견디고 있던 영감이 갑자기 무슨 소리인가를 지르며 벌떡 일어났을 때 엉겁결에 힘껏 떠다밀었던 감각이 그대로 손에 남아 있었다.

그 죄의식은 견디기 어려운 고통이었다. 자신이 죽인 것이 영감이 아니고 아들 하대치였다면 그런 죄의식은 전혀 없을 것 같았다. 죄의식은커녕 아버지의 원수를 갚았다는 승리감과 통쾌감으로 오히려 힘이 솟구칠 것 같았다. 그런데 영감은 하대치와 동일하게 느껴지지가 않았다. 입맛도 잃었고, 아무도 만나고 싶지 않았다. 어서 학교 갈 날만 기다리고 있었다. 학교를 다니게 되면 그래도 나아질 것 같은 생각이 들었다. 그런데 어머니가 마침내 누나를 들여보낸 것이다. 어떻게 해서든 표를 내지 않으려고 했는데도 표가 난 모양이었다. 앞으로는 철저한 연극을 할 수밖에 없었다. 자신의 언행으로 어머니가 신경을 쓰게 해서는 안 될 일이었다. 누나의 말마따나 아버지를 잃은 어머니의 아픔과 슬픔을 헤아릴 수가 없는데 거기에 다른 근심이나 걱정거리를 보탤 수는 없는 노릇이었다.

성일은 목을 쭉 뽑아 머리를 두어 번 흔들었다. 그리고 콧노래를 부르기 시작했다. 〈로렐라이 언덕〉이었다.

"쟈가 생뚱하니 노래는 무신 노래냐?"

어머니가 눈살을 찌푸렸다.

저런 삼류배우, 연기를 하려면 좀 똑똑하게 할 것이지, 경희는 속으로 혀를 차며 어머니 말에 얼른 대꾸했다.

"아마 제 말에 기분이 너무 풀렸나 봐요."

"무신 기분이 풀어졌는지 몰르겄다만, 사십구재도 안 지낸 집서 노랫소리가 나다니, 넘새시럽다."

"성일이도 그런 것쯤 모르지 않아요. 건너갔다 올께요."

경희는 황급히 방을 나갔다. 하마터면 '저건 억지 끝에 나온 실수예요' 할 뻔했다.

"애, 애, 연기를 할래믄 좀 일류로 해라. 왜 삼류로 오버액션이니? 사십구재도 안 지났는데 노래가 어울려?"

경희는 숨죽인 낮은 소리로 그러나 빠르게 말했다. 콧노래를 뚝 그친 성일의 당황한 얼굴이 차츰차츰 일그러지고 있었다.

동생의 방문을 닫고 돌아선 경희는 마루 끝으로 나섰다. 푸른 하늘에 한 조각 흰 구름이 곧 흩어질 것처럼 떠 있었다. 허망감과 서러움이 한 덩어리가 되어 그 구름으로부터 가슴으로 찡하게 전이되어 왔다. 그 구름 위에 아버지의 얼굴이 나타났다. 그런데 뜻밖에도 아버지의 얼굴을 덮어버리는 얼굴이 있었다. 정하섭이었다. 경희는 몸서리치며 눈을 질끈 감아버렸다.

정하섭, 그 사람이 공산주의자이리라고는 상상도 못했었다. 그를 종로통 서점에서 마주친 것은 지난 4월이었다. 정하섭도 반가워했고 자신도 부끄러운 줄 모르고 반가워했다. 천 리 밖 타향에서 까닭 모르게 가슴을 적셔오는 우수와 고향을 향한 갈증 같은 향수가 그런 반가움을 유발시켰을 것이다. 더구나 두 사람은 몇 년이나 같은 통학열차를 타고 다닌 막연한 친숙감까지 깔려 있는 사이였다. 꼭 누구의 제의라고 할 것도 없이 두 사람은 가까운 다방에 자리를 잡았다.

"무슨 책을 사셨는지요?"

"릴케 시집이 새로 나와서……."

"아직도 시인 되실 꿈을 가지고 계시는 모양이군요."

"아니, 어떻게……."

"그거야 통학열차 안에 다 퍼졌던 소문 아니었습니까. 남녀 통학생의 온갖 소문들이 언제나 가득 차 있던 것이 통학열차 아니었습니까? 참 재미있었죠."

정하섭은 회상적인 표정이 되며 쿡쿡 웃었다. 그러나 경희는 따라 웃을 수가 없었다. 그가 자신의 또다른 어떤 소문을 떠올리며 웃는 것 같았기 때문이다. 경희는 너무 터무니없는 소문 탓에 억울해하며 발을 구른 적이 한두 번이 아니었다. 다 빼어난 인물 덕에 당한 수난이었다. 남학생들은 그녀를 놓고 기분 내키는 대로 지껄여댔다. 소문대로라면 그녀는 애인이 수십 명에 이르고, 키스는 수백 번 했고, 심지어 임신도 수십 번 한 탕녀였다. 검정 세라복을 받쳐입은 그녀의 희고 갸름한 얼굴은 누구의 눈에나 띄는 미모였다.

그렇게 시작된 정하섭과의 이야기는 꽤나 길게 이어졌다. 헤어지면서 정하섭은 다음 일요일에 서울 구경을 시켜주고 싶은데 어떠냐고 자연스럽게 제의했고, 그의 서울생활이 자신보다 1년 먼저라는 사실을 상기하며 약속에 응했다.

정하섭과는 한 달에 한두 차례 정도 만났다. 그를 만날수록 그녀의 가슴에는 법학도 정하섭이 남자로 커가기 시작했다. 고향의 선배로만 대하기에는 너무 아까운 사람이었다. 시를 쓰려고 펼쳐놓은 백지 위에는 자신도 모르게 정하섭의 이름과 사랑을 앓는 언어들이 낙서로 채워지고는 했다.

그런데…… 바로 그 사람이 공산주의자였던 것이다. 반란사건이 터지자 그는 벌교에 나타났고, 아버지는 공산주의자들 손에 죽어간 것이다. 설령 그가 직접 살인은 하지 않았다 하더라도 같은 집단으로서 엄연한 간접살인자였다. 아, 아 그런 자를 사랑하다니……. 그녀는 견딜 수 없는 고통으로 어금니를 맞물며 바르르 떨었다. 그를 철저하게 미워해야 한다고, 철저하게 증오해야 한다고 스스로에게 부르짖고 있었다. 그런데 그녀의 가슴에는 자신의 부르짖음이 절실한 실감으로 울리지 않고 있었다.

김범우는 아내의 만류를 뿌리치고 사흘째 되는 날 외출 채비를 갖추었다. 꼬박 이틀간을 엎드려 둔부에 냉수찜질을 받다 보니 허리는 허리대로 아프고 가슴은 가슴대로 먹먹해져 더는 엎드려 있을 수가 없었다. 그리고 이틀간의 찜질 덕에 환부의 통증도 어지간히 다스려져 있었다.

"워디럴 가실라고라?"

아내가 머뭇거리며 조심스럽게 물었다. 그 얼굴과 눈빛에 염려가 담겨 있었다.

"다시 그런 일 없을 테니 걱정 마시오."

김범우는 엷게 웃음 지어 보이며 말했다. 아내의 염려하는 마음을 십분 헤아릴 수 있었던 것이다. 아내는 자신이 순천에서 돌아오고 나서야 순천경찰서로 이첩되었던 사실을 알았고, 피멍 들어 부풀어오른 둔부를 보고서야 뒤늦게 놀라며 그동안 일어난 사건의 심각성을 실감하는 눈치였다. 그전에 아내는 자신의 외출에 앞서 그런 말을 묻는 일이 거의 없었다.

하늘은 음산하게 흐려 있었다. 바람결에도 겨울기운이 완연한 냉기가 서려 있었다. 김범우는 낮게 내려앉은 하늘을 일별하고는 걸음을 빨리했다. 경찰서로 잡혀가던 때의 상황이 새삼스럽게 떠올랐다. 봉변치고는 어이없는 봉변이었다. 최익승의 처사나 그 사주를 받은 서장의 행위나 더 염두에 두고 싶지 않았다. "아무도 탓할 것 없다." 아버지의 당부가 아니었더라도 김범우는 그 문제로 다시 감정의 소모나 시간의 낭비를 하지 않으려 했다. 가뜩이나 뒤숭숭한 상황에서 그런 권력과신주의자들은 상대할 가치가 없는 존재들이었다.

미국사람 믿지 말고
쏘련한테 속지 말고
일본놈들 일어난다
조선사람 조심하세

김범우는 문득 걸음을 멈추었다. 예닐곱 명의 아이들이 땅바닥에 그어놓은 '사닥다리 오르내리기' 놀이에 열중한 채 합창해 대고 있는 소리였다. 잡으려는 쪽과 잡히지 않으려는 쪽으로 나뉜 아이들의 몸짓은 하나같이 재빨랐고, 그 재빠른 동작을 부추기기라도 하는 것처럼 아이들의 입에서는 그 소리가 빠른 속도로 계속 반복되어 나오고 있었다. 아이들의 신바람나게 까불거리는 동작과 우리말 특유의 삼사조나 사사조의 가락이 제격으로 어울리기도 했다. 그러나 아이들의 천진한 모습에 비해 그들의 입에서 반복되고 있는 말의 내용은 너무나 거리가 먼 것이었다.

김범우는 아이들을 한참 동안이나 바라보고 서 있었다. 미국사람 믿지 말고, 소련한테 속지 말고……. 그는 어느덧 아이들을 따라 그 단조로우면서도 빠른 가락을 뇌고 있었다. 뇔수록 끝없는 우울과 서글픔과 비감이 쌓여왔다.

김범우는 천천히 발길을 돌렸다. 그 노래 아닌 노래의 가사는 이미 오래전, 해방과 더불어 퍼진 것이었다. 그런데 아이들의 입을 통해 합창으로 듣기는 처음이었다. 그냥 말로만 듣던 것과 아이들의 입에 실린 가락으로 듣는 것과는 너무나 그 감정의 밀도가 달랐다. 나라가 난세에 처하면 국운을 예언하는 노래가 그 발원지를 알 수 없이 생겨나 아이들의 입을 통해 전설처럼 번져나가는 건 역사의 이야기 속에 흔하게 등장하는 것이었다. 그런데 그것은 단순한 전설만은 아니었다!…… 발치를 내려다보고 걷고 있는 김범우의 뇌리를 스치는 생각이었다. 저 아이들에게 누가 그런 노래를 부르

라고 했느냐고 캐물어볼까. 뒤를 잇는 생각이었다. 그러나 김범우
는 이내 고개를 저었다. 아이들은 하나같이 아무 대답도 못할 것
같았다. 자신도 그 말을 누가 지어냈는지 알지 못하듯이 아이들도
누가 그 노래를 부르라고 했는지 알지 못할 것이다. 민심은 천심이
라고 했다. 그 노래는 하늘의 일깨움이고 하늘의 예언인지도 모른
다. 전설 속에서 아이들의 입을 빌려 나타난 예언을 알아듣지 못한
귀머거리는 바로 나라를 다스린다는 위정자들이었다. 귀머거리 위
정자들은 언제나 예언의 반대쪽 길로만 나갔고, 끝내는 나라를 망
치는 파멸의 구렁텅이로 빠지고 말았다.

　일본놈들 일어난다, 조선사람 조심하세……. 예언을 제대로 알
아듣는 자가 없고, 그래서 실천될 수 없기에 예언은 언제나 빛으로
만 남는 것인지도 모른다고 김범우는 생각했다. 미국사람을 믿고,
소련한테 속아 이미 서로 다른 정권을 세움으로써 예언과는 반대
방향으로 치닫고 있는 것이 현실이었다.

　김범우는 가슴이 답답함을 느끼며 주머니에서 담뱃갑을 꺼냈다.
걸음을 멈추고 성냥을 그어 담배에 불을 붙였다. 무심코 성냥개비
를 던지다 보니 횡계다리 중간쯤에 서 있었다. 성냥개비가 가벼운
몸피를 날리며 물로 떨어져내리는 것이 멀리 보였다. 다리 아래는
밀물이 져오고 있었다. '밀물은 신(神)의 날숨이고 썰물은 신의 들
숨이다' 하는 손승호의 시 구절인지 낙서인지가 떠올랐다. '신의 날
숨이 멈추는 횡계다리 위에 서면 나는 내 생명의 잉태를 본다.' 손
승호의 시는 그렇게 계속되고 있었다. 그의 '벌교포구'라는 제목의

시였다. 망할 자식이 망측스럽게도 길고 긴 포구를 자궁으로 보고 있었고, 신의 날숨이니 들숨이니 하는 것은 성기의 들고 남을 가리키는 것이었다. 그는 용케도 밀물이 횡계다리 언저리에서 멈춘다는 사실을 알아내고는 '횡계다리 위에 서면 생명의 잉태' 어쩌고 적은 것이다. 손승호의 상상력은 엉뚱하긴 했지만 전혀 터무니없는 것은 아니었다. 원래 상상이라는 것은 비상식적이고 비일상적인 특이성이 있게 마련 아니던가. 밀물이 멈추는 포구의 마지막 지점에서 생명의 잉태를 느끼는 손승호는 역시 공산주의자가 될 수 없는 인물인지도 몰랐다. 그가 만약 공산주의를 계속 추종했더라도 언제인가는 회의주의자로 변신하게 되었을 것 같았다.

김범우는 담배연기를 날리며 밀물이 실리고 있는 긴 포구를 바라보고 있었다. 소화다리를 거쳐 철교, 그 너머로 갈수록 넓어지고 있는 포구는 구름 낀 낮은 하늘과 그 끝을 맞대고 있었다. 아무리 상상력을 동원해도 그 포구를 자궁으로 느낄 수는 없었다. 굳이 느끼자면 두 다리 가랑이 정도였다. 그렇게 되면 '생명의 잉태' 운운은 나올 수가 없게 된다. 손승호의 상상력은 역시 특출한 것이고, 그와 자신과는 체질이 다르다는 것을 느끼며 김범우는 담배를 깊이 빨아들였다.

"우왕좌왕하는 세상이다. 요런 세상일수록 수신제가가 필요헌 것이다. 인자 내 나이도 앞날을 장담허기 어려운 나이고, 니 공부도 허다 만 공분디, 내 살아생전에 못다 헌 공부나 마치는 것이 어떻겠냐."

기차를 타고 집으로 돌아오면서 아버지가 창밖을 내다본 채 한 말이었다. 아버지는 그 한마디뿐, 최익승에게 무슨 말을 해서 그런 사고가 생기게 되었는지에 대해서는 일체 묻지 않았다. 그러나 아버지의 그 한마디에는 엄한 힐책과 함께 앞으로의 행동방향까지 포함되어 있었다. '수신제가'의 필요성을 강조함으로써 경거망동을 힐책하는 것이었고, '못다 한 공부나 마치는 것'으로 혼란한 정치·사회적 물결에 휩쓸리는 것을 막음과 동시에 수신제가를 지키고자 함이었다. 아버지는 지극히 온화하게 의논조로 말했지만 그건 이미 결정이나 다름없었다. 수신제가를 입에 올리는 것이 더없는 힐책이듯이 그분의 그런 태도는 유학자로서 평생을 살아온 겸양과 절제의 표현방식이었다.

김범우는 담배꽁초를 다리 아래로 튕겼다. 눈길은 먼 포구 끝에 두고 있었다. 앞으로의 일이 포구 끝처럼 멀고도 막연하게 느껴졌다. 교단에 서기 전에도 중단된 학업문제를 생각하지 않은 것이 아니었다. 더 공부를 해야 한다는 필요성을 느끼면서도 학병에서 겪은 남다른 체험들은 의식을 현실인식 쪽으로 몰아갔고, 해방된 사회현실의 혼란은 그런 의식에 더 부채질을 해댔다. 무언가 현실참여를 해야 한다는 다급함은 부족한 공부를 더 해야 한다는 필요성을 압도해 버렸고, 교사가 부족한 현실은 대학 2학년 중퇴에 불과한 학력으로 교단에 서는 것을 하나도 부끄럽지 않게 감쌌던 것이다. 2년에 걸친 교사생활은 공부와는 점점 더 멀어진 생활이었다. 좌·우익으로 대립된 학생들의 틈바구니를 그 어느 선생보다 강하게 헤쳐나가다가도 문득문득, 내가 지금 제대로 살고 있는 것인가, 내가 설 자리에 제대로 서 있는 것인가, 자문을 하고는 했었다. 그러나 그 자문에 어떤 답을 얻기도 전에 또다른 사건을 쫓아 뛰고는 했던 세월이었다.

새 담배에 불을 붙인 김범우는 걸음을 옮겨놓기 시작했다. 장터거리의 한산함은 여전했다. 아내의 말을 들으면 토벌대가 주둔하고 나서 읍내는 더 살맛이 떨어졌다고 했다. 언제까지 계속될지 모를 대립상황이었다.

'자애병원'이란 세모꼴 입간판 앞에 멈춰선 김범우는 구두 뒤축에다 담뱃불을 눌러 껐다. 담배를 손가락에 낀 채로 전 원장을 찾아들어갈 수는 없었다. 왼쪽 다리를 내리고 걸음을 떼어놓으려던 김범우는 동작을 멈추었다. 병원 문을 막 나서고 있는 여자가 이지숙이었던 것이다. 안창민의 어머니가 기어이 입원을 한 모양이구나, 생각하며 그는 마음이 언짢아졌다. 이지숙이 가까워지기를 기다리고 있었다.

"안녕하십니까, 이 선생님."

"네?"

이지숙은 주춤 뒤로 물러설 만큼 놀랐다. 김범우로서는 알은체를 한 것이 민망할 지경이었다. 무슨 깊은 생각이라도 하는 듯이 고개를 숙이고 걸어오고 있어서 김범우는 조심을 다해 불렀는데도 그녀는 그렇게 놀란 것이다.

"아니, 김 선생님이시군요."

이지숙은 일순의 놀라움 다음에 오게 마련인 안도의 허탈을 그대로 드러내는 음성으로 말했다. 그 음성에 반가움이 없듯 얼굴에도 마지못한 웃음이 어색하게 서려 있었다.

"놀라게 해서 죄송합니다."

김범우는 사과부터 했다.

"아닙니다. 제가 너무……"

이지숙이 약간 고개를 숙여 보였다.

"혹시 안 선생 자당께서 입원을 하신 겁니까?"

"아, 네, 아닙니다."

미처 대비하지 않았던 질문이어서 이지숙은 약간 당황했다. 그러나 추호도 안창민이 입원해 있다는 말이 나올 리는 없었다. 상대가 김범우가 아니라 안창민과 함께 입산해 있는 그 누구라도 그 말은 하지 않았을 것이다.

"안 선생 자당께서는 좀 어떠신지요?"

"네, 많이 회복되셨습니다."

이지숙은 긴말을 하고 싶지 않았다. 그와 빨리 헤어져 병원 앞에서 떠나고 싶은 마음뿐이었다. 병원을 드나들면서 언제나 경계를 소홀히 한 적이 없었다.

"전 학교 시간이 바빠서 이만 실례하겠습니다."

"네에, 안녕히 가십시오."

이지숙의 차가운 태도에 김범우는 어물거리며 대꾸했다. 빠른 걸음을 옮겨놓고 있는 그녀를 힐끗 보며 김범우는 고개를 갸웃했다. 안창민의 집에서 처음 만났을 때와는 달리 어딘가 경직되어 있는 태도였다. 몸이 불편해서 그런 모양이지, 생각하며 김범우는 발을 떼어놓았다. 서너 걸음을 옮겼을 때였다.

"성님! 범우 성님!"

곧 뒷덜미라도 낚아챌 듯이 급한 목소리가 뒤에서 들려왔다. 그목소리에 감전된 듯 김범우는 몸을 빨리 돌려세웠다. 바로 눈앞에는 염상구의 얼굴이 다가서 있었다. 김범우는 내키지 않는 웃음을 지으며 무슨 일인가를 눈으로 묻고 있었다.

"성님, 쪼깐 전에 성님허고 만낸 그 여자가 누구요?"

"아니, 읍내에 자네가 모르는 사람도 다 있나? 남국민학교 이지숙 선생 아닌가?"

이지숙·남국민학교·안창민이 염상구의 머릿속에서는 일직선으로 연결되고 있었다. 어디서 본 것 같았던 그 낯익음이 비로소 확실해지는 느낌이었다.

"왜 그러나?"

무언가를 추리하는 듯한 염상구의 눈치가 마음에 걸려 김범우는 일부러 물었다.

"선상님이시면 나 겉은 것이야 애시당초 올라갈라고 혀서는 안될 나무구만이라이."

염상구는 능청스럽게 연막을 쳤다.

"사람, 싱겁긴."

김범우는 경멸적인 웃음을 피식 흘렸다.

"근디, 병원에넌 머 헐라고 왔답디여?"

"이런 답답한 사람. 그게 어디 남자가 여자한테 물을 말인가? 예의 갖춘 남자 체면에 물을 말이 따로 있지."

"듣고 봉께 그렇기도 허구만요."

염상구는 고개를 끄덕였다. 그러나 속으로는 그 여자의 뒤를 철저하게 캐야 되겠다고 작정하고 있었다.

"급헌 짐에 인사 늦었구만요. 성님 나오셨단 소식 진작 듣고도 워치케나 바쁘든지 찾아가보지도 못허고, 죄송시럽구만이라."

염상구는 뒷머리를 긁적이며 멋쩍은 웃음을 지었다. 약간 들어 올려진 옷깃 사이로 혁대에 찔러넣은 권총이 얼핏 보였다. 김범우는 못 볼 것이라도 본 듯 시선을 돌려버렸다.

"바쁠 텐데 가보게."

김범우는 돌아서려고 했다.

"성님, 병원에 오시는 것 봉께로 순천서 워디를 많이 상허신 모냥이제라?"

염상구는 돌아설 기색 없이 오히려 한 발짝 다가서며 물었다.

"아니, 뭐 괜찮네."

엉뚱하게 느껴지는 물음에 김범우는 대답을 얼버무리며, 자신의 병원 나들이가 그런 식으로 해석될 수도 있다는 사실을 뒤늦게 깨닫고 있었다. 전 원장을 찾아나선 것은 그동안의 안부를 전하기 위해서였을 뿐이다.

"성님, 성님이 순천서 그냥 풀려나뿐께 남 서장 꼴이 워찌 됐는지 아시오?"

또 엉뚱한 느낌의 말이었다. 김범우는 옆눈길로 염상구를 빤히 쳐다보고 있었다.

"남인태놈이 사색이 되야갖고 워쩔 줄얼 몰르고 있당께요."

김범우는 무감각한 표정으로 염상구를 쳐다보고만 있었다.

"지놈이 워찌 안 그러겄소. 지놈이 진 죄가 있응께 인자 똥줄이 타는 것이제라. 성님, 요분 일언 순전히 그놈이 생사람 잡자고 꾸민 연극인디, 그리 억울허게 당허고도 그놈얼 내빌놔두지넌 않컸제라?"

염상구는 간교하게도 충동질을 해대고 있었다. 김범우는 이빨 사이에서 쓴 물이 비어져나오는 것을 느꼈다.

"알았네. 그만 가보게."

김범우는 돌아섰다. 서장 남인태의 태도가 어떻게 변했을지는 이미 예상하고 있었던 것이지만 염상구의 말을 듣고 나니 의외로 기분이 상하는 것이었다. 그 혐오스러운 기분은 남인태 개인에게 국한된 것이 아니었다. 그런 권력남용적 행위가 아무렇지도 않게 자행되고 있는 현실에 대한 혐오감이었다.

"아이고, 김 선생! 언제 나오셨어요?"

전 원장은 두 손으로 김범우의 손을 감싸잡으며 반가워했다. 그 반가워함에서 그동안 줄곧 자신에게 마음을 써왔다는 것을 김범우는 강하게 느낄 수가 있었다.

"건강은 상하지 않았어요?"

"예, 오늘 찾아뵌 게 치료를 받기 위해서가 아니니까요."

"다행입니다. 이리 앉으시지요."

"앉기는 약간 곤란합니다. 타박상을 좀 입었으니까요."

김범우는 밝게 웃으며 손가락으로 둔부를 가리켰다.

"저런 쯧쯧쯧…… 참 위태위태한 세상이오."

전 원장의 얼굴이 일그러졌다.

"조금 전에 병원 입구에서 이지숙 선생을 만났는데, 안창민 모친은 좀 어떠신가요?"

전 원장은 약간 긴장을 느꼈지만 김범우의 태도로 보아 안창민의 건에 대해서는 전혀 모르고 있는 것 같았다. 이지숙이 섣불리 그런 말을 했을 리가 없었던 것이다.

"거의 회복됐어요. 처음부터 그리 염려할 상태는 아니었으니까요. 어떻게, 학교는 언제쯤이나 개학이 될 것 같은가요?"

전 원장은 태연한 척 화제를 바꾸었다. 서로간의 안전을 도모하기 위해서 안창민의 일은 모르는 것이 상책이라 싶었던 것이다.

"글쎄요, 주력세력은 인구밀집지역에서 일단 퇴치시켰다고 하지만 남로당 지하세력이 엄존하고 있는 데다 국군의 반격이라는 것이 또 문제가 있어서 예측하기가 곤란하지 않겠습니까. 반란지역에 계엄상태가 계속되는 것도 그런 문제점들 때문이겠지요."

"국군의 반격에 문제가 있다고 하셨는데, 반란군토벌에 투입된 국군이 반란군과 합세를 해버렸다는 풍문이 나돌고 있습니다. 그게 사실일까요?"

"사실이 그런 모양입니다. 반란의 주력부대인 14연대에 4연대 일부가 합류한 것은 이미 초반의 일이고, 요즘에 퍼지고 있는 소문은 15연대 때문일 것입니다. 15연대를 따라 합동작전에 나섰던 경찰의 말을 사나흘 전에 순천경찰서에서 들었는데, 그건 사실이었습니다. 15연대가 반란군과 대치한 곳은 솔티재였는데, 처음 얼마 동안은 전투를 하는 것 같더니, 우리끼리 싸워봤자 뭐 하느냐 어쩌느냐 하는 외침이 왔다 갔다 하더니만 꼭 거짓말처럼 한 덩어리가 되더랍니다. 서로 어깨동무를 하고, 장난을 치고, 총을 하늘에다 대고 쏴대고, 너무 갑작스런 변화 앞에서 꼭 귀신에 홀린 기분이더랍니다. 군인들이 한 덩어리가 되고 보니 경찰은 우글거리는 적들 속에 서 있는 꼴이 되고 말았다는 거지요. 그 사실을 깨닫자 정신이 번쩍 들어 도망치기 시작했다는 겁니다. 겨우 골짜기를 빠져나와 경찰복을 벗어던지고 민가에서 헌옷을 얻어입고 나서야 그나마 안심하고 순천 본서로 돌아올 수 있었다는 겁니다."

　다소 긴 이야기였지만, 전 원장의 궁금증을 풀어주기 위해서 들었던 그대로를 옮겨놓으려고 했다.

　"순천경찰서라 하셨는데…… 거기는 언제……."

　전 원장은 의아스런 표정으로 말을 조심하고 있었다.

　"아, 그 말씀을 안 드렸군요. 별게 아니라, 그쪽으로 이첩되었다가 하룻밤 자고 풀려나왔습니다."

　김범우는 일부러 가벼운 기분으로 말했다.

　"그러셨군요. 그러잖아도 타박상을 입으셨다기에 이상하게 생각은 했었지요."

전 원장은 침울한 낮빛으로 느리게 고개를 끄덕이고 있었다. 김범우는 담배에 불을 붙여 연기를 깊게 빨아들였다. 담배가 주는 순간적이고 최면적인 안락감이 혼곤하게 차올랐다.

"김 선생, 참 막연하고 대답하기 어려운 질문입니다만, 우리가 처한 제반 현실을 어떻게 파악해야 하는 겁니까. 의사로서는 불필요한 관심일지는 모르지만 그래도 자기가 살아가고 있는 시대현실쯤은 제대로 파악하고 있어야 하지 않을까요. 그런데 그것이 신문을 열심히 읽는다고 되는 일이 아니고, 무언가 전체적인 맥을 잡을 줄 아는 눈을 가져야 할 터인데, 나야 시원찮은 의술을 익히느라고 그런 눈을 가질 새가 없었습니다. 마르크스 서적 두어 권 읽었던 것은 무식 면하자는 부끄러운 짓이었고, 전체적인 맥이 잡히지 않은 채 어지럽고 불안한 현실을 살아가자니 꼭 캄캄한 밤길을 걷는 것처럼 답답하고 암담한 심정이군요. 김 선생은 전공이 역사시니 그런 눈을 가지셨으리라 믿는데, 저도 좀 맥을 잡을 수 있도록 해주시지요."

전 원장은 아주 신경을 써가며 말했다. 김범우는 전 원장의 말을 들으며 그 의도를 짐작하고는 차츰 긴장해 갔다. 그것은 한두 마디로 될 일이 아닌 지극히 복잡한 문제였던 것이다. 그리고 더 중요한 문제는, 자신도 '전체적인 맥'을 파악하기에는 모르는 것이 너무나 많은 형편이었다.

"원장님 말씀은 잘 알겠습니다. 그러나 원장님이 기대하시는 것만큼 제가 알고 있는 것이 없습니다. 또 어느 정도 알고 있는 사실마저도 편견이 개입되어 있거나 불확실하거나 해서 전달하기에는 위험스럽습니다. 어쩌면 어설프게 알고 있기 때문에 제 마음은 원장님보다 더 캄캄한 밤길일지도 모릅니다. 괜히 선무당 사람 잡는 격이 될지 모를 일입니다."

"김 선생이 그렇게 말할 줄 알았습니다. 그러나 이 세상 그 누가 오늘의 현실을 확실하게 알고 있겠습니까. 안다고 하는 것이 거짓말이지요. 그저 학생의 질문에 대답한다 셈치시고 평소에 생각해 오셨던 것을 말해 주시지요."

전 원장의 태도는 진지하기 이를 데 없었다. 그 태도로 보아 사양이 오히려 결례가 되리라는 것을 김범우는 느끼고 있었다. 전 원장에게 새로운 신뢰를 느끼며 김범우는 그의 요구에 응하기로 마음먹었다. 담배에 불을 붙였다.

"그러니까…… 역사학자들이 대체로 규정한 통설에 의하면 역사적인 한 사건에 대한 객관적 비판이나 정당한 평가는 100년 후에나 가능하다고 했습니다. 그러므로 1945년 해방과 동시에 발생하기 시작한 모든 사건들은 2045년쯤에나 가서 냉엄한 역사의 심판대 위에 올려질 것입니다. 이 사실을 전제로 하면 제 이야기가 얼마나 주관적인 것이 될 거며 불확실한 것인지는 상상할 수 있으시지요? 그래도 들으시겠어요?"

입을 꼭 다문 전 원장은 고개만 끄덕였다.

"어쩔 수 없군요. 그럼…… 제가 파악하고 있는 대로 대충만 얘기하죠. 그러니까, 2차대전 종전 무렵의 세계적 정치상황은 윌슨

이 위장적이나마 민족자결주의를 주창했던 시대는 이미 아니었습니다. 그 시대의 주역이 식민주의의 대표적 국가인 영국, 프랑스, 스페인 등이었다면 2차대전 종전 무렵에는 그 주역이 미국과 소련으로 바뀌어 있었습니다. 왜냐하면 거의 모든 식민지 국가들이 독립을 쟁취하기 위한 항쟁을 계속해서 벌인 데다, 독일의 침략을 받음으로써 식민주의국가들은 협공을 당하는 이중적 상황에 몰리게 되었습니다. 그런 상황의 한편에서는 사회주의 혁명을 성공시킨 소련이 그 세력을 팽창시켜 나가고 있었고, 자본주의 국가 형성을 완성시킨 신생 미국은 그 힘이 갈수록 세계적으로 확대되고 있었습니다. 마침내 미국은 2차대전에 참전했고, 영국과 프랑스는 궁지에 몰리고 지쳐 있었기 때문에 미국은 자연스럽게 연합국의 주도권을 장악하게 되었습니다. 소련도 뒤늦게 연합국의 일원으로 참전하게 되었습니다. 서로 상반된 이념을 추구하면서도 그들이 동지가 될 수 있었던 것은 독일과 일본의 위협으로부터 서로를 방어하고자 하는 공동목적 때문이었습니다. 그러나 그것은 지극히 실리적인 결합이었고 일시적인 현상에 지나지 않았습니다. 그들은 세계를 무대로 삼아 자신들의 이념을 확장시키려는 서로 다른 꿈을 속으로 감추고 있었습니다. 2차대전 종전 전에 그들은 이미 그 준비를 했던 것이고, 종전과 동시에 그들은 행동으로 옮겼습니다. 그들의 이념 팽창주의가 노골적으로 드러난 것이 바로 우리나라의 분할점령입니다. 우리나라의 분할점령은 독일의 분할점령과는 전혀 그 성격이나 의미가 다릅니다. 미국과 소련이 전범국인 독일을 분할점령한 것은 승전국으로서 전리품을 처리하는 당연한 권한이라고 할 수 있습니다. 그들의 그런 권한은 또 하나의 전범국인 일본에게 행사되어야 했습니다. 그런데 엉뚱하게도 그들은 우리나라를 분할점령하고 말았습니다. 미국의 팽창주의는 소련의 팽창주의가 일본에까지 미치는 것을 원하지 않았습니다. 연합국의 헤게모니를 쥐고 있던 미국은 특히 일본 문제에 있어서는 발언권이 절대적이었지요. 일본을 도맡다시피 해서 싸운 것이 바로 미국이니까요. 그래서 미국은 일본 열도를 독일식으로 나눠먹지 않고 독식할 계획을 세웠습니다. 그건 태평양으로 뻗치는 소련의 힘을 견제하는 동시에 태평양 전체를 장악할 수 있는 방법이었습니다. 뿐만 아니라 아시아에서의 세력권을 형성하는 방법이기도 했습니다. 그 계획에 따라 당연히 한반도 분할이 필요했고, 독일에서와는 달리 일본 쪽에 전적이 미미한 소련은 한반도의 반이나마 차지하는 데 동의한 것입니다. 그들은 처음에 '일본 지상군의 항복을 받기 위해' 한반도에 진주하는 그럴듯한 명분을 내세웠고, 뒤이어 '통치능력이 생길 동안 신탁통치'를 해주겠다는 일방적인 결정을 내렸습니다. 해방을 갈망해 왔고, 독립국가 건설을 열망하는 우리 민족의 뜻과는 정반대의 상황이 전개된 것입니다. 두 나라의 점령군을 맞으며 우리는 새로운 역사의 시련에 직면하게 되었습니다. 그 시련을 극복하기 위해서 우리는, 첫째, 두 강대국이 내세운 명분을 무산시킬 수 있도록 일사불란한 민족적 단합을 보여야 했습니다. 둘째로, 그들의 정치적 도구가 되는 것을 단호히 거부하며 제2의 독립운동을 전개

해야 했습니다. 그러나 우리는 첫째도 실패, 둘째도 실패함으로써 식민지 상황보다 나을 것 없는 분단국가를 만드는 데까지 오고 말았습니다. 그리고 오늘과 같은 정치·사회적 혼란과 자체분열을 일으키는 민족적 희생이 야기되게 되었습니다. 백범 김구 선생이 남북협상을 떠나기 전 그의 앞을 가로막는 군중들에게 '여러분, 나에게 마지막 독립운동을 허락해 주시오' 한 말은 우리 민족의 행동방향을 단적으로 제시한 것이었습니다. 우리에게 해방은 식민지시대의 종식이 아니라 새로운 식민지시대의 개막이었습니다. 전 시대에는 일본을 공동의 적으로 삼는 민족적 명제나 자존이 있었습니다만, 이제는 백인들이 만들어낸 이즘이라는 것에 최면이 걸리고 마취되어 우리끼리 적을 삼아 살육을 자행하는 시대가 되었습니다. 해방 후부터 지금까지는 시작에 불과합니다. 이즘을 일단 정치도구화한 이상 상호 양보는 있을 수 없습니다. 정치적 실현을 위한 상호 상승작용만 있을 뿐입니다. 그것이 정치생리이며 힘의 역학입니다. 벌써 서로를 괴뢰라고 공공연하게 욕하기 시작했습니다. 얼마나 유치하고 졸렬하고 파렴치한 짓들입니까. 그러나 그 뻔뻔스러움과 무모함과 이율배반이 곧 우리의 정치현실입니다. 비판이나 선택이 용납되지 않는 획일적 모순의 질서에 줄을 맞춰야 하는 것이 앞으로의 우리의 길입니다. 그 줄에서 이탈하는 자는 적이고, 적은 처단하는 논리만이 절대적일 뿐입니다. 이 현실이 앞으로 어떻게 전개될지 아무도 모릅니다. 확실한 것은, 다만 시작이라는 것뿐입니다. 미·소의 세력에 우리가 아무리 민족적으로 단결해서 대항해

봤자 아무 소용이 없다고 주장하는 사람들이 있습니다. 그 부류들이 서로 양쪽의 정치집단을 형성하고 있는 자들입니다. 그 편가름은 앞으로도 무수한 인명의 희생을 요구할 것입니다. 100년 후의 역사는 오늘의 현실을 어떻게 비판하고 판정 내리게 될지 모릅니다. 지금…… 남쪽에서 일어나고 있는 사회적 혼란은 원장님도 다 아시는 바대로 그런 정치적 대결로부터 파생되는 피할 수 없는 현상들입니다. 아주 복잡한 문제들입니다."

김범우는 눈을 내리감으며 긴 한숨을 내쉬었다.

"김 선생, 차 드시오. 보성 녹차요."

전 원장의 말에 김범우는 천천히 눈을 떴다.

20

토벌대 물러가라!

하늘에서는 찬란한 빛줄기가 쏟아져내리고 있었다. 눈이 부신 그 빛줄기에서는 감미로운 향내가 미약한 바람결처럼 풍겨나오고 있었다. 어서 오너라, 어서 와. 내가 너한테 좋은 걸 주겠다. 어디선지 들려오는 소리였다. 아주 멀고 먼 곳에서 웅웅웅 울려오는 쇠북소리처럼 그 소리는 무겁고도 성스러웠다. 그러나 그 소리가 어디서 울려오고 있는지 알 수가 없었다. 사방에는 찬란한 빛줄기의 눈부심과 감미로운 향기의 바람뿐 그 소리가 울려오는 방향은 가늠할 수가 없었다. 그녀는 조바심이 나서 속으로 외쳤다. 어디로 가야 합니까. 길을 알 수가 없습니다. 길을 일러주십시오. 그러면서 그녀는 사방을 두리번거리고 또 두리번거렸다. 기다리거라, 길을 일러줄 것이니. 길이 다소 험하다고 하여 중도에서 작파하면 안 될 것인즉, 끝까지 오겠다고 약속할 수 있느냐. 울림 좋은 목소리가 어디선지 들려왔다. 약속드립니다. 길이 아무리 험해도 끝까지 가겠습니다. 길만 일러주십시오. 그녀는 큰 소리로 외쳤다. 그러나 그 소리는 입 밖으로 나가지 않고 속에서만 울리고 있었다. 그녀는 그때서야 자신이 벙어리라는 것을 깨달았다. 약속드립니다, 약속드립니다. 길이 아무리 험해도 기어이 끝까지 가겠습니다. 길만 일러주십시오. 그녀는 안타까워 더 큰 소리로 외쳤다. 알았느니라, 잠시 기다리도록 하여라. 그 소리가 메아리처럼 감감하게 사라지는가 싶더니 멀리서부터 천둥이 울리는 것 같은 소리가 우르릉우르릉 들려오기 시작했다. 그 소리가 점차로 가까워지고 커지면서 빛줄기는 더욱 찬란해지고 향내는 한결 진하게 퍼졌다. 그녀는 몸 전체가 짜릿거리며 맑은 이슬방울처럼 새 기운이 솟는 것을 느꼈다. 천둥 울리는 것 같은 소리가 온몸을 흔들 정도로 가까워졌을 때였다. 찬란한 빛줄기 속에서 우람한 산이 서서히 나타났다. 울창한 숲과 바위로 된 산은 험하기 이를 데 없었다. 그러나 그녀는 그 험산을 대하자 오히려 힘이 솟아올랐다. 오너라, 와서 이걸 받아가거라. 산봉우리에서 울려오는 소리였다. 그녀는 눈이 부신 것을 가까스로 견뎌내며 산봉우리를 올려다보았다. 신령님……! 그녀는 부르짖으며 합장을 했다. 형형색색의 비단옷에 하얀 수염을 길게 늘어뜨린 신령님은 겹겹으로 원을 그린 찬란한 빛에 에워싸여 있었다. 그 신령님의 손에 하얀 물건이 들려 있었다. 눈이 부셔 그것이 무엇인지는 알 수 없었지만 그녀는 그것을 갖고 싶은 욕심이 불길처럼 타오르는 것을 억제할 수가 없었다. 그녀는 험산을 오르기 시작했다. 가시에 찔리고, 돌에 부딪혀 넘어지고, 발을 헛디뎌 굴러떨어지고…… 그러나 그녀는 잠시도 쉬지 않고 산을 올라갔다. 거의 상봉에 이르러 그녀는 신령님의 손에 들려 있는 것이 산삼인 것을 알았다. 저것은 내 것이다, 저것은 틀림없이 내 것이다. 걷잡을 수 없는 욕심이 그녀를 흔들고 있었다. 그녀는 새로운 힘을 모아 신령님을 향해 치달았다. 그때 불쑥 앞을 가로막는 것이 있었다. 그녀는 소스라치며 뒤로 물러섰다. 앞을 가로막는 건 다름 아닌 어머니였다. 어머니의 형상은 몸서리쳐지도록 무서웠다. 소복에 산발을 했고 쭈글쭈글한 얼굴은 푸르죽죽한 색깔이었다. 엄니, 왜 이러요. 워째 내 길을 막소. 그녀는 안타깝게 말했다. 그 말은 아까와는 달리 입 밖으로 나왔다. 이년아, 안 돼야, 저것은 니 것이 아니여. 어머니는 양팔을 벌리며 가혹하게 내쏘았다. 아니어라, 내 것이어라. 신령님이 나한테 주시는 것인디 워째 내 것이 아니라고 그러요. 나는 기엉코 저걸 가져야 쓴께, 저리 비키씨요. 그녀는 어머니를 밀치며 앞으로 내달았다. 그러나 어머니는 다시 앞을 막아섰다. 에미 말 듣고 그냥 가야 써. 저것은 니 것이 아니랑께. 어머니의 음성은 한층 냉혹했다. 그럴수록 그녀는 산삼을 갖고 싶은 욕망이 타올랐다. 존 일 헌다고 간섭 마씨요, 저것은 내 것잉께. 그녀는 다시 앞으로 내달았다. 그러나 어머니는 또다시 앞을 막아섰다. 인자 마지막이여. 에미 말 듣고 그냥 돌아스랑께. 어머니의 얼굴빛이 불그죽죽하게 변해 있었다. 그녀는 산봉우리를 올려다보았다. 신령님의 손에 들린 산삼이 곧 잡힐 듯이 가까웠다. 그녀는 미친 듯이 앞으로 내달았다. 그러나 다음 순간 그녀는 까마득한 산골짜기로 떨어져내리고 있었다.

"엄니이이…… 엄니이……."

소화는 팔다리를 버둥거리며 헛소리를 하고 있었다. 잠에서 깨어난 그녀는 눈을 번히 뜬 채 누워 있었다. 전신은 땀으로 젖어 있었다.

흉측하고도 불길한 꿈이었다. 어머니가 왜 그런 모습으로 나타났을까. 왜 또 앞길을 훼방하는 것일까. 신령님이 산삼을 내리시는 것은 태몽 중에서도 제일인 생남의 태몽이 아닌가. 그런데 왜 어머니는…….

소화는 꿈속의 무서움이 그대로 남아 이불을 뒤집어썼다. 한기로 전신이 오들오들 떨렸다. 예정일이 지났는데도 꽃이 비치지 않아 조마조마한 마음으로 며칠째를 보내고 있던 참이었다. 엄니, 엄니는 저시상에 가서도 날 못 잊고 그러능가. 엄니, 인자 날 잊어뿔고 훌훌 존 시상으로 가서 살소. 이승과 저승 간이 수수억만 린디 이승 자석 일은 이승 자석헌테 맽겨두소. 엄니가 나 허는 일 아무리 막을라고 혀도 인자 소양읎네. 내 맘이고 몸이고 폴세 그분헌테 빠져뿌렀응께. 그것이 다 신령님 뜻이고 인연의 고리가 아니겠능가. 신령님이 허시는 일얼 신령님 딸인 엄니가 워쳐케 막겄다고 그러는가. 나는 시상 읎어도 신령님 뜻 따라갈 것잉께 엄니, 너무 섭허게 생각 말소. 이리 사나 저리 사나 한평생 살다 가는 것인디, 지 좋은 길 따라 살아야 안 쓰겄는가. 소화는 이불 속에서 흐느끼고 있었다.

"소화…… 혼자서 많이 외롭겠소."

그분의 깊고 정겨운 음성이 생생하게 들려오고 있었다. 그분은 떠나면서 자신을 꼭 끌어안고는 그렇게 말했었다. 음성만큼 생생하고 분명하게 그분의 체온과 체취도 남아 있었다. 계란장수로 변장한 그분의 모습이 시야에서 멀어져가는 것을 지켜보면서 뒤늦게 샘솟는 후회를 씹고 있었다. 그분이 원하는 것이었으면 응해야 했을 것을…… 그분이 바라는 것이었으면 따라야 했을 것을…… 현생의 인연이 언제 어둠으로 막히게 될지 모르면서 몸 섞어 만남을 짓는 그 진한 인연의 자리를 피하다니…… 저리 가는 걸음걸음으로 현생의 인연이 막음되면 어찌하랴. 그녀는 불현듯 그분을 쫓아가 붙들고 싶은 충동에 떨었다. 그러나 그건 마음뿐이었다. 아무리 어머니의 사십구재 전이었다 하더라도 그분이 강하게 이끌었더라면 어찌 마다했을 것이랴…… 떠난 육친에 대한 예절이 아무리 중하다 한들 마음 열어 몸을 바친 그 인연에 비하랴……. 그분의 모습이 멀어져가는 만큼 사무쳐오는 그리움에 몸을 떨며 그녀는 신내림 할 때의 발열현상에 취해가고 있었다. 머리끝으로부터, 발끝으로부터 잔물결 쳐오기 시작하는 뜨거움, 혼미하게 흔들리고 부서지는 무수한 불꽃, 그것들을 일으키는 힘은 바라소리도 꽹과리 소리도, 주문도 아니었다. 그분의 깊은 음성, 이름을 알 수 없는 체취, 뜨거운 체온, 전신을 더듬어내리던 손……. 그녀는 나무둥치를 끌어안고 몸을 비비 꼬았다.

소화는 또 그때와 똑같은 발열현상에 들뜨며 신음하고 있었다. 그녀는 이불을 걷어찼고, 저고리를 벗어던졌고, 치맛말기를 풀었고, 마침내 알몸이 되어 전신을 뒤틀었다. 비파를 내미는 소년이 갑자기 어른으로 변했다. 그 어른이 전신을 감싸오고 있었다. 뜨거움이 활활 불붙어오르고 있었다. 그 뜨거움이 일시에 한곳으로 몰리며 터져올랐다. 수없이 많은 불꽃이 하늘을 뒤덮었다.

경찰서장 남인태가 도경찰국으로부터 전출명령을 받은 것은 김범우를 순천으로 이첩하고 닷새가 지나서였다. 전출명령서에 명기된 전출지는 광양읍, 직위는 서장, 부임날짜는 이틀 후였다.

전출명령서를 쥔 남인태는 하얗게 질려 푸들푸들 떨었다. 정신이 아찔아찔하고 자꾸만 무릎이 꺾였다. 내가 이래서는 안 되지, 이럴수록 정신을 차려야지. 남인태는 몇 번이고 마른침을 삼키고, 눈을 질끈 감았다가 뜨고, 머리를 짤짤 흔들고 하여 감정을 수습하려고 애썼다. 물을 연거푸 서너 컵이나 마시고 줄담배를 피워댔다. 그러나 가슴의 벌떡거림이나 팔다리의 경련은 진정되지 않았다.

전출명령서를 또 들여다보았다. 그 종이쪽지 위의 글자들은 하나도 변하지 않고 냉엄한 명령을 내리고 있었다. 내 발등 내가 찍었구나! 뒤늦은 통탄이 종이쪽지를 볼 때마다 터져나왔다.

계산착오도 이만저만한 계산착오가 아니었다. 김범우가 이첩시킨 다음날 풀려나오고 말았을 때 가슴이 섬뜩해지는 불길함을 느꼈던 것이다. 김씨 문중의 힘이 그렇게 강하고 신속할 줄은 몰랐던 것이다. 김범우 쪽에서는 씻은 듯이 아무런 반응이 없고, 그럴수록 꺼림칙한 불안감에 싸여 며칠을 보내다가 덜컥 그 종이쪽지를 받고 만 것이다.

어떻게 하나, 이 일을 어떻게 하나. 남인태는 해결방안을 모색하려고 부심했지만 묘안은 떠올라주지 않았다. 광양서장…… 이건 좌천도 파면에 가까운 좌천이었다. 벌교나 광양이 행정단위는 똑같은 '읍'이지만 읍이라고 다 같은 읍은 아니었다. 벌교에서는 엄연히 '경찰서장'인데 광양에서는 '지서장'에 지나지 않았다. 왜냐하면 광양의 경찰서는 이번 사건을 수습하려고 갑자기 기구를 확대시킨 '임시경찰서'에 불과했던 것이다. 이것은 지역적으로 좌천일 뿐만 아니라 한 직위가 떨어진 강등이기도 했다. 세상에 이럴 수가 있는가……. 그의 가슴은 다시 벌떡거리기 시작했다. 그리고 광양은 지금 치열한 전투지구였다. 반란군들이 진을 친 것이 바로 광양의 백운산이었다. 광양으로 간다는 것은 바로 사지(死地)로 뛰어드는 것이었다. 김가놈들…… 그 죽일 놈의 영감탱이……. 남인태는 부드드득 이빨을 갈았다. 더 큰 지역, 더 안전한 곳으로 가려 했는데 이지경이 되다니. 남인태는 주먹을 부르쥐며 떨었다.

그래, 최익승 의원을 찾아가자. 남인태는 앞이 환해지는 것을 느꼈다. 그러나 다음 순간, 최익승이 서울에 있다는 사실과 전출지 부임이 이틀밖에 남지 않았다는 사실이 그를 암담하게 만들었다. 서울까지 가는 데만 꼬박 하루가 걸리는 형편이었다. 최익승을 잠깐이라도 만나고 내려오는 시간까지 합하면 못해도 사흘이 필요했다. 사흘이 지나면 명령불복종에 근무이탈이라는 죄를 면할 수 없게 되어 있었다. 비상시국에 그 죄는 파면으로 끝나는 것이 아니었다. 총살은 아니더라도 실형을 받을 것은 틀림없는 일이었다. 최근들어 경찰 지원자는 최소한의 자격만 갖추면 얼마든지 받아들인다는 방침인 반면에 이직(離職)은 절대로 용납하지 않는 상황이었다. 노란개(군인)는 조심해야 하지만 검은개(경찰)는 우리 밥이라고 빨갱이들이 큰소리치는 판에 경찰 지원자가 있을 리 없었고, 목숨 아까운 이직 희망자만 속을 앓고 있는 형편이었다. 이직을 하기 위해 허위진단서를 떼어 뒷돈을 쓰는 경우도 있었고, 아들을 경찰에서 빼내기 위해 아버지가 손수 작두질을 해서 손가락 두 개를 잘랐다가 그 사실이 밝혀져 실형을 받기도 했다.

남인태는 끙끙 앓다시피 하며 머리를 쥐어짜고 있었다. 최익승, 최익승, 무슨 수를 써서라도 그를 만나야만 했다. 그것만이 유일한 살길이었다. 그때 전화벨이 울렸다. 남인태는 번쩍 고개를 들었다. 그리고 소리쳤다.

"맞어! 바로 저것이여!"

남인태는 펄쩍 뛰듯이 하며 손바닥까지 맞때렸다.

남인태는 촌각을 지체하지 않고 우체국으로 갔다.

"서장님, 여기서는 서울 전화가 연결이 안 되는데 어째야 쓸까요?"

아가씨가 미안한 듯 웃음 지었다.

"그게 무슨 새 날아가는 소리야!"

남인태는 버럭 고함을 질렀다. 고함소리는 우체국 안을 울렸고, 열 명 남짓한 직원들의 눈길이 일제히 이쪽으로 쏠리는가 싶더니 서장인 것을 알아보고는 자리에서 벌떡벌떡 일어섰다.

"아마 요번 난리통에 사고가 난 모양입니다. 우리 관할도 아니고 해서…… 이거 죄송스러워서…… 화급하신 일이면 천상 순천으로 넘어가셔야겠습니다."

우체국장이 굽신거리며 설명했다. 남인태는 속이 부글부글 끓어 올랐다. 그러나 더는 어쩌는 도리가 없었다. 순천 아니라 광주까지 라도 가야 할 판이었다.

순천으로 넘어간 남인태는 최익승 의원 집에 전화를 했지만 최 의원은 부재중이었다. 마음 급한 남인태의 서두름이었을 뿐 국회의 원이 낮에 집에 있을 리가 없었다.

"벌교요? 남 서장이라고요? 나도 잘 모르겠으니까 이따가 밤 여 덟 시가 넘어서 다시 걸어주세요."

귀에 선 서울말씨의 여자는 마땅찮아하는 기색을 완연히 드러냈 다. 남인태는 순천에서 하룻밤을 잘 수밖에 없는 형편이 되었다.

밤 8시까지는 몸살이 날 지경으로 지루한 시간이었다. 시간으로 치면 다섯 시간일 뿐인데 지루함으로는 몇 년을 넘기는 것만 같았 다. 그놈의 영감탱이가 제아무리 까불어도 최 의원님 전화 한 통이 면 그까짓 전출명령서 같은 건 코 풀어 던진 종이쪽지다. 남인태는 이런 위안을 씹고 또 씹으며 그 지루한 시간을 죽여갔다.

7시 30분쯤에 전화를 신청했다. 연결되는 데 소모할 시간을 미 리 계산한 것이었다. 초조한 시간이 더디게 흐르고 있었다. 맛도 모르고 연거푸 담배를 피워댔다. 얼마나 모질게 살아온 인생 역정 인가. 앞길이 신작로처럼 환히 뚫린 이 지점에서 무너질 수는 없었다. 남인태는 절박한 심정으로 자신을 보고 있었다.

40분이 지나 8시 10분경에 통화가 되었다. 기막히게도 최 의원은 집에 있었다. 기다리라는 여자의 말에 남인태는 '하느님!' 하는 소리를 한숨과 함께 토해냈다. 최 의원의 목소리가 들리자마자 남인태의 온몸은 뜨겁게 달아올랐다. 숨소리마저 거칠어졌다. 그는 형식적인 인사를 대충 끝내고 그동안의 경위를 겸한 용건을 말하기 시작했다. 김범우를 순천으로 이첩시킨 대목으로 접어들면서 그는 진땀을 흘리기 시작했다. 말도 약간씩 더듬거렸다. 그러나 김범우를 이첩시킨 것은 어디까지나 김사용이 최 의원님을 찾아가게 하기 위함이었고, 자신의 일거일동은 최 의원님의 명령을 충실히 받들고 최 의원님만을 위해 취해진 것임을 강조했다.

"……의원님, 저를 좀 도와주십시오. 저를 도와주실 분은 의원님밖에 없습니다."

남인태는 땀을 삐질삐질 흘리며 벽에 걸린 전화기에다 대고 연신 고개를 꾸벅이고 있었다.

"이 사람아, 누가 그따위 시건방진 짓 하랬는가. 난 그런 일 시킨 적 없어. 자네가 엎지른 물 자네가 퍼담도록 해. 난 모르겠어."

"의원님! 의원 각하!"

남인태는 절박하게 소리쳤다. 그러나 전화는 이미 끊겨 있었다.

남인태는 정신이 핑그르르 도는 것을 느꼈다. 숨이 컥 막혔다. 그는 비틀거리며 두 손으로 벽을 짚었다. 고개가 푹 꺾이면서 머리가 벽에 부딪혔다. 그 바람에 벗겨진 모자가 발치께로 떨어져 두어 바퀴 구르다가 속을 내보이며 발랑 누웠다.

남인태가 겨우 정신을 수습한 것은 그에게 교환원이 통화료를 요구해서였다.

속이 뒤집어진 남인태는 저녁을 먹을 수가 없었다. 술만 몇 잔 마시고 여관을 찾아들었다. 간절하게 집으로 돌아가고 싶었지만 통행금지가 발을 묶고 있었다. 견딜 수 없는 외로움과 절망감에 그는 계속 신음을 씹었다. 내 인생이 이렇게 끝나고 마는 것인가. 얼마나 기막히게 살아온 인생인데. 안 돼, 이대로는 안 돼. 최익승 그놈, 그 사기꾼, 내가 망하면 그놈도 망해야 돼. 그놈이 나를 이 꼴로 만들다니, 그놈을 죽여야 해. 남인태는 밤새도록 한숨도 자지 못하고 신음하고 몸부림치며 온 방바닥을 훑고 다녔다.

남인태는 아침 첫 기차를 탔다. 기차에서 내린 그 길로 그는 봉림으로 발길을 재촉했다. 김사용을 찾아가 백배사죄하고 용서를 빌려는 것이었다. 기차를 타고 오며 온갖 궁리를 다 하던 끝에 생각해 낸 것이었다. 김사용은 최익승보다야 한결 윗길이었고, 사정을 하면 통할 것 같았던 것이다. 김사용이 마음만 먹으면 전출명령서를 철회시키는 것쯤 아무것도 아닐 것이었다. 김사용을 찾아가는 것은 남인태에게 마지막 남은 길이었다.

김사용은 남인태를 냉랭한 표정으로 맞았다.

"어르신, 절 받으십시오."

남인태는 넙죽 큰절부터 했다. 김사용은 긴 담뱃대를 문 채 외면을 하고 있었다.

"어르신, 제가 죽을죄를 졌습니다. 저를 한 번만 용서해 주십시오."

남인태는 무릎을 꿇고 앉아서 간곡하게 말했다.

"남 서장, 무슨 말씀이오?"

김사용의 음성은 낮고도 차가웠다.

"제 죄를 한 번만 용서하시고 벌교를 위해 올바로 일할 기회를 베풀어주십시오."

"나로선 당최 모를 소리뿐이오."

"어제 전출명령서를 받았습니다. 그게 이번에 제가 아드님한테 잘못한 죄로……."

"어허, 남 서장!"

김사용의 언성이 높아지며 허리가 꼿꼿하게 일어섰다. 눈꼬리에서 노여움이 뚝뚝 떨어지고 있었다.

"예에, 어르신."

"소위 관직에 몸담고 있는 사람이 그 무신 망발이오. 그런 문제는 난 모르는 일이오. 돌아가시오."

"어르신, 어르신, 제발……."

"천 서방, 천 서방 워디 있느냐?"

김사용은 목청을 돋우어 밖에다 대고 소리쳤다. 남인태는 영문을 몰라 불안한 눈을 굴리고 있었다.

"어르신, 지 왔는디요."

잠시 뒤에 밖에서 들려온 말이었다.

"오냐, 남 서장님 가시는디 문밖꺼정 잘 모셔라."

김사용이 밖에다 대고 이른 말이었다. 남인태는 일어서지 않을 수가 없었다.

남인태는 오전 내내 서장실에 박혀 있다가 점심 무렵이 되어 서 너 군데에 자신의 전출 사실을 전화로 알렸다. 그건 죽기보다 싫은 일이었다. 그러나 내일이면 전출지로 떠나야 했으므로 피할 수가 없는 일이었다. 전화를 끝내고 나서 남인태는 한층 더 세상 살맛을 잃어버렸다. 전출을 가게 되었다고 했을 때 상대방은 '그래요?' 하며 놀랐고, 그 다음은 '어디지요?' 하고 물었다. 그때 그는 죽고 싶은 심정으로 '광양'이라고 말했고, 상대방은 '그래요오?' 하며 이상스런 반응을 보였다. 그 이상스러운 어조는 무시가 분명했다. 세 군데에 전화를 걸었는데 그 반응은 대동소이했고, 빈말일망정 누구하나 송별주를 사겠다는 사람이 없었다. 죽일 놈들, 내가 순천이나 광주로 간다고 해도 지놈들이 그리 냉랭할 것인가. 남인태는 패배감과 함께 세상인심의 살벌함을 통절하게 느끼고 있었다.

다음날 오전 10시경 남인태 서장은 열댓 명의 형식적인 전송을 받으며 벌교를 떠나고 있었다. 최익승·김사용, 두 놈 다 어디 두고 보자. 내 목숨 붙어 있는 한 네놈들한테 기어이 원수를 갚고 말 것이다. 내가 누구라고, 나를 이 꼴로 만들어놓고 네놈들은 고이 살아질 것 같으냐. 남인태는 기차에 오르며 이를 갈고 있었다.

남자 전송객들 뒤쪽으로 멀찌감치 떨어져 선 한 여자가 눈물을 훔치며 멀어지는 기차를 향해 손을 흔들고 있었다. 남인태의 아내 목포댁이었다.

전송객들이 발길을 돌리기 시작했다. 토벌대장 임만수와 염상구는 그들의 뒤로 처져 걸었다.

"저 친구 좌천을 당해도 드럽게 당했군."

임만수가 볼품없이 못생긴 콧등을 실룩이며 말했다.

"범우 성님얼 건디렸응께 고것이야 당연지사 아니겄소?"

염상구가 가당찮다는 표정을 지었다.

"그 사람 집안이 정말 그리 힘이 있소?"

임만수가 아니꼽다는 듯 염상구를 곁눈질로 치켜보고 물었다.

"워째, 인자 대장님이 한번 붙어보고 잡소?"

염상구가 고개를 쑥 빼며 반문했다.

"묻는 말에나 대답하시오."

임만수가 쳐내듯이 차게 말했다.

"그 집안도 씨제만 김범우란 사람도 씨요. 미국 스파이 교육 받은 사람이 바로 그 사람잉께. 만약에 그 사람이 염상진이허고 한패가 되얐드라면 판이 볼만혔을 것이요. 나 겉은 것 폴세 청년단장 못해묵고 저시상으로 날아갔을 것이고, 벌교바닥서 토벌대가 설레발치지도 못혔을 것이고."

"그게 무슨 소리요?"

임만수가 정색을 하며 눈을 치떴다.

"김범우도 염상진이허고 항꾼에 핵교 댕길 때는 빨갱이 사상을 가졌다 고런 말이요. 헌디, 학병을 댕게오고 나서 전향을 해뿌렀소. 그렁께 염상진이는 한쪽 날개 잃어뿐 매가 된 심이요."

"그 사람이 어떻게 세다는 거요?"

임만수의 관심은 계속되고 있었다.

"말로 다 헐 수는 읎고, 한마디로 딱 짤라서 말허자면, 범우 성님언 잠자는 호랭이요."

"잠자는 호랭이?"

임만수가 되씹었다. 그 입술에 묘한 웃음이 물려 있었다.

"워째, 못 믿겠소?"

임만수는 잠자코 걷기만 했다. 그가 없는 자리에서도 염상구놈이 '성님, 성님' 하는 것을 보면 한가락을 단단히 하는 모양이다 싶었고, 그가 학교 선생인 것을 생각하면 괜한 허풍 같기도 해서 종잡을 수 없었다. 어쨌거나 관(官)에 힘을 작용해서 남인태를 그 꼴로 만들 수 있는 집안이라면 앞으로 각별히 신경을 써야 될 것 같다는 생각을 하고 있었다.

염상구는 염상구대로 생각에 잠겨 있었다. 남인태는 일단 떠나버린 사람이고, 새 사람이 누가 올 것이냐가 문제였다. 신도 길들인 신이 발 편하고, 계집도 길들인 계집이 깊은 맛 있더라고, 사람도 오래 사귀며 서로의 구린 속, 더러운 속 다 아는 사이라야 배짱도 맞고 마음도 편한 법이었다. 남인태와는 3년을 지내는 동안 적당히 주고받고, 적당히 눈감아주고, 적당히 속여가며 그런대로 배짱을 잘 맞춘 편이었다. 그런데 그는 떠나버리고 새 사람을 맞게 된 형편이었다. 새 사람이라고 해야 다 그놈이 그놈이고, 사귀면 통하는 구석이 있겠지 생각하면 그만이었다. 그러나 이번 경우는 그렇게 마음 편한 쪽으로만 생각할 수가 없었다. 그건 김범우네 집안 때문이었다. 김범우에게 직접 확인해 보지도 못했고, 확인할 방도도 없는 일이었지만 읍내 장(長) 자리들 사이에 퍼진 소문이 거의 확실할 것이었다. 김범우를 잡아들일 때 마지못해 협조를 하긴 했지만 왠지 불안했고, 그 불안감으로 하여 김범우의 일에는 아예 모른 척했던 것이다. 그런데 남인태가 겁도 없이 순천으로 이첩까지 시켰다는 사실을 알았을 때, 큰일났구나 싶었던 것이다. 사주팔자에 죽을 수가 끼지 않고, 토정비결에 토끼가 불 속으로 뛰어드는 점괘가 적히지 않고서야 남인태가 그런 넋 빠진 짓을 했을 리가 없었다. 남인태야 어찌 되었건, 김범우네 힘이 작용해서 비워진 자리에 새로 올 사람은 최소한 남인태처럼 적당히 될 사람이 아닐 것 같은 예감이 들었다. 그건 참으로 중대하고도 골치 아픈 일이 아닐 수 없었다. 새로 오는 자가 어떻든 이쪽에서는 일단 방어태세를 갖출 필요가 있었다.

"대장님, 커피 한잔 허시겄소?"

염상구는 임만수에게 넌지시 물었다.

"그럽시다."

임만수는 기다리고 있었다는 듯 선뜻 응했다.

"새 서장은 오늘 중으로 오겄제라?"

염상구는 자리를 잡고 앉자마자 말을 꺼냈다.

"아마 그럴 거요, 비상시국이니까."

임만수는 무거운 표정으로 담배를 빨았다.

"대장님 입장이 쪼깐 불편시럽겄소이."

염상구는 임만수의 옆구리를 치고 들었다. 먼저 힘을 합치자고 저자세로 나가고 싶지 않았던 것이다.

"내가 왜? 지금은 엄연히 계엄상태고 나는 즉결처분권을 가진 사람이야."

예상대로 임만수는 벌컥 화를 냈다.

"고것얼 누가 몰르요? 근디, 즉결처분이야 빨갱이헌테나 써묵는 것이고, 새 서장은 새 서장 아니겄소?"

"남인태도 내 손아귀에서 꼼짝을 못했는데 더군다나 새로 오는 놈이 어디다 대고 까불겠어?"

임만수의 기세는 당당했다. 그러나 그 기세 전부가 진짜만이 아니라는 것을 염상구는 간파하고 있었다.

"대장님, 새 서장이 남인태허고 똑겉은 인물이라고 생각허지 마씨요이. 남인태야 요번 난리통에 읍내럴 뺏게뿐 죄가 있었응께 지도 기가 폭 죽고 대장님도 다루기가 쉬웠제라. 헌디, 새 서장이야 그런 죄 읎겄다, 김씨 문중이 뒤에 있겄다, 새로 왔응께 지 뜻 필라고 허겄다, 쪼깐 골머리 아플 것인디요?"

임만수는 팔짱을 낀 채 묵묵히 앉아 있었다. 염상구는 그를 곁눈질하며 커피를 홀짝거렸다.

"염 단장 말도 틀린 말이 아니오."

임만수가 마침내 입을 열었다. 나가 많이 배우지를 못혀서 그렇제 느그놈덜 간 빼묵는 사람이여, 염상구는 내밀하게 웃음 짓고 있었다.

"염 단장은 나와 더욱 유대를 강화해야 되겠소. 그게 염 단장한 테도 이로울 테니까. 어떻소?"

바로 기다리던 말이었다.

"나야 대장님이 시키는 대로 혀야제라."

그러나 어디까지나 '시켜서 하는 일'로 해두었다.

"앞으로 잘될 거요. 그런데 학교에 잡아둔 것들은 어떻게 하는 게 좋겠소?"

임만수는 빨갱이가족 처리 문제가 신경이 쓰이는 모양이었다. 듣고 보니, 염상구로서도 그들이 신경에 거슬렸다. 그들을 잡아들여 별 소득이 없었는데 새 서장이 온 다음까지 질질 끌어서 이득 될 것이 없을 것 같았다.

"털 만치 털고, 겁줄 만치 줬응께 인자 풀어주는 것이 워쩔랑가 모르겄소?"

"염 단장 생각도 내 생각과 같구만." 임만수는 한참을 고개를 끄덕이더니, "좋소, 한바탕 겁을 주고 나서 오후에 풀어주도록 합시다."

염상구는 엉뚱하게도 강동식의 마누라 외서댁을 생각하고 있었다. 그녀의 탄력 좋은 유방과 쫄깃쫄깃한 겨울꼬막맛이라고밖에 할 수 없는 그것이 삼삼하게 아른거렸다. 그러고 보니 벌써 며칠째 여자와 잠자리를 같이하지 못했던 것이다.

호산댁은 쌀 두 됫박과 보리 서너 됫박을 싼 보퉁이를 들고 댓돌로 내려섰다. 흰 실로 코를 꿰맨 검정 고무신에 발을 넣던 호산댁은 잠시 멈칫거렸다. 무언가 더 가져갈 게 없나 싶어서였다. 그것만을 들고 나서기는 어딘가 미진한 생각이 들었다. 그녀는 두 손자에게 당장 먹일 수 있는 맛있는 그 무언가가 필요했던 것이다. 그러나 집에는 아이들에게 군것질시킬 만한 것이 없었다. 장성한 아들과 사는 집에 그런 것이 있을 리 없었다.

호산댁은 서운한 기분으로 토방을 내려섰다. 그러면서, 이렇게 보란 듯이 쌀보퉁이를 들고 다닐 수 있게 된 것만도 얼마나 황감한 일이냐고, 서운함을 지우려고 했다. "엄니, 쌀 됫박이나 퍼갖고 그 집구석 좀 가보고 허씨요. 아새끼덜이야 무신 죄가 있었소." 어느 날 작은아들이 불쑥 말했던 것이다. 너무 갑작스러운 말이어서 호산댁은 헛소리를 듣는 것만 같았다. 그동안 큰아들 집에는 발걸음도 못하게 닦달을 해왔던 터였다. "니 고것이 참말이다냐? 혹시 늙은 에미 맘 떠볼라고 허는 소리 아녀?" 호산댁은 도무지 믿을 수가 없어 이렇게 묻지 않을 수가 없었다. "딜에다보라고 혔다고 아새끼덜 배꼽이 요강꼭지가 되게 퍼다 믹였다간 난리날 것이요. 굶어뒤지지만 않게 혀야 쓸 것이요." 작은아들은 눈을 고약스럽게 뜨며 못을 박았던 것이다. "하먼, 하먼……." 호산댁은 연방 고개를 끄덕이며 목이 메고 있었다.

대문을 나서며 호산댁은 보퉁이를 머리에 이었다. 무엇이든 들고 가는 것보다 머리에 이는 것이 편한 것은 평생 동안 길들여진 습관이었다. 그녀의 허리는 굽어 있었고, 머리는 거의 백발이었다. 남들의 눈에 불편할 정도로 굽어진 허리는 그녀가 겪어낸 평생의 고생살이를 그대로 드러내고 있었다.

작은아들의 허락이 떨어진 다음 호산댁은 두 번째 행보를 하는 것이었다. 아무 거리낌 없이 쌀보퉁이를 이고 큰아들 집으로 갈 수 있다는 것, 호산댁은 그것이 그렇게 행복하고 신명나는 일일 수가 없었다. 지도 한 핏줄잉께 으짤 수가 읎는 것이제, 마음을 돌려준 작은아들이 그저 고맙고 기특할 뿐이었다.

호산댁은 가난에 찌들려 몸고생도 심하게 겪고 살았지만 두 아들로 해서 겪어온 마음고생은 몸고생보다 더 큰 아픔이었다. 천하를 짊어지리라 믿었던 큰아들이 엉뚱하게 공산주의 바람을 일으키며 쫓겨다니고, 작은아들은 작은아들대로 살인죄를 짓고 종적을 감추어버린 그 세월은 목숨 붙어 살았다고 할 것이 없었다. 가슴은 타다 타다 제풀에 꺼진 숯덩이였다. 그래도 해방은 고마운 것이었다. 작은아들을 찾아주었던 것이다. 그러나 그때부터 새로운 마음고생은 또 시작이었다. 큰아들과 작은아들이 서로 총부리를 대고 맞서게 된 것이다. 둘 중에 그 누구를 말릴 수 없었다. 그저 타는 마음만 두 아들 사이를 오락가락하고 있었다. 읍내에서 총소리만 울렸다 하면 그녀는 방바닥에 무릎을 꿇고 엎드려 혀가 마르게 비는 수밖에 없었다. 산신님, 칠성님, 터줏대감님, 우리 자석덜 상허지 않게 혀주십소사. 누구의 옳고 그름을 따지기 전에 그녀에겐 둘 다 소중한 자식일 뿐이었다.

작은아들과 함께 살게 되면서 호산댁은 또 마음 한 가닥을 죄스러움으로 적신 채 큰아들네 처자식한테 걸쳐두고 있었다. 큰며느리가 겪는 이중삼중의 고생은 더 말할 것도 없고, 어린 손자들의 배곯음을 생각하면 밥술을 제대로 넘길 수가 없었다. 작은아들은 서로 오도 가도 못하게 닦달을 했지만 호산댁으로서는 도저히 그럴 수가 없는 일이었다. 치마 속에 먹을 것을 감춰가지고 작은아들 눈을 피해 손자들을 찾아다녔다. 그런데 이제 그 조마조마한 도둑걸음을 면하게 된 것이다.

"어허어엇! 엿들 사씨요, 엿들 사아! 아들 밥 비벼주다가 숟가락 몽댕이 뿌러진 것, 부부쌈 허다가 놋사발 내붙인 것, 누룽밥 긁어묵다가 양은냄비 빵구낸 것, 재앙시런 외아들이 붕알시계 고장낸 것, 생과부 오줌발에 놋요강 찌그러진 것, 동서지간 싸우다가 솥뚜껑 깨묵은 것, 어허어, 쓰자 허니 못 쓰겄고 내뿔자니 아까운 것, 뭣이든지 갖고 와, 얼렁 와서 엿허고 바까묵어, 달고 맛난 찹쌀엿, 어허어, 싸게싸게 갖고 와, 늦어뿔면 못 묵어, 어허어, 찹쌀엿, 찹쌀엿, 둘이 묵다가 하나 죽어도 모를 달고 맛난 찹쌀엿……"

무당이 바라소리에 맞춰 춤을 추듯 엿장수는 커다란 가위를 철그렁거려 박자를 맞춰가며 걸쩍한 목소리로 잘도 주워섬기고 있다. 호산댁은 먼발치에서부터 엿장수 소리를 들으며 망설이기 시작했다. 두 손자새끼가 엿을 보면 얼마나 환장을 하랴. 그러나 가진 것이라고는 머리에 인 곡식뿐이었다. 배를 곯는 신세에 곡식으로 군것질할 것을 바꿀 것인가. 어린것들을 생각하면 그러고도 싶었고, 어찌 생각하면 죄 되는 것 같기도 해서 마음을 정하지 못하고 있었다. 돌절구에서 막 쳐낸 찹쌀떡덩이가 떡판에 퍼져 있는 것처럼 엿판에는 엿이 보기에도 푸짐하게 퍼져 있었다. 엿 위에는 색색의 가루가 뿌려져 있어서 더 먹음직스러워 보였다. 자신도 모르게 엿판 앞에 걸음을 멈춰선 호산댁은 이빨 사이사이에서 신침이 흐르는 것을 느꼈다. 다 늙은 내가 이러는데 어린것들이야 얼마나 먹고 싶으랴.

"할무니, 보고만 섰덜 말고 손지새끼덜 잠 사다 믹이씨요. 커나는 아그덜이야 더러 단것을 묵어야 쑥쑥 크제라."

내 맘을 워찌 그리 콕 찍어내는고! 호산댁은 감탄해 마지않으며 순간적으로 곡식과 엿을 바꾸기로 마음 정해버렸다.

"보리쌀도 받제라?"

"보리쌀이라?" 엿장수는 약간 머뭇하며 반문하고는, "하면이라, 받고말고라" 하며 엿 자르는 쇠붙이를 집어들었다. 그는 빠르게 호산댁의 머리에 올려진 보퉁이를 살폈던 것이다.

"보리쌀 반 됫박이먼 엿 을매나 줄라요?"

호산댁은 보퉁이를 내릴 생각도 않고 먼저 얼마나 줄 것인지 금을 그어보라고 눈짓을 하고 있었다. 금을 시원찮게 그으면 사지 않겠다는 으름장이었다.

"보리쌀 한 됫박이먼 한 됫박이제 반 됫박은 머시다요?"

엿장수도 지지 않고 야무지게 흥정에 나섰다.

"반 됫박이먼 엿얼 안 폴겄다 고런 말인갑는디, 나도 안 사겄응께 냅두씨요."

호산댁은 사정없이 내쏘며 엿판 앞에서 돌아섰다.

"와따, 할무니, 할무니, 위째 그러시요?" 엿장수는 화닥닥 놀라 호산댁을 붙들고는, "기왕 포는 김에 더 폴아보자는 말이었제 누가 안 폴겄다고 그럽디여? 많이 디릴 팅게 요리 오씨요, 요리." 호산댁을 엿판 쪽으로 돌려세우려고 애썼다. 호산댁은 한편으로 버티며 한편으로 못 이기는 척 돌아서고 있었다.

"을매나 줄란지 얼렁 금얼 그서봇씨요."

호산댁의 어조는 사뭇 당당해져 있었다.

"보자아, 가설랑은에에, 보리쌀 반 됫박이라고 혔응께로오……."

엿장수는 소리를 늘여빼며 쇠붙이를 집어들었다.

덤을 더 달라거니, 그만하면 됐다거니, 한 주먹을 더 놓아야 반 됫박이 된다거니, 간 것만으로도 반 됫박이 넘었다거니, 한동안 실랑이를 거쳐 작은 거래는 매듭되었다. 보퉁이 속에 엿을 넣은 호산댁은 굽은 허리로 잰걸음을 쳤다. 왼쪽 팔은 허리에 올려져 있었고, 오른쪽 팔은 발걸음에 맞춰 길이 좁다 하고 휘둘러대고 있었다.

"광조야, 덕순아, 할메 왔다아!"

호산댁은 사립을 들어서면서 벌써 소리치고 있었다. 나이가 아래인데도 그녀는 손자부터 부르고 있었다.

"야아, 할메다!"

지게문이 왈칵 열림과 동시에 사내아이가 뛰쳐나왔다. 그 아이는 신도 신지 않고 마당으로 뛰어내려 할머니에게로 내달았다. 염상진의 두 번째 아이이자 장남이었다.

"할메, 또 쌀 갖고 왔능가?"

광조는 어린 눈을 치켜뜨며 할머니의 머리에 올려진 보퉁이를 보고 있었다.

"온냐, 내 새끼 배곯을까 바 할메가 또 쌀 갖고 왔단다."

호산댁은 손자의 볼기를 토닥거리며 더없이 환하게 웃고 있었다.

"할메, 오셨는게라."

계집아이가 호산댁 앞에 공손히 고개를 숙였다.

"그려. 덕순아, 동상 밥언 지때지때 해믹였지야?"

"야아."

"그려, 그려. 우리 덕순이가 착허고 착허다."

호산댁은 손녀의 단발머리를 몇 번이고 쓰다듬었다. 덕순이는 할머니의 머리 위에 올려진 보퉁이를 받아들었다. 그런 덕순이의 얼굴에는 어떤 슬픔이 어려 있었다. 동생 광조와는 대조적인 얼굴이었다. 덕순이는 아홉 살로 국민학교 3학년이었고, 광조는 여섯 살이었다.

"할메가 느그 줄라고 맛난 엿 사왔다."

방에 자리를 잡고 앉은 호산댁은 보퉁이의 매듭을 풀며 자랑스럽게 말했다.

"워메, 우리 할메 최고시!"

광조는 펄쩍 뛰듯이 하며 기쁨의 소리를 질렀다. 덕순이는 그 옆에서 보퉁이를 하염없이 바라보고 앉아 있었다. 호산댁은 엿을 똑같이 나눈다고 나누었다. 그런데도 자신의 눈에도 광조의 것으로 마음 정한 쪽이 좀더 많아 보였다. 그건 어찌할 수 없는 일이었다.

"자아, 어서들 묵어라."

말이 떨어지기가 무섭게 광조가 엿을 덮치듯 했다. 그리고 입으로 마구 몰아넣었다.

"엱힐라, 찬찬히 묵어라 찬찬히."

호산댁은 주먹을 들어 쥐어박는 시늉을 했다.

"고구마가 엱히제 엿도 엱히간디?"

광조는 엿을 한입 가득 몰아넣고서도 할 말은 다 했다.

"워따, 내 새끼 똑똑키도 허다."

호산댁은 흐뭇하게 웃으며 손자의 볼기를 토닥거렸다. 이것이 애비를 닮아 이리 똑똑한 것이려니 생각하고 있었다.

"할메, 요것 드시씨요."

덕순이는 제 앞의 엿을 할머니 앞으로 밀어놓았다.

"아니여, 아니여, 할메는 폴세 묵었다."

"아니구만요. 지랑 항꾼에 잡수시씨요."

덕순이는 엿을 할머니 앞으로 더 밀었다.

"그려, 나도 묵을 팅께 니도 얼렁 묵어라."

호산댁은 손녀의 등을 쓰다듬었다. 덕순이가 더없이 기특하게 여겨지면서도 안쓰러웠다. 사람이라는 것은 다 형편에 따라 살아지게 마련인 듯, 덕순이는 나이답지 않게 어른 몫을 실하게 해냈다. 에미 없는 집을 지키며 물까지 길어다가 동생 밥을 해먹이고 있었다.

"할메, 엄니넌 원제 와?"

"광조야아……"

덕순이가 동생에게 눈을 흘겼다.

"금세 올 것잉께 쪼깐만 더 참그라."

호산댁은 억지로 웃어 보이며 말했다. 작은아들한테 몇 번이나 묻고 싶었던 말이었지만 결국 꺼내지 못했던 것이다.

"밤에는 영 추운디."

광조는 퉁명스럽게 말하며 입술을 쑥 내밀었다. 저것이 밤이면 에미 생각이 더 간절해지는 모양이라 싶어 호산댁은 콧등이 찡해졌다.

"바보, 엄니보담 아부지가 더 고상이여."

덕순이가 불쑥 말하고는 문을 박차고 나갔다. 호산댁은 덕순이를 부르려다가 그만두었다. 그 말에 이미 울음이 묻어 있었던 것이다. 애비 걱정으로 우는 것조차 못하게 할 수는 없었다.

날로 추위가 매워지고 있는데 어린 손녀의 말마따나 큰아들이 산중에서 어떻게 겨울을 날지 기막힌 노릇이었다. 손가락 매듭만큼 떼 넣었던 엿이 반나마 녹았는데 호산댁은 그것을 꺼내 손자의 입에다가 넣어주었다. 목이 메어 그 작은 엿조각조차 입에 넣고 있을 수가 없었던 것이다.

정현동 사장은 남원장의 구석진 방에서 고흥의 부자 서운상을 만나고 있었다. 서로간에 중대한 상담(商談)이었으므로 처음부터 여자 같은 것은 옆에 앉히지도 않았다. 상담의 진척 결과에 따라 술자리가 흐드러지게 벌어지느냐, 가벼운 저녁식사로 자리를 끝내느냐는 결정될 것이다.

"아우의 말로는 양조장이란 가만히 앉아서 금 파내는 장시니께 집만 광주로 이사를 하고 경영관리는 제가 대신 책임 맡겄다고 허긴 헙니다만."

정 사장은 이렇게 말을 맺었다. 그러나 그건 거짓말이었다. 상담에서 으레 따르게 마련인 물건값지키기 작전이었다. 상대방이 그 속셈을 빤히 알고 있다 하더라도 그 거짓말을 한 자락 깔 필요가 있었다. 노름판에서 부리는 배짱이 모두 허풍인 것을 알면서도 끝까지 배짱을 세게 부리는 놈한테 기가 죽는 것처럼. 더구나 서운상은 옛날부터 은근히 술도가를 탐내오고 있던 터였으므로 그 당연한 거짓말은 더욱 필요했다.

"정 사장님이 처허신 입장은 충분허게 이해가 되느만요. 그라고 양조장이 금 캐내디끼 허는 장사라는 것도 시상이 다 아는 일인께 아우님 되시는 분의 그런 말씸도 일리가 있고요."

서운상은 말을 멈추고 정종잔을 들어 찔끔 마셨다. 정 사장은 그런 서운상을 반쯤 뜬 눈으로 내려다보듯 하고 있었다. 서운상은 생각을 간추리는 것이었고, 정 사장은 방어를 겸한 탐색을 하고 있었다.

"헌디, 폐일언하고 우리가 이리 마주 앉은 것은 팔겄다, 사겄다 허는 뜻인께, 정 사장님이 먼첨 딱 값을 놔봇써요. 거간꾼이 있는 처지도 아닌께."

예상하지 못했던 정면공격이었다. 가당치도 않은 거짓말 밑에 깔지 말라는 뜻일 수도 있었고, 매물에 마음이 동해 서두르는 것일 수도 있었다. 진의를 알기 전에 정면공격에 맞서는 것은 어리석은 짓이었다.

"맞는 말씀이오. 거간꾼도 없는 흥정인께 결말은 빨리 날 것이요. 헌디, 값을 놓기 전에 나헌테 사정이 한 가지 있소."

정 사장의 말에 그때까지 줄곧 상 위에만 시선을 던지고 있던 서운상이 눈을 치켜떴다. 매섭지는 않지만 어떤 기운이 담긴 눈이었다.

"다른 것이 아니라, 내 재산 중에 양조장 말고 논마지기가 있는디, 그것을 양조장에 묶어 항꾼에 처분해야 헐 형편이오. 그래야 목돈으로 광주 사업을 시작헐 수 있어서요."

서운상이 난색이 되었다. 시선을 떨구며 담배를 빼들었다. 꾹 다물린 입이 좀처럼 열릴 것 같지 않았다. 정 사장은 아랫배에다 힘을 주었다. 지금부터가 배짱놀음이다 싶었던 것이다. 말을 먼저 꺼내는 쪽이 덜미를 잡히는 것이었다. 정 사장은 소리 없이 정종잔을 들어올렸다. 그러면서도 내리뜬 눈길은 서운상한테서 떼지 않고 있었다. 정종을 한 방울씩, 한 방울씩 혀로 빨았다. 방 안에는 점점 침묵의 무게가 가중되고 있었다. 서운상은 담배를 입술에서 떼지 않고, 그러나 느리게 빨아대고 있었다. 시간이 흐를수록, 정종잔이 기울어질수록 정 사장은 느긋해지고 있었다. 순간적으로 자리를 박차고 일어나지 못한 이상 상대방은 생각을 하면 할수록 이쪽 조건에 끌려들게 마련이었다. 서운상의 입에 물린 담배가 반쯤 탔는데도 재는 그대로 붙어 있었다. 생각에 골몰해 있는 서운상이 미동도 하지 않는다는 증거였다.

저것도 예사 물건이 아니로구나, 정 사장은 씁쓸한 웃음을 정종 방울에 섞어 넘기고 있었다. 정종잔이 거의 기울어지고, 담배가 거의 타들었을 즈음이었다.

"논이 전부 몇 마지기요?"

마침내 서운상이 입을 열었다. 정 사장은 하마터면 휴우, 한숨을 토할 뻔했다.

"꼬리 띠고 300마지기요."

"300이라……."

서운상은 새 담배에 불을 붙였다. 정 사장은 완전히 승리감에 취했다. 지금부터야말로 가격 절충만 남은 셈이었다. 담배를 새로 피워문 것은 이야기를 본격적으로 시작하겠다는 뜻이 아닌가. 정 사장은 줄다리기를 할 마음의 준비를 갖추었다.

"논 300은 시가(時價)의 반을 쳐주겠소."

느닷없는 말이었다. 그리고 서운상은 화가 난 듯이 담배를 거칠게 비벼 끄더니 두 팔로 상을 짚고는 엉거주춤 일어서고 있었다. 정 사장은 정신이 멍해졌다. 얼핏 변소를 가려는가 생각했지만, 이쪽을 빤히 쳐다보고 있는 서운상의 눈과 마주친 정 사장은 정신이 퍼뜩 들었다. 서운상은 시가의 반에 대한 대답을 요구하고 있었고, 자신의 제의에 응해오지 않으면 그대로 자리를 뜨겠다는 의사표시였던 것이다. 이놈이 그야말로 배짱을 부려보는 것인가? 아니면 정말일까? 맞서 배짱을 부려봐? 순간적으로 생각해 보았지만 종잡을 수가 없었다. 시간을 벌어야 한다, 다시 앉혀야 한다, 정 사장의 머리에는 그 생각만이 확실하게 떠올라 있었다.

"원 급하시긴. 내 대답할 것이니 앉으시오."

정 사장은 부드러운 음성으로 말하며 정겨운 웃음을 지어 보였다. 그러나 속으로는, 농지개혁이다 뭐다 해서 아무리 땅이 시세 없고 내 형편 또한 급하다 해도 반값이 뭐냐, 시가의 7할은 받아야 된다고 생각하고 있었다.

"나 그만 가겠소."

서운상은 더 몸을 일으켰다. 이놈이 정말 갈 모양이네? 정 사장은 마음이 급해지고 정신이 혼란해졌다. 아니다, 이놈이 배짱을 부리는 것이다. 우선 앉히고 봐야 한다. 정 사장은 숨을 가다듬었다.

"좋소, 앉으시요."

"좋소가 무신 뜻이요. 반값에 허겄단 대답이요?"

정 사장은 신음을 씹었다.

"우선 앉으씨요, 점잖찮게."

정 사장은 자신도 모르게 언성이 높아졌다.

"알겄소, 나 가겄소."

서운상은 완전히 몸을 일으키고 말았다. 그때서야 정 사장은 다급해졌다. 최익승에게 술도가 반을 빼앗기는 것보다야 논을 싸게 처분하는 것이 훨씬 이익이었다.

"반은 너무허고, 6할로 정헙씨다."

정 사장이 벌떡 일어서며 뱉은 말이었다.

"말대접이라는 것이 있는 법인께 반반씩 나눠 오오로 양보허겄소."

서운상이 냉정하게 말했다. 정 사장은 자신이 졌다는 것을 깨달았다. 1할의 반, 5푼 때문에 또 무슨 말을 할 것인가. 더 말을 꺼냈다가는 사람만 더럽고 치사하게 될 판이었다.

"그리 헙씨다."

정 사장이 고개를 끄덕였다. 그러나 정 사장은 다시 마음을 다잡고 있었다. 정작 중대한 거래는 이제부터였던 것이다.

서운상은 연거푸 잔을 비웠다.

"정 사장님, 논 싸게 처분혔다고 너무 아까워 생각 마시씨요. 내가 논값을 그리 후려때린 것은 나도 그 논을 다시 처분헐라고 그런 것이요. 싸게 사서 싸게 처분해야 손쉬울 것 아니겄소. 앞으로 시상이 달라질 것은 뻔헌디, 내가 지끔 갖고 있는 논만도 두통거리요. 요번 난리 겪고 본께 논 많이 가진 부자가 젤 멍청이요. 그만치 원수를 많이 사는 것 아니겄소. 거래 전에 이런 말 혀봤자 믿어줄 것 같지도 않고 혀서 인자 허는 소리요."

서운상은 차분하게 말을 해나갔다. 정 사장은 고개만 끄덕이고 있었다. 그것이 정말이든 거짓말이든 거래는 이미 끝난 것이었다.

"양조장은 논 흥정허대끼 안 헐 것인께 정 사장님도 받을 값을 적당허니 놓아봇씨요."

서운상이 앉음새를 고치며 말했다. 정 사장은 손수 술을 따라 단숨에 비웠다. 양조장의 가격을 말하기에 앞서 어떤 비감이 스쳐갔던 것이다. 그건 고향을 떠나야 한다는 구체적인 실감이기도 했다.

정 사장은 미리 생각하고 있던 가격을 털어놓았다.

"그 정도야 불러야겠지요. 나도 아까 정 사장님 말대접했응께 정 사장님도 인자 내 말대접 잠 해주면 좋겠소."

"얼마로 말대접을 헐까요?"

이런 식으로 이야기가 풀려나가 양조장의 거래는 그다지 어렵지 않게 타결이 되었다. 정 사장은 잔금 때까지 비밀을 지켜줄 것을 당부했다. 서운상도 그러기를 바랐다.

"오늘 술은 내가 사겠소."

정 사장이 말했다.

"이리 오너라, 언년아……."

정 사장이 목청껏 소리쳤다. 그러면서 그는 밤새도록 마시리라 작정했다.

토벌대의 살인사건은 신임 서장 권병제가 부임한 이틀 후에 발생했다. 오후 2시경에 읍내 한복판인 역전 공터에서 총성이 울리기 시작했다. 그것은 토벌대가 전진시위를 벌이고 있는 사람들을 차단하기 위한 위협사격이었다. 역전 주위에는 삽시간에 사람들이 몰려들었다. 최근 들어 아무리 총소리에 겁 질린 읍민들이라고 하지만 밤이 아닌 대낮에 울려대는 총성에 혼비백산하지는 않았다. 더욱이 대낮의 총성에 대한 호기심 못지않은 소문이 마른 풀섶에 불길 번지듯 빠르게 퍼져나가고 있었던 것이다. "토벌대가 생사람을 죽였는디, 그 동네사람덜이 똘똘 뭉쳐 토벌대 내쫓으라고 나섰다능마.""워메, 거그가 어느 동네까?""장좌리라고 허드만.""워째 생사람얼 죽였으까?""그것이사 나도 몰른께 역전으로 가보소.""그래야 쓰겄네. 존 귀경거린디."

전진시위대는 100여 명의 남녀였다. 그들은 다섯 명씩 줄을 맞춰서 천천히 앞으로 나아가고 있었다. 대열의 앞에는 가마니 두 장을 이어 급조한 들것에 피범벅이 된 시체가 눕혀져 있었고, 수건으로 머리를 동여맨 젊은이 넷이 그것을 들고 있었다. 바로 그 앞에 한 사람이 서서 대열을 이끌고 있었다. 그 사람은 팔을 치뻗어올리며 소리쳤다.

"살인집단 토벌대 물러가라!"

뒤따라 대열을 이룬 사람들이 일제히 팔을 치뻗어올리며 복창을 했다. 발악적인 그 소리는 살벌한 사람들의 얼굴처럼 섬뜩하게 퍼져나갔다. 그 외침을 찢어대듯이 총성이 울리고 있었다. 그러나 대열을 이끌고 있는 사람은 전혀 동요됨이 없이 천천히 발을 옮겨놓고 있었다. 그러다가 불현듯 외쳐댔다.

"살인집단 토벌대 물러가라!"

뒤따르는 대열의 복창은 어기차게 울려퍼졌다. 그 위세에 밀려 토벌대는 위협사격을 가하면서도 벌써 100미터 가까이 뒷걸음질을 치고 있었다. 구경을 하는 사람들도 모두 긴장을 한 채 입들을 다물고 있어서 위기감은 한층 더했다.

"워메, 저 앞장선 사람이 뉘기여. 남국민핵교 선상님 아니라고?"

한 여자가 옆의 여자 귀에다 대고 숨 가쁜 소리로 말했다.

"고것을 인자 알았는가?"

옆의 여자가 시끄럽다는 듯 얼굴을 찡그리며 말했다.

"아까부텀 워디서 본 듯 본 듯 헌 얼굴이었는디 말이시. 근디, 저 선상님이 워째 앞장얼 서 저 야단이까?"

"참말로, 자네가 가서 물어보소."

옆의 여자가 짜증스럽게 내쏘았다.

"더 물러나지 말고 이 지점을 고수해!"

토벌대의 지휘자가 소리쳤다. 토벌대는 읍사무소와 경찰서로 가는 길목까지 물러나 있었던 것이다.

"이새끼, 똑똑히 들어. 이 지점을 넘어서려고 했다간 그땐 정말 무차별사격을 가하고 말겠어. 이건 위협이 아냐!"

토벌대 지휘자가 대열을 이끌고 있는 10여 미터 앞의 남자를 향해 소리쳤다. 그리고 총을 갈겨댔다. 남자의 바로 앞 땅바닥에 총알이 퍽퍽 박히며 흙먼지를 일으켰다. 남자가 주춤하는 것 같았다. 그러나 남자는 다시 걸음을 옮겨놓고 있었다.

"살인집단 토벌대 물러가라!"

남자는 마치 발악이라도 하듯이 소리치며 팔을 치뻗어올렸다.

경찰서장과 토벌대장과 청년단장이 나타난 것은 바로 그때였다. 임만수가 숨을 씩씩거리며 남자를 가로막았다.

"이새끼, 넌 누구야?"

임만수가 지른 고함이었다.

"나는 손승호란 사람이오."

그의 목소리는 약간 쉬어 있었다.

"이새끼, 너 지금이 어느 땐데 이 지랄이야! 뒈지고 싶어?"

"토벌대가 무고한 사람을 죽였소. 토벌대는 살인집단이오. 우리 읍에서 물러가시오."

손승호의 목소리는 침착하고도 싸늘했다.

"이새끼 뒈지고 싶어 환장을 했구만. 이새끼야, 빨갱이니까 죽였지 괜히 죽여? 토벌대를 모략중상하고 사람들을 선동한 네놈도 빨갱이야!"

"내 눈으로 똑똑히 봤소. 당신 부하가 여자를 겁탈하려다가 여자 오빠한테 들키자 살인을 해버렸소. 그 시체가 바로 뒤에 있소."

"시끄러, 이새끼야. 빨리 해산시켜!"

"못하겠소. 토벌대는 물러가시오."

"이새끼, 정말 말 안 듣겠어?"

임만수가 권총을 빼들었다.

김범우는 그즈음 사람들 사이를 헤치며 앞으로 나서고 있었다. 토벌대장과 맞서고 있는 것이 손승호임을 알아본 순간 김범우는 눈을 두어 번 껌벅였다. 도무지 믿을 수 없는 사실이었던 것이다. 김범우가 미처 감정 정리를 못하고 있는 그때 임만수가 권총으로 손승호를 내려친 것과 손승호가 푹 고꾸라지는 일이 순식간에 일어났다. 김범우는 반사적으로 앞으로 뛰쳐나갔다.

"승호, 괜찮은가? 나 범우네."

김범우는 손승호를 부축했다. 벌써 진한 피가 그의 왼쪽 얼굴을 적셔내리고 있었다.

"범우 자네가……."

김범우를 올려다보는 손승호의 얼굴에는 의미 모를 웃음이 떠올랐다. 이 친구 맹랑하네……. 김범우는 얼핏 생각하고는 벌떡 몸을 일으켰다. "저놈 죽여라" "대장놈 죽여라" 하는 고함소리가 터졌기 때문이었다. 대열을 이룬 사람들이 어지럽게 이쪽으로 몰리고 있었다.

"승호, 빨리 진정시켜. 큰일나겠어." 김범우는 손승호의 겨드랑이를 부축해 일으키며, "저 사람들, 자네 말밖엔 안 들어. 내 어깨에 올라타고 소리치게." 다급하게 말하고는 김범우는 빠른 동작으로 손승호의 가랑이 사이로 머리를 디밀었다.

"여러분, 여러분, 진정하십시오. 저는 괜찮습니다. 진정해야 합니다. 제 말을 들으십시오."

김범우의 어깨 위에 올라앉은 손승호는 두 팔을 저어가며 외쳤다. 그의 왼쪽 턱에서는 핏방울이 뚝뚝뚝뚝 떨어지고 있었다. 사람들은 차츰 가라앉아가고 있었다.

"사람들을 전부 앉히게. 지금부터 시작 아닌가."

김범우가 고개를 뒤로 젖히며 말했다. 손승호는 사람들을 제자리에 앉게 했다. 김범우는 손승호를 내려놓았다.

"승호, 지금부터 이성적으로 일을 해결해야 하네. 물론 지금까지 감정적이었다는 말이 아니네."

김범우는 손수건을 꺼내 손승호의 이마로 가져갔다. 손승호가 그것을 손바닥으로 눌렀다.

"자네도 알겠지만 현실적으로 토벌대를 물러가게 할 수는 없네. 그러나 당장 이 자리에서 토벌대장의 공개사과와 살인자에 대한 처벌약속을 받아내면 오늘의 행동에 대한 소기의 목적은 달성하는 게 아니겠나. 그렇게 되면 앞으로는 토벌대의 그런 횡포도 없어질 거구 말이네."

손승호는 잠시 생각한 끝에 고개를 끄덕였다.

"그럼 내가 중재를 하겠네."

김범우는 씨익 웃어 보이고는 돌아섰다. 돌아서는 그 짧은 동안 김범우의 얼굴은 완전히 다른 사람으로 변해 있었다. 냉기가 흐르는 얼굴에 눈이 매섭게 빛나고 있었다.

"토벌대장이지요? 나 김범우라고 합니다. 친구가 부상을 당해 내가 대신 나선 겁니다."

김범우의 큰 키는 토벌대장보다 머리 하나가 더 있었다. 임만수는 김범우를 올려다보며 미적미적하고 있었다.

"당신네 토벌대가 그동안 저지른 횡포와 오늘 발생한 살인사건을 샅샅이 적어 전체 읍민의 이름으로 사직당국에 진정하겠소."

임만수의 얼굴이 금방 굳어졌다.

"성님, 범우 성님, 고건 너무……."

"청년단장, 여긴 당신이 나설 자리가 아니오."

염상구를 거들떠보지도 않고 김범우가 한 말이었다.

"김 선생님, 무슨 일이든 하겠습니다. 제발 그 일만은 좀 참아주십시오."

임만수는 마른침을 삼켰다.

"수없이 민폐를 끼치고 그것도 부족해 무고한 양민을 살해하기까지 했소. 그래 놓고 무슨 일이든 하겠다니, 도대체 뭘 하겠다는 거요?"

"다시는 민폐를 끼치지 않을 것이고, 살인자를 엄중처벌하겠습니다. 그 선에서 일이 끝나도록 해주시기 바랍니다."

"서장님 의견은 어떠십니까?"

김범우는 말로만 들은 신임 서장에게로 눈길을 돌렸다. 키가 크고 선량하게 생긴 사람이었다.

"예에, 토벌대장 말처럼 해결되었으면 합니다."

김범우는 임만수에게로 시선을 옮겼다.

"나도 일을 번잡스럽게 키우고 싶진 않소. 당신이 대장으로서의 잘못을 저 사람들 앞에 공개적으로 사과하고, 앞으로는 절대로 민폐를 끼치지 않을 것과 살인자에 대한 엄중처벌을 약속할 수 있다면, 그 선에서 끝낼 수 있도록 사람들을 설득시키겠소."

"예, 예, 그렇게 하겠습니다."

임만수는 허리를 굽실거리며 혀를 내밀어 입술을 축였다. 만약 진정서가 들어간다면 남인태의 신세보다 더 비참하게 될 것이었다. 진정서에 적히는 민폐도 문제가 되는데 살인까지 저질렀으니 책임문책을 받아 실형을 살게 될 것은 물으나마나 한 일이었다. 그런 다급한 마당에 공개사과 아니라 큰절을 하라 해도 백 번은 할 판이었다.

"자네와 말한 대로 다 됐으니 자네가 저 사람들한테 간단히 설명을 하게."

"자네가 대신 좀 해주게. 난 지금 머리도 아프고 목도 쉬고, 죽을 지경이네."

"이 사람아, 자네 정신 있나? 저 사람들은 자네 말이 아니면 그 누구 말도 안 믿네. 오늘만은 말이야. 그게 군중심리라는 것 아닌가. 자네는 선동자의 의무와 책임을 다해야 하네. 자네는 오늘만은 저 사람들의 예수고 나폴레옹이네."

김범우는 짓궂게 웃었다.

"그렇다면 별수 없지."

손승호는 쓰게 웃으며 사람들 쪽으로 돌아섰다.

"여러분, 제 말을 들으십시오. 여러분들의 요구가 마침내 이루어졌습니다."

사람들이 와아, 함성을 지르고 박수를 쳤다. 김범우는 옆눈길로 손승호를 쳐다보았다. 말을 저렇게 시작해서 어쩌려나 하는 염려 때문이었다. 그러나 다음 순간, 어디 어떻게 끌어가나 구경이나 하자, 하는 짓궂은 생각이 들었다.

"여러분, 제 말을 들으십시오. 조용히들 하십시오. 중요한 이야기는 지금부텁니다. 여러분, 아무 죄 없는 사람을 죽인 토벌대원은 엄벌에 처하게 되었습니다. 그리고 토벌대장이 여러분 앞에 사죄를 할 것입니다. 그뿐만 아니라 토벌대는 앞으로 절대로 민폐를 끼치지 못하게 됩니다. 여러분, 제 말을 잘 들어보십시오. 우리는 토벌대를 물러가라고 했습니다. 그러나 이 토벌대를 몰아내고 나면 나라에서는 다른 토벌대를 또 보냅니다. 왜냐하면 산중에 좌익들이 그대로 남아 있기 때문입니다. 토벌대가 새로 오면 또 민폐를 끼치고 여러분은 다시 괴로움을 당하게 됩니다. 그런데 우리는 오늘 우리 힘으로 여기 있는 토벌대의 버릇을 고치고 길을 잡았습니다. 이 토벌대를 몰아내고 새 토벌대를 받아들여 또 괴로움을 당하는 게 좋습니까, 아니면 길 잡은 이 토벌대를 그냥 두는 것이 좋습니까?"

사람들의 대답은 뻔했다. 손승호는 사람들을 국민학생 다루듯 하고 있었다. 국민학교 훈장다운 그 화술에 김범우는 빙긋이 웃고 있었다.

"좋습니다. 그럼 지금부터 토벌대장의 사죄를 받도록 하겠습니다."

손승호가 말을 끝내고 돌아섰다.

"과거란 망각이 아니라 현재의 축적이라는 말이 맞군."

김범우는 손승호를 보며 피식 웃었다.

"무슨 소린가?"

"왕년의 마르크시스트다워."

손승호가 고개를 저었다. 피가 검붉게 말라붙은 그의 얼굴이 파리했다. 그를 빨리 병원으로 데려가야 되겠다고 김범우는 생각했다.

"저는 토벌대장의 책임으로 그동안 끼친 민폐와 오늘……."

토벌대장이 꽥꽥 소리를 질러가며 공개사과를 해나가고 있었다.

연설인지 사과의 말인지 분간이 어려운 어투였다.

"가세, 병원으로."

김범우는 손승호의 팔을 붙들었다.

"선동했으니 해산 책임도 져야지."

"그렇게 되나? 다친 지 너무 오래됐는데."

"5분 차이에 죽기야 할라구."

김범우는 주머니에 손을 넣어 담뱃갑을 잡았다가 도로 놓아버렸다. 그는 천천히 주위를 둘러보았다. 읍내사람들은 다 몰려나온 것 같았다. 손승호의 인력동원 능력은 탁월했다. 그가 어떻게 이 사건을 이끌게 되었는지 전혀 알 수가 없었다. 엉뚱하게 장좌리 사람들을 몰고 나온 것부터가 추리를 불가능하게 만들었다.

임만수의 사과의 말이 끝났다. 그는 처음에 그랬던 것처럼 말을 끝내고서도 허리가 반이 굽도록 깊은 절을 했다.

"여러분, 수고하셨습니다. 모두 집으로 돌아가십시오."

손승호가 왼손을 이마의 상처자리에 댄 채 오른손으로 반쪽 손나팔을 만들어 입에 대고 외쳤다. 땅바닥에 앉았던 사람들은 일어나기 시작했고, 손승호를 향해 꾸벅꾸벅 절을 하고는 돌아섰다.

손승호의 이마는 여섯 바늘을 꿰맸다. 세 바늘은 이마였고 나머지 세 바늘은 머리카락 속이었다.

"이마 부분은 약간 흉이 남겠어요. 그래도 이만하기 다행입니다."

전 원장이 수건에 손을 닦으며 말했다.

"아닙니다. 영웅의 훈장인데 여섯 바늘이 다 이마였으면 더 좋을 뻔했어요."

김범우는 담배연기를 뿜어내며 말했다.

"자넨 아까부터 날 자꾸만 놀리는군."

손승호가 지친 듯한 표정으로 김범우를 건너보았다.

"놀리는 게 아니라 너무 경이로워서 그러네. 이제 치료도 끝났으니 경위나 간단히 듣세."

그때 간호원이 차를 날라왔다. 무쇠로 만든 찻주전자의 무게감이 고풍스러움과 조화를 이루고 있었다.

"장좌리에 가정방문을 나갔었지. 마침 토벌대가 빨갱이 색출을 나왔는데, 동네는 정신이 하나도 없었어. 한쪽은 잔치 준비라도 하는 것처럼 음식냄새 풍기며 소란스러웠고, 다른 한쪽은 금방 누구라도 죽일 것처럼 살벌한 분위기였지. 남자들은 모조리 모아 세워놓고 사상조사를 하는 거였네. 장만하고 있는 음식은 그 조사를 적당히 잘해달라는 뜻으로 만드는 것이고. 그거야 이미 동네마다 행해진 일이니까 그러려니 외면을 했지. 그런데 술에 밥에 배 터지게 먹은 그들이 휴식이랍시고 낮잠을 자기 시작했는데, 글쎄 한 놈이 빠져나와 처녀 혼자 있는 집으로 뛰어든 거야. 그래 어찌 됐겠나. 처녀는 반항을 하고 그놈은 덤벼들고 하는 난장판이 벌어지고 있는데 밖에 나갔던 처녀 오빠가 돌아온 거네. 상황이 어찌 됐겠어. 다급해진 그놈이 총을 갈겨댄 거야. 마당에 죽어 넘어진 그 참혹한 꼴이라니. 그 집이 내가 몇 시간 전에 들른 학생 집이었고, 그때 만났던 사람을 피 흘리는 시체로 보아야 했지. 이게 도대체 있을 수 있는 일인가. 총 든 자들 앞에 인명이 파리 목숨이야. 그런데 나를 더 미치게 만들어버린 건 그 부모들의 체념이야. 분하고 원통하지만 자기네처럼 힘없는 사람이 어쩔 수 있느냐는 것이었네. 나는 더 참을 수가 없었네. 나는 그 시체와 절망적 체념에 빠진 부모의 슬픔을 외면하고 돌아설 수가 없었어. 그런 비굴과 비겁을 저지를 용기가 없었던 거야. 그렇다고 내가 그들보다 나은 힘을 가진 것도 아니라는 사실이 또한 나를 비참하게 만들었네. 그 순간 나는 내가 한 마리 작고 하잘것없는 벌레로 변해 있는 것을 보았어. 나는 도대체 무엇인가, 나는 도대체 무엇을 위해 살고 있는가, 나는 도대체 무엇을 할 수 있는 인간인가, 이런 집중적인 회의 앞에서 나는 완전히 해체되고 있었어. 그 장소를 외면할 비굴한 용기도 없고, 그렇다고 폭력에 대항할 당당한 용기도 없는 나는 이미 내 눈앞의 시체와 다를 것이 없었지. 그 순간 난 각오했어. 인위적인 힘을 만들자고. 그들에게도 힘이 있음을, 관권의 폭력을 쳐부술 수 있음을 실증시켜 주고 싶었어. 그때의 절망스러움은 나를 내 정신이 아니게 만들었어. 나는 선생이란 무기를 최대한 이용해 사람들을 선동하기 시작했지. 그 시체까지 동원한 선동은 30분도 안 걸려 완료됐지. 줄을 세우고, 구호를 몇 번 연습시키고, 그리고 토벌대놈들이 뺑소니쳐버린 읍내로 밀고 들어오기 시작한 거야."

"어쨌든 대단한 일 해냈어. 그런데, 자네 아까 나를 보자마자 웃은 그 의미는 뭐야? 그 경황 중에서도 웃음이 나오던가? 배짱 한번 두둑하더군."

"배짱이 아니네. 머리를 맞고 쓰러진 순간 막막하더군. 사람들을 끌고 나온 이상 어떤 해결이 있어야 하는데, 나는 쓰러졌지, 상대방은 거칠지, 방안이 없는 판에 자네가 나타난 거야. 자네가 그때처럼 반가울 줄이야. 그러니 웃을 수밖에."

"반가운 웃음치고 어지간히 난해하더군. 자넨 웃음도 시 쓰는 식으로 웃나?"

"이 사람아, 나 그만 가야겠네. 너무 피곤해."

손승호는 무릎을 짚고 더디게 일어섰다.

"참 선생님, 치료비가 얼만지……."

"이 사람아, 치료비는 왜 자네가 내? 가해자인 토벌대장이 내야지."

"그걸 어찌……."

"글쎄, 그냥 가자니까. 폭행죄로 고소하지 않는 것만도 다행인데 치료비야 당연히 그자가 내야지."

김범우는 손승호의 등을 밀며 진찰실을 나왔다. 그는 전 원장에게 무슨 눈짓인가를 했다.

그의 가난한 살림에 치료비도 적잖은 부담이 될 것이고, 오늘 보인 그의 행동이 너무 가슴 뭉클한 것이어서 김범우는 자신이 치료비를 부담하려고 하고 있었다.

그날 밤 자정 무렵 어디선지 한 방의 총성이 울렸다. 다음날, 살인을 저지른 토벌대원이 간밤에 자살을 했다는 소문과 함께 그의 시체가 불타버린 경찰서 뒷마당에 하루종일 놓여 있었다. 시체의 이마 한가운데는 손가락 하나가 들어갈 만한 구멍이 빵 뚫려 있었다. 누군가의 입에서는 자살이 아니라는 말도 나왔다. 그러나 그 말은 소문이 되지 못하고 이내 스러졌다.

〈3권에 계속〉

태백산맥 2

제1판 1쇄 / 1986년 10월 5일
제1판 61쇄 / 1994년 10월 13일
제2판 1쇄 / 1995년 1월 15일
제2판 50쇄 / 2001년 8월 10일
제3판 1쇄 / 2001년 10월 10일
제3판 44쇄 / 2006년 12월 20일
제4판 1쇄 / 2007년 1월 30일
제4판 67쇄 / 2020년 6월 30일
제5판 1쇄 / 2020년 10월 15일
제5판 10쇄 / 2024년 12월 31일

저자 / 조정래
발행인 / 송영석

발행처 / (株)해냄출판사
등록번호 / 제10-229호
등록일자 / 1988년 5월 11일(설립일자 | 1983년 6월 24일)

04042 서울시 마포구 잔다리로 30 해냄빌딩 5·6층
대표전화 / 326-1600 팩스 / 326-1624
홈페이지 / www.hainaim.com

ⓒ 조정래, 1986, 1995, 2001, 2007, 2020

ISBN 978-89-6574-922-6
ISBN 978-89-6574-920-2(세트)